Bjarne Reuter

Am Ende des Tages

ROMAN

Aus dem Dänischen
von Knut Krüger

Weltbild

Die Originalausgabe erschien unter dem Titel
Mordet på Leon Culman bei Gyldendal, Kopenhagen

Genehmigte Lizenzausgabe
für Verlagsgruppe Weltbild GmbH, Augsburg 2001.

Umschlagkonzept: Patricia Büdinger
Umschlaglayout: Manuela Drechsler
Umschlagfoto: corbis, Düsseldorf
Autorenfoto: Lisbeth Thorlacius
Gesamtherstellung: GGP Media, Pößneck

Gedruckt auf chlor- und säurefreiem Papier

Printed in Germany

ISBN 3-8289-6980-1

7:10

Am Donnerstagmorgen, dem 19. Oktober dieses Jahres, erreichte den achtundsiebzigjährigen Rentner und ehemaligen Concierge Leon Culman ein eingeschriebener Eilbrief folgenden Wortlauts: »Heute, am 19. Oktober, wirst du, Leon Culman, zur Strafe für frühere Untaten hingerichtet.« Der Text war mit der Maschine geschrieben worden und steckte in einem Allerweltsumschlag ohne Absender.

Er stand barfuß im kalten Flur und hörte immer noch das Geräusch des Fahrstuhls, der den Postboten wieder nach unten brachte. Der Luftzug aus dem Treppenhaus hatte die Asche der ersten Zigarette des Tages aus dem Aschenbecher geblasen, in der sie wie ein kleiner weißer Zylinder mit einem schwarzen Knick in der Mitte lag. Culman kratzte sich den linken Handrücken, wie er es sich angewöhnt hatte, wenn ihn etwas ärgerte, schüttelte den Kopf und legte den Brief aufs Regal, nahm ihn wieder herunter, steckte ihn in die Tasche, murmelte etwas vor sich hin und schielte zu seiner Frau hinein, die immer noch im Bett lag. Der Geruch der nassen Briefträgerkleider hing in der Luft des Flurs und vermischte sich mit dem Tabakrauch und dem ständigen Geruch der Wohnung nach Kaffee und bitteren Mandeln.

Culman ging den zehn Meter langen Flur hinunter, der seine Kammer mit dem Rest der Wohnung verband, und stand mit dem Rücken zum Schlafzimmer, als die erwartete Frage fiel: Seine Frau wollte wissen, was der Postbote gebracht hatte. Ohne sich umzudrehen, antwortete Culman, es sei die Nebenkostenabrechnung der Hausverwaltung. Die Mühelosigkeit seiner Lüge überraschte ihn selbst; normalerweise war er nicht so schlagfertig. Er ging ins Wohnzimmer und warf einen Blick auf das Sofa, auf das er sich sonst mit der Zeitung gelegt hätte, aber er wollte jetzt nicht liegen. Am liebsten wäre er auf dem Flur hin und her gegangen, doch weil er wusste, dass jede Abweichung vom täglichen Ritual auffallen würde, und eine sinnlose Diskussion über seine Gewohnheiten vermeiden wollte, blieb er einfach vor der Gardine auf dem grauen Teppichfleck stehen, von dem aus er seiner Tochter stets zugewinkt hatte. Obwohl sie die Schule vor fast fünfzehn Jahren beendet hatte, steuerten die Füße noch jeden Morgen den grauen Fleck unter dem Fenster an, wo sie scharrten wie ein herrenloser Hund, um anschließend Kurs auf das Sofa zu nehmen und dort, wie Culman sich ausdrückte, die senkrechte Position einzuüben, die schnell zu ihrer endgültigen werden konnte.

Er hielt sich den Brief vor die Augen und betrachtete die schwarzen Buchstaben, die mit etwas so Altmodischem wie einer Schreibmaschine geschrieben waren, noch dazu mit einer defekten Schreibmaschine, die offensichtlich die Angewohnheit hatte, die Vokale e und a zu überspringen. Diese Entdeckung freute ihn – warum, wußte er nicht –, dennoch spürte er, wie die Worte die Form eines langen, glatten Wurms annahmen, der in ihn kroch. Er schaute an sich hinab, betrachtete seinen eingefallenen Brustkasten, den scheckigen Spitzbauch und die dürren Beine, die unter dem Bademantel hervorschauten. Schaudernd zog er den Bademantel enger um sich zusammen und sagte sich, dass man einen solchen Brief nicht barfuss entgegennehmen sollte. Im Traum sah er sich zuweilen als nackten Greis, zahn-, haar- und hilflos, im dunklen Kosmos schwebend und mit phosphorfarbenen Wurmlöchern übersät: Dann fährt er schweißgebadet aus dem Schlaf; mit pochendem Puls und Schmerzen in der Brust steht er auf und stapft ins Badezimmer, wo sich die Dose mit den Herztabletten befindet, schiebt sich eine unter die Zunge und verspürt sofort die Wirkung des Nitroglycerins. Nackt wie ein Neugeborenes und kalt wie eine Leiche kämpft er gegen die Sentimentalität an, krümmt sich und hält sich am Waschbecken fest, dessen steriles Porzellan seine einzige Verbindung zur Welt ist. Mit seinem kranken Herzen, dem Alter und dessen Abnutzungserscheinungen hat er sich abgefunden, doch gegen die Sentimentalität ist kein Kraut gewachsen. Nichts ist so erfindungsreich wie sie. Die Sentimentalität hat die Funktion eines Teigkratzers und höhlt einen mit großzügigen, gleichförmigen Bewegungen aus, die keinen Schmerz, nur den Wunsch nach Schmerzen erzeugen.

Er drehte den Brief zwischen den Fingern und führte ihn plötzlich an die Nase. Alles hat einen Geruch, und dieser Brief war keine Ausnahme. Natürlich konnte der Geruch vom Postboten stammen, aber das tat er nicht. Dessen Geruch hing immer noch im Flur. Culman schloss die Augen und konzentrierte sich auf den Geruch des Briefs, der parfümiert und synthetisch, herb und ein wenig beißend war. Obwohl er ihn nicht identifizieren konnte, kam er ihm bekannt vor. Er hörte, wie seine Frau durchs Zimmer ging, legte den Brief weg und wurde im unpassenden Augenblick von dem Gefühl der Einsamkeit übermannt. Das liegt am Alter, sagte sein guter Freund Edward Tinberg, die Einsamkeit kriecht in das Ohr, das nichts mehr taugt. Culman hatte seine eigene Definition. Einsamkeit, sagte er zu sich selbst, ist eine Konstante des Lebens, eine Notwendigkeit, die selbst Säuglingen nicht fremd ist. Culman hatte mit der Zeit eine Vorstellung von dem Raum bekommen, in dem sie zu Hause war: der hatte, warum auch immer, etwas Asiatisches an sich, ein viereckiges Zimmer mit Steinfußboden, gekalkten, teilweise abbröckelnden Wänden, auf deren graugelber Farbe sich poröser Goldstaub abgelagert hat. In der Mitte des Zimmers stehen ein Tisch und vier Stühle, alle aus Edelholz, und auf dem Tisch eine Teekanne sowie vier hübsche Porzellantassen, deren Henkel abgebrochen sind und die man notdürftig repariert hat. Der Raum ist so dunkel, wie nur Räume es sein können, die dafür geschaffen wurden, die Schatten zu verschlucken.

Es kam vor, dass er ohne ersichtlichen Grund in Tränen ausbrach. Vor allem, wenn er auf einer Bank vor der Wohnanlage saß, wurde sein Blick von Tränen verschleiert, die aus einer eigenen Mischbatterie stammten, in der sich Wehmut, Einsamkeit, Reue und Dankbarkeit zu einem warmen Strom vereinigten, der nicht zu stoppen war und ihn in einem Zustand zwischen Mattheit, Ruhe und tiefer Depression zurückließ.

In anderen Momenten beweinte er die Summe der verpassten Gelegenheiten und definitiven Verluste – nicht den Verlust der Jugend, das betonte er –, sondern den Verlust an sich, das Unwiederbringliche. Orte, an die er nie zurückkehren würde, drängten sich ihm auf: Er hatte einmal von einer letzten Reise nach Brooklyn geträumt; das Reiseziel hatte sich später in Falsterbo verwandelt und endete in Gedankenspielen, ob er die Vigerslev Allé wohl jemals wiedersehen würde. Koketterie? Gewiss, aber nicht ohne einen realen Kern. Heute lag das gelobte Land am Ende des Flurs wie ein traumloser, ungestörter Schlaf vor ihm; ein goldener Sommernachmittag auf dem Sofa zu den Geräuschen der Hauptverkehrszeit, mit Ella Fitzgerald und dem vertrauten Gluckern der Heizung. Er konnte nicht mit Bestimmtheit sagen, ob die Sentimentalität neue Nahrung erhielt, seit er die siebzig überschritten hatte, schrieb ihre Gegenwart aber einer Allianz des Alters mit der Zeit zu, die sich in seinem Fall als Stille manifestierte. In dem Intervall zwischen zwei Sekunden stand abwartend der Tod, und in seinem Wartezimmer wohnte die Sentimentalität. Culman versuchte ihn zu ignorieren, indem er mit anderen Leuten sprach. Alte Menschen haben dieses Bedürfnis, sagte er zu sich selbst. Wir können kein Kind sehen, ohne es anzusprechen. In Warteschlangen und hinter Bedienungstheken plappern wir drauflos, auf der Post oder an Bahnsteigen quatschen wir den Leuten die Ohren voll, und bei jeder Essenseinladung erheben wir uns und überschütten den Gastgeber mit wohlmeinenden Trinksprüchen. Wir sind weder dümmer noch taktloser als andere Menschen, können aber den Drang nicht beherrschen, der Welt zu zeigen, dass wir immer noch am Leben sind.

Culman schüttelte sich und dachte an die langen Nächte im eiskalten Bett, in denen er schwitzte wie ein Verrückter, aber kalt wie ein Abflussrohr war. Es schien ihm, als lauere ihm jemand auf, bis es Nacht wurde und er allein war. Dann senkte sich die Schwermut von der Decke, und er lag hilflos wie ein Embryo, einsam bis ins Knochenmark, frei schwebend in einem verdunkelten Universum, von allen Sternen verlassen, mit dem Schmerz als einzigem Beweis, dass er noch am Leben war. Ein Magenbitter, unter Umständen in Begleitung eines Bieres, verschaffte meist Abhilfe. Beruhigte den Puls und verscheuchte die Angst. Man ging am Rand des Grabes. Er sagte es zu sich selbst: Wenn wir zusammen einkaufen, Anna und ich, mit Einkaufswagen und Tüten, dann bewege ich mich am Rand des Grabes. Es ist nur eine Frage der Zeit und eine banale Feststellung, dass diese zur Neige geht. Aber er klammerte sich fest. Manchmal hatte er das Gefühl, es sei nur dieser beständige Griff, der ihn vom ewigen Dunkel und der Begegnung mit den Würmern fernhielt. Ließ er kurz los, war er für immer verschwunden. Es geschah, dass er sich weigerte einzuschlafen und stundenlang in der Überzeugung wachlag, nie mehr aufzuwachen, wenn er einnickte. Noch vor wenigen Jahren war es eine Selbstverständlichkeit gewesen, sich schlafen zu legen, um acht Stunden später wieder aufzuwachen. Diesem Automatismus traute er nicht mehr. Nichts kam mehr von selbst, alles war Kampf, das Leben entzog sich ihm, und am zermürbendsten war dieser ständige Versuch, es festzuhalten. Er hatte das Durchschnittsalter passiert, ein schwaches Herz, Probleme beim Wasserlassen und stets eiskalte Füße; er konnte sich gar nicht erinnern, wann er zuletzt ein wenig Wärme in seinen Zehen gespürt hatte. Man lebt auf geliehene

Zeit, sagte er zu seinem Spiegelbild, während er die Haare in seiner Nase stutzte. Mit tastenden Händen und einer Binde vor den Augen irrt man auf gut Glück durch den Tag, nimmt alles, wie es kommt, und weigert sich, dankbar zu sein, denn er, der alles auf Erden erschaffen hat, tappt selbst im Dunkeln, auf der Suche nach jemandem, der ihm über die Straße hilft. Im Gegensatz zu IHM, dachte Culman, habe ich eine Frau, die ich auch noch liebe, und die, soviel ich weiß, auch mich liebt, obwohl mir oft, gerade in letzter Zeit, Zweifel kommen – wenngleich ich mir darüber im Klaren bin, dass die Definition des Begriffs Liebe so verwässert ist, dass man ein neues Wort dafür erfinden müsste.

Er hielt das Briefpapier gegen das Licht und entdeckte einige feine gelbe Streifen in der weißen Struktur.

»Falls Susse anruft, ich bin im Bad!«

Sie rief ihm vom Flur aus zu. Culman legte den Briefbogen weg und öffnete die Tür. »Pass auf, dass du nicht ausrutschst, Anna, der Boden ist glatt. Ich hätte mir den Abfluss ansehen sollen. Er ist vielleicht verstopft.«

Er sah sie in ihrem neuen kunterbunten Bademantel, den sie von ihrer Freundin Susse bekommen hatte, ins Badezimmer trippeln. Anna hielt sich gut; sie war acht Jahre jünger als er, so kratzbürstig wie eh und je und konnte, im Gegensatz zu ihm, immer noch mit dem großen alten SAAB umgehen, von dessen Lenkrad er sich auf den Rat seines Arztes hin verabschiedet hatte. Anna wollte sich nicht von dem Wagen trennen, der, wie sie sagte, ihre persönliche Verbindung zur Freiheit war. Culman wusste nicht, was sie mit Freiheit meinte, ging aber davon aus, dass diese ihn mit einschloss. Er hingegen konnte sich ein Leben ohne sie nicht vorstellen und setzte im Stillen seine Auflistung der Haltepunkte und Dinge fort, die ihm etwas bedeuteten: Er liebte natürlich seine einzige Tochter, auch wenn er sie nicht mehr zu kennen schien, aber das war wohl seine eigene Schuld. Vielleicht hatte er sie nie richtig gekannt, sich nie genug Mühe gegeben. Culman dachte oft an die Nacht, in der sie im St.-Josef-Hospital zur Welt gekommen war. Er hatte das Neugeborene genommen und war mit ihm im Schein der schwachen grünen Beleuchtung die Gänge entlanggeschritten, in denen ihn die farbigen, in Wachs gegossenen Madonnenfiguren darüber aufklärten, dass seine Seele mit der Geburt dieses Kindes eine offene Wunde bekommen habe, die nie heilen würde. »Santa conversazione«, flüsterten die Nonnen, und Culman entgegnete sanftmütig, Kinder seien völlig überbewertet, aber einfach unentbehrlich, gierig in allen Situationen des Lebens, doch auch von grenzenloser Großzügigkeit.

Er selbst war der Ansicht, sie ausgezeichnet erzogen zu haben, wenngleich Anna meinte, er habe vor allem durch Abwesenheit geglänzt. »Wir sehen uns einmal die Woche«, wandte er ein. »Was kann ein Vater mehr verlangen?« Tatsache war, dass er gar nichts verlangte, nicht einmal Vertraulichkeit, sondern sich vielmehr mit Einsilbern, dem Esperanto des modernen Menschen, begnügte. Wenn er nicht weiterwusste, und das geschah regelmäßig, faltete er zuweilen die Hände und betete zur Vorsehung, in der Hoffnung, dieser kleine Einsatz könne ihn mit seiner Tochter, die ihn in der hohlen Hand hielt, Frieden schließen lassen. Nina war dreiunddreißig, geschieden, kinderlos, wohnte allein in einer miesen Wohnung und hatte, ihrer Mutter zufolge, einen guten Kopf, aber einen schlechten Geschmack, was die Wahl ihrer Brillengestelle betraf – ein Detail, dessen Erwähnung ihre generelle Gleichgültigkeit in Bezug auf Aussehen und Benehmen überspielen sollte. Anna meinte, ihre Tochter sei mürrisch, verschlossen, abweisend und negativ geworden, und ihre Entscheidung, als ungelernte Hilfskraft bei einer Baumschule zu arbeiten, stellte eine Torheit dar. Culman, dessen Trägheit die Brillen als Zielscheibe abgelöst hatte, beteiligte sich nur selten an dem Fortsetzungsroman über die Lebensweise seiner Tochter.

Er betrachtete den anonymen Umschlag und schüttelte

ihn, als handelte es sich um ein soeben entwickeltes Positiv, auf dem die Fixierflüssigkeit noch nicht getrocknet war. Ihm schoss die groteske Idee durch den Kopf, es verhalte sich womöglich immer so, dass die große Vorsehung zwölf Stunden vorher ein Zeichen gab, damit man seine Vorkehrungen treffen und seinen Angehörigen einen Wink geben konnte. Ein durch und durch aberwitziger Gedanke. Er knipste die Stehlampe in dem Zimmer an, das sie als Bibliothek bezeichneten und das früher der Tochter gehört hatte, und nahm widerwillig ein großes Jugendfoto von sich in Augenschein, das in einem Wechselrahmen über dem Sekretär hing. Ein Selbstporträt. Der Lampenschirm hatte ein kleines Loch, durch den das Licht sich seinen Weg bahnte, um genau auf das linke Auge des Porträts zu fallen. Ein Volltreffer, der das Bild auf skurrile Weise zum Leben erweckte. Weil es Culman unangenehm war, von sich selbst als Dreißigjährigem derart angestarrt zu werden, drehte er oft den Lampenschirm weg, doch das Lichtspiel amüsierte offenbar seine Frau, die stillschweigend den Schirm wieder zurückdrehte, sodass der Schein ein Auge wieder zum Leuchten brachte, während das andere völlig leblos blieb. Aber um nun zu ihm, dem Tod also, zurückzukehren: Culman betrachtete ihn als einen Fleck auf der Haut, den er versehentlich berühren konnte, um damit ein aufdringliches Gespenst zum Leben zu erwecken, das er als Gerichtsvollzieher bezeichnete. Das dienstbeflissene Gespenst hatte ihn einen Großteil seines Lebens begleitet, manchmal als gemeiner Spielverderber, andere Male als innere Stimme, die Culman mit gewissen Dingen konfrontierte, von denen er aus verständlichen Gründen nichts wissen wollte. Der Gerichtsvollzieher hatte ein rigoroses Wesen, erschien zu den unpassendsten Gelegenheiten und vertrat eine Theorie, die Culman in einen Zustand von Ohnmacht, Ekel und notorischer Angst versetzte. Die Theorie ging davon aus, das Dasein zeichne, mit Abstand betrachtet, ein Bild der Gerechtigkeit – eine Auslegung, die natürlich einer Kontrollinstanz bedurfte, einer Art Linienrichter, der zu einer festen Uhrzeit als Gaszähler der Vergangenheit oder als pflichtbewusster Gerichtsvollzieher in Erscheinung trat.

»Lassen Sie uns einmal versuchen, den Ton, den Sie hören, zu präzisieren, Herr Culman«, sagt der Gerichtsvollzieher, der sich bei dieser Gelegenheit als Hals-Nasen-Ohren-Arzt verkleidet hat.

»Ich habe eine Straßenbahn im Ohr«, murmelt Culman, der im Dunkel des Treppenabsatzes steht, »doch manchmal kommt sie ans Tageslicht mit ihren längst verstorbenen Passagieren, die mich anstarren, als wollten sie etwas von mir. Während eines langen Lebens habe ich sie einen nach dem anderen identifizieren können. Ich sehe sie wie die Teile eines Puzzles: eine Nase, eine Hand, ein Gebiss, ein unregelmäßiges Profil. Der Waggon steht meistens still und wartet nur darauf, dass meine eigenen, autonomen Hände damit fertig sind, mich einer Leibesvisitation zu unterziehen.«

»Wir könnten ja in die Straßenbahn einsteigen und sehen, wohin sie uns bringt«, schlägt der Gerichtsvollzieher vor.

»Nur über meine Leiche«, antwortet Culman.

Doch er hatte auch Harlem im Ohr, die Harlem, Lexington und Pacific Street und die plötzliche lang gezogene, saugende Stille der gefrorenen Erde in seinen Kindertagen, wenn der Frost einer einzigen Nacht alles erstarren ließ und man in einer lautlosen Welt erwachte, auf die rätselhaft-poetischen Schneekristalle hauchte und den Friedhof im Januar betrachtete.

Er schüttelte den Kopf und stieß die Luft zwischen den Lippen aus. »Schikane!«, sagte er laut. Nichts als gemeine Schikane. Und ausgerechnet an einem Donnerstag. Verärgert blickte er sich um und dachte an den Verlauf der Donnerstage, der mit der Zeit zu einem festen Ritual geworden war. Gegen neun Uhr ging er mit Johansen von Nr.17 und Tinberg aus dem dritten Stock in die Schwimmhalle, das dauerte so ungefähr eine Stunde, meist besuchten sie dann noch das Dampfbad, blätterten anschließend im Erholungsraum in den Zeitungen des vorigen Tages und tranken nachher in ihrer Stammkneipe am Godthåbsvej ein Pils.

Den Rest des Donnerstags nahm die Zubereitung des Abendessens für die sechs Gäste in Anspruch: Culmans Tochter und ihre Freundin Kamma waren zwei von ihnen. Sie kamen direkt von der Arbeit und packten gern mit an, schälten Kartoffeln und deckten den Tisch, staubsaugten, wenn dies nötig war, und Kamma, die einen Frisiersalon in der Smallegade besaß, nahm sich in der Regel Annas Frisur an oder stutzte Leon die Nackenhaare.

Der Donnerstagabend war der beste der ganzen Woche: Die ganze Wohnung duftet nach Braten, warmem Rotkohl und würzigem Parfüm, und aus Culmans Zimmer dringt der Gesang der Mills Brothers, die von einer treuen Ankleidepuppe singen: *I'm going to buy a paper doll that I can call my own / a doll that other fellows cannot steal.*

Die weichen, sehnsuchtsvollen Stimmen treiben wie Tabakrauch über den Flur, machen die Gäste sanft und die Nacht gefügig. Die Klänge der Vergangenheit passen zu Culmans Wohnung, deren gedeckte Farben Tiefe und Wärme erhalten. Die Blumen der dicken Tapeten blühen auf und spiegeln sich in der lackierten Tischplatte. Culman hat eine Flasche Wein geöffnet und das beste Glas der ganzen Woche – das verbotene vor dem Essen – getrunken, schlendert von Zimmer zu Zimmer, geht hinter den Mädchen entlang, die den Tisch decken, und ignoriert ihre gutmütigen Neckereien, lässt sich von den samtweichen Stimmen unter Umständen zu ein paar Tanzschritten verleiten, natürlich im Verborgenen, denn Culman ist kein Tänzer, und wenn er trotzdem tanzt, dann tut er es allein. Er lehnt den Nacken gegen die Wand, schließt die Augen und genießt den Moment, das stille Leben, die gute Teamarbeit, das traditionelle Menü, den Duft nach Lorbeerblättern, den Wein in der Mundhöhle, die Ruhe in der Herzkammer und die Mills Brothers. Die Gäste haben rund um den Tisch, der nach allen Regeln der Kunst gedeckt ist, Platz genommen: der Witwer Tinberg, die Friseuse Kamma, Herr und Frau Johansen, die einander gleichen wie zwei Tropfen Wasser, die Gastgeberin mit ihrer Tochter samt der berühmtberüchtigten Susse Wiid. Jetzt warten sie nur noch auf ihren Gastgeber, der keine Eile hat und sich wie eine kleine Muschel durch den hellgrünen Ozean treiben lässt, sorglos und leicht, offen und geschlossen, ganz bei der Sache und doch weit, weit entfernt. Nichts kann sich mit diesen Donnerstagabenden messen, die – so kommt es ihm beinahe vor – das Letzte sind, was ihm noch geblieben ist. Schon am Sonntag beginnt er sich auf diesen Tag und die rituellen Vorbereitungen zu freuen. Überschlägt er das Guthaben seines Lebenskontos, summiert er die Donnerstage, die er in der vertrauten Gesellschaft seiner Nächsten, der Familie und Freunde, aller, die er liebt, verbringt. Das Abendessen besteht aus drei Gängen. Zu dieser Jahreszeit beginnt es für gewöhnlich mit einer Suppe, danach gibt es Hühnchen mit Spargel, Rindsschulter oder Rippenbraten, Hochrippe oder Fisch: Das Repertoire ist überschaubar und orientiert sich am Geschmack der Gäste, der Lust am Gefallen und der mangelnden Phantasie der Gastgeberin.

»Klagen hat es nie gegeben.« Die letzten Worte sagte er laut, während er hinunterschaute und den Verkehr betrachtete. Man brachte doch niemand wegen des Essens um. Er versuchte zu lächeln, aber es gelang ihm nicht. Heutzutage gibt es so viele Verrückte, dachte Culman, Leute die nichts mit sich anzufangen wissen und solche Briefe schreiben. Es gab so vieles, was er nicht definieren konnte, dass sich daraus fast eine Definition machen ließ. Auf dem Flur, in dem immer noch ein kleiner grauer Aschenzylinder lag, der darauf wartete, weggefegt zu werden, blieb er einen Augenblick vor seinem Spiegelbild stehen, das nach dem Nachtschlaf so langsam seine eigentliche Gestalt annahm. »Wir alle haben einen Drohbrief in der Tasche«, murmelte er, »der uns ankündigt, dass dieser Tag unser letzter ist. Also gilt es, sich nichts entgehen zu lassen. So ist die Zeit!«

Culman öffnete die Wohnungstür, blieb kurz beim Müllschacht stehen und hatte schon den Umschlag in der Hand, überlegte es sich jedoch anders und ging in die Wohnung zurück, um sein Resümee der guten Donnerstage fortzusetzen: Die Frauen spielten gern Karten, meistens eine Art Tarock, ihre große Leidenschaft, angeführt von der lustigen Witwe Susse Wiid, die sich mit fortschreitendem Alter einen spirituellen Tick zugelegt hatte. Wenn es ihnen zu okkultistisch wurde, zogen sich Culman, Tinberg und Johansen auf Culmans Zimmer zurück und diskutierten über Politik, Fußball und die gemeinsamen, längst verfestigten Idiosynkrasien. Um Punkt elf brachen die Gäste auf, bedankten sich für den Abend und fuhren mit dem Fahrstuhl des alten Hauses hinunter, in dem Culman seit über dreißig Jahren wohnte. Eine halbe Stunde später, nachdem auch die Mädchen gegangen waren, nahm Leon den Platz neben seiner Frau im weichen Ehebett ein, jeder mit seinem Rest Rotwein vom Abendessen. Wenn sie miteinander redeten, ging es um Susse, das jüngste Mitglied ihres Freundeskreises; Susse war neunundsechzig, frei wie ein Vogel, schlagfertig und, wie Anna sagte, immer auf der wundervollen Suche nach Grenzerfahrungen. Culman fand Susse unverfroren, laut und bisexuell, behielt das aber für sich. Um Mitternacht herum wurde das Licht gelöscht, und der Donnerstag nahm sein Ende. Genau wie alle die anderen, die er nicht gezählt hatte. Aber jetzt war irgendein Geistesgestörter in diesen Donnerstag, den 19. Oktober, eingebrochen und hatte damit gedroht, ihn zu Culmans letztem zu machen.

8:00

Culman hörte, wie seine Frau mit ihrer Rückengymnastik begann. Sie stöhnte unüberhörbar. Die Schmerzen gehörten dazu und waren ein wichtiger Aspekt der morgendlichen Buße: einer selbstauferlegten Plage als Dank für eine einwandfreie Gesundheit, die immer noch ohne schmerzstillende Medikamente auskam. Culman erwog kurz, ihr den Brief zu zeigen, ließ es aber bleiben. Sie würde sich nur aufregen und ihn auffordern, zur Polizei zu gehen, doch die hatte schon genug um die Ohren, abgesehen davon, dass Culman die Ordnungshüter für ziemlich unfähig hielt.

Er ging den Flur mit den braunen Fensterbänken und der abgenutzten Holztäfelung entlang, die mehr und mehr kleine grüne Flecken aufwies. Anna fand diese Flecken hinreißend, weil sie an die Zeit erinnerten, als Nina klein war und Dreirad fuhr.

An der Wand mit der Tapete, die einst eigelb mit kleinen roten Blumen gewesen, mit den Jahren aber sirupfarben geworden war, hing eine Collage mit Schwarzweißfotos der Tochter. Zu Culmans Freude ergaben die Fotos gleichzeitig ein Porträt von Dänemark, mit Nina als Statistin, das eine Zeit lebendig werden ließ, in der die Sonne schien, auch wenn es schneite, die Leute den Blick senkten, wenn sich ihnen ein Fotoapparat näherte, und man noch Sonntagskleidung trug. An der gegenüberliegenden Wand hingen nur zwei Fotos, eines davon ein vergilbtes Gruppenbild von Annas Eltern mitsamt ihren fünf Kindern, die sich neben einer Palme auf einer römischen Marmorbank zusammendrängten. Wegen ihres Alters und der zur Zeit ihrer Entstehung nur sehr mangelhaften Fähigkeit der Fotografie zur Fixierung lösten sich die sieben Personen langsam, aber sicher auf. Ganz im Gegensatz zu dem in einem billigen Wechselrahmen steckenden Foto des Isefjords, auf dem Eis und Schnee und der lange, grausame Horizont nur von einer einsamen Erscheinung durchbrochen wurden, einem Jungen auf Schlittschuhen anno 1926. Als Kind behauptete Nina, der Junge erwache im Dunkeln zum Leben, und ihre Eltern hatten sich darüber gefreut, ein Mädchen mit so lebhafter Phantasie zu haben.

Culman ging in sein Zimmer und schloss die Tür. Der Raum lag in einem ewigen Zwielicht, das vom Wechsel der Jahreszeiten unberührt schien – vor allem, weil Culman nie die Gardinen zur Seite zog, die wie ein Gobelin herunterhingen, beschwert vom Staub und ausgebleicht von den Sommern, die niemals auf die rot-grüne Tapete einwirken konnten, sodass deren unergründliche Motive noch in ihren ursprünglichen Farben leuchteten. Culmans Zigaretten hatten der Decke die Farbe altgedienter Meerschaumpfeifen verliehen, was gemeinsam mit dem notorischen Mief den Eindruck verstärkte, es handele sich um eine Mischung aus Dunkelkammer, Schlafzimmer und Altmännerbude. Wenn doch einmal ein Lichtstreifen auf die dunklen Möbel fiel, die aus einer Zeit stammten, in der man noch kubanisches Mahagoni kaufen konnte, führten die Staubpartikel gemeinsam mit uralten, knochentrockenen Fliegen- und Mottenskeletten ein stummes Ballett auf, bis Culman schließlich ein Einsehen hatte und die Gardinen wieder vorzog.

Überall lagen Haufen von Zeitschriften und bräunlich verfärbten Zeitungen mit Kaffeeflecken und Rotweinrändern herum. Ausgewählte Titelseiten des *Time magazine* waren nachlässig und provisorisch an die Wand geklebt worden, wohingegen ein Foto John Glenns seit dreißig Jahren über der Heizung hing, gemeinsam mit einer Postkarte des Guggenheim-Museums, einer Rückfahrkarte der Ellis-Island-Fähre, einer Rechnung aus einer Bar in TriBeCa und einer Papierblume von der Art, wie sie in Schützenzelten zu gewinnen waren. In den Ecken lagerte sich auf mehreren Fotostativen Staub ab, der kleine aschefarbene Stege zu den künstlerischen Spinnennetzen bildete, die zwischen den Perlmuttschirmen der Vergangenheit hingen, welche für längst vergessene Dias gedacht waren. Die künstliche Beleuchtung stammte von zwei kleinen Wandleuchten unbestimmbarer Farbe, einer Stehlampe mit einem Motiv der Niagarafälle und einer Kunststoff-Designerlampe von IKEA, deren Scharnier durch ein Gummiband-Arrangement verziert wurde.

Das Zimmer war wohlproportioniert, maß zwanzig Quadratmeter und gehörte ihm allein: mit Regalen, die sich vom Boden bis zur Decke türmten, einem wuchtigen Schreibtisch, der den Großteil des Zimmers ausfüllte, samt einer alten Remington-Schreibmaschine aus den Dreißigern und dem dazugehörigen Bürostuhl, den er von einem auf den Hund gekommenen Anwalt übernommen hatte. Es roch angenehm nach Virginiatabak, Staub und starkem Kaffee sowie nach seinem Lieblingsduft, nämlich dem unverkennbaren, anhaltenden Geruch seiner Jugend. Culman schrieb ihn dem handgewebten Läufer zu, der ein Fjordmotiv zeigte und ihm von Holbæk bis nach New York gefolgt war. Obwohl er ausgeklopft und gereinigt, gesaugt und verschlissen war, bewahrte er immer noch den vertrauten Duft eines jugendlichen Parfüms, das nach verbranntem Gummi und der Bäckerei roch, welche die berühmten belgischen Waffeln herstellte, die in der Pacific Street verkauft wurden. Doch an gewissen Tagen roch er nur nach dem Nebel über dem Fjord, der durch das kleine Fenster der gegenüber der Methodistenkirche in Holbæk gelegenen Wohnung drang.

In seiner Jugend hatte er davon geträumt, Kunstfotograf zu werden, und in den New Yorker Jahren hatte er all sein Geld in die beste Ausrüstung investiert, die damals zu haben war. Viele der zahlreichen Bilder dienten ihm als eine Art Tagebuch und fanden sich längst in Alben wieder, die er vorwiegend in den Nachmittagsstunden anschaute und als seine Briefmarkensammlung bezeichnete.

Culman zündete sich eine Zigarette an, legte die Schallplatte mit den Mills Brothers auf und ließ seine Gedanken zum St. James Park Hotel in Manhattan wandern, wo er als Concierge gearbeitet hatte, was in den Fünfzigerjahren sowohl Portier als auch Kofferträger bedeutete. Er besaß eine Unzahl von Schwarzweißbildern – alles andere als schlechte Fotos – seiner damaligen Kollegen, von Pikkolos, Laufburschen, Zimmermädchen und Hotelmanagern, breit grinsend, mit müden Gesichtern und Tränensäcken, von Menschen, die mit dem Rücken zur Wand in der Lobby saßen, einem Nachtportier im Unterhemd, einem farbigen Mädchen mit Staubwedel, das von der Augustsonne so geteilt wurde, dass es wie ein halber Albino aussah. Während der Hitzewelle. Und schließlich ein Bild des Fotografen unter dem Baldachin des Hoteleingangs: mit glänzenden Knöpfen, Schirmmütze und weißen Handschuhen beim Schneeschaufeln.

Blizzard, December 1949.

Das war mit weißer Tinte auf den braunen Karton unter das Foto geschrieben worden.

Auf der Innenseite des Einbands hatte der junge Leon Culman mit hastiger und energischer Schrift notiert: *In dieser Stadt befinden wir uns alle in einem Film ohne Anfang und ohne Ende. Alles kann geschehen, denn hier ist nichts wirklich. Plötzlich erstarrt der Verkehr auf dem Times Square, wir beginnen zu tanzen wie Gene Kelly und Ginger Rogers, und der Broadway verwandelt sich in ein Musicalfinale.*

Er hatte es so oft gesagt, dass es fast seine Richtigkeit haben musste:

»Ich kam 1946 in New York zur Welt, mit dem Koffer eines fremden Mannes in der Hand.«

Er öffnete das Album und legte die Fotos vor sich hin. Unten auf der Straße kam der Morgenverkehr in Gang. Die Mills

Brothers sangen von Liebeskummer. Anna telefonierte mit ihrer Freundin. Sie sprachen über das Abendessen, und Anna holte etwas zu schreiben. Culman schob widerwillig die Gardine zur Seite und betrachtete den Raureif auf dem gegenüberliegenden Dach. Es war fast acht Uhr und die Sonne gerade aufgegangen. Ihr schwaches Licht fiel in den Raum wie ein Fächer. Wenn er nicht wusste, was er sonst tun sollte, studierte er seine Hände, die ihm nicht mehr gefielen. Er hatte begonnen, sie zu verstecken, entweder in den Taschen oder indem er sich einfach draufsetzte. Wenn er am Bankschalter stand, zitterten seine Hände manchmal so stark, dass er keine Unterschrift leisten konnte. Dann schaute ihn die junge Frau mit dem Computerlächeln auf eine Art und Weise an, die Culman nur zu gut verstand. Auch sie verspürte ein Unbehagen in Anbetracht dieser Finger, die zu nichts mehr richtig taugten, andererseits aber keine Ruhe gaben. Sie machten sich selbstständig und wollten offensichtlich alles berühren, und auch die Arme schienen von dieser Unruhe angesteckt worden zu sein. Schließlich stand er da wie Pinocchio, die alten Beine hoben sich abwechselnd, die Schultern rotierten, es zuckte im schiefen Rücken, und die Füße wußten nicht, wohin – alles die Schuld der Hände.

Einst hatte er sehr kleine und zarte Hände gehabt, die problemlos die Kamera bedienten, kleine Reparaturen ausführten und geschickt Zigaretten rollten. Eine kunstvolle Tätigkeit, ein Trick mit den Fingern. Er sah es vor sich: das Licht über den Wolkenkratzern am Union Square Park, wo die Pikkolos, Portiers und Reinigungsleute ihre Frühstückspause dazu nutzten, Kommentare zu den weiblichen Büroangestellten abzugeben, die in dem Palladium-Gebäude ein und aus gingen.

Mit der Zeit waren die Hände gewachsen, und jetzt betrachtete er sie wie etwas, das gar nicht zu ihm gehörte. Die Nägel hatten durch die vielen Zigaretten die Form von Eistüten angenommen, und die Handrücken hatte der Alkohol mit Leberflecken übersät. »I drink when I'm dry.« Er sagte es laut, während seine eine Hand, wie von selbst, das fremde Kuvert auf den Tisch legte.

Warum an einem Donnerstag? Warum an diesem Donnerstag? Gab es dafür eine logische Erklärung? Natürlich gab es keine logische Erklärung. Aber vielleicht gab es eine Erklärung dafür, warum er die Tür geschlossen und das Grammophon mit der zerkratzten Schellackplatte angestellt hatte. Seit einem halben Jahrhundert hatte er dieses flaue Gefühl im Magen nicht mehr verspürt. Jetzt war es wieder da und wirkte genauso gegenwärtig und vergangen wie die Bilder des Hotels, vor dem sich die Lexington Street mit der 16. Straße kreuzte.

Donnerstag war der einzige Tag der Woche, an dem Culman ein Programm hatte. Die anderen Tage waren völlig ereignislos, ohne Pläne, ohne Versprechen. Abgesehen von den Sonntagen, an denen Johansen, Tinberg und er ihre Stammplätze auf der Fußballtribüne einnahmen, um sich über den Trainer, den Schiedsrichter, das Wetter und den Gegner aufzuregen.

Culman kam es so vor, als würde er sie durch und durch kennen: Edwin Tinberg und Erling Johansen. Sie hatten gegenseitig die Taufe ihrer Kinder, Konfirmationen, Hochzeiten und Scheidungen erlebt und ihre Verwunderung darüber geteilt, dass einfach nichts so lief wie geplant und das Leben, wie Tinberg einst sagte, zwanzig Jahre kürzer war als erwartet: »Irgendjemand hat die Länge manipuliert, es fehlen mindestens zwanzig Jahre, und ich glaube, vor allem die in der Mitte sind zu kurz.«

Culman und Johansen hatten ihm beigestanden, als seine Frau plötzlich gestorben war. Es existierten ungefähr zwanzig Fotos, die während eines brutalen Frühlings aufgenommen wurden, dessen Licht aus Eisen zu sein schien. Kein Blatt an den Bäumen, kein Ort der Zuflucht, alles lag entblößt in diesem Licht. Drei Mann in Søndermarken, aufgenommen mit

Selbstauslöser. Culman, der einen Kopf größer ist als die beiden anderen, steht hinter Johansen und Tinberg, die sich ihre Arme um die Hüften gelegt haben wie zwei Fußballknirpse. Johansen sieht verkrampft aus, Culman lächelt, und Tinbergs nacktes Gesicht ist überbelichtet von Trauer und Einsamkeit. »Den Rest des Lebens«, sagte er, »sollte man versuchen, sich nicht mehr zu wundern, weil man doch nie kapiert, was geschehen ist.«

Das lag über dreißig Jahre zurück, und sie waren nie wieder in Søndermarken gewesen. Drei Jahre später bekam Tinberg zwei Alliierte. Das Bild befand sich auf Seite zwölf in Culmans Album: ein rührendes Stillleben von Herrn und Frau Johansen in ihrem Biedermeieridyll, merkwürdig verlassen, wie zwei Menschen in einem Wartesaal. Sie hatten einmal einen Sohn namens Carsten gehabt, einen gesunden Burschen, der seinen schulischen Pflichten mit derselben Sorgfalt nachging wie sein Vater den beruflichen bei der dänischen Staatsbahn. Carsten absolvierte die mittlere Reife mit Bestnoten und war ihr ganzer Stolz, bis er eines Tages, inmitten der Gymnasialzeit, mit seinem besten Freund nach Indien reiste. In den folgenden sechs Monaten schrumpften seine Eltern förmlich ein, bis sie eines Tages einen offiziellen Brief bekamen, der sie vom Tod ihres Sohnes unterrichtete. Das Thema war in der Regel tabu, doch Erling Johansen hatte sich mit der Zeit eine Version von den Geschehnissen zurechtgelegt, die davon ausging, der Junge sei der Idee verfallen gewesen, den höchsten Berg der Welt zu besteigen. Die anderen hingegen wussten genau, dass der Sohn nur bis zum Fuß des Berges gekommen und an einer Überdosis gestorben war. Tragödien dieser Größenordnung dokumentiert man nicht in Fotoalben, also gab es vor allem Bilder von Ausflügen und einzelnen Sommertagen – und dann diese sonderbaren Volltreffer, die den Ausdruck eines bekannten Gesichts verewigten, der mit dem offiziellen nichts zu tun hatte. Manchmal sahen sie sich gemeinsam die alten Alben an und amüsierten sich über Details: ein längst vergessenes Kleid, eine bestimmte Frisur oder einen völlig missglückten Geburtstag.

»Ohne Lennis miese Fotos hätten wir längst das meiste vergessen«, pflegte Tinberg zu sagen.

Culman war da anderer Meinung. Er wusste, dass auch die Bilder einen begrenzten Wert hatten und der Rest der Geschichte, nämlich alles, was sich außerhalb der weißen Rahmen befand, längst in Vergessenheit geraten war. Man erinnerte sich exakt an die Sekunde, die das Foto einfror. Der Rest war verschwunden. Auf diese Weise trug das Foto zum kollektiven Vergessen und dem Betrug um eine gemeinsame Erinnerung bei. Culman hatte sogar ein bestimmtes Album angelegt, das dem Zweck diente, ihre gemeinsame Freundschaft zu stärken, das sonnendurchflutete Bilder unbeschwerter Menschen, fröhlicher Gesichter und kleiner unbedeutender Pannen enthielt, wie das große Farbfoto von Bornholm, auf dem die drei jungen Frauen Anna, Ida und Karen helle Sommerkleider tragen, im Rausch der Jugend und in der unangreifbaren Zuversicht, dass es für den Rest des Lebens so bleiben würde.

Vielleicht sollte der Brief als Spaß aufgefasst werden, als Pendant zu Culmans fotografischen Geschichtsbüchern, als bizarres Gesellschaftsspiel unter Freunden. Konnte sich Johansen so etwas einfallen lassen? Nein, Erling Johansen mit seiner Vergangenheit bei der Staatsbahn fiel überhaupt nichts ein. Aber was war mit Edwin Tinberg, dem Romantiker, dem Klavierspieler und Charmeur, dem apodiktischen, eitlen, neurotischen Gecken, der in der Frederiksborggade ein geräumiges Schuhgeschäft besaß, das er mit seiner Frau, einer Modistin, führte. Früher, als die Leute noch ein klein wenig Geschmack besaßen, wie er zu sagen pflegte. Bei ihm, im dritten Stock, bekamen sie ständig ihre Schuhe neu besohlt und konnten zuschauen, wie der kleine, drahtige Mann mit dem feinen Schnurrbart die Liebe zu seiner Arbeit demonstrierte, der er mit einem Glas Wermut nachging. Konnte er auf den Gedanken kommen, seinem alten Freund einen solchen Brief zu schreiben? Culman legte den Kopf schief und wollte es nicht ausschließen. Er konnte ihn ja fragen. War der Brief nichts als ein perverser Zeitvertreib, ein perfides Gesellschaftsspiel, dessen Regeln heute abend entschleiert werden sollten? In der Gegenwart aller? Das sah Tinberg ähnlich – mit seinem Hang zu Inszenierungen und seiner angemessen krankhaften Phantasie –, dessen Spottlust keine Grenzen kannte. So gesehen hatte er etwas mit dem gradlinigen Johansen gemein: Die Trauer über den Verlust des Teuersten hatte ihre moralischen Verpflichtungen außer Kraft gesetzt. Das Leben hatte ihnen einen Überschuss zugeteilt, eine kleine cremefarbene Karte wie jene, die man bei Monopoly zieht:

Ihr Sohn oder Ihre Frau sind verstorben.
Gehen Sie über Los, und würfeln Sie noch einmal.
Entscheiden Sie selbst über Methode, Zeitpunkt
und Namen Ihres Opfers.

Culman ging ins Badezimmer und erblickte sich im Spiegel. Spielen wir ein Spiel? Bin ich so weltfremd geworden, weiß ich nicht mehr, dass Leute mit ihren Freunden heutzutage solchen Schabernack treiben? Ist dies ein Teil des modernen Lebens, und wenn ja, sollte ich auf eine bestimmte Weise reagieren? Ist es der Clou des Spiels, dass der Gegenspieler sich selbst und sein Leben aufs Spiel setzt, während die anderen Steine, Würfel und Spielkarten benutzen?

Durch die Wand konnte er seine Frau hören, die das wöchentliche Telefongespräch mit ihrer Tochter führte. Es drehte sich um einen Mann namens Jonathan, offensichtlich eine neue Bekanntschaft, von dem die Mutter jedes Detail erfahren wollte. »Ja, dann bring ihn doch einfach mit. Aber natürlich haben wir genug zu essen. Ist auch höchste Zeit, dass du dir einen neuen Kerl angelst. Und ein neues Brillengestell solltest du dir auch gleich anschaffen. Nein, das Thema ist ausdiskutiert. – Ach, du hast schon ein neues? Also, darauf bin ich wirklich gespannt.«

Culman lehnte sich an die Wandfliesen und vergaß im Moment allen Schabernack. Die Tochter brachte heute Abend einen Mann mit. Einen wildfremden. Das war schon in Ordnung, aber warum ausgerechnet heute Abend? Nina war schon einmal verheiratet gewesen. Mit einem Lehrer. Die Ehe dauerte dreizehn Monate. Von außen sah das Ganze sehr undramatisch aus.

»Papa und ich haben deinen Mann niemals kennen gelernt«, hatte Anna gesagt, als Nina ihnen lakonisch die Nachricht von der Scheidung überbrachte. Worauf Nina antwortete, das habe sie auch nicht. Und Culman, der Erznarr, hatte gefragt, ob Nina ihren Mann geliebt hätte.

»Ist das notwendig?« Sie hat ihm den Rücken zugekehrt und wäscht im Waschbecken eine Bluse.

»Ob das notwendig ist, Nina?« Culman versteckt seine Hände.

»Ja, ist es notwendig, sich zu lieben, bevor man heiratet?«

»Ich glaube schon, dass es von Vorteil ist«, sagt Culman und lacht verlegen.

»Bist du vielleicht ein Experte auf diesem Gebiet?« Nina konzentriert sich auf die nasse Bluse und hat für solche Lappalien wie Liebe und Ehe offenbar nichts übrig.

»Nein, ich bin kein Experte.«

»Was willst du mir dann erzählen?«

Erst jetzt sieht sie ihn an. Und wringt ihre Bluse bis auf den letzten Tropfen aus. Zwischen ihnen wächst die Leere. Und in der Pause denkt Culman, wenn er es endlich auf einen Begriff bringen sollte, würde er sagen: unmusikalisch.

Er spülte sich sein Gesicht unter dem Wasserhahn und betrachtete widerwillig sein Spiegelbild. Er hatte nicht mehr viele Haare, und die wenigen, die ihm geblieben waren, wirkten grau und stumpf, an den Ohren zottelig und kraus. Seine Augen hatten eine unbestimmbare Farbe angenommen; es gab keine deutliche Grenze mehr zwischen Pupille, Iris und Augapfel. Dennoch galt Leon Culman als ein Mann, der sich gut hielt. Er richtete sich auf und schob die Brust raus. In seinem Pass stand 1,85 Meter. Aber war er nicht um ein paar Zentimeter geschrumpft? Er besaß immer noch ein breites Kreuz, und das Fett, das sich mit fünfzig um seine Taille gebildet hatte, war jetzt weg. Der Speck verschwand im Alter. Anders bei seiner Frau. Die war ein zierliches kleines Persönchen gewesen und legte inzwischen von Jahr zu Jahr zu. Im Guggenheim-Museum hatte Culman das Gemälde eines berühmten kubanischen Malers betrachtet, auf dem ein Ehepaar zu sehen war, das mit seinem avocadogrünen Papagei zwischen sich auf einer Bank saß. Die blanken Augen des Papageis starren obszön auf die Frau, die dreimal so dick wie ihr Mann ist, der den Umfang einer Ameise besitzt. Die Übertreibung sprang sofort ins Auge, aber die Details in Bezug auf die Gewichtsprobleme des Ehepaars waren offenbar universell.

Culman studierte seine Gesichtszüge. »Mein Fleisch verschwindet, meine Knochen zerbröseln, mein Hintern hängt wie ein Filterbeutel.«

Die Nase war aufgequollen und hatte ihre Form verloren, mit großen grauen Büscheln, die einfach aus dem Nichts wuchsen, und auf den schmalen Lippen hatte sich im Alter ein blauer Fleck gebildet, um den er sich nicht scherte. Als hätte er an einem Füllfederhalter gelutscht. Gute Zähne. Gute Zähne hatte er immer gehabt. Nicht wie Johansen, der kaum noch eigene besaß. Oder wie Tinberg, der den ganzen Mund voll Gold hatte. Aber der Hals war erbärmlich geworden und zu dürr für seine Hemdkragen. Besonders eitel war er nie gewesen, und es fiel ihm auf, dass er sich gar nicht daran erinnern konnte, wann er sich das letzte Mal so eingehend gemustert hatte. »Ich habe Fischaugen bekommen«, murmelte er.

Vor wenigen Jahren, als sie noch ein wenig Energie besaßen und Johansen den Mut aufbrachte, sein Reservat zu verlassen, hatten sie eine Tour nach Falsterbo unternommen: Tinberg mit dem Koffer, Johansen mit dem Fischbehälter und Culman mit einem Rucksack voll von Lebensmitteln und gutem Wein. Das machten sie ungefähr zweimal im Jahr: wenn der Winter vorbei war und wenn der Sommer zur Neige ging. Johansen liebte es, wie er betonte, eins mit der Natur zu sein. Die erste Aufgabe bestand darin, aus dem Bett zu kommen. Tinberg behauptete, viel von Adlern zu verstehen, und Culman bereitete das Essen zu. Anfangs hatten sie geplant, ein Zelt mitzunehmen und unter primitivsten Umständen zu leben, hatten dies aber aufgegeben, weil Johansen meinte, sein Immunsystem sei für Camping nicht geeignet. Also mieteten sie eine Hütte. Schauten durchs Fernglas und waren richtig in der Wildnis. Erinnerte Culman sich recht, hatte Johansen einen einzigen Fisch gefangen, nämlich den im Jahr 1981. Tinberg besaß immer noch ein Foto des glücklichen Sportfischers mit dem zwanzig Zentimeter langen Fisch, den keiner von ihnen hatte identifizieren können.

Johansen betrachtet den Fisch, der im Netz zappelt.

»Tja, was nun, Erling?«, sagt Tinberg grinsend und fummelt am Fotoapparat herum.

Culman tritt näher, um zu sehen, wie der kleine, rundliche Oberkontrolleur wohl die Aufgabe lösen wird, den Fisch ins Jenseits zu befördern.

In Johansens Gürtel steckt ein Messer. Ein richtiger Dolch. Er hält den Fisch an der Schwanzflosse fest und legt ihn auf einen Stein. Der Fisch schnappt nach Luft, und das tut Johansen auch. Er ist erregt; mit einem wilden und lüsternen Ausdruck schneidet er dem glänzenden Kaventsmann den Kopf ab und schaut die beiden anderen mit einen nach innen gekehrten und trägen Blick an – wie ein Mensch, denkt Culman, der sich gerade erleichtert hat.

»Du bist ein richtiger Jäger«, sagt Culman. »Ein Killer.«

Erling Johansen sieht ihn an. »Wenn es notwendig ist«, sagt er, »dann kann ich.«

Er geht mit übertrieben langen Schritten zur Hütte, während Tinberg sich vor Lachen den Bauch hält. »Kannst du das auch mit etwas anderem als Anchovis, Erling?«

Sie essen Gulasch zu Mittag. Culman hat einen guten Sherry mitgebracht. In der Hütte brennt die Petroleumlampe, und Tinberg hat nach allen Regeln der Kunst den Tisch gedeckt. »Wir brauchen uns ja nicht wie Affen zu benehmen, nur weil die Mädchen nicht dabei sind«, meint er.

»Wann denn dann?«, fragt Culman und zwinkert Johansen zu, der den Fisch nach draußen in die Kälte gelegt hat, damit er sich bis zum nächsten Tag hält und er ihn zum Frühstück grillen kann. Der Alkohol hat ihn rührselig gemacht. Normalerweise trinkt er nichts und ist jetzt auf sein Lieblingsthema zu sprechen gekommen, nämlich Dänemark und die fünf dunklen Jahre. Tinberg sagt, an eine glücklichere Zeit könne er sich gar nicht erinnern. Culman lacht, doch das darf man nicht, denn das Thema ist ernst. Johansen hat seine Prinzipien, und zu Hause in der Kommodenschublade liegen Armbinde und Mütze in den Farben der Royal Air Force.

»Die meisten haben sich doch einfach gedrückt«, sagt Johansen, während er mehr Sherry in den Kochtopf gießt.

Tinberg gibt ihm auf eine Weise Recht, die das Gespräch auf ein anderes Gleis führen soll.

»Der Schmerz …«, fährt Johansen fort und fasst sich an den Gürtel, als wolle er prüfen, ob der Dolch immer noch da ist. »Erst Schmerz und Verzicht und dann dieses Glück wie aus heiterem Himmel. Als wäre plötzlich die Sonne hervorgebrochen.«

»Das stimmt, Erling«, sagt Culman lächelnd, »wir trugen damals die Sonne im Herzen. Es waren leuchtende Tage.«

Johansen starrt vor sich hin. »Heute sind die fünf langen Jahre so unendlich weit weg. Doch wir haben ihnen viel zu verdanken, vieles, über das wir uns glücklich schätzen können. Während unseres ganzen Lebens ist es bergauf gegangen, Schritt für Schritt. Wir können stolz sein auf unser Jahrhundert, stolz auf unsere Generation. Sind wir krank, werden wir behandelt, verlieren wir die Arbeit, bekommen wir Unterstützung. Wir brauchen weder Krieg noch Hunger oder Armut zu fürchten. Wir müssen uns vor gar nichts fürchten.«

»Nur davor, auf die Straße zu gehen«, murmelt Culman.

Johansen schaut Culman an, sichtlich irritiert von der Unterbrechung.

»Du stimmst mir nicht zu, Leon?«

»Aber natürlich tue ich das, Erling.«

»Vielleicht bist du nur gleichgültig.«

»Ich bin alles andere als gleichgültig.«

Johansen schüttelt den Kopf und senkt die Stimme: »Ich spreche von Identität und Integrität. Das ist es, wovon ich rede. Ich hoffe, ich langweile dich nicht, Leon.«

»Nein, nein. Ich weiß nicht mal, was Integrität bedeutet.«

»Unsere Zeit geht doch durch uns hindurch wie ein Weichspüler. Nichts soll mehr weh tun, alles Hässliche wird verdrängt. Verdrängen, Verdrängen, keine Vergangenheit, keine Geschichte und keine Wurzeln, und eines Tages steht man plötzlich da und kann sich nicht erinnern, wie, zum Teufel, das heißt, wenn man im Bett liegt und beim Schlafen Geräusche macht«.

»Das heißt schnarchen«, sagt Tinberg hilfsbereit.

Unversehens entsteht eine Pause, der Culman keine Chance geben will, sich zu entwickeln. »In der Provinz«, murmelt er, »war vom Krieg kaum etwas zu spüren.«

»Holbæk war auch besetzt«, stellt Johansen fest. »Dänemark befand sich im Krieg. Leider gibt es viele, die vergessen haben, was für Opfer es kostete, nicht als eine von Hitlers deutschen Provinzen zu enden. Unserer Generation ist nichts geschenkt worden. Ganz im Gegenteil.«

»Kann mich gar nicht erinnern«, warf Tinberg ein, »dass wir Hausschuhe aus Maulwurfsleder verkauft haben.«

Die Bemerkung ist der Startschuss für eine ausgiebige Diskussion über Entbehrungen. Culman kennt das Manuskript, also leert er sein Glas und geht nach draußen in die schwarze, trostlose Nacht, in der nur drei Sterne am Himmel zu erkennen sind. In diesem Augenblick gibt es nur ihn und die drei mattgelben Lichter, die sich anschauen, als hätten sie sich verabredet. Culman kommt sich plötzlich ziemlich klein und gleichzeitig riesengroß vor, unendlich leer und fürchterlich weise. Er bekommt feuchte Augen beim Anblick der drei Sterne; einem gibt er den Namen seiner Frau, den zweiten tauft er Nina und den dritten Leon. So soll es sein. Dort befinden sie sich alle drei im großen Universum, Lichtjahre voneinander entfernt und doch verbunden durch Zeit und Raum, und auf einem Stock sitzt der Fisch, den Johansen gefangen und enthauptet hat. Das warme Licht aus der Hütte beleuchtet die herzergreifend schimmernden Schuppen des Kopflosen, der weder Namen noch Gattungszugehörigkeit besitzt. Der Rest des Planeten ist schwarz wie Pech, doch der Namenlose funkelt noch ein wenig, als wolle er die Welt ein letztes Mal um Aufmerksamkeit bitten.

Die Tür des Badezimmers öffnete sich. Culman drehte den Wasserhahn ab. Seine kleine, mollige Frau mit den gezupften Augenbrauen und dem roséfarbenen Haar erkundigte sich, was er mache. Culman fand im Grunde, dass sie im Lauf der Jahre schöner geworden war. Anna hatte nie besonders gut ausgesehen, doch der kleine, viereckige Körper mit dem kantigen Knochenbau konnte durch geschickte Kleidung getarnt werden, und darin hatte es Anna zur Meisterin gebracht. Nur an das Gesicht musste man sich gewöhnen. Als Culman sie das erste Mal gesehen hatte, war er von dessen Unregelmäßigkeit angezogen worden. Er musste sie einfach anschauen. Bei entsprechender Beleuchtung konnte sie dennoch hässlich und missgestaltet aussehen. Die Stirn sprang unnatürlich stark hervor und bildete einen Überhang über den Augen, die dafür groß und blau waren. Die Nase war so wie die meisten anderen Nasen auch, aber der Mund war klein und schief, als würde die eine Seite lächeln, während die andere schmollte. Nur Annas sicherer Geschmack und ihr Gespür für die richtige Kleidung ließen ihre Erscheinung mehr interessant als hässlich wirken. In jungen Jahren war sie schlagfertig und originell gewesen, eine muntere Kratzbürste und Außenseiterin mit übertrieben maskulinem Gebaren, oft mit Zigarre und einem exzentrischen Hut, einer gemusterten Krawatte oder gepunkteten Schleife um den Hals, als wollte sie der Welt sagen: Schau her und glotz meinen schiefen Mund an, bis dir davon schlecht wird. Ihren Freundinnen schickte sie eine scharfzüngige Bemerkung auf den Tanzboden hinterher, setzte ihren Hut auf, wie es ihr passte, und ging keinem Streit aus dem Weg, obwohl Anna mit dem schiefen Mund treu zu ihren Freundinnen stand. Niemand der gleichaltrigen jungen Männer dachte auch nur im Traum daran, sie aufzufordern, und erbarmte sich doch einer, dann machte sie ihn beim Tanzen lächerlich, als wollte sie ihm zuvorkommen. Anna lebte von ihrer spitzen Zunge und hatte sich längst mit ihrem Schicksal abgefunden.

Bis Culman auftauchte.

Er steht im Foyer, das für ihn zu klein zu sein scheint. Man schreibt 1964, das Jahr, nachdem Culman aus New York zurückgekehrt ist. Er arbeitet in der Hotelbranche, und obwohl die kosmopolitische Lobby in Manhattan durch einen Tresen in der Reventlowsgade abgelöst worden ist, verraten seine Bewegungen, die selbstsicher und geschmeidig sind, immer noch den Puls der Metropole. Mit zielsicheren Schritten geht er zur Garderobe, wo sie seinen Baumwollmantel schon bereithält. Anna braucht nicht auf den kleinen Zettel mit der Nummer zu schauen, denn sie kann sich noch ganz genau erinnern, wie er in seinem grünen Mantel gekommen war. Ein Mann wie aus einem Roman, auf einer Brücke in London, ein Mann, der seine Zigarette in ganz bestimmter Weise aus dem Mundwinkel nimmt, ein gefährlicher Mann, dieser Culman, der sie mit einem unmerklichen, allwissenden Lächeln anblickt, während er den Mantel über den Arm legt und ihr die Seite zuwendet, als wolle er gehen, bevor er plötzlich sagt: »Ist es Ihnen recht, wenn ich Sie morgen nach der Vorstellung abhole?«

»Geht's dir nicht gut?«

Sie schaute ihm in die Augen. Er trocknete sein Gesicht und antwortete, selbstverständlich ginge es ihm gut. Warum sollte es ihm nicht gut gehen? »Kann ich nicht mal mein Gesicht waschen, ohne dich um Erlaubnis zu bitten?«

»Gehst du denn nicht in die Schwimmhalle?«

»Natürlich gehe ich in die Schwimmhalle. Was ist mit Nina? Bringt sie einen Mann mit?«

»Ja, sie bringt einen Mann mit. Wurde auch höchste Zeit. Obwohl es ja noch eine gibt, die spät geheiratet hat. Hoffen wir also, dass Nina etwas mehr Glück hat als ihre Mutter.«

Culman nickte mürrisch. »Jeder erwischt mal eine Niete.«

»Wäre es wenigstens eine richtige Niete.« Sie lächelte ihn kess an.

»Ich finde es bloß merkwürdig«, brummte er, »dass der Kerl gerade heute auftaucht. Ich meine, am Donnerstag sind wir doch schließlich immer unter uns.«

Sie schaute ihn kopfschüttelnd an.

»Was soll das heißen? Darf Nina ihren Freund etwa nicht mit nach Hause bringen?«

»Aber natürlich darf sie das.«

»Was willst du dann?«

»Nichts. Rein gar nichts.«

Er ging den langen, schmalen Flur hinunter. Hörte, wie die Platte in der letzten Rille hängen blieb. Vielleicht ist es mit mir dasselbe, dachte er und schloss die Tür hinter sich. Vielleicht habe ich die letzte Rille erreicht. Vielleicht beschert mir das ein so flaues Gefühl im Magen.

»Du weißt genau, warum du ein flaues Gefühl hast«, murmelte er und erlaubte sich den Anflug eines bitteren Lächelns. »Weiß ich das?« – »Ja, das weißt du!« – »Ich dachte, wir hätten uns darauf verständigt, dass dies ein idiotisches Spiel ist?« – »Dem will ich nicht widersprechen.«

Culman stand vor dem Fenster und starrte sein Spiegelbild an. Und wenn es nun ernst war, bitterer Ernst? Er ging zum Schreibtisch und stützte sich einen Moment an seinem Stuhl ab. »Du hast den Satz nicht beendet«, sagte er zu sich selbst.

»Nein, ich habe den Satz nicht beendet.«

Die samtweichen Stimmen hingen immer noch in der Wohnung: *I'm going to buy a paper doll that I can call my own / a doll that other fellows cannot steal.*

Leon Culman zündete eine Zigarette an, schloss die Augen, inhalierte den trockenen Rauch und sah, wie die Asche abbrach und auf dem Teppich mit dem halben Fjord landete.

»Das kann doch nicht wahr sein«, murmelte er und rieb sich die Stirn, »das kann einfach nicht stimmen.«

Doch wenn es stimmte, dann hatte er nur noch weniger als zwölf Stunden zu leben.

8:30

Er hatte die Tür hinter sich geschlossen, sodass er das morgendliche Fernsehquiz, die penetranten Radiostimmen und die Popmusik aus der Küche nicht mehr hören konnte. Alle Apparate des Hauses waren eingeschaltet, und inmitten des Ganzen saß Anna mit ihrem Tee, ihrem Joghurt und ihren Zeitschriften. Sie wolle Leben um sich haben, sagt sie, und Culman, der seinen Tag am liebsten in Ruhe und Frieden und vor allem ohne Konkurrenz beginnt, zieht sich in sein Zimmer zurück. Tag für Tag dieselbe Polemik; dennoch hat er das Gefühl, dass sich ihre Klagen verstärkt und ihre Worte an Schärfe gewonnen haben. Er fragte sie nach der Alternative – nachdem sie ihm ein weiteres Mal gesagt hatte, sie fühle sich mit ihm lebendig begraben. War das nicht bereits das Ende der Kommunikation? Was konnte noch folgen?

Sie stehen in der Küche und spülen das Geschirr ab. Daher blickt sie ihn an wie eine Mutter ihr mißratenes Kind. »Warum bist du so ein Stubenhocker, Leon? Warum fahren wir nie irgendwo hin, sondern sitzen die ganze Zeit zu Hause rum? Andere Menschen reisen, lernen die Welt kennen, erweitern ihren Horizont, besuchen die Abendschule, treffen andere Menschen, kurz gesagt – sie leben. Wir glotzen hier nur die Wand an, weil du dich einfach nicht vom Fleck bewegst.«

»Was kann denn ich dafür, dass du dich nicht für den UEFA-Cup interessierst, ganz zu schweigen von unserer ersten Mannschaft.«

»Du erweiterst deinen Horizont also im Fußballstadion. Ist es das, was du sagen willst?«

Culman antwortet nicht, sondern wendet ihr den Rücken zu, damit sie nicht sieht, dass er sich amüsiert.

»Ja, lach nur! Wenn ihr euch wenigstens für ein Team interessieren könntet, das auch mal gewinnt, aber nicht mal das kriegt ihr fertig. Leon, schau mich an, kannst du dich an den Kurs über die Etrusker erinnern, für den wir uns angemeldet hatten? Wie oft bist du hingegangen? Zwei Mal! Und warum?«

»Weil ich die Spannung nicht aushalten konnte.«

»Weil du unfähig bist, dich neuen Interessen zu öffnen. Als ich dich kennen lernte, dachte ich, dieser Mann will dir die Welt zeigen, der lebt ein Leben auf dem Vulkan – na ja, aus Schaden wird man klug. Was hast du gedacht, als du mich kennen lerntest, Leon?«

»Ich glaube, ich dachte: Diese Frau will mir die Welt der Etrusker zeigen.«

»Ja, natürlich, das hast du gedacht. Du glaubst, du kannst dich aus jeder Situation mit deinen kleinen albernen Bemerkungen herausstehlen.«

»Vielleicht habe ich auch gar nichts gedacht – mein Gott, Anna!«

»Nein, sicherlich hast du gar nichts gedacht. Wir hatten uns auch für einen Zeichenkurs in Emdrup angemeldet. Weißt du noch, mit welchem Erfolg?«

Culman fuchtelt mit den Armen. »Ist das etwa meine Schuld, dass ich einfach keine Lust habe, einen nackten Maurerlehrling zu zeichnen?«

»Das nennt man Kroki, du Ignorant.« Anna wirft ihre Hände in die Luft. »Wir lernen rein gar nichts kennen. Wir sitzen zu Hause und starren die Wand an. Dazu bin ich zu jung. Siebzig ist heutzutage doch gar kein Alter.«

Culman fehlen die Argumente, abgesehen von dem einen, das sie bereits kennt: dass er Pauschalreisen verabscheut und es erniedrigend findet, von einem blondierten Teenager in Uniform hin und her gescheucht zu werden; außerdem leidet er Höllenqualen, wenn er mit irgendeinem Kahlua-Kosmopoliten Konversation treiben muss, der schon zwölfmal in Venedig war und den Gardasee kennt wie seine Westentasche.

Anna liebt es, dieses Thema in Gegenwart von Gästen aufzugreifen, vor allem, wenn Edwin Tinberg anwesend ist. Und Edwin vergisst nie, seine übliche Verteidigungsrede für Leon, den Weitgereisten, vorzubringen.

Welche Verteidigungsrede?

»Wir dürfen schließlich nicht außer Acht lassen, dass Lenni in New York gelebt hat. Lenni hat alles gesehen, was es zu sehen gibt.« Sagt Edwin, den Leon Eddy nennt, wogegen Edwin nichts einzuwenden hat.

Anna entgegnet, Leon habe überhaupt nichts gesehen. »Herrgott, er hat die Koffer der Reichen geschleppt und Fotos von den Armen gemacht, von halbnackten Nutten, Besoffenen und bankrotten Versicherungskaufleuten. Davon hat er einen krummen Rücken, blaue Knöchel und einen Dachschaden bekommen. Mit so was, meine Damen und Herren, ist man verheiratet.«

Sie lachen. Sie lachen allesamt, auch Leon Culman, der keine Lust hat zu argumentieren, sondern sich damit begnügt, den Kopf zu schütteln und die Wortwahl seiner Frau zu entschuldigen. Manchmal haben sie damit kokettiert, ohne ihn zu verreisen, Anna und Eddy, dem immer eine nette Reisebegleiterin fehlt und der sich stets besonders enthusiastisch und weltmännisch gibt, wenn Anna das Fernweh packt. Sie trinken Martini. Eddy liebt Martini, vor allem, wenn er mit einer Limonenscheibe und einem Papierschirmchen serviert wird. Er ist ein gewiefter Barkeeper, ein Freund der Damenwelt, und man sagt, er gleiche Fred Astaire. Auch Klavierspielen kann er und lässt sich nicht zweimal bitten, wenn sie bei ihm im dritten Stock zu Besuch sind. Anna ist hingerissen und tanzt um den Flügel, der Wohnung ganzer Stolz.

Be my life's companion and you'll never grow old.

Ein schöner Song, den auch Leon mitsingt, allerdings mit geändertem Text: *Be my wife's companion.*

Eddy dreht sich beschwingt auf dem Klavierschemel, haut in die Tasten und sendet Culman etwas, das man als herausforderndes Lächeln bezeichnen könnte.

Vielleicht kann er mich nicht ausstehen, denkt Culman, vielleicht sind wir gar keine Freunde.

»Hey, Lenni, bist du eingeschlafen?«, fragt Tinberg. »Soll ich dein Glas nicht auffüllen? Ein Schlückchen Martini verträgst du doch wohl noch.«

Culman protestiert, doch Tinberg schenkt trotzdem ein. »Eine Limonenscheibe? Komm schon, sei ein bisschen gesellig.«

»Ich will aber nichts, Eddy. Von Martini bekomme ich Kopfschmerzen und Magenbeschwerden, aber wenn du Limonenscheiben so wahnsinnig gesellig findest, nehme ich nächstes Mal eine Gurke mit, damit wir richtig in Fahrt kommen.«

Tinberg legt den Kopf zurück und pfeift. Er pfeift meisterlich und pfeift auch beim Einkaufen. Das erregt natürlich ein gewisses Aufsehen, und Culman hat Tinberg im Verdacht, genau das zu beabsichtigen.

»Jetzt fehlt uns nur ein kleiner orangefarbener Sonnenschirm von einer Bar aus Teneriffa. Dort verstehen sie wirklich was von Longdrinks. Komm schon, Leon, raff dich auf. Was hielten die Mädels von einem Tänzchen?« Tinberg setzt sein Glas ab und schaut Anna und Susse Wiid auffordernd an. Beide halten viel davon, und Johansen, der alte Trottel, macht mit und tanzt nach Tinbergs Pfeife.

Leon Culman schaut zu, glänzt durch kleine, aufmunternde Zurufe, betont, seine Beine seien nie besonders gut im Auswendiglernen gewesen, und seine generelle Steifheit eigne sich besser für den Dienst am Grammophon. Tinberg hingegen ist die Geschmeidigkeit selbst. Vielleicht sogar ein wenig schamlos. Das komme mit dem Alter, sagt der Partylöwe; plötzlich werfe man alle Hemmungen über Bord, tanze Rumba und Cha-Cha-Cha und pfeife beim Einkaufen. Abgesehen davon, dass Tinberg immer mit sich selbst tanzt. Vielleicht in Gedanken an seine Frau, die kühle Ida, die Culman sich nicht beim Tangotanzen auf Auslegeware vorstellen kann. In dieser Hinsicht haben sie vielleicht sogar etwas gemeinsam, die tote Ida und der halb tote Culman.

»Ich sitze in einem Bus«, flüstert er, »auf der Eighth Avenue. Von meinem Platz aus sehe ich auf ein Cabrio, in dem eine Frau, von der ich nur einen Ausschnitt erkenne, ihre Uhr abnimmt, um sie dem Fahrer zu geben.«

»Du murmelst!«, ruft ihm Anna zu.

»Murmeln? Ich murmele nicht.«

»Doch, du sitzt da und murmelst etwas von einer Uhr.«

Culman sieht sich im Kreis seiner guten Freunde um. Anna schüttelt entnervt den Kopf und rollt mit den Augen.

»Tut mir leid«, sagt Culman. »Ich dachte gerade an …«

»An was, Leon?«, fragt Johansen, der die Kunst beherrscht, mit den Ellbogen Rumba zu tanzen. Er hat nicht mehr Rhythmus im Leib als ein Güterzug und zappelt wie ein kleiner Spatz in seinem Nest.

Culman sagt etwas von einem Bus und einer Uhr und zwei Menschen in einem Cabrio.

Die Bilder der Eighth Avenue und des erleuchteten Broadway wollen einfach nicht verschwinden. Er muss mit den Augen zwinkern, um sie zu vertreiben.

»Leute, die du gekannt hast?«, will Johansen wissen und stößt Tinberg an.

»Nein, wildfremde Menschen.« Culman sieht verstohlen zu seiner Frau hinüber.

Tinberg gleitet zum Grammophon, knallt die Hacken zusammen und reißt wie ein Torero einen Arm nach oben. »Jetzt wollen wir mal etwas ganz anderes auflegen, etwas mit Rhythmus. Wie wär's mit lateinamerikanischen Tänzen, Anna?«

Tinberg schwingt die Hüften. Er trägt Hüttenschuhe. Hüttenschuhe mit Fransen. Culman sieht ihn an und überlegt, ob er vielleicht an den Zehen friert.

Die kubanische Musik erfüllt den Raum, und das energische Paar trifft sich in der Mitte des Zimmers, die vierschrötige Anna und der androgyne Tinberg.

Culman versucht im Takt zu den verschobenen Rhythmen zu klatschen, doch als es misslingt, rückt er zu Karen Johansen hinüber, die, hinter ihrem Strickzeug sitzend, die Bodenturner im Auge behält.

»Es ist doch wirklich sehr lehrreich«, sagt er, »ein Lexikon zu benutzen. Stell dir vor, es wohnen nur zwei Millionen Menschen in Lettland.«

»Ist das alles?«

»Ja, mehr Leute gibt es dort nicht. Und es liegt ja auch so nah, dass man rasch rüberfahren und nachzählen könnte.«

»Jaja, Leon, jaja.«

»Ich habe zu Anna gesagt, ich möchte Lettland sehen, bevor ich sterbe. Lettland, Falsterbo und die Vigerslev Allé. Aber daraus wird wohl nichts mehr. Damals wohnte ich in Brooklyn.« Culman hält inne und betrachtet seine Hände. »Manchmal kommt mir mein Leben wie eine lange Treppe vor – so ähnlich wie die, die zur Jons Kapel auf Bornholm hinaufführt.«

»Wirklich?«

»Ja, es ist eigentümlich. Ich befinde mich gleichzeitig auf allen Stufen, vom Kindesalter angefangen bis zum alten Mann, der auf dem obersten Absatz steht. Im Grunde ganz schön, diesen Überblick zu haben.«

»In meinen Augen hört sich das eher nach Todessehnsucht an«, sagt Karen Johansen.

Be my life's companion
and you'll never grow old,
you'll never grow old.
No, you'll never grow old.

Culman stopfte ein Handtuch, Shampoo, das Rasiermesser, Deo und die grüne Palmoliveseife in den Plastikbeutel.

»Dann fahrt doch, wenn ihr so vergnügungssüchtig seid«, brummte er, »und lasst mich in Frieden. Lasst mich um Himmels willen in Frieden. Ich habe genug gesehen, nur die Vigerslev Allé by night interessiert mich noch.«

So war es also, alt zu werden. Das war die Definition. Lasst mich in Frieden. Verschont mich mit eurer Gesellschaft. Ich will mich verschließen, mich isolieren. Ich will meditieren, träumen und romantisieren. Aber bleibt mir um Himmels willen erhalten.

Die alten Hände gleiten über die Fotos, die auf dem Schreibtisch liegen. Die Aufnahme vom »Elk's Rendezvous«, Harlems bestem Nachtclub, ist großartig. Zwanzig kubanische Tänzer. *Drinkin' rum and coca-cola*. Plötzlich steigt ihm der Geruch der Entwicklerflüssigkeit in der Dunkelkammer von Brooklyn, die ein umgebauter Küchenschrank war, in die Nase. Es brennt. Die Geräusche der Stadt, der Gestank verbrannter Waffeln, von warmem Asphalt und Druckerschwärze. Ein Zeppelin über Manhattan. Ein roter Ballon in der Hand eines Mädchens auf Coney Island, dessen kilometerlange Fußgängerbrücke sich im Dunst des Atlantiks verliert. Es wimmelt von Russen, die Nathan's Famous Hot dogs essen. Das Licht ist zuckerwattefarben. Die ewigen Streitereien auf der Feuertreppe. Die Leute schulden sich Geld. Zwei Dollar sind ein Vermögen. Der Zug poltert über die Brooklyn Bridge. Culman spürt sein Beben in den schiefen Rückenwirbeln, sieht immer noch das Flimmern des schwarzen Stahlgerüsts der Brücke im Vorüberfahren, das ihn schläfrig macht. An einzelnen Tagen schweben große Möwen über dem Hudson River, weiß wie Meeresschaum, flüchtig wie Träume. Sie kommen vom Fulton Fish Market herüber. Leon schlendert die Lexington Avenue entlang, elastisch wie ein Athlet, stark wie ein Boxer. Immer noch nimmt er den vertrauten Duft der grünen Rasierseife wahr. Es ist ein guter Tag. Er befindet sich im Zentrum der Welt, im großen, saftigen Kerngehäuse, das aus Schrott erbaut wurde und von Leuten wie ihm aufrechterhalten wird. Vom Rauch ihrer Zigaretten, ihrem Lebenshunger und dem Sieg über den Tod. Sie leben, als sei jeder Tag der letzte, wohl wissend, dass es immer einen nächsten gibt. *Das* ist ihnen gemeinsam, so verschieden sie sind und so viele Sprachen sie auch sprechen. Und er kennt sie alle: die Nutte aus Rio, den Zuhälter aus Rom, den armenischen Obsthändler und die Comicfiguren. Unverwüstlich und vergänglich, gläubig und abergläubisch.

»Hey, Lenni, how's life?«

»Not so bad.«

Er trocknete sich mit dem Handtuch die Stirn. Es war grotesk, einem alten, kranken Mann den Tod anzudrohen. Als wollte man einen Obdachlosen ausplündern. Er trat ans Fenster und schaute nach unten. Culman liebte den Ausblick und kannte so gut wie alle Passanten – natürlich nicht namentlich. Da gab es eine Mutter mit Kind, vermutlich alleinerziehend, dachte er. Von seinem Platz am Fensterbrett hatte er das Kind vom ersten Tag in der Kinderkrippe an beobachtet – im Grunde hatte er noch früher angefangen, denn sie hatten in einer kleinen, sicherlich untervermieteten Zweizimmerwohnung gegenüber Culmans gewohnt. Er hatte die Mutter gesehen, wie sie mit dem kleinen Bündel aus dem Krankenhaus nach Hause gekommen war. So dünn war sie und so jung. Er hatte sie nicht belauern wollen, doch die Ungewissheit, ob das Kind einen Vater hatte, ob sie ganz allein auf der Welt waren, erschien ihm fast unerträglich. Also holte er sein Fernglas und beobachtete, wie sie ihr Baby wickelte, es wiegte und jede Stunde stillte. Nachts brannte das Licht, und Woche für Woche wurde das Mädchen dünner und grauer. Manchmal konnte Culman nicht einschlafen, solange gegenüber nicht das Licht gelöscht worden war. Offensichtlich gab es keinen Vater und merkwürdigerweise auch keine Familie, keine Angehörigen dieser beiden einsamen Menschen. Monate hindurch folgte er ihrem Tageslauf von morgens bis abends. Soweit

Culman sehen konnte, lebte das Mädchen völlig isoliert von der Umwelt, hatte sich mit dem Baby in ihrer Höhle eingeschlossen. Culman sah keine Säuglingsschwester, keine Familie, keine Freundinnen, überhaupt keine Hilfe. Und eines Tages waren sie verschwunden. Culman drehte am Okular seines Fernglases und stellte fest, dass die Wohnung geräumt war. Er ging auf die andere Straßenseite und starrte auf die Tür, wo man das Namensschild entfernt und durch das Logo eines Immobilienmaklers ersetzt hatte.

Einen Monat später sah er sie wieder. Dem Mädchen schien es besser zu gehen. Ihre Wangen waren voller und trugen ein wenig Make-up, das ihr gut stand. Erneut führte ihr Weg an Culmans Aussichtsposten vorbei. Er beobachtete, wie sie das erste Mal den Kinderwagen zum Bus schob, und dann ging es Schlag auf Schlag: Krabbelgruppe, Kindergarten, Grundschule, bis zu dem großen Tag, an dem der Junge erstmals allein mit dem Fahrrad zur Schule fuhr. Wie alt mochte er jetzt sein? Sieben? Sie schienen es gut miteinander zu haben, Mutter und Kind. Immer noch kein Mann in Sicht, nur die beiden, die Frau und das Kind. Ganz allein auf der Welt. Man sah es ihr an. Selbst wenn sie jemand anlächelte, der ihr half, den Wagen in den Bus zu tragen, schien ihr Lächeln eigentümlich bewaffnet. Culman wusste, wie der Junge hieß. Er hatte sie in der Apotheke getroffen. Der Junge war Asthmatiker, was Culman schon seit Jahren bekannt war, und wurde Viktor gerufen. Er hatte ihm ein Malzbonbon geben wollen, doch die Mutter hatte dankend abgelehnt und ihren Sohn fort von dem alten Mann mit der Bonbontüte gezogen. Als wäre er ein Sittenstrolch. Sie hatte auch begonnen zu rauchen. Stand mit ihrer Zigarette vor der Apotheke und rauchte wie zum Protest, während Viktor auf dem Platz unter der Linde spielte. Vielleicht konnte sie wegen seines Asthmas nicht zu Hause rauchen. Culman grüßte sie nicht mehr. Die Frau sah weg oder wechselte die Straßenseite, wenn Culman auftauchte. Er hatte das Gefühl, ihr war nicht entgangen, dass er stets mit dem Fernglas hinter der Gardine gestanden und sie beobachtet hatte. Zwischenzeitlich fürchtete er sogar, sie sei wegen ihm, dem Spanner, ausgezogen. Ein Gedanke, der ihn schmerzte. Dennoch schaute er ihr auch weiterhin nach, als schuldete er ihr irgendwas, als sei eine Rechnung zwischen ihnen noch nicht beglichen. Aber er kannte sie ja gar nicht, hatte nur einige Jahre ihres Lebens verfolgt. Aus der Ferne. Aus sehr großem Abstand. Eine junge Mutter und ihr kleines Kind. Obwohl sie sicherlich die dreißig überschritten hatte, sah sie immer noch wie ein junges Mädchen aus und bewegte sich wie ein Teenager. Vielleicht wollte sie gar keinen Mann haben. Doch eines Tages würde der Junge die unvermeidliche Frage stellen. Eines Winters waren sie plötzlich verschwunden und blieben es für lange Zeit. Culman fing unwillkürlich an, sie zu suchen. Er musste sie finden, um sich zu vergewissern, dass es ihnen gut ging. Damit ihre Geschichte glücklich endete. Dann tauchten sie plötzlich wieder auf, und der tägliche Trott mit Culman als passivem Beobachter nahm erneut seinen Anfang.

»Irgendjemand will mich ermorden.« Er sagte es laut und spürte einen Ruck in seinem Schritt. Die Drohung stand in Verbindung mit seinem Geschlecht. Konnte man vor Angst eine Erektion bekommen? Culman steckte die Hände in die Taschen und fühlte nach. Sein Glied war hart wie Eisen.

»Eddy«, murmelte er. »Bist du es, der den Leuten anonyme Briefe schickt?«

Auf dem Weg ins Badezimmer musste er sich an der Wand abstützen. Edwin Tinberg war schon immer ein netter und zuverlässiger Kerl gewesen, seine Frau Ida attraktiv und exquisit, eine kühle Frau von rätselhafter Austrahlung und gelassener Eleganz, die selten viele Worte verlor. Edwin vergötterte sie. Ida war über Annas oder Karen Johansens Gezänk erhaben, und wenn sie ging, bewegte sie sich wie eine Salzhändlerin aus Somalia, war rank und schlank und geschmeidig wie ein Aal.

»Herrgott noch mal, Eddy«, murmelte Culman, »warum denn?«

Sie hatte es doch selbst gewollt. Die ganze Inszenierung.

»Verdammt warm heute.«

Ida Tinberg schaut Culman auf eine ganz bestimmte Weise an. Als wollte sie ihn testen. Es ist Sommer, und sie sind im Tierpark, alle sechs. Erling hat gerade den Kutscher bezahlt, und Eddy hält einen Vortrag über die verschiedenen Hirscharten, die auf der Weide grasen. Anna zählt die Biere, und Karen cremt sich die Arme mit Sonnenmilch ein, während Ida Leon Culman auf eine ganz bestimmte Weise anschaut. Der Kopf ist gesenkt, die Augen leidenschaftslos, die Lippen scheinen einen Zweifel auszudrücken. Jetzt legt sie den Kopf zurück, streckt ihren langen, schlanken Hals und lächelt in die Luft. Culman kann durch den dünnen Stoff ihres Kleids ihre glatten Knochen sehen und stellt sich vor, wie es mit ihr wäre. Idas Knie sind hübsch, ihre Beine kräftig, sie hat einen schönen Po, eine schmale Taille, kleine Brüste und breite Schultern wie ein Kerl. Sie liegt auf der Decke im Gras, trinkt Bier aus der Flasche und sieht Culman auf eine ganz bestimmte Weise an. Die Männer prosten sich zu, und Johansen macht ein Schläfchen, während seine Frau sein rotwangiges Gesicht mit einem Taschentuch bedeckt. Edwin singt Bellman. Anna plappert ohne Punkt und Komma. Ida sitzt mit nach oben gezogenem Kleid auf einem Baumstumpf und fragt, ob jemand mit hinunter ans Wasser wolle. Sie gehen durch den Wald, Culman und Ida Tinberg. Sie ist zwei Meter vor ihm, es ist warm, also gehen sie im Schatten. Culman dreht sich um, doch von den anderen, die sich vermutlich zwischen dem Strandweg und dem Schloss befinden, ist nichts zu sehen. Die Hitze bringt ihn um; wie ein Fieber hat sie ihn befallen. Sie wartet an der großen Eiche auf ihn. Ihre Handflächen liegen auf den Innenseiten der Schenkel. Culman zögert, weiß jedoch, dass die Entscheidung bereits gefallen ist und dass es sich nicht um Genuss, sondern um ein Bedürfnis handelt. Alles geht so schnell, dass es ihm hinterher fast peinlich ist. Sie schweigt, bewegt sich immer noch mit der Geschmeidigkeit einer Salzhändlerin und kauft sich bei Taarbæk ein Vanilleeis. Als sie sich wenig später nach seiner Arbeit erkundigt, ist Culman froh, dass die Stille endlich gebrochen ist. Ida Tinberg schaut ihn nicht an, hört vermutlich auch nicht zu, lässt jedoch das Eis ganz in die Mundhöhle gleiten, bevor sie den Stiel wegschmeißt und schnell zu den anderen aufschließt.

Zwei Jahre später war sie tot. Sie hatte Culman nie mehr auf dieselbe Weise angesehen, und keiner von ihnen verlor über diese Episode je ein Wort, doch Culman hatte das Gefühl, sie habe ihrem Mann davon erzählt. Dass Edwin es wusste. Er hatte sich oft nach Culmans Frauengeschichten erkundigt. Auf seine ironische, provozierende Art. Es war eine Kokettereie, die Eddy offensichtlich genoss, ein Spaß, aus dem nie etwas anderes entstehen würde, ein Geheimnis zwischen ihnen, das nicht durch eine Entschleierung zerstört werden durfte. Leon Culman sollte langsam geschmort werden.

»In New York habt ihr euch vor Frauen doch sicher nicht retten können, was, Leon?«

»So kann man das auch nicht sagen«, seufzt Culman, der sich eingesteht, selten präziser gewesen zu sein: Die beiden Frauen, die er gekannt hatte, waren Halbschwestern gewesen – die eine geschieden und die andere eine Kleptomanin –, worauf man, wie er stets hinzufügte, ja schlecht aufbauen konnte.

»Wer in aller Welt will schon so einen Stubenhocker haben?«, sagt Anna und zwinkert Susse zu, die Culman mustert.

»Auf die Farbigen hattest du's sicher besonders abgesehen, stimmt's, Leon? Die Ebenholzschwarzen mit dem mangofarbenen Geschlecht. Die ganze Welt ist an Leon vorbeispaziert,

Junge, Junge, da können wir nicht mit. Der hat ein Leben gehabt!« Tinberg schüttelt ohnmächtig den Kopf.

Die Ebenholzschwarzen mit dem mangofarbenen Geschlecht.

Eddy Tinberg war ein moralischer Mann mit amoralischer Neugier.

Sie stehen sich gegenüber, Edwin und Leon. Zwei alte Männer in einer überbelichteten Szene. Zwischen ihnen steht die fast durchsichtige Ida, die der Tod zu einem Brennglas geformt hat, das Culman und Tinberg verschmelzen lässt.

Er ging in sein Zimmer zurück, schloss die Tür und begann die Fotos wieder einzusammeln, während er sich sagte, dass es zu einfach und vor allem zu billig war, einem Menschen auf diese Weise einen tödlichen Schrecken einzujagen. Das Einzige, das man brauchte, war eine defekte Schreibmaschine und eine krankhafte Phantasie. Und noch etwas, nämlich ein Opfer. Man musste sich natürlich ein Opfer aussuchen. Aber warum dann die Nachricht? Wenn man schon jemand umbringen wollte, warum sollte man ihn dann warnen? Warum machte man sich die Mühe, einen Brief zu schreiben? Man wollte die Wartezeit, bezweckte genau diese Stunden, diesen Donnerstag, voll Grübeleien, Angst, Unsicherheit und Reue. Er sollte wissen, dass er sterben würde. Man wollte ihm Angst einjagen. Aber weshalb? Weil man ihn gar nicht ermorden wollte. Man wollte ihn nicht erschießen, erstechen oder zu Tode prügeln. Die Mordwaffe war demzufolge weder ein Revolver noch ein Dolch oder eine Keule.

Culman starrte vor sich hin. »Die Mordwaffe«, flüsterte er, »ist maschinengeschrieben und unsigniert. Der Brief ist die Waffe.«

Er brauchte den Umschlag nicht aus der Tasche zu ziehen, denn er kannte den Text auswendig: »… zur Strafe für frühere Untaten …« Er sagte es laut. Schlimmer war es also nicht. Man konnte es laut aussprechen. Culman schüttelte den Kopf.

Eine Leiche im Keller. Alle Menschen hatten irgendeine Leiche im Keller.

Längst vergessene Wörter und Ausdrücke kamen ihm wieder zu Bewußtsein, von den Wochen auf dem Meer, im Maschinenraum auf dem Grund des großen Schiffs. Von Reykjavík nach Halifax, Peter Mærsk, 6566 Bruttoregistertonnen. Die Turbine war seine Domäne, er reinigte Düsen, Stopfbuchsen und Laufräder. Er tat, was der Chef ihm auftrug. Nicht mehr und nicht weniger. Culman wurde nie Vollmatrose. Für ihn war der Bestimmungsort wichtiger als die Reise, und in seiner Jackentasche hatte er sein Seefahrtsbuch, das keine Anmerkungen und nur den einen kleinen, runden Stempel aufwies, den er im Büro am Kopenhagener Hafen bekommen hatte.

»Keine Leiche im Keller.« Er sprach laut, als wollte er es dem Brief mitteilen. »Bei mir ist nichts zu holen. Ich bin achtundsiebzig Jahre alt, scheintot und schwach auf der Brust. Fahr zum Teufel, du Dreckskerl!«

Er nahm den alten Teppich in Augenschein, in dessen verblichenem Muster ein Mädchen zum Vorschein kam. Längst nicht so perfekt und längst nicht so erotisch wie Ida Tinberg. Der Teppich war ein Geschenk des Mädchens gewesen. Auf einem primitiven Webstuhl gefertigt. Das Motiv zeigte den Fjord bei Holbæk anno 1944, besser gesagt dessen Hälfte, denn der Teppich war halbiert: Auf dem Fjord fuhr ein halbes Segelboot vor einer halbierten großen Eiche, die als Seelands älteste gilt. Ein Großteil des Motivs war längst verschlissen, aber Culman konnte sich deutlich erinnern, wie es früher ausgesehen hatte.

Es ist Winter, und das Mädchen trägt einen Mantel, einen grauen Mantel, der mehrmals umgearbeitet worden ist, und eine Strickmütze, die sie über die Ohren gezogen hat. Sie reibt ein Taschentuch zwischen ihren Fingern. Fragt, ob ihm der Teppich gefällt.

Und Leon hört sich sagen, dass sie ihn für den Rest ihres Lebens benutzen werden.

»Du wirst«, sagt sie.

»Wir werden«, verbessert er.

Das Laufrad der Turbine arbeitet und setzt die vielen tausend Bruttoregistertonnen in Bewegung.

Bei Sturm und Regen steht er an Deck, die Taschen voll mit harten Brotrinden, und starrt auf die Wellen und Eisschollen, die gegen den Rumpf krachen, dass der Stahl singt und in den Knochen widerhallt, doch sie kommen voran, der Kurs ist klar, und schon bald blasen mildere Winde, es geht gen Süden nach Halifax, fort sind die Eisschollen, die Brotrinden und das Mädchen vom Fjord.

Er setzte sich auf den alten Schreibtischstuhl. »Nichts ist zurückgeblieben«, murmelt er. Außer einem Wort. Einem einfachen kleinen Wort. Er hatte es die ganze Zeit gewusst, denn es war genau dieses Wort, das ihm wie ein Stein im Magen lag. Der Text war raffiniert entworfen, geschickt formuliert, eine verschlüsselte Mitteilung mit einer klaren Adresse. Ein Detail, gewiss, aber kein gleichgültiges. Culman schnaubte. Wie sehr das Wort doch schmerzte. »Warum sprichst du's nicht aus?«, murmelte er. »Warum sagst du alles Mögliche, nur nicht dieses eine Wort? Du weißt ganz genau, Leon Culman, dass du wie die Katze um den heißen Brei herumschleichst. Warum sagst du nicht einfach, wie es ist?«

»Weil es nicht stimmt«, knurrte er, »weil es nicht wahr ist.«

Es gab wirklich viele gestörte Leute, die ihre Mitmenschen in Angst und Schrecken versetzten, entweder indem sie in der S-Bahn randalierten oder alte Leute schikanierten, wenn diese sich zu ihren Abonnementkonzerten aus dem Haus wagten.

Oder indem sie anonyme Briefe von ausgeklügelter Boshaftigkeit verschickten.

»Wir kennen uns offensichtlich«, murmelte er und fühlte eine eigentümliche Mattheit, als wöge seine Fleisch plötzlich doppelt so viel. »Oder tun wir das nicht? Nein, ganz und gar unmöglich.« Doch der Briefschreiber war offenbar eine Person, die sich viel Mühe machte und ihre Worte sorgfältig abwog.

Er schob die schwere Gardine beiseite und sah, wie ein Lichtkegel auf den Teppich traf und sich mit Staubpartikeln füllte, die in der Wärme der Heizung tanzten. »Kennen uns, kennen uns«, brabbelte der Staub. Culman fuhr mit dem Schuh über den Teppich; sofort wurden jahrzehntealte, knochentrockene Ablagerungen aufgewühlt, die bereitwillig am Tanz teilnahmen. »Kennen uns sehr gut«, flüsterte der Staub, der herumwirbelte, um sich lautlos abwartend wieder auf den Teppich zu senken.

Culman legte seine Hände auf den Schreibtisch. »Sag das Wort«, raunte er und starrte die Falten seiner Hand an. Sag das Wort! – Liquidiert! – Wiederhol es, Culman! – Liquidiert! – Wo führt es dich hin, das fatale, braune Wort? – Führt es mich überhaupt irgendwohin? – Ja, das tut es. Es begleitet dich zurück, nicht ganz zurück, denn es handelt sich merkwürdigerweise um eine Zwischenstation. Ja, eine Zwischenstation. – Wo? – In Hellerup. Schau sie dir an, Culman. Siehst du sie jetzt? – Ja, jetzt sehe ich sie. – Was siehst du? – Einen Pfahl. – Hast du etwas mit diesem Pfahl zu tun? – Nicht das Geringste. – Trotzdem siehst du ihn vor dir. So hat deine Erinnerung dir kleine Buchweizenkörner auf den Weg gestreut, genau wie im Märchen des zum Tode verurteilten Soldaten. Folge ihnen, Culman. Geh die gestrichelte Linie entlang. Bald wirst du den Regen spüren.

Es ist eiskalt, denn es ist Februar, vor ungefähr fünf Jahren. Es ist ein Tag, der nur aus Licht und Dunkelheit besteht, den Kontrasten von Mariä Lichtmess. Einer der Tage, an denen man sich hüten musste, aus dem Haus zu gehen, und tat man es dennoch, streifte man umher wie sein eigenes Röntgenbild.

Es kommt selten vor, dass Johansen so hartnäckig ist. Culman versteht nicht, was in aller Welt sie da draußen anfangen sollen.

Sie nehmen die Bahn nach Hellerup und gehen das letzte Stück zu Fuß.

Es ist Februar, und es scheint Eisenspäne zu regnen.

Vor dem weißen Pfahl spannt Johansen seinen schwarzen Regenschirm auf und fragt, ob Culman die besondere Atmosphäre spüre.

Culman trippelt auf der Stelle und versucht sich warmzuklopfen: »Es regnet, Erling«, schnieft er, »es regnet ziemlich stark, und bis ich den nächsten Schnupfen auskuriert habe, werde ich hundert Jahre alt sein. Für Gräber habe ich noch nie viel übrig gehabt, sie deprimieren mich bloß. Hörst du mir zu?«

Aber Johansen hört nicht zu, sondern guckt in die Luft, als halte er nach einem bestimmten Vogel Ausschau.

»Als wären die Toten immer noch hier«, sagt er, »und würden sich an uns richten. Spürst du das denn nicht? Die Geschichte, die Erinnerung. Wenn man ganz still ist und lauscht, hört man sie beinahe flüstern.«

»Sie sind fort, Erling. Du stehst hier auf Humus. Wenn du etwas hörst, dann ist es in deinem Kopf.«

»Wie kannst du nur so etwas sagen?« Johansen, der Stämmige, Gutmütige, stets Besonnene, starrt Culman ungläubig an. Seine Augen leuchten vor Verachtung.

»Das hier«, flüstert er, »ist mein Dänemark, und nichts, nichts davon ist tot. Es lebt. Verstehst du, was ich sage? Es lebt!«

»Aber, mein Lieber, so habe ich das doch nicht gemeint.«

»Wir hätten eine Blume mitbringen sollen. Das wäre das Mindeste gewesen.«

Culman nickt. »Du glaubst, das hätte sie gefreut?«

»Ich möchte den Toten meinen Respekt bezeugen.«

»Das möchte ich auch, Erling, glaub mir.«

Culman blickt über das Terrain und sieht, wie die großen und kleinen Steine der Gräber beiseite geschoben werden. Aus den Löchern steigt ein Dutzend ausgemergelter Knochenmänner, die sich zu einer harmonischen Gruppe formieren, in der die größten und am besten erhaltenen in der Mitte und die kleinsten und schmuddeligsten am Rand stehen. Ein beißender Wind fegt über das Gelände und zerrt an den zerlumpten Leichenhemden, aber das stört die stockfleckigen Männer nicht, die einer abgehärteten und tapferen Generation angehören. Mehrere tragen Medaillen an der Brust, und einer wedelt stolz mit einem zerfressenen Foto der Andrew Sisters. Sie sehen aus, als führten sie etwas im Schilde, und plötzlich schallt es über den Friedhof: *Fly me to the moon and let me play among the stars / Let me see what spring is like on Jupiter and Mars / In other words: hold my hand, in other words: darling kiss me.*

Sie schwänzeln elegant und synchron zu Culman und Johansen hinüber, verbreiten ihren ekelhaften Geruch von Schimmel, Fäulnis und Zichorienkaffee, doch ihre strahlende Laune und die melodischen Stimmen neutralisieren den Gestank vollkommen. Einer von ihnen, ein junger Mann, geht in die Knie und breitet die Arme aus. Er hat eine wundervolle Stimme und ein gewinnendes Lächeln: *Fill my heart with song / And let me sing forever more / You are all I long for / All I worship and adore / In other words: please be true / In other words: I love you.*

»Du bist schon ein komischer Kauz, Leon.«

Johansen steht auf den Zehenspitzen, um Culman direkt in die Augen blicken zu können.

»Gewöhnlich wäre die richtige Bezeichnung«, murmelt Culman und versucht es mit einem schwachen Lächeln.

»Im Grunde spielst du doch nur Theater.«

»Tu ich das wirklich?«

»Ja, du spielst immer. Ich sehe es an deinem verschmitzten

Lächeln. Vielleicht bist du auch nur ein wenig oberflächlich.«

Culman steckt die Hände in die Taschen und verlagert das Gewicht von einem Fuß auf den anderen. »Sind wir fertig, Erling, oder willst du dir noch mehr Tote ansehen?«

An der Gedenkstätte, die an diesem verregneten Februartag nur zwei Besucher zu verzeichnen hat, ist völlige Ruhe eingekehrt. Johansen und Culman stehen einen Meter voneinander entfernt. Beschäftigungslos wie Museumswärter, unwirklich wie Statuen.

Culman schaut in die Luft und findet die Zeit reif für eine versöhnliche Bemerkung: »Hier draußen bekommt man beinahe ein schlechtes Gewissen, weil man noch am Leben ist.«

Johansen sieht ihn anerkennend an. »Absolut, Leon. Absolut.«

»Warum sollte man ein schlechtes Gewissen haben, am Leben zu sein?«, brummt Culman.

Johansen lächelt. An diesem Ort, sagt er, käme einem so vieles in den Sinn. Was kein Schade sei.

Johansen kramt seine kleine Dose mit Lakritzpastillen hervor, legte sich eine auf die Zungenspitze und wippt auf den Fußballen. »Wenn ich hier stehe, vermisse ich mein altes Vaterland, so, wie es einmal war. Heute kann man uns kaum noch als ein Volk bezeichnen, wir bestehen nur noch aus Interessengemeinschaften«, Johansen lässt seinen Blick schweifen, »aus egoistischen Clans, die sich nur für ihren Markennamen interessieren, und selbst ernannten Lobbyisten, die Philosophen und Betriebswirte als Sprecher für ihre dubiosen Unternehmen beschäftigen: für die ›Gesellschaft fehloperierter Blinddarmpatienten‹ oder die ›Vereinigung ausgebrannter Tagesmütter‹«.

Culman lacht. »›Für das Kartell sprachbehinderter Hausierer‹ und die ›Operation 4. Juni für Computergeschädigte‹, du hast völlig recht, Erling.«

»Keine gemeinsame Identität mehr.« Johansen schaut verloren ins Weite. »Heute kämpft jeder gegen jeden. Was sollte uns auch zusammenhalten?«

»Wie gut, dass es Gastarbeiter gibt«, brummt Culman, »die unser Gemeinschaftsgefühl wecken. Wir sollten endlich Front gegen Urdu sprechende Taxifahrer machen.«

»Ich finde das nicht besonders komisch.« Johansen vergräbt seine Hände in den Taschen.

Culman schüttelt den Kopf. »Wir müssen uns wohl oder übel mit der Gesellschaft derer begnügen, die den Anschluss verpasst haben.«

Johansens Gesicht leuchtet auf. »Die Gesellschaft, Leon, ist nicht mehr unser Problem. Die muss allein klarkommen. Wir haben getan, was möglich war, und können uns mit gutem Gewissen zurückziehen. Aber ihre Entwicklung erfüllt mich mit Hass und Abscheu. Unsere Gier kennt keine Grenzen und nennt sich Konsum. Wir wollen Kinder, Freizeit, Karriere, Fernreisen, Safari, Rafting, Bungeejumping und und und ...«

Johansen wirf Culman einen Blick zu und putzt sich die Nase. »Vielleicht ist man auch nur ein alter, mürrischer Narr geworden.«

Culman nickt und stößt Johansen mit dem Ellbogen an. »Eigentlich habe ich geglaubt, man würde klüger mit dem Alter, aber das einzige, das man wird, ist vergesslich. Ich habe kaum noch eine Vorstellung davon, was das Ganze eigentlich soll. Aber wahrscheinlich hat Tinberg recht: Es geht darum, ins Fernsehen zu kommen.«

Johansen sieht nicht gerade so aus, als würde er zuhören, als er dem Ausgang zustrebt. Doch auf der Rückfahrt im Zug wendet er sich wieder der Befreiung zu, jenem Tag, an dem er gemeinsam mit seiner Schwester, seinem Nachbar und zwei Hausangestellten von Østerbro zum Rathausplatz gelaufen ist. Culman versucht das Gespräch auf vertrauenswürdigere Themen zu lenken, doch als sie den Bahnhof verlassen, gehen sie jeder für sich. Johansen marschiert zwei

Meter voraus. Seine Haltung ist aufrecht, beinahe trotzig. In regelmäßigen Abständen dreht er sich zu Culman um, der seinen Ausdruck nicht deuten kann. Der nicht weiß, ob ihre Freundschaft einen Riss bekommen hat. Ob ein kleiner Splitter herausgebrochen ist, der sich jetzt zu den vielen anderen des Friedhofs gesellt. Ob dies der Sinn ihres Ausflugs war? Dieses Opfer zu bringen?

Am Nyelandsvej bleibt Johansen stehen und schaut Culman in die Augen.

»Wo warst eigentlich du, als Dänemark befreit wurde?«

Culman breitet lächelnd die Arme aus. »Ich war zu Hause. In Flakholmen. Wo soll ich sonst gewesen sein?«

»Du warst also in Kopenhagen?«

Culman versucht seiner Stimme einen unbeschwerten Klang zu geben. »Ich glaube, ich war gerade in Holbæk.«

»Du warst in Holbæk?«

Hinterhältig. Da war es, das Wort. Johansen sah hinterhältig aus. Normalerweise war er das nicht, aber jetzt sah er hinterhältig aus. Jedenfalls ein bisschen. Vielleicht hatte er es einfach satt, dachte Culman, er besaß schließlich die kleine cremefarbene Karte als Beweis seines Guthabens.

»Meine Freundin wohnte in Holbæk«, sagt Culman.

»Ich dachte, du hast während des Kriegs in einem Kopenhagener Hotel gearbeitet.«

Er ist ziemlich nah dran, der kleine, stämmige Kerl mit dem glatten Gesicht, dem weißen Scheitel und dem kryptischen Lächeln. Auf Culmans Rücken legt sich eine Cellophanschicht. Er spürt, wie die Haut sich hebt und die Kehle trocken wird.

»Das stimmt, Erling, ich habe in einem Kopenhagener Hotel gearbeitet – das ist alles, was ich kann –, aber die Umstände machten es erforderlich, dass ich noch am selben Tag zurückfuhr.«

Culman schüttelt sich, schnieft, zieht die Schultern hoch und trippelt auf der Stelle, um sich warm zu machen. Der

Regen fegt in großen, dichten Schleiern über sie hinweg. Culmans Füße sind nicht mehr kalt, sondern gefühllos.

»Du bist vielleicht gleich in den Untergrund gegangen?«

»Das weiß ich nicht mehr genau, aber so kannst du es ruhig ausdrücken.« Culman putzt sich die Nase.

»Davon hast du nie etwas erzählt.«

»Habe ich nicht? Nein, kann schon sein. Ich versuche, in der Gegenwart zu leben, Erling. Das ist für uns Alte genauso wichtig wie das Einnehmen unserer Cholesterinpillen.«

»Was ist aus deiner Freundin geworden?«

Culman schaut den kleinen Kontrolleur prüfend an. Er schaut ihn so lange an, bis Johansens sonst so fester Blick anfängt zu flackern. Und als er schließlich einen Schritt zurücktritt, fängt Culman zu lachen an. Er lacht, dass sein ganzer Körper bebt. Johansen starrt ihn an, aber Culman schüttet sich aus vor Lachen, als hätte der Kontrolleur etwas umwerfend Komisches gesagt. Dann steht er unbeweglich da, als müsse er sich sammeln und schüttelt sanft den Kopf. »Oh, Erling«, seufzt er, »Erling-Erling-Erling, du bist vielleicht 'ne Marke. Teufel noch mal, bin ich nass. Meine Füße sind völlig eingefroren. Ich glaub, ich spendier uns ein Bier und einen Aquavit.«

»Du willst mir vielleicht nicht sagen, was aus ihr geworden ist?«

Culman senkt die Stimme zu einem Flüstern und tritt ganz dicht an Johansen heran, als wolle er sich vergewissern, dass niemand mithört. »Mein lieber Erling, die habe ich einfach erschlagen, noch dazu … – Culman legt dem Oberkontrolleur den Arm um die Schultern und den Mund an das Ohr – »noch dazu mit einem Spaten, und alles aus reiner Eifersucht. Das ist es, worüber ich mich so amüsiere. Das ist es, was mich zu solch einem Spaßvogel macht. So, jetzt weißt du's. Willst du jetzt ein Bier, oder sollen wir nach Hause gehen, die Glotze anschalten und sehen, ob wir eine Mikrowelle gewinnen können?«

Die Tür öffnete sich. Anna trug eine Schürze und wirkte ungeduldig. »Sag mal, gehst du jetzt, oder nicht?«

Culman hob den Beutel hoch und sah sich um, als würde er etwas suchen. Er konnte ja einfach die Tür abschließen. Die Haustür im Erdgeschoss war auch verschlossen, aber alle Bewohner besaßen einen Schlüssel, und die Vielzahl der Einbrüche zeigte, dass es unzählige Dubletten gab. Culman hatte die Wohnungstür so effektiv gesichert, wie man das in Brooklyn tat. Hier kam keiner rein. Die anderen hatten sich darüber lustig gemacht, doch jetzt war Culman froh über sein ausgeklügeltes Sicherheitssystem.

»Leon, sie warten schon auf dich«, sagte Anna.

»Ja natürlich warten Erling und Edwin da unten. Es ist ja schon spät. – Auf dem Friedhof bin ich das letzte Mal gewesen«, murmelte er.

»Auf dem Friedhof?« Sie starrte ihn an.

Culman schüttelte den Kopf, ging um den Schreibtisch herum und sagte, er habe in Erwägung gezogen, heute zu Hause zu bleiben.

»Und die Schwimmhalle?« Sie trat ganz dicht an ihn heran und stemmte die Hände in die Hüften. »Was ist heute eigentlich los mit dir?«

»Gar nichts ist los, abgesehen davon …«

»Abgesehen wovon?«

»Dass ich keine Lust habe, wieder Fußpilz zu kriegen.«

Sie schaute ihn misstrauisch an.

»Ich weiß, was du denkst«, sagte er. »Du denkst, ich kann einfach meine Sandalen anziehen, aber, Anna, du bist nie bei uns Männern in der Sauna gewesen. Ich kann dir sagen … heutzutage … ist das kein Vergnügen.«

»Mach, dass du wegkommst. Ich habe hier tausend Dinge zu erledigen, und du holst dir in der Schwimmhalle schon keine Geschlechtskrankheit.«

Er ging zur Tür. Ging rückwärts den Flur hinunter. Sie stand immer noch auf der Schwelle zu seinem Zimmer.

»Anna.«

»Ich hab's eilig, Leon. Es ist Donnerstag.«

Er ging zu ihr, und erst jetzt schenkte sie ihm ihre volle Aufmerksamkeit. Sie fasste ihn am Jackenaufschlag. Auf eine nette Art. Auf die Art, an die er sich erinnerte. Energisch und sanft zugleich. Kalt und warm. Linkisch und wunderbar.

Er küsste sie auf die Wange.

»Ich bringe dir nie Blumen mit, Anna. Ich kannte einmal einen Armenier, der die schönsten Sträuße in ganz Manhattan verkaufte.«

»Machst du dich jetzt bitte auf die Socken? Hat man so was schon erlebt.«

Sie schubste ihn den Flur hinunter und öffnete die Wohnungstür. Culman schaute sie an. »Ich könnte dir helfen. Beim Saubermachen.«

Sie öffnete die Tür zum Fahrstuhl. »Alles, nur keine weißen Freesien.«

»Was ist mit weißen Freesien nicht in Ordnung?«

Er betrat die kleine, viereckige Kabine des Fahrstuhls und drückte auf 0.

»Das sind Begräbnisblumen«, sagte sie und schloss die Tür.

9:15

Er war im Treppenhaus und konnte sie draußen stehen sehen, Johansen und Tinberg. Johansen im grauen Mantel mit Schlapphut. Er glich einer Reklametafel aus den Vierzigerjahren. Neben ihm stand Eddy Tinberg in seinem beigefarbenen Dufflecoat und einem Tuch, das er sich zweimal um den Hals gewickelt hatte. Er pfiff vor sich hin. Ein Mann, der pfeift, hat etwas Unantastbares an sich, eine Mischung aus höchster Konzentration und vollkommener Entspanntheit. Tinberg pfiff wie Fred Astaire, hatte den denselben Körperbau und dieselbe androgyne Elastizität.

Culman fühlte sich schwerfällig und unbeholfen und alles andere als elastisch. Warum aus dem Haus gehen? Warum ein Risiko eingehen?, fragte er sich, als er aus dem Fahrstuhl trat. Der Absender hatte den Donnerstag gewählt, weil dies der einzige Tag war, an dem Leon Culman mit Sicherheit das Haus verließ.

Sie bemerkten ihn. Johansen winkte, und Tinberg schaute auf seine Uhr. Als ob sie an eine bestimmte Zeit gebunden wären. Als ob sie jemand erwarteten. Vielleicht stimmte das. Vielleicht wartete an diesem Donnerstagmorgen jemand auf Leon Culman. So absurd dieser Gedanke war, hatte er doch in ihm Wurzeln geschlagen. Er öffnete die Tür auf die Straße und erwiderte ihren Gruß. Unwillkürlich schaute er sich um, es war ein eiskalter Morgen, an dem der Winter in Nase und Ohren biss. Tinberg fasste ihn unter, das tat er manchmal. Aus irgendeinem Grund verschwanden alle Geräusche; Culman blickte in die Luft, und sie setzten sich in Bewegung. Tinberg fasste immer noch unter Culmans Arm. Vor ihnen ging Johansen. Er drehte sich ständig um und vergewisserte sich, ob sie Schritt hielten. Alles war heiter und vertraut, doch an der Ecke zum Helgesvej blieb Culman stehen und befreite sich aus Tinbergs Griff. Er sagte, er wolle gern allein gehen. »Ich will einfach allein gehen, okay, Eddy?«

Das amüsierte Tinberg. Culman fragte, was denn daran so komisch sei. Tinberg antwortete nicht, sondern begann zu pfeifen. Johansen zeigte ihnen grinsend den Rücken; Culman ging schneller und packte seinen Ellbogen. »Was ist daran so komisch, Erling?«

Johansens engelsgleiches Gesicht mit den roten Wangen wandte sich ihm zu; die klaren blauen Augen schauten Culman mit aller Unschuld der Welt an. »Deine Nase läuft, Leon.« Er zog sein Taschentuch hervor; die Bewegung war so langsam, dass Culman schwindlig wurde. Er starrte Johansen an, der – ohne ihn aus den Augen zu lassen – in seiner Innentasche kramte. All die Zeit, die er brauchte, um sein Taschentuch zu finden. Sein Lächeln, als er es endlich fand, und die unendliche Langsamkeit, mit der er es herauszog und schüttelte.

Culman spürte die Mauer an seinem Rücken, als er im nächsten Augenblick die Balance verlor.

»Lasst uns diese heiligen Hallen betreten!« Tinberg stand auf der Eingangstreppe zur Schwimmhalle.

Culman fand, dass Tinbergs Mund sein ganzes Gesicht ausfüllte, sein großer roter Mund mit den Goldzähnen.

Johansen öffnete die Tür. »Komm rein, Leon«, sagte er, »komm in die Wärme.«

Sie kannten die verschiedenen Bademeister seit einem Menschenalter, genauso wie die Prozedur und die vorhersehbaren Dialoge an der Kasse, die sie wie Zurufe in die Kabinen begleiteten. Diese wurden zwar immer enger und machten es zunehmend unmöglich, sich in ihnen umzuziehen, doch der Seifengeruch der gelben Schwämme hatte etwas Vertrautes, ebenso die nackten Körper: ein narbiger Magensack, ein von Leberflecken gesprenkelter Rücken, ein Wasserhoden, eine krumme Wirbelsäule. Sie wussten nicht, wie die Männer hießen, erkannten sie jedoch an ihren Leiden. Die Stimmung war ebenso lautstark wie ausgelassen, und die gemeinsame Nacktheit produzierte einen morbiden Exhibitionismus, der nichts für zarte Seelen war.

Culman grüßte in alle Richtungen, während Johansen seine Kleider mit militärischer Präzision zusammenfaltete. Geduldig wartend, hatten sie sich längst mit seinem angeborenen Ordnungssinn abgefunden, der im Alter zunehmend in Besessenheit ausartete.

Währenddessen studierte sich Tinberg im kleinen, viereckigen Spiegel der Umkleidekabine. Culman war von seiner Eitelkeit fasziniert und genoss es, ihn heimlich zu beobachten. Tinbergs Gesichtsausdruck veränderte sich, wurde konzentriert und entrückt. Mit seinen langen, schmalen Fingern straffte er die Haut unter den Wangen, als suche er im Spiegel nach einer bestimmten Form, einem bestimmten Aussehen, vielleicht dem, das er in jungen Jahren gehabt hatte. Er kehrte dem Spiegel die Seite zu, erst die linke, dann die rechte, bevor er mit kleinen trippelnden Schritten versuchte, sich von hinten zu betrachten.

»Wie hübsch du bist, Eddy«, seufzte Culman. »Ich möchte fast sagen – begehrenswert.«

»Guten Morgen, Arschgesicht.« Tinberg sprach mit seinem Spiegelbild, das eine Grimasse schnitt.

Culman lehnte sich gegen die Kabinenwand. »Du siehst immer noch aus wie Fred Astaire mit einem distinguierten Touch von David Niven. Was willst du mehr?«

»Ich sehe aus wie meine Mutter. Die hast du nie kennen gelernt, oder, Lenni? Nein, das hast du nicht, aber sie sah ziemlich gut aus, selbst im hohen Alter. Ich denke oft an meine Eltern, wirklich zwei prachtvolle Menschen. Es ist merkwürdig, aber heute bin ich drei Jahre älter, als sie geworden sind. Ich spreche immer noch mit meiner Mutter. Jeden Morgen so gegen neun. Du findest sicherlich, dass ich ein alter Schwachkopf bin, das brauchst du gar nicht zu leugnen, ich sehe es dir an, aber das ist mir egal.«

»Wovon redet ihr?«

»Von allem Möglichen zwischen Himmel und Erde.«

»Was sagt deine Mutter zu dir, Eddy?«

Tinberg wandte widerwillig seinen Blick vom Spiegel und bekam einen bitteren Zug um den Mund. »Ich frage mich, warum du ein so zynischer Ignorant geworden bist, Leon.«

»Ein was?«

»So … so abgestumpft in vieler Hinsicht.«

Culman atmete tief ein und blickte zur Decke.

Tinberg hob das Kinn. »In jedem Fall so von oben herab mit deinem typischen Laisser-faire.«

»Wenn ich nur wüsste, was das bedeutet.«

Tinberg entblößte seine Vorderzähne und war immer noch in das Studium seiner selbst vertieft. »Du weißt genau, was das bedeutet. Hör endlich auf, den Einfaltspinsel zu spielen.«

»Und wenn ich wirklich ein Einfaltspinsel sein sollte? Diese Möglichkeit ist ja nicht völlig ausgeschlossen …«

Tinberg schob den Brustkasten nach vorn. »Immer weichst du mir aus, Leon«, stöhnte er.

»Wovor weiche ich denn aus, mein Bester?«

»Das hätte ich auch gern gewusst.«

Culman legte die Hand an Tinbergs Wange. »Du bist mein bester Freund, Eddy. Wusstest du das? Wir beide können über alles reden.«

Tinberg rollte mit den Augen. Culman legte ihm die Hand in den Nacken.

»Weißt du, mit wem ich spreche, Eddy?«

Tinberg nahm Culmans Hand weg.

»Ich spreche mit dem Tod. Hörst du, was ich sage? Ich spreche mit dem Tod. Früher war er eine Abstraktion, heute ist er Aktionär.«

Tinberg musterte Culmans splitternackten Körper.

»Wovon redest du eigentlich, Leon?«

»Vom Tod, mein Lieber, der hat Aktien bei mir. Ich bin verpfändet, Eddy. Ansonsten reden wir über alles Mögliche. Über die unverschämte Kürze des Lebens. Worüber sollten wir sonst reden?«

Sie blickten sich an. Tinberg seufzte, zuckte die Schultern und legte seine Uhr sowie seine Halskette auf die Ablage unter den Spiegel.

»Frierst du manchmal an den Zehen, Eddy?«

»Keine Spur.«

Danach zockelten sie in den Waschraum und pflegten ein weiteres Ritual. Culman wartete, bis die Kabine mit den verschiedenen Brauseköpfen frei wurde. Tinberg interessierte das nicht. Er pfiff, was das Zeug hielt, während er umhertänzelte und die Aufmerksamkeit der ganzen Schwimmhalle auf sich zog. Johansen hingegen verhielt sich völlig ruhig. Er konnte sich stundenlang bürsten und schrubben, wenn man ihn nicht drängte. Seine Reinlichkeit war legendär und grenzte ans Krankhafte. Er hatte sich über die Einführung der gelben Schwämme beschwert, die längst nicht so effektiv waren wie die kleinen Holzwollbüschel, die in seinen Augen das Adelsmerkmal der gesamten Anstalt gewesen waren, das Zeichen eines gewissen Standards. Doch ach …

»Wir müssen schließlich mit der Zeit gehen, Herr Johansen«, hatte der Chefbademeister gesagt, ohne zu wissen, dass er damit die schlimmste aller möglichen Redewendungen benutzt hatte.

Die meisten Gäste waren Stammkunden und kannten einander. Ihre Bemerkungen hatte man zigmal gehört, ihre Stimmen hingen in der feuchten Luft und verschwanden wie Blasen unter dem Rauschen des Wassers, dem Klappern der Plastiksandalen und den Rufen der Bademeister. Die Angestellten in ihrer weißen Arbeitskleidung hatten schon immer eine eigenartige Ausstrahlung und einen Hang gehabt, sich herauszuputzen. In der Regel waren sie fett, unförmig oder krankhaft mager, hatten schlechte Zähne und versoffene Augen, doch einer wie der andere trugen sie Goldkettchen um den Hals oder ums Handgelenk oder einen zu großen Siegelring am kleinen Finger. Vielleicht war dies eine Folge des täglichen Umgangs mit Männern, mit nackten Männern und nur Männern. Vielleicht wurden sie weibisch, weil sie die einzigen waren, die etwas am Leib hatten. Culman, Tinberg und Johansen sprachen oft darüber und hatten ihren Spaß daran. Am Donnerstagmorgen hatten sie überhaupt ihren Spaß. Besonders Tinberg, der sich über Culmans klitzekleine Schritte und seine Angst vor Fußpilz lustig machte.

Johansen hatte ein kleines Sitzkissen dabei, das er im Dampfbad benutzte. Seine Geschichten, was man sich alles einfangen konnte an einem Ort, an dem sich mehr oder minder dubiose Gestalten nackt herumtrieben, konnten einem die Haare zu Berge stehen lassen und Culman davon abhalten, sich hinzusetzen. Tinberg winkte ab und sagte, Erling lebe in der Vergangenheit: Sein Waschen, Reiben und Schrubben sei der krampfhafte Versuch, sich von der Gegenwart zu befreien und zum Kern vorzudringen, zu einer Zeit, in der die Welt noch überschaubar war und die Männer sich noch mit Holzwolle abrieben. Darüber konnten lange Diskussionen entstehen, die meist damit endeten, dass Culman eine witzige Bemerkung machte. Nur Johansen zog in letzter Zeit nicht mehr richtig mit. Früher hatte er es mit Humor nehmen können, auch die kleinen Frotzeleien. Das ging nicht mehr.

Tinberg setzte sich im Dampfbad auf die unterste Stufe, während die anderen auf den obersten Absatz krabbelten, wo sich nur die Hartgesottensten aufhielten.

Culman schaute sich um. In der Regel kannte er die anderen, doch heute waren es fünf, und zwei von ihnen Fremde. Leute, die er nie zuvor gesehen hatte. Es waren Männer in den Fünfzigern, mit mageren Vogelbrüsten und großen, überfressenen Bäuchen.

Die meisten rasierten sich, ehe sie in den Erholungsraum gingen. Tinberg hatte da seine eigene Technik. Er rasierte sich mit kleinen, vorsichtigen Bewegungen und schnitt sich niemals. Johansen hatte fast keinen Bartwuchs mehr und begnügte sich mit der Rasur des Kinns. Culmans Haare wuchsen überall auf seiner schlaffen, faltigen Haut, deren Rasur Konzentration und Zeit erforderte. In Zeiten von Aids musste man aufpassen, dass man sich nicht schnitt.

Er krabbelte die Stufen hinunter und klappte sein Rasiermesser aus. Er war der einzige von ihnen, der die Kunst beherrschte, ein Rasiermesser zu führen. Es gab zwei Grundregeln: das Messer scharf und die Klinge flach zur Haut halten.

Tinberg ging als Erster hinaus, kurz darauf gefolgt von Johansen. Durch die kleine, runde Scheibe konnte Culman sehen, wie sie sich mit dem mageren Bademeister unterhielten. An diesem Donnerstag war die Schwimmhalle ungewöhnlich leer. Vielleicht war es das, worüber sie redeten. Culman zog die Haut glatt, legte das Messer unterhalb der Schläfe an die Wange, trat näher an den Spiegel heran und hob das Kinn. Einer der Dicken stieg von der obersten Stufe herunter und nahm hinter Culman Aufstellung. Sie waren gleich groß, doch der andere war doppelt so breit. Er schaute Culman, der die Arme sinken ließ, in die Augen. Der andere Mann, der dünne, hatte sich hingelegt, die Arme hinter dem Nacken verschränkt, offensichtlich entspannt. Der Mann hinter Culman betrachtete Culmans Hals. Er war halb rasiert.

»Wie machen Sie das bloß?«

Culman befeuchtete seine Lippen. »Bitte?«

»Wenn ich das Rasiermesser benutze …« Der Mann stockte, fand jedoch den Faden wieder und sagte, wenn er die Klinge benutze, gleiche er hinterher einem Verkehrsopfer.

»Es liegt wohl an der falschen Technik, dass hinterher alles voll Blut ist, wirklich alles voll Blut.«

Der Mann auf der Bank amüsierte sich. Culman wusste

nicht, was daran so komisch sein sollte, spürte aber erneut diesen unangenehmen Schwindel. Der Mann, den er im Spiegel sah, sagte irgendwas über Rasierapparate. Eine Bemerkung, die einen Kommentar des Manns auf der Bank nach sich zog, der offenbar ein Bekannter war. Er sagte: »Mit dem Messer geht's am besten. Wenn man eins hat. Und damit umgehen kann. Ohne zu verbluten.«

Der Mann im Spiegel lächelte Culman an, der verstohlen den Mann auf der Bank anblickte, der sich aufsetzte.

Draußen lachten Tinberg und der Bademeister ein lautloses Lachen. Irgendjemand wiederholte die Wendung »alles voll Blut«, und Culman sah, wie das Wasser in feinen Rinnsalen von der Decke lief, aus dem Ablauf kam ein dumpfes Gurgeln, die tropische Wärme absorbierte den süßlichen, widerwärtigen Blutgeruch, den geheimnisvollen Brodem von Leben und Tod.

Der Mann hinter Culman bewegte den Mund, und der Satz schlängelte sich in Culmans Ohr wie ein Girlande. Er wollte Culman dazu bringen, sich zu Ende zu rasieren, um zu sehen, wie er es machte.

»Ich bin fertig.« Culmans Stimme drang kaum über seine Lippen, sodass er den Satz ein zweites Mal sagen musste.

»Der Hals fehlt noch. Die kritische Stelle ist noch unrasiert.«

»Ich habe keine Zeit mehr.«

Culman schlurfte rückwärts zur schweren Tür. Normalerweise hatte er in der feuchten Luft keine Atembeschwerden. Jetzt musste er nach Luft ringen. Die Männer blickten ihn an, und es wunderte Culman, dass er sie nie zuvor gesehen hatte. Er besuchte die Schwimmhalle seit fast zwanzig Jahren und hatte sie noch nie gesehen. Er umfasste den Türgriff; draußen zeigte der Bademeister seine neue Goldkette. Tinberg wog sie in der Hand.

»Einen Moment, bitte.«

Der Mann auf der Bank hatte sich erhoben. Culman zog

an der Tür, die die Neigung hatte, sich festzusaugen, so dass man mit aller Kraft an ihr zerren musste.

Der Mann trat auf ihn zu. Er war so dick, dass er beim Gehen schnaufte.

»Sie sind doch Herr Culman, nicht wahr?«

Culman benetzte seine Lippen; seine Mundhöhle war knochentrocken.

»Was wollen Sie von mir?« Er drehte dem Mann die Seite zu und schaute nach draußen zu Tinberg, der dem Bademeister eine Hand auf die Schulter gelegt hatte. Johansen war nicht zu sehen.

»Heißen Sie Culman, oder heißen Sie nicht Culman?«

Culman sagte, dass er Culman heiße.

»Dann müssen dies Ihre Sandalen sein.«

Auf den blauen Gummisandalen, die der Mann in der Hand hielt, stand in der Tat ›Culman‹, geschrieben mit Annas hübscher Handschrift.

Culman ging hinaus und passierte Tinberg auf dem Weg in den Erholungsraum. Er bewegte sich, als ginge er auf einem schmalen Steg. Bei der Tür fasste er sich an den Mund, um sich zu vergewissern, dass er immer noch da war. Er schaute auf seine Finger, sie waren blutverschmiert.

Tinbergs Gesicht tauchte vor ihm auf; es war eine große, grinsende Maske. »Du hast wirklich Nasenbluten bekommen, Lenni, wie ein kleines Mädchen.«

Culman war schwindlig. Er schloß die Augen und atmete tief durch. Von irgendwoher erklang Lachen, und von ferne hörte er Musik, die sich näherte. Ich werde verrückt, dachte er und lehnte sich gegen die geflieste Wand. Warum ist die Stimmung so ausgelassen? Was haben sie nur vor? Ich spreche mit dem Tod, sagte eine Stimme in seinem Kopf. Wir sprechen vom Leben. Worüber, zum Teufel, sollten wir sonst sprechen? Während wir sprechen, unterzieht er mich einer Leibesvisitation. Seine eiskalten Finger schließen sich um mein Geschlecht. Der Tod scheint seinen Spaß daran zu haben.

Culman blickte sich um.

Und jetzt tänzelten sie wie Revuegirls in einer langen Formation herein, die Fetten und die Mageren, zwanzig Beinschwinger, Arm in Arm, ein narbiger Magensack, ein von Leberflecken gesprenkelter Rücken, ein Wasserhoden und eine krumme Wirbelsäule. Die Sandalen klapperten auf dem nassen Boden, die Augen glänzten, und die schweren Goldketten rasselten an den Knochen der nackten Männerriege, die von zwei Bademeistern eingerahmt war.

Be my life's companion and you'll never grow old, you'll never grow old, no you'll never grow old.

In langen Reihen kommen sie aus dem Dampfbad, alle mit einer Hand an der Hüfte, die sie im Takt der Musik schwingen: *Be my life's companion, be my life's companion.* Eine Formation folgt der anderen, und die prosaischen Duschköpfe verwandeln sich in farbige Springbrunnen, die sich passend zur Musik an- und abstellen. Die roten Gummibänder wickeln sich um die Zeigefinger der Angestellten, während aus den grünen Kabinen die nächste Riege hereintänzelt, mit den gelben Schwämmen wedelt und zur nächsten Tür wieder hinausgleitet.

Be my life's companion
and you'll never grow old,
you'll never grow old,
no you'll never grow old.

Zehn Minuten später saß er mit der Zeitung des vorigen Tages im tropisch anmutenden Erholungsraum, in dem nur das Geräusch der Wasserdüsen zu hören war.

Culman nahm sich die Watte aus der Nase und reichte die Zeitung Johansen, der den Kopf schüttelte. Sie gingen gemeinsam zum Tauchbecken mit dem eiskalten Wasser, und wie immer sprang Johansen als Erster hinein. In der Regel sprang man ins Wasser und sah, dass man so schnell es ging wieder herauskam. Es gab nur Platz für einen einzigen Wikinger. Culmans Arzt hatte ihn gewarnt, sein schwaches Herz dem eiskalten Wasser auszusetzen, aber die Ärzte warnten ihn inzwischen vor so vielem, und da sein Herz immer noch ihm gehörte, hüpfte er jeden Donnerstag unbeschwert hinein.

Johansen tauchte prustend auf, lachte und trippelte zu seinem Handtuch zurück.

Culman war als nächster an der Reihe. Anstatt hineinzuspringen, ging er langsam zur Treppe. Das kalte Wasser schmerzte. Normalerweise setzte er sich auf die zweite Stufe und ließ sich rückwärts ins Becken plumpsen.

»Bring's hinter dich, Lenni.« Tinberg sagte das.

Die Möwen schweben über der Brooklyn Bridge, und an der Atlantic Street bekommt man ein ausgezeichnetes Frühstück für fünfzehn Cent.

»Das war günstig, selbst damals«, murmelte er, löste die Hand vom Griff und ließ sich nach hinten fallen. Das Wasser schloss sich über ihm, und er sank wie ein Stein nach unten. Auf dem Grund des kleinen Beckens war es dunkel. Er hatte einst ein phantastisches Teleobjektiv besessen, hatte das Fotostativ in Weehawken, New Jersey, aufgestellt und es auf den großen Schrotthaufen gerichtet, der wie ein Riff aus dem Hudson River aufstieg. Von Manhattans Skyline hatte er mehrere hundert Aufnahmen gemacht, und eine ganze Reihe, als das Guggenheim-Museum, sein Lieblingsgebäude, erbaut wurde. Frank Lloyd Wright persönlich hatte er die Hand geschüttelt, wie tausend andere New Yorker auch. Damals, als seine Hand noch zierlich und geschickt war. Der Handschlag des Architekten war überraschend kraftvoll gewesen; um den Hals trug er ein Schmuckstück, das am nächsten Tag in den Zeitungen beschrieben wurde. Es bestand aus indianischen Perlen in den Farben der Bäume des Central Park: rot, braun und orange. Der Verkehr hingegen war schwarz und der Himmel wie verbeultes Zink.

Culman öffnete die Augen und starrte auf das grüne Viereck, über dem ein unscharfes Gesicht zum Vorschein kam. Er stieß sich ab und bekam Kontakt mit der gefliesten Wand. Johansens Hand durchbrach die Wasseroberfläche, packte seinen Arm und zog ihn nach oben.

»Was treibst du da, Leon?«

Hinter ihm stand Tinberg mit einem Handtuch über den Schultern.

»Bist du lebensmüde?«

»Ich dachte an einen Fisch, den Erling mal gefangen hat.« Culman schüttelte sich. »Den ohne Kopf, den wir aufgespießt haben. Ich dachte an seine reine Seele.«

Sie hielten inne. Tinberg begann zu lachen, und Johansen sagte etwas, das sich so anhörte wie: »Jaja, Leon, jaja.«

Culman griff nach Tinbergs Arm. »Was gibt's da zu lachen, Eddy?«

»Ich lache über dich, du alte Schnapsdrossel.«

»Schnapsdrossel? Ich habe keinen Tropfen angerührt.«

»Ein Fisch? Den Erling mal gefangen hat? Wo?«

»In Schweden. Auf unserer Angeltour.«

»Das ist zwanzig Jahre her, Leon. Hast du's dir da unten gemütlich gemacht, um an diesen Fisch zu denken?«

Culman zog seine Sandalen an. »Er hatte so eine reine Seele.«

Tinberg gaffte Johansen sprachlos an, dann lachten sie drauflos; ihr Lachen brach sich an den Fliesen, hallte wider und formte sich zu einem neuen Rhythmus.

Der Zug poltert über die Brücke und trifft auf den Rauch der Fähre.

Culman lehnte seinen Nacken gegen die Wand und betrachtete Johansen, der sich mit einem Plastikkamm frisierte. Er besaß nicht mehr allzu viele Haare, doch genügend, um sich einen Scheitel zu kämmen, einen schnurgeraden Scheitel, wie man ihn heutzutage nur noch selten zu Gesicht bekam. Sein rundes Gesicht glänzte, die Wangen waren voll und fröhlich, falls Wangen fröhlich sein können. Johansens Wangen waren immer fröhlich. Im Grunde sah er aus wie eine

Reklametafel aus dem alten Brooklyn, die einen untersetzten Mann mit glänzenden Schuhen zeigte. Denn um sie ging es, genauer gesagt, um die Schuhcreme: »Mr. Finkelstein's Shoe Polish«.

Culman nahm sein gelbes Frotteehandtuch und bemerkte, dass er fror.

Am Godthåbsvej lag ihre Stammkneipe, in der sie sich abwechselnd zum Bier einluden.

»Du bist dran, Lenni«, sagte Tinberg, als sie jeder in ihrer grünen Kabine standen.

Culman setzte sich auf die Bank und konzentrierte sich auf eine der täglichen Herausforderungen, das Anziehen der Socken. Sich zu bücken und die Socken anzuziehen.

10:45

Culman betrachtete die Hand, die das Bier einschenkte. Sie war ruhig. Er saß in der Ecke des Wirtshauses, und sein Körper entspannte sich. Sie tranken Gammel Carlsberg. Normalerweise ließen es Culman und Tinberg nicht bei einem Pils bewenden, während Johansen sich damit begnügte, in sein Glas zu spucken und kaum eines hinunterbekam.

Am Fenster saßen zwei Frauen bei Kaffee und Gammel Dansk, die eine mit Hut und die andere einen langen Zigarillo rauchend, der ihr mitten im Mund steckte und beim Sprechen auf und ab wippte. Die Frauen waren so Ende sechzig, und Culman wettete, dass ihre Männer gestorben waren und sie deren Gewohnheiten übernommen hatten.

Wollte er in New York in die Kneipe gehen, hatte er drei Möglichkeiten gehabt, im Grunde natürlich unendlich viele, aber für ihn waren es drei gewesen. Die eine Kneipe gehörte einer kubanischen Familie, die andere lag im jüdischen Viertel von Brooklyn und war beinahe ein Restaurant, und die dritte war in Manhattan und wurde hauptsächlich von Baseballfans besucht. Sie war immer brechend voll, und ihre aufgeheizte Stimmung erinnerte an eine unter Hochdruck arbeitende Maschine. Leon Culman hatte ein extremes Leben am Rande des Abgrunds geführt. Doch es hatte auch Momente voller Ruhe und Schönheit gegeben, unter dem satinschwarzen Himmel der Augustnächte, zusammen mit dem riesenhaften Leroy King Anderson, einem kohleschwarzen 150-Kilo-Koloss, der fünf Liegestühle auf das Flachdach des baufälligen Gebäudes gestellt hatte, auf dem sie sich trafen, wenn es ihnen zu warm wurde und Manhattan so weit zur

Ruhe kam, dass sie die Brandung von Rockaway Beach und die Dampfer hören konnten, die in die Upper Bay einliefen. Leroys zweite Frau – er wohnte mit beiden unter einem Dach – spielte Maultrommel, ein winziges, rostiges Metallding, das in ihren enormen Hände fast verschwand, wenn sie es zu einer Muschel formte und ihm Töne entlockte: widerwillige, heisere, klagende Laute. Manchmal kam sie auf eine erkennbare Melodie, doch meistens schloss sie einfach die Augen, brachte das Viertel zum Lauschen und die Kinder zum Einschlafen. Währenddessen bettete Leroy King seine schwarzen Füße auf einen Eisblock und trank ein Budweiser nach dem anderen, wobei ihm der junge Culman gern Gesellschaft leistete. Gemeinsam beschritten sie die sternenübersäte Straße, die sich quer über das Firmament erstreckte. Culman leerte seine fünfte Bierdose, dachte an gar nichts, war aber ganz bei sich, und der kohleschwarze Leroy mit den Elefantenfüßen sagte, genau darauf käme es an im Leben: ganz bei sich zu sein.

»Das würde ich heute nicht mehr schaffen.« Er schüttelte den Kopf.

Tinbergs Mund bewegte sich. »Führst du schon wieder Selbstgespräche, Lenni?«

Johansen nickte besserwisserisch und lächelte gequält.

»Das ist eine bescheuerte Angewohnheit, die du dir da zugelegt hast«, sagte Tinberg und starrte in die Luft.

»Ich werde bald achtzig«, sagte Culman. »Ich rede mit mir selbst, friere an den Zehen und habe mir letzten Sommer im zweiten Stock in Illum in die Hose geschissen. Es ist, wie es ist.«

Johansen rollte mit den Augen und seufzte lauthals. Culman klopfte ihm beruhigend auf den Handrücken. »Hätte ich hingegen genauso viele Vitaminpillen geschluckt wie Herr Johansen und mich damit abgequält, jeden Abend zwei Kilo Brokkoli in mich hineinzustopfen und im Park spazieren zu gehen, würde ich möglicherweise wie ein Zweiundsiebzigjähriger aussehen, hätte in Illum aber trotzdem Dünnschiss gekriegt und würde mit mir selbst reden – das kann ja auch mit der Gesellschaft zu tun haben, in der man sich aufhält, ich weiß es nicht.«

»Jetzt sei doch nicht so empfindlich!« Tinberg lehnte sich zurück.

»Ich bin überhaupt nicht empfindlich«, sagte Culman und massierte sich die Gesichtshaut mit seinen großen Pranken, »aber wenn ihr es genau wissen wollt, dachte ich an einen guten Freund, den ich vor ewigen Zeiten gehabt habe. Leroy hieß er, Leroy King, ungelogen.«

Culman sah, wie die Zerstreutheit über Tinbergs Gesicht huschte. Johansen lächelte sein übliches Lächeln und überblickte die Liliputwelt, die seine war. Sie bedeckte einen Quadratkilometer, wenn man großzügig war und den Frederiksberg-Park hinzurechnete. Alles andere, alles, das außerhalb lag, der Rest von Dänemark, ganz zu schweigen von Ozeanen und Kontinenten, Afrika und Amerika, all das war ein großer, primitiver Dschungel.

Sie sitzen in Tinbergs Wohnung und schauen sich eine trostlose Fernsehreportage über irgendein gottverlassenes Stückchen Erde in der Türkei an, wo verarmte Bauern bis zu den Hüften im Schlamm steckten und die Ziegen mit bei Tisch saßen. Hinterher sagt Johansen: »Wie sind einfach anders als diese Menschen, fundamental anders.« Culman murmelt, vor allem hielten sie keine Ziegen, Tinberg schenkt Wermut ein, und Johansen schließt das Thema mit der Bemerkung ab: »Überhaupt keine Infrastruktur.«

Der Mangel an Infrastruktur klingt aus Johansens Mund wie ein moralisches Defizit. Culman lächelt ihn an. »Im Zirkus habe ich mal einen Dompteur gesehen, der zehn wilde Löwen mit einem Kaffeehausstuhl auf Distanz hielt.«

»Was in aller Welt hat denn das mit der Infrastruktur in der Türkei zu tun?«, seufzt Johansen.

»Weiß ich auch nicht, Erling. Ist mir nur gerade so eingefallen.«

Culman klopft dem Freund auf das Knie.

Johansen schaut weg. Was die anderen so interessant an Unglücksfällen in Argentinien, Moçambique oder Ulan Bator finden, ist ihm schleierhaft. Wenn mal wieder eine Überschwemmung in Bangladesh oder eine Hungersnot im Kongo zu sehen ist, sagt er nur: »Wie man sich bettet, so liegt man.«

Hinter dieser kleinen Redewendung verbirgt sich vielleicht ein Gott, und Culman hat sich den Schöpfer von Johansens Universum oft vorgestellt, wie er von seinem Sockel aus Sonne und Wind, Typhus und Cholera wie Gratifikationen und Fleißprämien, Bußen und Strafgelder zuteilte. Niemand bekam zu wenig und niemand zu viel, alles wurde genau abgewogen, denn Johansens Gott war ein kleiner, pflichtbewusster Teufel in der schwarzen Uniform der dänischen Staatsbahn, mit blanken Knöpfen, einer speckigen Dienstmütze und einer gellenden Pfeife in der Brusttasche.

Leroy, sagte Culman, war in Brooklyn geboren und aufgewachsen, ein netter und grundanständiger Kerl, der für die Gewerkschaft arbeitete. Er besaß, soweit er sich erinnere, Frau und Kinder, Hund, Katze und Enkelkinder.

Tinberg schielte zu Johansen, der lächelte und an seinem Bier nippte.

Culman schaute sich um, befeuchtete die Lippen und senkte den Kopf.

»Ich möchte nochmals betonen, dass er ein durch und durch anständiger Kerl war.«

Tinberg drehte das Glas zwischen seinen Fingern. »Das haben wir verstanden, Lenni. Komm zur Sache, wir haben nicht den ganzen Tag Zeit.«

Culman lehnte sich über den Tisch. »Nicht? Ist es nicht genau das, was wir haben?«

»Wie man's anschaut«, antwortete Tinberg.

Culman zündete eine Zigarette an, lehnte sich zurück und versank zehn Zentimeter tief in seinem Mantel.

»Leroy bekam eines Tages einen Brief. Einen anonymen Brief.«

Culman schaute zu Johansen, der höflich nickte.

»Im Brief stand ...« Culman hielt inne, weil er sich fragte, ob dies eine gute Idee war.

Tinberg rief das Mädchen hinter der Theke und bestellte noch zwei Bier. »Was stand in dem Brief?«

»Man kündigte an, ihn zu ermorden. Noch vor Ablauf des Tages.«

»Die Mafia?«, warf Johansen schulterzuckend ein.

Culman lächelte ihn an. Der Kontrolleur hatte vier, fünf Wörter, die wie Taue seine Welt an ihrem Platz hielten. Außer der Mafia waren dies: Gastarbeiter, Rocker, Yuppies und Schmarotzer.

»Nein, mit der Mafia hatte dies nichts zu tun. Leroy war, wie gesagt, ein grundanständiger Kerl.«

Tinberg füllte ihre Gläser und nickte Culman auffordernd zu.

»Er bekommt also diesen Brief, in dem steht, dass man ihm binnen Tagesfrist den Garaus machen wird. Ziemlich merkwürdig, wenn man bedenkt, dass Leroy sicher kein Grünschnabel war und ein durch und durch solides Leben führte.«

Tinberg trocknete sich den Mund ab. »Irgendwas wird er schon ausgefressen haben. Man wird doch nicht grundlos über den Haufen geschossen.«

»Von Schießen war auch keine Rede«, murmelte Culman und schaute zu der Frau mit dem Hut hinüber, die ihn anglotzte, als habe er ihr einen unsittlichen Antrag gemacht.

»Und je älter man wird, desto mehr hat man wohl auch auf dem Kerbholz.«

Culman atmete tief durch. »Meinst du wirklich, Eddy? Was hast du dir denn in den letzten zwanzig Jahren zuschulden kommen lassen?«

»Das behalte ich für mich.«

Culman lächelte und schüttelte bedauernd den Kopf. »Du hast überhaupt nichts auf dem Kerbholz. Du bist ein Engel, kleiner Edwin. Manchmal sehe ich dich im Traum, sanft schlummernd im gelben Segel des Mondes, im großen leeren Universum, rein wie ein Milchzahn, und das war Leroy auch. Der Mann hatte zwei Frauen, weil er es nicht übers Herz brachte, die erste sitzen zu lassen. Die war mager und zahnlos, stinkfaul und schmudddelig, aber, abgesehen von ihrer großen Klappe, ganz in Ordnung. Sechzig Jahre alt war der arme Leroy, als er diesen infamen Brief bekam.«

Culman schaute sich um und konstatierte, dass er ihre volle, wenn auch unwillige Aufmerksamkeit besaß, Johansen allerdings immer noch dieses kleine, besserwisserische Lächeln im Mundwinkel hatte.

»Von Erschießen stand also nichts im Brief«, sagte Culman und räusperte sich. »Dort stand, er solle liquidiert werden.«

»Also doch die Mafia«, stellte Johansen fest.

Culman schloss die Augen und schüttelte den Kopf. »Mit der hatte Leroy nichts zu tun. Er war schwarz, und die Farbigen haben mit den Italienern nichts zu schaffen. Die gehen ihre eigenen Wege.«

Johansen lächelte breit, als redeten sie über Kinder.

»Wie ging die Geschichte aus?«, fragte er.

»Tja, also am Anfang nahm Leroy die Sache nicht besonders ernst, sondern hielt sie für einen Jungenstreich.«

Culman stockte und betrachtete die Dame mit Hut, die in ihren Zähnen stocherte, während sie ihn mit zusammengekniffenen Augen beobachtete.

»Leroy beschloss, sich zu verstecken. Im Brief stand schließlich, er würde noch am selben Tag liquidiert werden. Also versteckte er sich.«

Johansen schüttelte lächelnd den Kopf. Das irritierte Culman, der sich über den Tisch beugte und auf ihn zeigte. »Was hättest du denn getan?«

»Ich hätte versucht, den Absender herauszubekommen. Vielleicht handelte es sich ja um einen Bekannten.«

Tinberg sagte, dies wäre eine einleuchtende Reaktion.

»Ich würde einfach an einem Ende anfangen«, sagte Johansen mit vorgeschobener Unterlippe, »ganz systematisch.«

»So wie beim Staubsaugen«, murmelte Culman.

Johansen fuchtelte mit den Armen. »Also wenn du so aufgelegt bist, Leon, lassen wir das Thema lieber.«

Culman packte seinen Arm. »Verstehst du denn nicht den Ernst der Situation? Dies hier ist eine wahre Geschichte. Der Mann erhält einen Brief, in dem man ihm seine Ermordung ankündigt, fertig, aus, basta! Wir kommen am Ende des Tages, genieße ihn, es ist dein letzter!« Culman schaute sich um und lehnte sich ganz nah zu Johansen. »Sie reduzierten den Rest seines jämmerlichen Lebens auf circa zwölf Stunden, Herr Oberkontrolleur!«

»Deswegen brauchst du dich doch nicht so aufzuregen.« Johansen schob Culmans Hand weg.

»Ich rege mich auf, weil ich mich aufregen will und weil du einen Scheißdreck von solchen Dingen verstehst und weil direkt vor meiner Nase eine alte Schachtel in ihren Zähnen stochert.«

Tinberg lachte und schüttelte Culmans Nacken.

Johansen senkte die Stimme und bemühte sich um einen sachlichen Tonfall: »Natürlich wäre ich zur Polizei gegangen. Ich meine, dazu haben wir sie doch schließlich.«

Tinberg fixierte Johansen mit seinem Schlafzimmerblick und seinem abgeklärten Fred-Astaire-Lächeln. »Zur Polizei? Womit denn? Mit dem Brief? Und was dann? Nein, ich verstehe genau, worauf Leon hinauswill. Die Geschichte hat eine Pointe.« Tinberg kratzte sich wohlig unter dem Kinn. »Denn ganz im Innersten hat der schwarze Satan sicherlich gewusst, warum er den Brief bekommen hat, nicht wahr, Leon?«

Culman rief die Bedienung und bestellte noch ein Pils.

»Willst du noch mehr Bier trinken?«, fragte Johansen.

Culman lehnte sich zurück und warf die Arme in die Luft.

Johansen wandte den Kopf ab.

»Vielleicht brauche ich auch noch einen Schnaps«, sagte Culman.

»Ja, sieht ganz danach aus.«

»Hast du damit ein Problem, Erling?«

Tinberg lehnte sich über den Tisch.

»Rück raus mit der Sprache, Leon. Was hatte unser schwarzer Freund angestellt? Irgendwas muss er doch getan haben, sich an der Firmenkasse vergriffen, es mit der Frau seines Chefs getrieben ...« Tinberg stieß Johansen in die Seite. »Diese Neger hatten doch schon immer Schwierigkeiten, sich zu beherrschen.«

»Ich weiß nicht, was er getan hatte«, murmelte Culman, »Vermutlich überhaupt nichts, doch sie haben ihn erschossen. Sie haben ihn aufgespürt und erschossen.«

Die Bedienung brachte sein Bier, das er hastig und ohne Genuss trank. Johansen hingegen hatte von seinem ersten Pils noch die Hälfte übrig. Alter Komödiant, dachte Culman bei sich. Wie perfekt sein Scheitel saß. Erling Johansen schien kein Wässerchen trüben zu können. Seine Frau hatte erzählt, dass er stets Haltung annahm, wenn im Radio »König Christian« gespielt wurde. An den neuen Text »Dies ist ein prächtiges Land« habe er sich nie gewöhnen können. Seine Dreizimmerwohnung war vollgestopft mit kubanischem Mahagoni, Plüschmöbeln, Gemälden der dänischen Klassik und vergilbten, aus Zeitschriften ausgeschnittenen Fotos von Nordschleswig, den Düppeler Schanzen und Christian dem Zehnten zu Pferde. Er konnte stundenlang über die Wiedervereinigung sprechen und galt als historisch gebildet. Er behauptete auch, sich in der Widerstandsbewegung engagiert zu haben, doch bei näherer Betrachtung stellte sich heraus, dass Erling vor allem nach dem Krieg aktiv gewesen war. Immerhin hatte er Culman und Tinberg eine Waffe aus der Zeit des Krieges gezeigt, die er nicht abgeliefert hatte: einen kleinen, sorgfältig auf Hochglanz polierten Trommelrevolver, zu dem er sogar noch einige Patronen besaß. Der Revolver wohnte in einer Schublade neben ein paar Socken. Die Formulierung stammte von ihm: »Den bekommt niemand, denn der hat seine eigene Geschichte.«

Tinberg hatte Johansen gefragt, ob er wirklich fähig wäre, ihn einzusetzen, und Johansen hatte geantwortet, darauf könne er Gift nehmen.

»Gegen wen?«, fragte Culman.

Sie stehen in Johansens Schlafzimmer. Der Tag ist so friedlich, wie er nur sein kann. Die drei Frauen sitzen im Wohnzimmer, trinken Tee und unterhalten sich über Simon Spies und seine Geliebten. Culman, Tinberg und Johansen sind gerade von einem viertägigen Ausflug aus Falsterbo zurückgekehrt. Die Schusswaffe ist in ein weißes Unterhemd eingewickelt. Johansen schließt die Kommodenschublade. Mit kryptischem Lächeln weicht er Culmans Frage aus: »Wenn die Zeit reif ist.«

Culman bezahlte die Rechnung und verließ die Wirtschaft als Erster. Er schaute auf seine Uhr und verfolgte den schmalen Sekundenzeiger. Hinter sich hörte er Tinberg sagen: »Irgendwie muss man ja doch sterben.« Culman fuhr herum und legte den Arm um den einen Kopf kleineren Freund.

»Gut gesagt, Eddy. Du bist unser Philosoph. Dir fällt in jeder Situation eine passende Redewendung ein. Eine originelle Bemerkung, an der man sich wärmen kann, wenn der Tag um ist. So wie zum Beispiel: Wenn es regnet, wird man naß.«

»Bist du betrunken, Leon? Das gibt Ärger mit Anna.«

»Wir reden nie über den Tod, Eddy. Glaubst du, weil es uns unangenehm ist, oder weil wir uns ein wenig fürchten?«

»Du hast wirklich zu viel getrunken, Leon.« Tinberg befreite sich aus seiner Umarmung und zwinkerte Johansen zu, der sein blaues Halstuch sorgfältig in den Mantelkragen steckte. Danach zog er seine grauen Fingerhandschuhe an. Er zupfte das Strickmuster zurecht und streckte zum Schluss die Finger aus, als wolle er prüfen, ob alle noch an ihrem Platz wären. Erst jetzt war er bereit, nach Hause zu gehen.

Culman erblickte sich selbst in der blanken Scheibe des Wirtshauses. Er fand, dass er aussah wie Johansens diametrales Gegenstück. Unförmig und ungepflegt. Johansen hielt den Tod auf Distanz, indem er auf den perfekten Sitz seines Halstuchs achtete und sich unentwegt um sein Erscheinungsbild kümmerte. Auf diese Weise ging er unsichtbar durch die Welt. Der Tod, der manchmal als Gerichtsvollzieher in Erscheinung trat, würde Johansen nie bemerken, und wenn dies doch einmal der Fall sein sollte, zum Beispiel auf der Falkoner Allé, dann würde er es nicht übers Herz bringen, dem peniblen Kontrolleur ein Haar zu krümmen. Johansen war einfach zu rotwangig, und seine Augen waren zu rein, zu blau und zu unschuldig. Dem Tod war nämlich zu Ohren gekommen, dass Johansen Haltung annahm, wenn im Radio »König Christian« gespielt wurde. Solchen Menschen war der Tod nicht gewachsen, und als der Sensenmann Johansens glänzende, darüber hinaus dreifach besohlten Schuhe erblickte, kamen ihm die Tränen, und der Knochenmann geriet ganz und gar außer sich, als der Oberkontrolleur seine Schnürsenkel mit den perfekt gebundenen Schleifen demonstrierte. Der Anblick war rührend und grenzte ans Pathetische, doch er half, denn es gibt gewisse Grenzen, selbst für den Tod. Mit mir ist das etwas anderes, dachte Culman, mit meinem Äußeren melde ich mich freiwillig.

Der Gerichtsvollzieher durchsucht Culman. Sie stehen mitten auf der verkehrsreichen Allee, erregen aber merkwürdigerweise kein Aufsehen. Das tut der Tod selten. Culman wendet sich mit erhobenen Armen der Hausmauer zu, während er die kundigen Hände des Gerichtsvollziehers an seinem Körper spürt.

»Muss das wirklich sein?«, murrt Culman.

»Bewahren Sie bitte Ruhe, Herr Culman. Sind das Ihre Hände?«

»Ja und nein. Die können jedenfalls nicht abhanden kommen.«

»Seien Sie sich da nicht zu sicher.«

»Der Herr Gerichtsvollzieher belieben zu scherzen.«

Der Gerichtsvollzieher zuckt bescheiden die Schultern und befühlt Culmans Geschlechtsorgane.

»Wozu soll denn das gut sein?«, knurrt Culman.

»Sie haben die Anlage zu Wasserhoden, Herr Culman. Wie oft haben Sie eine Erektion?«

»Ziemlich oft, besonders am Donnerstag.«

»Wirklich, also für mich sieht das nach einem Tripper aus. Sie haben ja schon früher Probleme beim Wasserlassen gehabt, nicht wahr?«

»Ich habe keine Lust, mich von Ihnen auf offener Straße schikanieren zu lassen.« Culman schnallt seinen Gürtel enger.

»Es tut mir leid, das zu sagen«, seufzt der Gerichtsvollzieher, »aber Sie sehen ganz schön heruntergekommen aus. Ich begreife einfach nicht, warum alte Menschen sich oft so vernachlässigen. Ist es denn wirklich so schwierig, auf sein Äußeres zu achten, nachdem man die Siebzig hinter sich hat? Schauen Sie sich Erling Johansens Scheitel an, da können Sie was lernen. Ganz zu schweigen von Edwin Tinberg. Der sieht aus, als hätte er noch viele Jahre vor sich.«

»Was hat die Lebenserwartung mit Hüttenschuhen zu tun?«

»Man muss sich Mühe geben, Herr Culman. Sie klammern sich nur noch ans Waschbecken. Damit kommt man nicht weit. Glauben Sie mir, Sanitäranlagen verlängern das Leben nicht.«

»Sie scheinen ja glänzend aufgelegt zu sein.«

»Ein kleines Lächeln schadet nicht.«

Der Gerichtsvollzieher steckt die Hand in Culmans Innentasche und zieht eine Schachtel Zigaretten hervor. »Oh,

Sie rauchen! Das hätte ich mir ja gleich denken können, so, wie Sie stinken. Herr Culman, Sie ignorieren die Gefahren des Rauchens, und Ihr Alkoholkonsum hat sämtliche Grenzwerte überschritten. Ihre Leber gleicht einem Fliegenpilz, Ihre Lungen pfeifen, und in einem halben Jahr werden Ihre Hoden so groß sein wie Honigmelonen. Hinzu kommt eine galoppierende Trägheit des Kopfes, kurz gesagt: Sie vergessen jede Kleinigkeit.«

»Einspruch, Herr Gerichtsvollzieher. Mein Gedächtnis ist vorzüglich.«

»Nein, ist es nicht. Sie verwechseln vieles, führen Selbstgespräche und brauchen einen Einkaufszettel, wenn Sie ein Kilo Zucker kaufen sollen. Dafür erinnern Sie sich an völlig belanglose Dinge.«

»Ich protestiere auf das Schärfste.«

»Beispiel eins: Sie besuchten von 1928 bis 1934 die Dorfschule in Vig. In der ersten Klasse saßen Sie neben einem Jungen namens Lau, dessen Vater Dachdecker war und dessen Mutter Tuberkulose hatte. Die Porzellanpuppe seiner kleinen Schwester Laura zerschlugen Sie im Februar 1933 an einer Schubkarre. Wie hieß diese Puppe?«

»Sie hieß Signe, wurde jedoch Tante Sigge genannt.«

»Korrekt! Beispiel zwei: Ihre Frau serviert Schweinebraten mit gekochten Kartoffeln und einer grünen Soße mit der Konsistenz von Spachtelmasse. Wie heißt die zweijährige Doldenpflanze, die der Soße ihren Namen verleiht? Sie ist seit dem Mittelalter bekannt und Ihre Frau schneidet sie mit einem sichelförmigen Hackmesser.«

»Eldorado!«

»Falsch, Culman. Sie heißt nicht Eldorado, sondern Petersilie. Sie sind extrem senil.«

»Eine ganz und gar unsinnige Behauptung.«

Der Gerichtsvollzieher befeuchtet zwei Finger und glättet mit einer synchronen Bewegung seine beiden Augenbrauen. »Wollen Sie mich nicht ein wenig begleiten?«

»Das kann warten.«

»Wenn es warten könnte, würde ich nicht fragen.«

Culman reißt sich mit einer heftigen Bewegung los, was ein anerkennendes Lächeln des Gerichtsvollziehers zur Folge hat.

»Oh, wir leisten Widerstand. Alle Achtung, Herr Culman.«

Der Gerichtsvollzieher tritt dicht an ihn heran. Im Grunde ist er ein eleganter Mann, schlank und elastisch und, wie sich zeigen sollte, nicht ohne Musikalität.

Plötzlich hat er die gesamte Falkoner Allé zu einem feurigen Cha-Cha-Cha animiert:

Took my baby to the hop last night / What to my surprise / When we got there she hit me with the news / Right between the eyes / She said she couldn't do the cha-cha-cha / I told her not to worry / They'd play some other dance / But we sat there for an hour and a half / And we never got the chance / 'cause every dance they played was the cha-cha-cha …

»Geh nach Hause und schlaf dich aus, Lenni.« Tinberg wandte Culman den Rücken zu, der nach seinem Halstuch griff.

»Musst du so schnell gehen?«, stöhnte Culman, »Herrgott, wir haben doch nichts Bestimmtes vor.«

Johansen kam zu ihnen. Er sagte, sie würden auffallen.

»Du verträgst keinen Alkohol, Leon. Das habe ich dir schon früher gesagt. Du musst endlich lernen, dich ordentlich zu benehmen, wenn wir zusammen weggehen.«

»Tue ich das denn nicht?«

»Nein, das tust du nicht.«

Johansen ging zum Zebrastreifen und schob eine Hand unter Tinbergs Arm. Jeden Sonntag schlenderten sie auf diese Weise durch den Frederiksberg-Park, dicht beieinander und im Gleichschritt. Das Tempo ist gemächlich, aber nicht schleppend. Jedesmal gehen sie dieselbe Route und grüßen dieselben Menschen, beim chinesischen Gartenhaus summen sie Auszüge aus dem Radetzkymarsch, und beim Apistempel tauschen sie die Plätze. So ist der ganze Spaziergang zu einem

Ritual geworden, das sie unter keinen Umständen einmal auslassen wollen. Ihr Körper ist ihre Religion. In ihm wohnt ein Dämon mit vielen Namen, den sie in dem alten Garten an der kurzen Leine halten. Culman hat Johansen seine tägliche Ration Vitaminpillen einnehmen sehen, außerdem Cholesterintabletten, Q10-Pillen, eine Handvoll Knoblauchdragees sowie eine kleine, grüne, selenhaltige Pastille. Das geschieht nach einem bestimmten Muster. Jede Pille wird mit einem Schluck lauwarmem Wasser hinuntergespült. Nachdem er die Pillen eingenommen hat, betrachtet Johansen sein Spiegelbild, das einen weinerlichen Ausdruck angenommen hat, als erwarte es den Segen des Spiegels, ein kleines Zeichen des Lobes.

Culman, der nichts anderes einnahm als Brugsens Vitamintabletten, lehnte den Rücken gegen die Wand und schloß die Augen. Wenn es jemand auf ihn abgesehen hatte, dann war er jetzt bereit. Man brauchte nur abzudrücken. Er ging in die Knie und tupfte sich den Schweiß von der Stirn. Eigentlich hasste er den Besuch des Dampfbads. Er schwitzte für den Rest des Tages und fühlte sich in jeder Hinsicht unwohl.

Vor ihm hatte ein Paar blauer Gummistiefel angehalten. Er kannte die Stiefel und schaute zu dem kleinen Jungen auf, der einen schwarzen Fahrradhelm trug. Es war der bescheidene, asthmatische Junge, dessen Leben Culman, vom Säuglingsalter angefangen, durch ein Fernglas verfolgt hatte. Er erkundigte sich, was Culman da machte.

»Ich versuche, zu mir zu kommen.« Culman richtete sich auf und sah die Mutter des Jungen aus der Apotheke treten. Sie lächelte den alten Mann gemessen an und klopfte ihrem Sohn auf die Schulter. Repressive Toleranz, dachte Culman, sie kann mich nicht ausstehen. Vielleicht, weil ich alt und hässlich bin, vielleicht, weil ich mit ihrem Sohn spreche, vielleicht, weil die Einsamkeit sie unnahbar und distanziert hat werden lassen. Möglicherweise hält sie mich für versponnen und leicht pervers – den alten Mann mit dem Fernglas. Sie begegneten einander mehrmals in der Woche, und er hatte sie sogar einmal vor seiner Haustür angetroffen. Was sie dort machte, wusste er nicht, doch hatte er sie auf einem Fahrrad mit Satteltaschen voller Reklamezettel gesehen, also hatte er es wohl ihr zu verdanken, wenn zweimal in der Woche die farbigen Zettel auf dem Gang lagen. Vielleicht hatte sie schon hundertmal vor seiner Tür gestanden. Sie wusste also, wie er hieß und wo er wohnte.

»Das ist krankhaft«, murmelte er und sah die Frau mit ihrem Sohn davonfahren. »Ich bekomme krankhafte Gedanken.«

Und in ihrer Tasche, dachte er, in der Tasche dieses einsamen Mädchens liegt ein Schlüsselbund, und an diesem Schlüsselbund befindet sich ein Schlüssel zu meiner Haustür.

Fort Knox war geknackt.

12:30

Die Namen standen mit eckigen Druckbuchstaben auf einem linierten Zettel. Die der Frauen zuerst: Anna Culman. Karen Johansen. Susse Wiid. Die Tochter Nina und ihre Freundin Kamma.

Culman befeuchtete seine Lippen, sagte laut Kammas Namen und lächelte in sich hinein.

Kamma sprayt ein wenig Lack auf Annas dünne Locken. Ein ganz normaler Donnerstagabend: Culman geht in sein Zimmer, legt sich ein Handtuch über die Schulter und gibt dem toten Orangenbäumchen einen Schuss Wasser. Er kann sie bereits auf dem Gang hören. Kamma hat die fünfzig hinter sich gelassen, strahlt aber immer noch etwas Jungmädchenhaftes aus. Sie hat breite Hüften und ist sowohl vorn als auch hinten gut gepolstert. Alle haben sie gern, denn sie passt gut in diesen Kreis. Sie hat ihre Frisiertasche mitgebracht, benutzt aber Culmans Rasiermesser für die Haare im Nacken. Das ist der Gipfel des Genusses, und Culman preist sich glücklich hinsichtlich seiner Behaarung, die ihm dieses wöchentliche Vergnügen ermöglicht. Zuweilen war seine Phantasie mit ihm durchgegangen, ließ seine Hand ihren Oberschenkel berühren, wobei es nicht geblieben war. Denn das große, stille, etwas wortkarge, aber stets freundliche Mädchen hatte die Berührung zugelassen, ja, ihn geradezu aufgefordert weiterzumachen; also hatte Culman die zwölf Knöpfe ihres Kleids geöffnet, bis sie in Slip und BH vor ihm stand, in schwellender Nacktheit, voluminös mit all ihrem weißen Fleisch. Nur ein Handgriff, und die Brüste waren heraus. Culman hat nie zuvor so einen riesigen Busen gesehen, mit tellerförmigen Brustwarzen, die dieselbe Farbe haben wie der Kaugummi seiner Kindheit. Culman begräbt sein Gesicht zwischen den Brüsten und greift mit beiden Händen um ihr unnatürlich hoch sitzendes Hinterteil. Kamma legt den Kopf zurück und stößt einen Laut zwischen Wohlbehagen und Irritation aus. An seinem obersten Rückenwirbel spürt Culman das Messer, dessen scharfe Schneide in Verbindung mit seinen Hoden steht, die sich zusammenziehen und ihren gesamten Inhalt in sie hineinpumpen. Gemeinsam entspannen sie sich. Culmans Finger haben sich in die kugelrunden Pobacken verkrallt, und hinterher, nachdem sie schweigend die zwölf dunkelblauen Knöpfe wieder geschlossen hat, zündet er sich eine Zigarette an, die seine behenden Finger gedreht haben. Er denkt an absolut gar nichts und fährt unentgeltlich mit dem Bus durch Manhattan, mit freiem Ausblick auf die luxuriösen Geschäfte des Boulevards, in denen geheimnisvolle Menschen Modeschmuck und Armbanduhren austauschen. Leon mit den langen Beinen und den flinken Fingern spaziert über die Brücke, die New York mit Frederiksberg verbindet, betrachtet die Zigarette zwischen seinen alten Fingern und denkt an die Kürze des Lebens, den Wein in seiner Nasenhöhle und die Ruhe in seinem Geschlecht. Er legt den Kopf zurück und blickt auf den Flur, wo der Abdruck von Kammas Pfennigabsätzen sich immer noch im Teppich mit dem halben Motiv abzeichnet.

Was wusste er eigentlich von ihr?

Nur das, was Nina erzählt hatte. Dass sie zur Zeit allein war, nachdem sie eine Weile mit einem ägyptischen Zahntechniker zusammengelebt hatte, der sie wegen eines anderen Mannes verlassen hatte. Dass sie ansonsten ihren kleinen Frisiersalon besaß, alten Leuten die Haare färbte und den Rentnern aus der Smallegade zum halben Preis die Haare schnitt.

In ihren sanften Augen wohnte der Schimmel der Resignation. Nina hatte es so oft betont: dass Kamma sich konsequent mit den falschen Leuten einließ, sich stets verrannte und die unglücklichsten Entscheidungen traf. Ständig ging etwas schief. Entweder stellte sie ein junges Mädchen ein, das sich mit der Kasse aus dem Staub machte, oder sie verliebte sich in einen Schwulen oder lieh einem Stammkunden, den sie darauf nie wiedersah, all ihre Ersparnisse. Das Pech klebte ihr an den Fersen. Doch am Morgen stand sie auf, öffnete ihren rosafarbenen Salon, arbeitete, bezahlte ihre Rechnungen und stellte sich dem Leben mit einem kleinen resignierten Lächeln.

Culman seufzte und studierte die Namen, die er laut aussprach: »Kamma, Karen, Anna, Nina und Susse Wiid.« Konnte jemand von ihnen auf die Idee kommen, solch einen Brief zu schreiben? Meine eigene Frau, meine leibliche Tochter, die alte, leichenblasse Karen Johansen, die gutmütige Friseuse oder der beinharte, schicksalsgläubige Dragoner Susse Wiid?

Auch ein Komplott zog er in Erwägung, und die Namensliste offenbarte verschiedenste Möglichkeiten: Nina und Jonathan, Anna und Tinberg. Kamma und Nina. Tinberg und Johansen. Karen und Susse. Kombinationen, die jetzt eine neue Bedeutung erhielten. Mutter und Tochter. Mann und Frau. Witwe und Witwer. Schließlich kehrte er zu den Namen der Männer zurück: Johansen, Tinberg, und dann dieser Jonathan. Culman hatte noch nie etwas von ihm gehört. Offenbar eine von Ninas jüngsten Bekanntschaften. Nicht, dass sie seit der Scheidung viele gehabt hätte, im Grunde nur sehr wenige, aber jetzt tauchte plötzlich dieser Jonathan auf und hatte noch dazu eine Zugangsberechtigung, an der Culman schwerlich rütteln konnte.

Er konnte sich nicht erinnern, wann er seine Tochter zuletzt bei der Arbeit angerufen hatte. »Aber sie ist doch schließlich meine Tochter.« Er sagte es laut und tippte die Nummer der Gärtnerei ein, in der Nina ihrer Mutter zufolge beschlossen hatte zu verfaulen. Eine unendliche Auseinandersetzung, bei der Culman so etwas wie ein Ringrichter war, die aber dennoch stets damit endete, dass eine der beiden Kämpferinnen ihn angriff:

»Wenn dein Vater, anstatt rumzusitzen und seine dämlichen Fotos anzuglotzen, sich nur ein wenig für deine Ausbildung interessiert hätte, würde vieles heute ganz anders aussehen. Dann hättest du zumindest das Abitur gemacht. Aber er war ja nicht zu bewegen, mal einen Elternabend zu besuchen. Wenn andere Saiten aufgezogen werden mussten, war das auch meine Aufgabe. Wenn er nur einen Funken Ehrgeiz gezeigt hätte, dann müsstest du dich jetzt nicht für den Rest deines Lebens mit Gartenerde abgeben.«

»Und wenn mir das Spaß macht?«

Nina sprach ruhig und gelassen. Culman erinnerte sich daran, dass sie als Teenager diesen nach innen gewandten Ausdruck bekommen hatte, von dem sie annahmen, er würde mit zunehmendem Alter verschwinden. Aber das tat er nicht. Ninas Seelenruhe wirkte im Großen und Ganzen apathisch. Anna sagte, die Tochter habe das Handtuch geworfen.

Culman hatte sie einst gefragt, ob sie zufrieden sei. Eigentlich hatte er glücklich gemeint, beließ es aber bei zufrieden.

»Ob ich zufrieden bin? Wie zufrieden?« Sie schnitt gerade einen Kopf Weißkohl in Scheiben.

»Ich meine, zufrieden mit deinem Leben, mit deiner Arbeit, so ganz allgemein.«

»Ganz allgemein zufrieden?« Nina legte das Messer beiseite und tat so, als würde die Antwort ihre ganze Konzentration beanspruchen. »Ich stehe um sechs Uhr auf, bin um sieben im Geschäft und arbeite bis 17.30 Uhr. Dann gehe ich einkaufen, fahre nach Hause, mache mir was zu Essen, trinke eine Tasse Tee, schaue Fernsehen und schlafe um zehn ein. Manchmal fahre ich ein bisschen Fahrrad, und sonntags bleibe ich meistens länger im Bett liegen. Wenn sich das für dich nach einen allgemein zufriedenen Leben anhört, ist das okay für mich.«

Die Arbeit mit dem Kohlkopf wird wieder aufgenommen.

»Möchtest du ein Glas Rotwein, Nina?«

»Schenk nur ein.«

Culman füllt zwei Gläser.

»Für mich«, murmelt er, »hört sich das an, als seist du nicht besonders zufrieden.«

Sie zuckt die Schultern. »Ich glaube, mir ist das ziemlich egal. Es ist, wie es ist. Okay?«

»Bist du von irgendwas enttäuscht?« Culmans autonome Hand gleitet aus der Tasche, als wolle sie Nina berühren, hält jedoch inne, als diese Culman breit und selbstbewusst anlächelt.

»Enttäuscht? Ob ich enttäuscht bin? Ist das die einzige Frage, mit der du aufwarten kannst? Ist das die Summe deiner Weisheit, mich zu fragen, ob ich von irgendwas enttäuscht bin? Ihr habt vielleicht Nerven!«

Culman schlägt die Augen nieder und geht, beschwert von etwas, das er wohl als Schuldgefühl bezeichnen muss, in sein Zimmer. Er weiß nicht, wen sie mit »ihr« meint, geht aber davon aus, dass Anna und er gemeint sind, vielleicht die Gesellschaft, vielleicht die Generation, der er angehört. Wenn er doch nur den Arm um sie legen könnte. Auf eine natürliche Weise. Er würde mit ihr gern über dieses »ihr« sprechen, hat aber das Gefühl, es könnte eine kleinere Katastrophe auslösen. Immer musste er seine Worte auf die Goldwaage legen und fragte sich, wann die Reihe an ihr wäre, jedes Wort abzuwägen.

Zehn Minuten später sitzen sie beim Abendessen, Mutter, Vater und Tochter. Auf ihren festen Plätzen. Nina ist einsilbig, Anna redet von Pauschalurlaub und fragt Culman schließlich, warum er in die Luft schaue und kein Wort sage.

Culman schaut von einer zu anderen und fragt, ob sie wüssten, wie viele Einwohner Lettland habe.

Anna sendet ihm einen vielsagenden Blick und legt ihr Besteck beiseite.

»Ich habe Kaare aus deiner alten Klasse getroffen. Er ist gerade Agronom geworden. Hat das nicht etwas mit Landwirtschaft zu tun?«

Nina zuckt die Schultern.

»Das wäre doch vielleicht etwas für dich.« Anna schenkt sich Wein nach.

Culman sagt, wenn Nina dort zufrieden sei, wo sie jetzt ist …

»Lass sie doch antworten, Leon.«

»Aber wenn Nina ihre Arbeit gefällt, Anna.«

»Ich wäre gern Agronom«, sagt Nina und beginnt, den Tisch abzuräumen. Anna sieht Culman an und seufzt.

»Hast du denn gar keine Augen im Kopf?«, flüstert sie. »Sie verplempert in der Gärtnerei doch nur ihre Zeit. Nina hat so viel in sich. Sie könnte ein hervorragender Agronom werden. Und hör auf zu behaupten, du wüsstest nicht, was ein Agronom ist.«

»Natürlich weiß ich das. Ein Landwirt.«

Anna schlägt sich an die Stirn. »Mein Gott, Lenni. Wenn du sowieso schon dabei bist, die Einwohnerzahl Lettlands zu erforschen, könntest du dann nicht auch mal unter A nachschlagen, um sie ein wenig zu unterstützen?«

Nina kommt herein. Sie trägt einen Mantel. Offenbar hat sie irgendwas vor. Culman weiß nicht, was, hat aber das Gefühl, sie habe es vorhin erwähnt, und schämt sich, es bereits vergessen zu haben. Doch als sie draußen beim Fahrstuhl stehen, während Anna telefoniert, nimmt sie den Faden von vorhin wieder auf.

»Nein, ich bin nicht enttäuscht, denn ich habe mir niemals etwas erwartet. Auf diese Weise vermeidet man jede Enttäuschung, ist das nicht ziemlich raffiniert?«

Sie drückt auf den Knopf und schenkt ihm ein schwaches Lächeln, das mehr eine Grimasse ist. Culman lehnt sich gegen die Wand und bleibt so stehen, bis der Fahrstuhl unten angekommen ist. Dann geht er ins Wohnzimmer und schaut auf die Straße hinunter, wo Nina gerade ihr Auto aufschließt. Wie immer schaut sie hinauf, bevor sie losfährt, wirft ihren Kopf zurück und rollt aus der Einfahrt.

Anna kommt herein und nimmt ihn an der Hand.

»Ich glaube, sie hat Glück gehabt mit dem Toyota«, sagt Culman.

»Sie bestraft mich«, sagte er und spürte, wie ihm ein Stein vom Kopf bis zu den Füßen fiel. »Sie bestraft mich ununterbrochen. Irgendwann, vielleicht als sie ein Teenager war, muss ich etwas getan haben – ich habe keinen Schimmer, was das sein sollte –, das sie als Ursache für ihr Unglück betrachtet. In ihrer Wohnung, in der alle zehn Minuten ein Zug durchs Schlafzimmer braust, schneidet sie ihren Missmut in kleine Stücke, von denen sie mich Donnerstag für Donnerstag kosten lässt, so dass ich immer noch keinen Zusammenhang erkenne. Vielleicht ist sie der Meinung, sie hätte ihren Missmut von mir geerbt. Natürlich könnte man einfach fragen, aber das traut man sich nicht, sondern geht nach wie vor wie auf Eiern.«

Als Kind behauptete sie, in der Wohnung würde es spuken, und schlief mehrere Wochen zwischen ihren Eltern, bis diese herausfanden, dass sie überhaupt keine Angst vor Gespenstern hatte. Culman war ihr mehrmals auf dem langen Flur begegnet, wenn er nachts rausmusste.

»Was machst du hier?«, fragt er die Siebenjährige.

»Ich warte.«

»Du wartest? Auf wen?«

»Auf das Mädchen mit den grünen Haaren.«

»Redest du von einem Gespenst?«

Nina nickt und sieht sich entschlossen um.

»Willst du mit in Papas Bett?«

»Nein, danke.«

Culman nimmt seine Tochter an die Hand. »Weisst du, Nina, ich glaube, du hast nur etwas geträumt.«

»Schau auf den Boden, Papa.«

»Auf den Boden?«

»Er ist nass. Ihre Fußspuren.«

Culman spürt, wie ihm ein Quecksilbertropfen den Rücken hinunterrinnt.

Die feuchten Fußabdrücke glänzten wie Pfützen im November.

»Das sind meine Fußspuren«, flüstert Culman und trägt seine Tochter ins Bett.

Culman dachte oft an die Nacht, in der sie im St.-Josef-Hospital zur Welt gekommen war. Er hatte sein Kind aus der Wiege gehoben und es im Schein der grünen Lichter durch die Gänge getragen, wo ihm die farbigen Wachsmadonnen erzählten, mit der Geburt des Kindes habe seine Seele eine offene Wunde bekommen, die sich nie schließen würde. »Mit dieser Wunde«, flüsterte er dem Säugling zu, »bin ich endlich ein ganzer Mensch geworden.«

Die Gärtnerei »Grüne Finger« lag in Bagsværd.

»Mein Name ist Culman. Ich hätte gern mit Nina gesprochen. – Ja, genau mit der.«

Es dauerte nur einen Augenblick.

»Hallo, Papa. Ist etwas passiert?«

»Aber nein, was sollte passiert sein?«

»Weil du anrufst.«

»Ich rufe wegen heute Abend an.«

Sie mussten sich anbrüllen, weil Nina offenbar neben einer Abfallmühle stand.

»Mama hat mir gesagt …«, Culman befeuchtete seine Lippen und trat von einem Fuß auf den anderen, »dass du einen Freund mitbringst.«

Stille.

»Einen gewissen Jonathan.« Er schaute seine Hand an, die den Telefonhörer umklammerte, und bereute bereits, angerufen zu haben.

»Ja, und?«

Culman spürte ihre Wachsamkeit. Gleich würde sie sagen, sie habe nur wenig Zeit. So waren ihre Telefongespräche immer verlaufen. Sie hatte die Finger auf der Gabel, man musste sich beeilen, wenn man etwas von ihr wollte.

»Ich habe mich gefragt, ob es wohl jemand aus der Gärtnerei ist. Aber vielleicht ist er das gar nicht.«

»Hast du etwa angerufen, um mich über Jonathan auszufragen?«

»Es war nur so ein Gedanke.« Culman zögerte und sah, wie seine rechte Hand einen der Namen auf dem linierten Papier unterstrich. »Sprecht ihr den Namen englisch oder amerikanisch aus?«

»Er kommt aus den USA, im Grunde aus New York, das heißt, nicht direkt New York, sondern aus der Umgebung. Im Moment arbeitet er in Kastrup, auf dem Flughafen, und schleppt Koffer, wenn dir das was sagt, aber er ist gelernter Schlachter. Möchtest du noch seine Passnummer?«

»Warum bist du denn so … so gereizt, Nina?«

»Was willst du?«

Culman hörte sich sagen, er wisse selbst nicht, was er gewollt habe. »Vielleicht bloß mit dir reden.«

»Aber wir sehen uns doch heute Abend.«

»Ja, ja, das tun wir. Ich freue mich, deinen Freund kennen zu lernen. Entschuldige, dass ich angerufen habe; es war nur so eine Laune.«

»So neu ist die Bekanntschaft gar nicht.«

Es hörte sich so an, als sei Nina irgendwohin gegangen, wo der Krach der Abfallmühle weniger störte. Ihre Stimme war sanfter und entgegenkommender geworden. Culman fiel plötzlich ein, dass Anna gesagt hatte, Nina habe sich verändert.

»Wir kennen uns schon seit einem Monat, und das sogar deinetwegen.«

Culman beobachtete seine Hand auf dem Schreibtisch. Wie ein verschrecktes Kriechtier zuckte sie zusammen.

»Wir haben manchmal auf dem Flughafen zu tun, na ja, und so bin ich ihm begegnet. Er ist schon seit ein paar Jahren hier, hat aber immer noch Sehnsucht nach New York. Ich habe ihm erzählt, dass du früher mal dort gelebt hast, und plötzlich hatten wir ein Gesprächsthema. Seine Mutter hat ein Obstgeschäft in der Nørrebrogade, das heißt, in der Straße, die du als Nørrebrogade bezeichnest.«

»Lexington?«

»Ich muss jetzt Schluss machen, Papa, auf mich warten zweihundert schwarze Abfallsäcke, die ich füllen muss. Bis später.«

Culman schrieb Jonathan ganz unten auf seine Liste. Warum er alle diese Namen notiert hatte, wusste er nicht. Vielleicht sollte er sie alle anrufen. Er konnte auch Kamma anrufen, die mollige Freundin mit den merkwürdigen Haaren, die mal rot, mal blond, mal gesträhnt waren.

Einen Namen hatte er mit Bleistift unterstrichen. Den von Karen Johansen. Doch er konnte sich jetzt nicht auf sie konzentrieren. Jonathan kam aus New York, seine Mutter hatte einen Laden in der Lexington Street. Jonathan hatte Koffer getragen und Nina getroffen, die von ihrem Vater erzählt hatte. Er hatte abgewartet und sich dann plötzlich entschieden, ihre Familie zu besuchen. Wann? Heute. Am Donnerstag, dem 19. Oktober. Sie würden um sechs Uhr kommen. Vielleicht brachte er Anna Blumen mit. Was würde er für ihn dabeihaben?

»Kann ich Jonathan etwas angetan haben? Oder seiner Mutter? Ich kann mich nicht daran erinnern, an der Lexington Street jemals Blumen gekauft zu haben. Warum hätte ich das auch tun sollen, wo sie doch in Brooklyn nur die

Hälfte kosteten? Was ist das hier für eine verworrene Geschichte?«

»Untaten«. Ein sonderbarer Ausdruck. Stand »Untaten« auf einer Stufe mit »Verbrechen« oder eher mit »Fehltritt«? Culman schmeckte das Wort ab. Niemand sprach heutzutage noch von Untaten, das Wort gehörte einer anderen Zeit, einer ausgestorbenen Schriftsprache an. Kannte er jemand, der sich so hochtrabend ausdrückte?

Das Bild Erling Johansens tauchte wie selbstverständlich vor ihm auf. Es ließ sich nicht leugnen, dass ein Wort wie »Untaten« dem untergegangenen Atlantis des Kontrolleurs entsprungen sein könnte.

»Außerdem ist Jonathan zu jung«, murmelte Culman. Ein Amerikaner drückte sich nicht so altmodisch aus. Oder vielleicht gerade. Vielleicht wollte jemand, dessen Wortwahl von einem Wörterbuch abhing, überkorrekt formulieren.

Während des Telefongesprächs hatte er mit dem Bleistift den Namen von Karen Johansen unterstrichen: Karen, verheiratet mit Erling und ihm ähnlich wie eine Zwillingsschwester; sie glichen sich wie zwei Wassertropfen. Alle ihre Bewegungen und Redewendungen waren mit der Zeit identisch geworden. Warum hatte er Karens Namen unterstrichen? War diese dreiundsiebzigjährige, ausgetrocknete, magere Frau mit der avocadofarbenen Haut in der Lage, ihre Feinde zu liquidieren?

Culman knirschte mit den Zähnen. Es fiele ihr so leicht, als würde sie sich im Nacken kratzen, abgesehen davon, dass sich Karen Johansen nie im Nacken kratzte. Die Geschichte wimmelte nur so von Frauen ihres Schlages, die, um einer größeren Sache willen, Grausamkeiten begingen, gegen die die spanische Inquisition ein Stubenarrest war. Wie um Rache zu nehmen in Hinblick auf ein Leben, das ihnen niemals vergönnt war. Karen Johansen hatte mit ihrem Schöpfer noch ein Hühnchen zu rupfen. Das Problem war nur, dass der Schöpfer das erste Opfer eines lebenslangen Rachefeldzugs geworden war, der seinen Anfang nahm, als Karen Johansen ihr einziges Kind verlor. Wie der Erschaffer ihres Universums ausgesehen haben mochte, wollte sich Culman nicht vorstellen, doch Vergebung hatte wohl kaum zu seinem Repertoire gehört. Karen Johansen war, mit anderen Worten, eine potenzielle Mörderin.

Culman griff sich an den Kopf. »Du bist schon weit gekommen, Leon«, murmelte er. »Du bist wirklich sehr weit gekommen, aber du musst noch weiter gehen, alter Freund.« Was sage ich da? – Ich sage, du musst noch weitergehen. – Muss ich? – Ja, du musst. – Darüber entscheide ich immer noch selbst, mein Lieber. – Tust du das? – Verlass dich drauf. – Enough is enough. Der Text ist ein Steg, Leon. – Nur wenn man ihn so betrachtet. – Dann betrachte ihn so! – Ich möchte lieber weiter an Karen denken. – Go ahead. Be my guest. – Ich habe Karen Johansen nämlich gern. – Du kannst Karen Johansen nicht ausstehen, machst aber dir und deiner Umgebung weis, dass ihr die besten Freunde seid, obwohl du das Gefühl hast, die Abneigung beruhe auf Gegenseitigkeit. Ihr schaut einander an, so wie man ein Haar in der Suppe betrachtet. Du findest sie stumpfsinnig und kalt, weil sie alles missbilligt, was warm, nett und natürlich ist. Du siehst sie als problemfixierte Fatalistin, und am allerschlimmsten findest du, dass sie keinen Humor hat, zumindest nicht deinen Humor, Culman. Du weißt, dass sie dich für primitiv und versoffen hält, einen Gefangenen seiner Begierden, einen Menschen ohne Tiefe, ohne Kiel und ohne Moral. Du ekelst dich vor dir selbst, wenn du Interesse an ihren Strickarbeiten heuchelst, als würden dich Rundnadeln auch nur eine Spur interessieren. Die Wahrheit ist, dass sie dich fasziniert und deine Abscheu vor ihr so stark ist, dass du in ihrer Nähe sein musst, damit sich dein Hass wieder aufladen kann. Denn im Innersten genießt du ihren Zynismus und wärmst dich in ihrem schwachen, abgemessenen Lächeln, mit dem du stets vorlieb nehmen musst. Karen Johansen ist dein schlimmster

Albtraum. Stell sie dir vor, Culman. – Soll ich wirklich? – Ja, du sollst.

Karen Johansen hat langes graues Haar, das sie entweder im Nacken zu einem Knoten bindet – was sie wie die Leiterin einer afrikanischen Missionsstation aussehen lässt – oder zu einem stahlharten Zopf flicht, der auf ihrem dürren Rücken liegt wie eine Peitsche oder ein Zeugnis der inneren Stärke, die aus einem geregelten und tugendhaften Leben erwächst. Vielleicht war sie religiös, vielleicht Satanistin, Culman wusste es nicht. Im Grunde wusste er nur sehr wenig von Karen Johansen, abgesehen davon, dass sie Handarbeiten unterrichtet und später ihr Leben dem Roten Kreuz geweiht hatte, bevor sie sich gemeinsam mit ihrem Mann pensionieren ließ. Karen Johansens Leben besitzt einen gewaltigen Kiel, einen tonnenschweren Eisenfuß, den man nie zu Gesicht bekommt, der sie aber auf dem richtigen Kurs hält, denn wie klein und schmächtig sie auch ist und wie sehr es um sie auch tobt und stürmt, so pflügt sie doch unbeirrt durchs Dasein, ohne jemals zu krängen oder den Kurs zu korrigieren.

»Aber an einige Situationen kannst du dich doch erinnern, Leon«, murmelte Culman.

»Ja, das ist wahr«, antwortete Leon.

Zwei Episoden hatten sich ihm in Bezug auf die altjüngerferliche Frau eingebrannt. In der einen hatte Anna Culman gebeten, seinen Ärmel hochzuziehen, damit die Frauen seine kleine, blau-rote Tätowierung auf dem Oberarm sehen konnten: Eine dänische Flagge war durch Buchstaben geflochten, die den Namen Else ergaben.

»Er behauptet, das sei der Name des Schiffs gewesen, mit dem er aus Amerika nach Hause kam, dabei kann man sich doch an den Fingern abzählen, dass es der Name einer alten Flamme ist.«

Culman protestierte, die Gesellschaft lachte, und Anna streckte die Hand nach ihm aus.

Eines Sonntagnachmittags vor ewigen Zeiten in einem der kleinen Gärten an der Pile Allé: Die Herren tragen Strohhüte, und Tinberg hat einen hellen Anzug mit grauen Streifen an, indem er wie ein Dandy aussieht. Culman lässt seine Muskeln spielen. Johansen will wissen, ob so eine Schweinerei, wie er sich ausdrückt, nicht weh tue.

»Die benutzen doch so eine Art Bohrmaschine, oder?« Johansen hätte gern mehr Details über diese Schweinerei erfahren.

Culman lächelt. Johansen spitzt die Lippen und wendet den Kopf ab. Seine Frau tut dasselbe, wie zwei Vögel auf einer Stange, denn sie lieben Schweinereien und können sich im Zoo stundenlang am Elefantengehege aufhalten und die gewaltigen Kothaufen betrachten, ohne die Tiere selbst zu Gesicht zu bekommen. Von ihrer Busreise nach Paris erinnern sie sich ausschließlich an die Clochards unter den Brücken und den Geruch der Seine. Culman stellt sich Johansen vor dem Hotelspiegel vor. Er hat der Welt den Rücken zugewandt und beschäftigt sich mit seinem Pillenritual, dem täglichen Gegengift, das ihn in die Lage versetzt, nach Einbruch der Dunkelheit an der Seine entlangzuspazieren, Arm in Arm mit seiner schmächtigen Frau, die auffordernd den Jugendbanden und geringschätzig dem Messerstecher zulächelt, der erschrocken wieder in dem Loch verschwindet, in dem er sich gerade mit dem weißhaarigen Kamikazepiloten getroffen hatte.

Es gibt keine Gegend, in die sie sich nicht vorwagen, keine Todesmeile, die sie auslassen. Würde ihr Weg sie eines Tages nach New York führen, würden sie nachts den Central Park durchqueren wie Salmiakreiniger ein verstopftes Abflussrohr.

»Nein, lieber Erling, ich kann mich an das Tätowieren überhaupt nicht erinnern, weiß also auch nicht, ob es weh tat, wahrscheinlich war ich zu betrunken.«

Culman zwinkert seiner Frau zu, die ihm die Zunge zeigt. In Wahrheit konnte er sich gut erinnern, auch an den Tätowierer, der in einem hohen Zimmer mit Blick auf den Fluss arbeitete und die schmerzhaften Wunden verursachte, die später zu Else und der Flagge wurden. Und besonders erinnert er sich an die zartfühlende Karen mit der rahmenlosen Brille und der grünen Haut, die seine volle Aufmerksamkeit auf sich zieht, als sie sagt: »Eigentlich ist das ja eine Brandwunde.«

Sie spricht wie immer mit gedämpfter Stimme, doch Culman versteht ihre Worte ganz genau, und als die Übrigen zu anderen Gesprächsthemen übergehen, versucht er, ihre Aufmerksamkeit abzuschütteln, die wie ein Scheinwerfer ist, der ihm geflissentlich folgt, wie sehr er sich auch zu entziehen versucht. Normalerweise schaute sie in alle möglichen Richtungen, um die Spannweite ihres Bewusstseins anzudeuten, doch jetzt bekommt Culman die volle Stärke ihrer Aufmerksamkeit zu spüren und ist beinahe geblendet. Schließlich sagt er: »Ich glaube, die meisten Tätowierungen entstehen aus Heimweh. Man macht ja so viele Dummheiten, wenn man jung ist, das hast du doch sicherlich auch getan.«

Das Letzte sagt Culman berechnend und mit in die Ferne schweifendem Blick, weil er sich darüber im Klaren ist, dass Karen in jungen Jahren nicht die geringste Dummheit begangen hat.

»Ist das nicht eher eine Strafe, die man sich selbst auferlegt?« Sie zieht die Brauen hoch und legt den Kopf schief. »Ein Zeichen des Bedauerns gegenüber seiner Umwelt?«

Karen lehnt sich über den Tisch und kneift die Augen zusammen; ihre Lippen sind weiß wie Marmor, und durch die grauen Augen huscht ein Anflug ungelebter Leidenschaft, nämlich der Schatten des Gespensts, das ihr heimlicher Gefangener ist.

Culman öffnet den Mund, doch bevor er etwas sagen kann, fährt sie in ihrer gedämpften und unerträglichen Tonlage fort: »Das Eingeständnis früherer Fehltritte. Ich habe mir sagen lassen, dass die jungen Männer Tasmaniens sich den Bauch ritzen, als Zeichen des Bedauerns.«

»Ich stamme zufälligerweise aus Vanløse«, sagt Culman lächelnd.

»Kommst du nicht eigentlich aus Holbæk, Leon, und bist erst später nach Kopenhagen gezogen?«

Bei ihr hört sich Holbæk wie ein ethnischer Fluch an.

»Jedenfalls nicht aus Tasmanien, meine Liebe.«

Culman bringt eine Zigarre zum Glimmen, zieht heftig an ihr und schaut in eine andere Richtung, um nicht der Versuchung zu erliegen, ihr den Rauch ins Gesicht zu blasen.

Später am Tag promenieren sie die Langelinie entlang, eine kleine Gesellschaft mit Tinberg und Susse Wiid an der Spitze, gefolgt von Anna, die zwischen Karen und Erling Johansen geht, und Culman am Ende, der einen gichtartigen Anfall in der Schulter spürt, ein Phantomschmerz der blau-roten Tätowierung, als seien die Farben in sein Blut gesickert.

Einige Jahre später, Karen und Erling sind zu Besuch, gehen die Männer in Culmans Zimmer, um sich Fotos anzuschauen. Erling liebt die alten Schwarzweißaufnahmen aus New York, vor allem jene, die seine Vorurteile über Armut, menschliche Erniedrigung und moralischen Verfall bestätigen. Hinterher, wenn sie vor dem warmen Kamin sitzen, pflegt er sich noch mal zu schütteln und zu äußern: »Wir haben ja so vieles, für das wir dankbar sein können.«

Doch an diesem Abend bekommen sie Besuch von Karen, die sich eigentlich nicht für die Vergangenheit und Brooklyn interessiert und ihren Fuß nie zuvor in Culmans Zimmer gesetzt hatte, in dem es nach altem Tabak, billigem Rasierwasser und gebackenen Waffeln riecht.

»Komm herein, liebe Karen«, sagt der Heuchler, »willkommen in meinem Exil. Du bekommst eine kostenlose Rundreise durch mein Gruselkabinett.«

Karen Johansen beugt sich über den Schreibtisch mit den vielen Alben und deutet mit ihrem kleinen, durchsichtigen Zeigefinger auf ein Schwarzweißfoto:

»Hast du da gearbeitet, Leon?« Sie rückt ihre rahmenlose Brille zurecht, die in diesem Augenblick ihr einziger Schutz vor Brooklyn ist.

»Ja, das ist mein Hotel.«

Culman hält die Designerlampe über das postkartenartige Foto des St. James Park Hotel in Manhattan. »Der da links in der Uniform, das bin ich. Ein fescher Kerl, oder?«

»Hast du in dem Hotel gewohnt, Leon?« Karin sieht ihren Mann an, dessen Augen so groß wie Teetassen geworden sind.

»Nein, Gott bewahre«, brummt Culman, »ich wohnte in Brooklyn. Da war's billiger.«

Culman zwinkert Johansen zu, der sich auf die Zehenspitzen stellt. »Zeig Karen doch die Bilder von deiner Wohnung. Die mit der Feuertreppe. Da kriegst du einen Eindruck von den Slums, Karen.«

Die Nasenlöcher des Oberkontrolleurs werden doppelt so groß, während Culman sagt, er habe die Gegend damals gar nicht mit den Slums in Verbindung gebracht.

»Eigentlich weiß ich gar nicht, ob Karen ihre Zeit mit diesen Bildern verplempern sollte.« Der Heuchler lächelt Karen Johansen kriecherisch an, als wolle er seine Achtung vor ihrer wertvollen Zeit und deren Verschwendung dokumentieren, wie konnte man nur einen gebildeten Menschen zwingen, seine Schwarzweißbilder vom Elend New Yorks und dessen heruntergekommenen Gebäuden anno 1950 zu betrachten.

»Ich möchte lieber Leons Bilder aus der Vorkriegszeit sehen.« Karen sieht Culman mit einem kleinen, spitzen Lächeln und halb geschlossenen Augen an. Sie gleicht etwas, das sich mit einer Handbewegung verscheuchen ließe, gäbe es nicht den Zopf in ihrem Nacken.

»Wir betrachten doch immer die aus Amerika. Aber Leons Leben hat ja wohl nicht 1946 angefangen.«

Karen schaut Leon in die Augen, obwohl sie nur über ihn und nicht mit ihm spricht. Karin Johansen spricht nämlich immer über eine unsichtbare Person, und es ist die merkwürdige Existenz dieses Wesens, das nur sie sieht, die Karen ihre eigentümliche, fast metaphysische Stärke verleiht. Sie ist es, die ihre Opfer lähmt.

»Du kommst doch eigentlich aus Holbæk, Leon, nicht wahr?«

Sie sagt es ziemlich leise, genau so leise, dass es sich anhört, als sollte es verheimlicht werden, als würde sie ihre Stimme ihm zuliebe senken. Culman antwortet, er wäre in einem kleinen Ort namens Vig geboren, sei jedoch später in den Asphaltdschungel nach Vanløse umgezogen.

Der Heuchler lacht und zwinkert Johansen zu, der eine kleine Muskelzuckung bekommen hat, die vom Kinn aus quer über den Hals verläuft.

»Ich glaube, ich habe tatsächlich einige Bilder von dort, also aus Flakholmen.«

Culman nimmt ein braunes Album zur Hand und blättert aufs Geratewohl. Seit Jahren hat er es nicht mehr angeschaut und entdeckt viele leere Stellen, an denen die Fotos fehlen.

»So sah Vanløse damals aus«, sagt er und seufzt. »Lange Häuserblocks mit kleinen, farbigen Balkonen. Eine wunderbare Zeit, findest du nicht, Erling?«

Bevor Erling Johansen antworten kann, schließt seine Frau das Album mit einer ruhigen, definitiven Bewegung.

»Wir möchten lieber die Bilder aus Holbæk sehen.«

Culman dreht sich um und betrachtet Herrn und Frau Johansen, die einander gleichen wie zwei Tropfen Wasser. Aus irgendeinem Grund fühlt er sich in die Ecke gedrängt von ihrer synchronen Neugierde, die ihre Legitimation aus ihrer grauen Kleidung – der Uniform der Vernunft – bezieht, und hört sich sagen, dass er in Holbæk nicht fotografiert habe, weil er sich damals keinen Fotoapparat leisten konnte.

»Du besitzt also überhaupt keine Fotos aus deiner Jugend?«

»Nur die aus Vanløse.«

Es irritiert Culman, dass er sich angeklagt fühlt.

Karen steht an der Tür, die eine Hand liegt flach auf der anderen. Es geschieht nur selten, dass ihre Hände keinen Kontakt miteinander haben. Hinter der Rahmenlosen schimmert Wollust auf.

Sie sagt: »Ich frage nur, weil ich einmal eine Kollegin hatte, die in Holbæk aufgewachsen ist.«

Culman zündet sich eine Zigarette an und entdeckt, dass bereits eine im Aschenbecher glimmt.

»Das war doch eine sehr überschaubare Gesellschaft, nicht wahr?«, sagt Karen und schaut ihren Mann an. »Eine sehr kleine Gesellschaft, in der sich alle kannten.«

Dem Strich unter Karen Johansens Namen wurde ein zweiter hinzugefügt. Später radierte er ihren Namen weg. Er radierte alle Namen weg und holte sich ein Pils, das er in drei langen Zügen trank. Morgen, dachte er, würde das Ganze vergessen sein, vielleicht nicht vergessen, aber der Vergangenheit angehören, passé, etwas, über das man bis zur Weihnachtszeit den Kopf schütteln konnte, eine skurrile Episode, mit der sich die Freunde unterhalten ließen. Die Anzahl der Gesprächsthemen nahm sowieso immer mehr ab, schließlich gab es Grenzen, wie oft man über das tägliche Einerlei, das im Fernsehen gezeigt wurde, reden konnte – nein, praktisch gab es überhaupt keine Grenzen, denn darüber konnten sie stundenlang quatschen, und genau das war das Problem.

Er sagte es laut: »Ich habe keine Lust, meine letzten Jahre damit zu verbringen, über einen ehemaligen Eishockeyspieler herzuziehen. Es gibt Quasselrunden, in denen übergewichtige Menschen nach ihren Beziehungs- und Sexproblemen ausgefragt werden. Ich habe was anderes zu tun. Es ist das letzte Mal, dass ich meine Zeit damit verplempert habe, die Opfer vorzeitigen Haarausfalls anzuglotzen, die ihre Zwangsexistenzen einer topaktuellen Frau mit Hundeaugen zu Füßen legen.«

Culman griff zum Telefonhörer. Das hatte er schon seit dem Morgen tun wollen. Jetzt tat er es und wählte die acht vertrauten Ziffern.

»Tinberg?«

Culman holte tief Luft. »Hallo Eddy, ich bin's, Leon.«

»Hast du ausgeschlafen?«

Culman bedauerte bereits, dass er angerufen hatte, nahm sich jedoch zusammen und sagte, er würde sich freuen, wenn Edwin ein paar Schuhe von ihm anschauen könnte. »Wenn es nicht zu viel Umstände macht – ich glaube, sie brauchen nur ein wenig Leim.«

Er schaute auf seine Uhr und hörte Tinberg sagen, das sei kein Problem. Culman dankte ihm, legte auf, ging zum Schuhschränkchen und nahm seine alten Stiefel zur Hand, die er an der Spitze mit einer Kneifzange bearbeitete, so dass die Sohle herunterhing. Kein Problem. Er schob sie in eine Plastiktüte, ging zur Haustür und schaute durch den Spion. Tinberg wohnte im dritten Stock. Zwei Etagen tiefer. Normalerweise nahm Culman die Treppe nach unten und den Fahrstuhl nach oben. Es bestand kein Grund, von dieser Gewohnheit abzurücken. Er öffnete die Tür, vergewisserte sich, dass er die Schlüssel dabei hatte und zog die Tür zu. In diesem Moment setzte sich der Fahrstuhl in Bewegung. Er zuckte zusammen, begann nach den Schlüsseln zu fingern und schaffte es, den ersten ins Schloss zu stecken, als der Fahrstuhl im vierten Stock stehen blieb. Rasch schloss er auf und zog sich halb auf den Flur zurück, als eine Stimme sagte: »Herr Culman, sind Sie's?«

Er erkannte die nasale Stimme des Nachbarn unter ihm, konnte sich aber plötzlich nicht mehr an seinen Namen erinnern, obwohl er bereits seit drei Jahren im vierten Stock wohnte. Jetzt war er auf dem Weg nach oben. Culman und er hatten nie etwas miteinander zu tun gehabt. Der Mann war um die vierzig, vermutlich geschieden und ziemlich mysteriös. Anna meinte, er arbeite schwarz, doch Tinberg war sicher, dass er beim Geheimdienst angestellt war. Oft war er auf Reisen und kam erst spät in der Nacht nach Hause, hatte kein Auto, sondern fuhr ausschließlich mit dem Taxi. Anna hatte ihm zuweilen mit einem Kochrezept oder Gewürzen ausgeholfen und am Tag darauf zum Dank einen Blumenstrauß bekommen. Daher galt er bei ihnen als kultivierter und höflicher Mann.

Culman schloss so lautlos wie möglich die Tür und beobachtete den Mann durch den Spion. Er kam die Treppe herauf.

Sein Name ist Hansen, fiel Culman ein. Was für ein genialer Deckname, denn wenn er richtig darüber nachdachte, ließ sich über den Nachbarn nichts mit Gewissheit sagen, dafür war sein Verhalten allzu korrekt, allzu mechanisch. Er glich, kurz gesagt, einem Menschen, der etwas zu verbergen hatte, nämlich seine wahre Identität.

Der Nachbar bewegte sich geschmeidig und sicher, und plötzlich dachte Culman daran, dass dieser Hansen es stets vermieden hatte, zu anderen in den Lift zu steigen. Zwar war die Kabine ziemlich eng, doch dies war nicht der eigentliche Grund dafür, dass Hansen den übrigen Bewohnern aus dem Weg ging. Er scheute einfach das Risiko, anderen Menschen so nahe zu kommen. Es hätte schließlich passieren können, dass sie seinen Körpergeruch aufnahmen, die Spur eines Muttermals entdeckten, eine Eigentümlichkeit des Blicks, die Anlage zum Unterbiss, kurz gesagt: ein persönliches Merkmal, das den Roboter mit den geleckten Manieren enttarnt hätte. Das seine wahre Identität ans Licht gebracht hätte. Doch jetzt klopfte er an seine Tür. Durch den Spion konnte Culman erkennen, dass der Nachbar die Neigung zu Schuppen hatte. Aus irgendeinem Grund freute ihn das. Diesmal war ihm Hansen zu nahe gekommen.

»Herr Culman?«

»Ich bin leider nicht angezogen.«

Hansen schaute direkt in den Spion. »Ich kann warten, bis Sie angezogen sind.«

Culman zögerte. Er hatte immer noch die Plastiktüte mit den alten Stiefeln in der Hand und den Brief, den er Tinberg zeigen wollte, in der Jackentasche. Und vor der Tür stand der Mann, der ihn vielleicht geschrieben hatte. Ein Mann mit Schuppen konnte ohne weiteres eine Schreibmaschine besitzen, die Vokale ausließ. Das war doch sonnenklar: Einem Roboter musste eine alte Schreibmaschine logischerweise als Synonym für das Unpersönliche erscheinen, doch nichts auf der Welt war so individuell wie eine Schreibmaschine mit Farbband und Gummiwalze. Nichts hatte so viel Persönlichkeit wie eben solch ein Apparat.

Hansen sagte: »Ich möchte Ihnen etwas zeigen, Herr Culman.«

»Etwas zeigen?«

»Ja, unten bei mir. Im Badezimmer.«

Badezimmer, dachte Culman. Ein genialer Einfall. Leicht sauber zu machen.

»Muß das jetzt sein? Kann das nicht warten?«

»Es ist ein Wasserschaden. Ich glaube, die Ursache liegt bei Ihnen. Hallo, Herr Culman, sind Sie noch da?«

Culman sah sich um und trat auf der Stelle, während er sich erregt den Handrücken kratzte. »Ich komme in einer Stunde nach unten und sehe es mir an.«

»In einer Stunde bin ich nicht mehr da, Herr Culman. Ich wäre froh, wenn Sie es gleich tun könnten. Ich möchte die Sache gern verifiziert haben.«

Culman blickte sinnloserweise in die Plastiktüte, als würde er dort eine Erklärung finden, was »verifiziert« bedeutete.

»Herr Culman!«

»Ich bin nicht angezogen.« Culman lehnte sich mit dem Rücken gegen die Tür und spürte seine Knie weich werden, was ihm Schwindelgefühl und Übelkeit verursachte.

Der andere klopfte mit um so größerer Vehemenz gegen die Tür. Insgesamt hörte er vier Schläge, was ihn an die Londoner Radiosignale während des Krieges erinnerte. Kurz darauf blieb es ruhig. Culman trat einen Meter von der Tür zurück und bemerkte, dass der Briefschlitz sich geöffnet hatte. Der andere steckte seine Finger hindurch. »Sind Sie noch da?

Culman ließ die Tüte fallen und hastete zum Ende des Flurs, von dem aus er die Augen des Nachbarn sehen konnte, die ihn durch den Briefschlitz anstarrten.

»Herr Culman! Herr Culman! Sie sind ja angezogen. Sie sind ja angezogen, Herr Culman. Warum behaupten Sie, dass Sie nicht angezogen sind, wenn Sie es doch sind?«

»Verschwinde.« Culman flüsterte es vor sich hin. »Mir ist übel. Hau ab!«

Er öffnete die Tür zu seinem Zimmer, lehnte sich gegen den Rahmen und schloss die Augen. Blieb lange so stehen und versuchte seinen Puls unter Kontrolle zu bringen. Der Mann hatte auf ihn gewartet, kein Zweifel. Sobald Culman aus der Tür kam, würde er zuschlagen. Culman sank auf den Boden. Bestimmt überwachte der Mann das Gebäude. Heutzutage war so was überhaupt kein Problem. Vielleicht hörte er ihr Telefon ab. Das war kinderleicht. Tinberg hatte einmal erzählt, wie so was funktionierte. Und heutzutage gab es sicherlich noch weitaus bessere und effektivere Geräte. Und sicherlich war es auch kein Problem, sich Zugang zu Culmans Wohnung zu verschaffen. Herrgott, die beiden Schlösser, die Culman als Brooklyn-Sicherung bezeichnete, waren für einen Profi doch nur Kinkerlitzchen. Vielleicht stand er bereits im Flur, bereit, seine Ankündigung wahrzumachen, das längst Beschlossene in die Tat umzusetzen.

Culman legte seine Hand auf das schwarze Telefon. Laut sagte er: »Ich rufe die Polizei, Herr Hansen. Ich rufe jetzt an. Verschwinden Sie, hören Sie?«

Er fragte sich plötzlich, ob die Nummer 112 oder 118 war und schaute sich nach dem Telefonbuch um. Doch als er gerade den Hörer abheben wollte, klingelte das Telefon. Culman zuckte zusammen und fiel nach hinten gegen das Regal, das bedrohlich wankte. Er bekam die Stuhllehne zu fassen, richtete sich auf, schob sich an den Tisch heran und hob ab. »Hallo? Wer ist da?«

»Ich bin's, Hansen, aus dem vierten Stock.« Die Stimme klang müde, aber geduldig.

Culman warf den Hörer weg, als hätte er sich verbrannt.

»Herr Culman, was ist los bei Ihnen?«

Culman schloss die Augen, nahm dann jedoch den Hörer wieder in die Hand.

»Sind Sie dran?«

»Ja, ich bin's, aber ...«

»Geht es Ihnen nicht gut?«

»Nein, mir geht's nicht gut.« Culman brauchte nicht zu simulieren. Er hörte sich krank an.

Pause.

»Haben Sie etwas dagegen, dass ich den Hausmeister zu Ihnen raufschicke, damit er sich den Abfluss ansieht?«

»Heute noch?«

»Ob das heute sein soll? Ich habe einen Wasserschaden an der Decke. Ihr Abfluss muss verstopft sein. Wir sollten einen Sanitärfachmann beauftragen.«

»Einen Sanitärfachmann?«

»Herr Culman, sind Sie allein?«

»Allein? Nein, meine Frau ist auch da.«

»Ihre Frau ist einkaufen gegangen, Herr Culman.«

»Woher wissen Sie das? Sie steht in der Küche und schält Kartoffeln.«

»Weil ich sie in der Falkoner Allé gesehen habe. Warum sagen Sie mir, dass sie in der Küche ist, wenn das nicht stimmt? Warum behaupten Sie, nicht angezogen zu sein, wenn Sie es doch sind?«

Culman legte auf, zog den Stecker und redete sich ein, er sei unsichtbar.

Fünf Minuten später wurde weiter unten eine Tür zugeschlagen. Culman hörte, wie der Fahrstuhl sich in Bewegung setzte, eilte ins Wohnzimmer und postierte sich am Fenster hinter der Gardine.

Kurz darauf tauchte Hansen auf. Mit raschen Schritten ging er auf die Straße zu, drehte sich an der Pforte noch mal um und schaute zu Culman hinauf, formte die rechte Hand zu einer Pistole, krümmte den Zeigefinger und schoss.

13:00

Tinberg füllte die kleinen, flachen Gläser. Obwohl Culman keinen Martini vertrug, protestierte er nicht. Er hatte nicht gefrühstückt, doch jetzt saß er da und fügte den vier Bieren vom Vormittag einen Wermut hinzu. Noch bevor es Abend wird, bin ich stockbesoffen, dachte Culman und stieß mit seinem alten Freund an, der einen kundigen Blick auf die Stiefel geworfen hatte und jetzt seufzend den Kopf schüttelte, damit der Kunde begriff, was für ein Glück er hatte, eine solche Kapazität wie Edwin Tinberg an der Hand zu haben.

Tinberg gefiel es, vor Publikum zu agieren, wenn er arbeitete; er gab seine Anweisungen und machte aus jeder Kleinigkeit eine große Nummer. Culman kannte alles in- und auswendig und legte normalerweise keinen Wert darauf, die hohe Kunst der Schuhbesohlung eingetrichtert zu bekommen, doch heute war es schön, in der Küche eines anderen Mannes zu sitzen und seinen selbstgefälligen Ausführungen über Rohgummi und das Glück einer eigenen Werkstatt zu lauschen. Der Vortrag und der parfümierte Geschmack des Drinks hingen untrennbar zusammen, und Culman sagte sich, dass er nicht wusste, was ihn mehr anödete und dass er schrecklich undankbar war, also lobte er Tinberg für sein Geschick und bedankte sich überschwänglich für den Martini. Edwin verkündete, dass er es an nichts fehlen lasse und Culman seine bescheidene Wohnung weder nüchtern noch barfuß verlassen solle. Das war mit der Zeit zu einer stehenden Redewendung geworden, doch Culman zwang sich zu einem Lächeln, als hörte er sie zum ersten Mal. Ein Heuchler war ich schon immer, dachte er und beobachtete, wie sich Tinberg fünf kleine Nägel zwischen die Lippen steckte, während er die Leimflasche schüttelte. Aus irgendeinem Grund arbeitete er am besten mit den Nägeln im Mund, und vielleicht ärgerte Culman das am meisten, dieses verbohrte Theoretisieren, diese sinnlosen Nägel.

»Man will doch vor allem eine handwerklich einwandfreie Arbeit, nicht wahr?«, sagte Tinberg.

»Selbstverständlich«, entgegnete Culman.

»Man geht doch zu einem Schuhmachermeister, weil man sich eine vorschriftsmäßige Ausführung erwartet, das steht fest.«

»Absolut, Eddy. Absolut!«

»Verstehst du, wenn man diesem Leim keine Gelegenheit gibt, vier bis fünf Minuten zu oxydieren, dann gibt es ein Problem.« Tinberg war ein bisschen kurzatmig geworden, vielleicht wegen der Nägel. »Leute wie ich haben das im Gefühl.« Er schaute Culman an. »Das hört sich für dich vielleicht nach Hokuspokus an, Leon, aber jedes Handwerk hat seine eigenen Geheimnisse, oder wie ich immer zu sagen pflege: Entweder man kann es, oder man kann es nicht, ein wenig Leim, nicht zu wenig und nicht zu viel, eine kleine Schraubzwinge und ein Glas Martini – voilà!«

Er setzte die Leimfleische ab und nippte an seinem Glas. »Aber es ist ja leider ein aussterbendes Handwerk.«

»Alkoholismus?«

Tinberg schaute Culman irritiert an, der sich entschuldigte und etwas Allgemeines über den Verlust der vielen guten Handwerksmeister äußerte. Er hatte Tinberg wirklich verdächtigt, an der Flasche zu hängen. Er wurde ständig dünner. Dünner und eitler, und mit der Eitelkeit kam das Weibische. Aber er hatte ja auch niemand, der ein Auge auf ihn hatte. Die vielen Jahre, die er schon allein lebte, hatten ihre Spuren hinterlassen. Heute trug er eine karierte Hose und ein hellrotes Hemd. Er roch immer so merkwürdig, vielleicht war es Moschus. Anna sagte, Eddy dufte wunderbar und sei der

Traum einer jeden Frau. Sie konnte stundenlang seinen Geschmack bewundern, während Eddy sie gewähren ließ. Susse Wiid, die womöglich bisexuelle Neigungen hatte und es liebte, das andere Geschlecht durch den Kakao zu ziehen, lud ihn zu Weißweinvernissagen und Plastikbecherempfängen in die Stadt ein, auf denen sie eine gute Figur machten und der dünne Tinberg sie, die ihm eigentlich unsympathisch war, professionell anlächelte. Die bilaterale Sinnestäuschung war ein Teil des Lebens dieses ungleichen Paars geworden, und niemand konnte leugnen, dass Susse mit den meisten Mitarbeitern von TV 2 auf Du und Du stand und Tinberg jede Menge Drinks abstaubte, die er nicht zu bezahlen brauchte. »Heutzutage«, sagte er, »kommen sich doch alle unheimlich wichtig vor. Wir ziehen von einer Veranstaltung zur anderen und stoßen mit hohen Tieren an, und auch wenn man hinterher einen steifen Hals und einen verstimmten Magen wie nach einem Einlauf hat, hilft es doch, den überbewerteten Krempel, den wir das wirkliche Leben nennen, auf angenehme Distanz zu halten.«

Sie gingen in Tinbergs Wohnzimmer, das hell und leicht eingerichtet und seit Idas Tod nicht verändert worden war. Sie hatte einen sicheren Geschmack gehabt und Teakholz sowie die stilechten Möbel aus der Werkstatt Rudolf Rasmussens geliebt. Am Fenster stand der große schwarze Flügel, den Tinberg mit einem kleinen gelben Tuch zu polieren pflegte. In der hellen Wohnung herrschte in der Tat ein angenehmer Geruch, wenn er auch zu der Sorte von Gerüchen gehörte, die zu dem Zweck produziert worden waren, andere zu überdecken. Wir Alten, dachte Culman, stinken ja hinten und vorne. Doch dagegen warf eine ganze Industrie ihre Produkte auf den Markt. Unsere Wohnzimmer riechen nach Rocky Mountains aus der Dose, und auf unseren Toiletten steht eine ganze Batterie türkisfarbener Behälter, die uns vorgaukeln, unsere Ausscheidungen röchen nach Ananas.

»Woran denkst du?«, fragte Tinberg.

»Ich denke daran, dass hier alles so gut riecht«, sagte Culman und lächelte unterwürfig in Richtung Sprossensofa.

Tinberg schloss die Augen und blähte die Nasenlöcher. »In diesen heiligen Hallen«, flüsterte er, »sollen Ruhe und Frieden und ein Duft der Ewigkeit herrschen.« Er ließ seinen Blick durch den Raum schweifen. Ida hatte es verstanden, dem Zimmer einen Duft nach Zypressen zu verleihen. Niemand war so wie sie in der Lage gewesen, das Schlafzimmer in die Gärten des Libanon zu verwandeln.

Culman klopfte Tinberg auf den Rücken. »Ihr hattet schon immer einen guten Geschmack«, sagte er. Tinberg zuckte abwehrend mit den Schultern, schenkte sich einen weiteren Martini ein und begann einen längeren Vortrag über dänisches Möbeldesign zu halten, bis Culman ihn unterbrach, um zu fragen, ob er sich an die Geschichte von Leroy aus Brooklyn erinnere.

»Nicht direkt. Du erzählst ja so viele Geschichten. Ich kann sie wirklich nicht alle im Kopf behalten.«

»Die habe ich vor drei Stunden erzählt, Eddy. Bist du wirklich so vergesslich geworden? Es war die Geschichte des Mannes, der eine Morddrohung erhalten hatte.«

»Ach, der Schwarze, ich weiß es wieder.«

»Es ist tatsächlich eine wahre Geschichte.« Culman betrachtete seine Hände.

»Ja, ich erinnere mich, dass du das sagtest. Aber ich bin mir da nicht so sicher. Wir kennen dich ja schließlich gut genug.« Tinberg lächelte kryptisch.

Culman studierte seine langen, unförmigen Finger, die ihm fremd waren. »Tut ihr das wirklich?«, murmelte er.

»Was meinst du?«, fragte Tinberg, jetzt noch zerstreuter.

Culman sparte sich die Antwort und betrachtete stattdessen seine Füße. Seine Schuhe standen, der Hausordnung gemäß, draußen neben der Wohnungstür. Er bewegte die Zehen in der Hoffnung, ein bisschen Wärme zu spüren. »Ich friere ständig an den Zehen«, murmelte er.

»Deine Blutversorgung ist schlecht, Lenni. Deine Fußgelenke werden schon blau. Erling hat es mir im Schwimmbad gesagt.«

»Sagte er wirklich, dass meine Fußgelenke blau werden?«

»Blau und geschwollen. Ungesund.« Tinberg schob seine Ellbogen nach hinten und die Brust nach vorn.

»Ihr diskutiert also über meine Fußgelenke?«

»Bewegung, alter Freund. Du musst ein bisschen mehr an die frische Luft.« Tinberg hielt sich am Esstisch fest und machte drei Kniebeugen. »Warum kommst du am Sonntag nie mit in den Frederiksberg-Park?«

»Um mit Erling Arm in Arm zu gehen? Das ist nicht das, was ich will. Ich stelle mir eher so eine Art Wurzelbehandlung vor.« Culman schniefte und zog den Hosenbund nach oben.

»Wir gehen eine Stunde lang spazieren«, erklärte Tinberg. »Danach ruhen wir uns ein wenig aus und treten den Heimweg an. Doch dazu bist du zu bequem. Du bist und bleibst ein fauler Sack, Lenni. Deine Frau hat ganz Recht, wenn sie sagt, dass du am liebsten den ganzen Tag auf dem Sofa rumliegen würdest.«

»Aber das stimmt doch gar nicht.«

»Ich kenne dich, Leon.« Tinberg starrte leidenschaftlich auf seinen Martini.

»Du kennst mich überhaupt nicht.« Culman setzte sich in den bequemsten Sessel des Hauses und legte den Kopf zurück. »Du glaubst, du kennst mich, aber da irrst du dich. Außerdem interessiert es mich nicht, ob ihr herablassend über meine Fußgelenke sprecht.«

»Das tun wir aus Liebe.«

Es entstand eine Pause, ein plötzliches Intervall, als hätten beide vergessen, wer sie waren und was sie gerade taten.

Culman dachte an das Glockenspiel des Rathauses und an

einen Jungen, den er einst auf dem Eis gesehen hatte, ein verfrorenes Gesicht auf dem Fjord an einem Februartag des Jahres 1926. Uns fehlt ein Kind, dachte er, ein Kind, das die Geschichte des Lebens noch mal von vorn erzählen darf. Ein kleines Kind mit einer völlig neuen Sprache, das alle Fragen stellen kann, deren Antworten wir bereits wissen.

Tinberg sagte: »Hillary dagegen hat unheimlich dicke Fußgelenke.«

Culman schaute ihn desorientiert an. »Wer ist Hillary?«

»Kriegst du denn überhaupt nichts mehr mit? Hillary ist die Frau des amerikanischen Präsidenten.«

»Ich wusste nicht, dass sie dicke Fußgelenke hat.« Culman schaute verstohlen zu Tinbergs Fußgelenken, die in gelben Socken mit dem berühmten Markenzeichen steckten, das, soweit Culman es erkennen konnte, einen Wolf zeigte, der auf Händen ging.

»So fette Fußgelenke habe ich, glaub ich, noch nie gesehen«, sagte Tinberg. »Sie zeigen sie manchmal auf CNN.«

Culman betrachtete seine eigenen Socken aus Polyester, die vom Leben zu einer Trompete geformt worden waren.

Tinberg sagte, dass die Frau des Präsidenten, abgesehen von ihren Fußgelenken, sehr präsentabel sei.

»Was hat das eigentlich mit der Sache zu tun?«, murmelte Culman. »Soll Hillary etwa in den Frederiksberg-Park mitkommen?«

Tinberg legte den Kopf zurück, lachte ein lautloses Lachen und wedelte weibisch mit den Fingern der linken Hand.

Culman schaute auf den Boden. Plötzlich war ihm übel geworden. Das ist der Martini, den ich nicht vertrage, dachte er, und der süßliche, eitle, künstliche, um nicht zu sagen widerwärtige Lebensstil, der ihm entspricht. Es gibt nichts Jämmerlicheres, als mitten am Tag Martini zu schlürfen; man bekommt einen dicken Schädel, fängt an, mit den Fingern zu wedeln, und plötzlich sitzt man in der Tinte. Mit hellrotem Hemd und karierten Hosen.

»Gott bewahre mich«, murmelte er, »bewahre mich vor diesen Altmännerattitüden.«

»Du plapperst wieder mit dir selbst, alter Freund.« Tinberg massierte seine Stirn.

»Ja, ich plappere mit mir selbst«, sagte Culman, richtete sich jedoch plötzlich im Stuhl auf. »Nein, Eddy, ich plappere nicht, sondern ich rede mit mir selbst. Ich plappere niemals, aber irgendwann wird es schon noch so weit kommen, sei ganz beruhigt. Manchmal verzweifle ich bei dem Gedanken daran, wie viel Zeit uns noch bleibt.«

Tinberg schaute ihn an. »Uns bleibt überhaupt keine Zeit mehr.«

»Das sage ich ja. Das Konto ist aufgebraucht.« Culman blickte auf seine Hände.

Erneut kehrte völlige Stille ein.

»Was ist los mit dir, Lenni?« Tinbergs Stimme war sanft und entgegenkommend.

»Was los ist? Gar nichts ist los.«

Culmans Kinn sank in den Kragen, und die Stimme wurde zu einem monotonen Flüstern. »Abgesehen davon«, murmelte er, »dass Leroy niemals einen solchen Brief bekam.«

»Sprechen wir immer noch über den Schwarzen mit den zwei Frauen?«

Culman legte die Hände auf die Knie und lehnte den Nacken gegen die Stuhllehne. »Das hatte ich mir ausgedacht«, murmelte er.

Tinberg betrachtete seine Nägel.

Culman nahm Tinbergs Hand und nickte anerkennend.

»Maniküre«, sagte dieser. »Solltest du auch probieren.«

»Wie bekommst du sie so blank?«

Tinberg lächelte. »Ich lackiere sie, Lenni. Lustig, nicht?«

Culman nickte ernst und schaute rasch weg, wie um einen anderen Punkt zu finden, auf den er sich konzentrieren konnte. Tinberg lackierte seine Nägel. Na und? Eine innere Stimme bat ihn, den Satz zu wiederholen, was er auch tat, ohne dass es im Geringsten geholfen hätte. Doch das Bild des eitlen Mannes blieb auf seiner Netzhaut zurück, die einsame Gestalt in der großen Wohnung, die mitten im Zimmer saß. Seine Anziehungskraft gewann das Bild durch die Konzentration des alten Mannes, der dabei war, sich die Nägel zu lackieren. Eine unschuldige Tätigkeit. Doch was geschah, wenn der Lack getrocknet war? Gab es einen geheimen Zusammenhang zwischen der rituellen Eitelkeit und einem latenten Zynismus? Würden die lackierten Nägel hinterher eine bestimmte Tätigkeit ausüben, vielleicht einen Brief auf einer defekten Schreibmaschine schreiben?

»Woran denkst du, Lenni? Ärgerst du dich über meine Eitelkeit?«

»Ich? Nein, ich ärgere mich über gar nichts.«

»Du siehst so ernst aus. Geht es dir nicht gut?«

»Nicht gut?«

»Ja, ich meine, ob du dich unwohl fühlst.«

Erst jetzt sah ihm Culman direkt in die Augen. »Ich war's, der den Brief bekommen hat. Ich habe ihn bekommen, Eddy.«

»Also nicht der Schwarze mit den zwei Frauen?«

Culman schüttelte den Kopf.

»Das war nur eine Geschichte, die ich mir ausgedacht habe. Ich weiß, es hört sich blödsinnig an, aber ich wollte sehen, wir ihr beiden reagiert, du und Erling.«

Tinberg schüttelte den Kopf und nahm die Flasche.

Culman bat ihn, es gut sein zu lassen.

»Hörst du, was ich sage, Eddy? Ich habe ihn heute Morgen bekommen, mit der Post, einen eingeschriebenen Drohbrief.«

Tinberg seufzte und schaute mit leerem Blick in die Luft. Culman wusste nicht, wie er das deuten sollte, zog dann aber den Brief aus der Tasche. »Du kannst ihn dir gern ansehen.«

»Wenn du meinst.«

Tinberg setzte seine Brille auf und las den kurzen Text.

Hinterher blickte er Culman an. »Was für ein himmelschreiender Blödsinn.«

»Eben. Was soll der Quatsch? Ich bin achtundsiebzig Jahre alt.«

Tinberg legte den Brief beiseite und ging aus dem Zimmer. Culman hörte, wie er im Badezimmer den Wasserhahn aufdrehte und dachte kurz an Herrn Hansen, als Tinberg zurückkam. Er hatte sein Gesicht gewaschen und blickte Culman mit nüchternem Ausdruck an. »Ich würde sofort zur Polizei gehen.«

»Meinst du wirklich?«

»Absolut, das heißt, wenn ich eine reine Weste hätte.«

Culman schlug die Hände fest auf die Armlehnen. »Was soll das denn heißen? Das soll wohl ein Witz sein. Glaubst du vielleicht, ich hätte keine reine Weste? Was redest du denn da?«

Tinberg lächelte nicht mehr, während er wie jemand wirkte, der innerhalb von zwei Minuten nüchtern geworden war. Er sah verunsichert aus, nervös und verunsichert, und als er sich einen weiteren Drink einschenkte, zitterte seine Hand stärker als üblich. Er schaute Culman nicht an, als er sagte: »Wir wissen ja schließlich nicht, was du da drüben getrieben hast. Davon haben wir keine Ahnung.«

Die Stimme war leise und formell. Tinberg hatte sich plötzlich vervielfacht und sprach, als stünde er im weißen Kittel hinter einer Theke, während er Culman bat, sich mit seinem Problem an jemand anderen zu wenden. Culman versuchte, seinem Blick zu begegnen, doch ohne Erfolg. Tinberg sah aus, als hätte irgendjemand seinen kleinen Vormittagsschwips entdeckt – aber wovor hatte er Angst? Schließlich hatte nicht er den Brief bekommen. Vielleicht fürchtete er, in die Sache hineingezogen zu werden. Doch ein Mann wie Eddy ließ sich bereitwillig hineinziehen. Er wollte gern eine Freikarte für das Drama eines anderen Mannes haben. Im Grunde war es natürlich ungerecht, so über ihn zu denken; Edwin Tinberg war schon in Ordnung.

Culman senkte die Stimme. »Ich war Kofferträger in einem

Hotel, Eddy! In einem von Manhattans heruntergekommensten, aber trotzdem saubersten Hotels. Die Menschen blieben da höchstens für eine Nacht, und wenn sie am Morgen nicht herauskamen, dann, weil sie sich aufgehängt hatten oder weil ihnen die Nutte, die sie sich über den Callgirl-Ring bestellten, dessen Anzeigen an den Innentüren der Kleiderschränke klebten, die Pulsadern durchgeschnitten hatte. Am Personal gab es nichts auszusetzen. Wir hielten zusammen und schufteten von früh bis spät. Die Scheißkoffer verbogen mir zwar die Wirbelsäule, aber Herrgott – es war doch zumindest ehrliche Arbeit.«

»Okay, okay, du brauchst dich nicht aufzuregen.«

»Ich verstehe nicht, was dich so daran stört, dass ich in den USA gewesen bin.«

»Mich? Mich stört überhaupt nichts daran.«

»Komm schon, Eddy, du hast doch ständig auf mir rumgehackt.«

Tinberg wandte den Kopf ab und lächelte müde. »Du hast seit zwanzig Jahren von nichts anderem geredet. Wir anderen waren Luft für dich. Neben deinem Amerika war Dänemark tiefste Provinz.« Tinberg rückte an die Stuhlkante. »Haben wir dir nicht immer stundenlang zugehört, Eddy und ich? Haben wir dich jemals gebeten, die Klappe zu halten, jemals, Leon?«

»Ich wusste nicht, dass es euch langweilte.«

»Ich sage nicht, dass es uns gelangweilt hat.« Tinberg griff sich an die Stirn und stieß die Luft aus. »Mein Gott, Leon! Also hör zu: Du bekommst einen Brief. Ich weiß nicht, wie ernst die Sache ist, aber gut. Vielleicht ist sie ernst. Vielleicht handelt es sich auch nur um irgendeinen Spinner, der sich auf diese Weise seine Zeit vertreibt. Die Leute wissen ja heutzutage nichts mit sich anzufangen. Wir Alten haben schließlich ein Recht, in die Luft zu gucken, aber die Jungen, die Arbeitslosen, die Versager, die Gymnasiasten, der ganze Haufen, Leon, die saufen sich doch alle um den Verstand. Wir sind eine Nation von Alkoholikern geworden, aber so geht's, wenn die Leute von vorn bis hinten versorgt werden.«

»Ja, ich kenne deine Ansicht darüber.«

Tinbergs Wangen hatten Farbe angenommen. »Für den Anspruch auf Zentralheizung und das Hörgerät auf Staatskosten können wir uns bei den spendablen Sozialdemokraten bedanken. Erfindungsreich sind wir doch nur noch, wenn es darum geht, wie das System am besten gemolken werden kann. Das macht uns zu raffgierigen, engherzigen Nörglern, und vielleicht hatte einer von denen den genialen Einfall, einem wildfremden Rentner diesen Brief zu schreiben, um zu sehen, ob das Leben nicht doch ein wenig Abenteuer zu bieten hat.«

Tinberg schaute Culman an, der vor sich hinstarrte und bedächtig nickte, bevor er den Kopf schüttelte.

Tinberg setzte seinen strengen Gesichtsausdruck auf und senkte die Stimme. »Aber wenn man dich so ansieht, könnte man glatt den Verdacht bekommen, du wüsstest genau, wer dir diesen Brief geschickt hat. Ganz im Innern.«

»Ich habe wirklich keine Ahnung, Eddy. Im Prinzip könnte es ja wirklich jeder gewesen sein.«

»Jeder?«

»Natürlich nicht jeder, aber …«

Tinberg senkte die Stimme. »Wenn es schon nicht jeder gewesen sein kann, dann sicherlich jemand, den du kennst. Das versteht sich doch von selbst.«

Stille breitete sich im hübschen Wohnzimmer aus, in dem das großformatige Foto des Ehepaares Tinberg das einzige war, was den etablierten Geschmack beeinträchtigte. Ida war zehn Jahre jünger als ihr Mann gewesen, und das war dem Bild auch anzusehen, auf dem sie direkt in die Linse schaute, als wollte sie fragen: Seht ihr es auch?

Ja, ich sehe es, dachte Culman und starrte Ida an, als sie aus dem Rahmen trat und mit der Geschmeidigkeit einer Jazztänzerin auf den Fußboden sprang.

Sie schnippt mit den Fingern und schwingt die Hüften, streckt das Bein und hebt das Fußgelenk bis an die Stirn. Sie hat eine rauchige Stimme und eine professionelle Phrasierung:

You'll never know how much I love you / Never know how much I care / When you put you'r arms around me / I get a feeling that's so hard to bear / You give me fever.

Sie saust herum, wirft den Kopf nach hinten und blickt Culman auf eine Art an, die den letzten Tropfen aus ihm herausquetscht.

Chicks were born to give you fever. Fahrenheit or Centigrade.

Fahrenheit or Centigrade.

Fahrenheit or Centigrade.

Am Flügel macht sie einen Flickflack, richtet sich auf und kommt Culman mit dem Geschlecht voraus entgegen. *Fahrenheit or Centigrade*. Musik und Stimme verklingen, und am Ende ist nur noch der schwache Laut ihrer schnippenden Finger zu hören.

Fahrenheit or Centigrade.

Fever!

»Warum gerade heute?«, fragte Tinberg.

Culman verbarg das Gesicht in den Händen. »Wenn ich das nur wüsste, Eddy. Aber man muss wohl davon ausgehen, dass das Datum nicht zufällig gewählt wurde. Ich habe gegrübelt wie ein Verrückter; das Datum sagt mir nichts, aber vielleicht sollte es das. Vielleicht liegt da der Hund begraben.«

»Du glaubst, es ist ernst?«

Culman seufzte und schaute auf seine großen Hände, die zwischen seinen Knien herumschwammen.

»Das lässt sich wohl nicht leugnen.«

»Dann würde ich anrufen.«

»Die Polizei? Was kann die schon ausrichten? Glaubst du, die stellen einen Streifenwagen hier an die Straße, nur weil ein alter Trottel wie ich einen Drohbrief bekommen hat?«

Tinberg streckte eine Hand in die Luft. »Ich habe mal einen Film gesehen«, sagte er, »einen amerikanischen Film mit Sylvester Stallone. Auch er hatte so einen Brief bekommen, von jemand, dem man das nie zugetraut hätte. Im Grunde natürlich ein Psychopath. Weißt du, was Stallone getan hat?«

»Woher soll ich das wissen? Ich schaue keine Tierfilme.«

Tinberg lehnte sich vor und ballte die Fäuste. »Er spürte ihn auf und verprügelte ihn.«

»Ach, Eddy.«

»Die Pointe war, dass der Absender zu Stallones Bekanntenkreis gehörte. Jemand, dem er wirklich vertraute, sein Halbbruder, soweit ich mich erinnere, und es zeigte sich tatsächlich, dass Stallone etwas auf dem Kerbholz hatte.« Tinberg nahm den Brief zur Hand. »Hier steht doch ›Untaten‹, nicht wahr? Hier steht es schwarz auf weiß.«

»Aber wir sind hier nicht in Hollywood!«, rief Culman, »Und ich bin nicht Sylvester Stallone, also spar dir deine Andeutungen, ich hätte was auf dem Kerbholz.«

Tinberg rollte mit seinen roten Augen und verschränkte die Hände über der Brust. »Habe ich das jemals auch nur angedeutet? Ich sage einzig und allein, dass du womöglich etwas vergessen oder verdrängt hast. Wir Menschen neigen nun mal dazu, unsere Untaten zu verdrängen, ich nehme mich da nicht aus. Hast du Anna davon erzählt?«

Culman schüttelte den Kopf. »Du bist der einzige, der Bescheid weiß. Nina hat auch keine Ahnung.«

Culman stand auf und begann, im Zimmer auf und ab zu gehen. »Vielleicht ist es nur ein Jungenstreich. Die Leute haben doch heute die perversesten Phantasien.«

Tinberg lehnte sich vor. »Daran glaubst du nicht wirklich, Lenni. Das sehe ich dir an. Wir kennen uns schließlich schon ein Weilchen.«

Culman setzte sich Tinberg gegenüber und streckte die Hand aus. Eine sonderbare Geste, die ihn selbst überraschte. Diese schrecklichen Hände führten doch wirklich ein Eigenleben. Tinberg schaute die Hand überrascht an, nahm sie jedoch nicht.

Culman lächelte. »Ja, Eddy«, sagte er, »wir kennen uns schon seit hundert Jahren. Ich meine, zu wem sollte man sonst gehen, wenn einem so was passiert, wenn nicht zu seinen Freunden.«

Culman spürte ein Brennen in seinen Augen, senkte den Blick und zog ein Taschentuch hervor.

»So eine gottverdammte Scheiße!«

»Mensch, Leon, geh zur Polizei!«

Culman rappelte sich hoch und ging zum Fenster, wo er Tinberg den Rücken zukehrte. »Nina bringt heute Abend einen Kerl mit. Vielleicht werden die beiden ein Paar, ich weiß es nicht. Ich weiß überhaupt nichts von meiner eigenen Tochter. Jonathan heißt er und ist aus New York. Er kommt also heute Abend, was für ein Zufall, oder?«

»Worauf willst du hinaus? Liegt da drüben, in den Staaten, was gegen dich vor?«

Culman putzte sich die Nase und trocknete seine Augen. »Ich habe niemand etwas zuleide getan. Jede Menge Schwarzarbeit, okay, aber das war in der Branche nicht anders üblich. Außerdem ist das so lange her; man bringt doch niemand um, weil er unter dem Tisch die Hand aufgehalten hat. Es gab einen chinesischen Reinigungsmann, der Schulden bei einem Buchmacher hatte, vielleicht auch umgekehrt, jedenfalls machte er sich, ohne zu bezahlen, aus dem Staub. Fünf Jahre später hörten wir, dass er in Boston tot aufgefunden worden war. Das kann man ja noch nachvollziehen, aber ich habe wirklich niemals, Eddy, niemals …«

»Lenni! Lenni, beruhige dich!«

»Ich bin achtundsiebzig Jahre alt und habe …«

»Ja, du bist achtundsiebzig. Beruhige dich jetzt und setz dich hin.«

»Schmerzen in der Brust.«

Tinberg brachte ihn dazu, sich wieder hinzusetzen. Culman schnappte sich den Brief mit einer hitzigen Bewegung und knüllte ihn zusammen. »Zum Teufel damit! Man kann nicht anders, als ständig daran ... wenn es wahr sein sollte. Wenn das Leben in wenigen Stunden vorbei ist.«

»Hör auf, Lenni!«

»Ja, es ist lächerlich, nicht wahr? Ich schaue unentwegt auf die Uhr.«

»Das ist genau das, was sie erreichen wollen.«

Culman faltete die Hände hinter dem Nacken und schloss die Augen. »Denkst du nie an den Tod, Eddy?«

»Warum, glaubst du, trinke ich eine Flasche Martini am Tag?«

Tinberg starrte mit finsterem Lächeln in die Luft. Die Augen waren gläsern. Er glich einer Figur in einem Wachsfigurenkabinett mit Geruch aus der Dose.

»Ich denke oft an den Tod«, murmelte Culman, »wenn ich mit der kleinen Schere vor dem Spiegel stehe und die Dunkelheit in meinem Ohr betrachte, in dem immer noch das Geräusch der Straßenbahn widerhallt. Ich habe alles probiert, vom Wattebausch bis zu Ohrspülungen, aber ich kriege es einfach nicht weg. Das macht mich nicht taub, aber einsam. Je älter man wird, desto einsamer wird man. Neulich ging ich am Pflegeheim am Nordre Fasanvej vorbei und sah, wie die Alten in ihren Rollstühlen im Aufenthaltsraum saßen und einem Betreuer lauschten, der auf einer Ukulele spielte.«

Tinberg schaute auf den Boden. »Du weißt doch gar nicht, was Einsamkeit heißt«, sagte er. »Du hast schließlich Anna und Nina, während ich ... nein, du hast wirklich keine Ahnung.«

Culman zuckte die Schultern. »Schon möglich«, murmelte er.

Tinberg setzte sich neben ihn auf einen Stuhl. »Ich war so einsam«, sagte er, »dass ich am Ende auf der anderen Seite wieder herausgekommen bin. Ich sehe dir an, dass du nicht weißt, wovon ich spreche.« Tinbergs Augen flackerten. Sie waren fahl. »Drüben auf der anderen Seite, Lenni, auf der anderen Seite der Einsamkeit wartet ein kleiner Mann auf dich. Er heißt dich willkommen, und ihr nehmt euch einen zur Brust. Wenn du auf seine Gesellschaft Wert legst, musst du mit ihm trinken. Und wie du trinken wirst! Du systematisierst deinen Verbrauch an billigem Fusel. In jungen Jahren war ich toll in Form und natürlich Antialkoholiker. Ida verachtete Männer, die tranken. Heute proste ich ihrem Bild zu, nicht um sie, sondern um mich selbst zu verhöhnen. Niemand braucht Edwin Tinberg zu erzählen, was Einsamkeit bedeutet. Auf dem Gebiet bin ich nämlich absoluter Experte.«

»Was bedeutet es, Eddy? Erzähl es mir.«

Tinberg setzte das Glas ab, zögerte und lächelte vor sich hin. »Einsamkeit bedeutet, zu entdecken, dass du nicht geliebt wirst.«

Stille im Zimmer.

Culman ließ vorsichtig seine Blicke schweifen und fühlte sich plötzlich von Tinbergs Möbeln umzingelt, die sich in all der Kühle ihres Designs mit ihrem Besitzer verbündet und ihn davon überzeugt hatten, dass Weisheit die Folge persönlichen Unglücks war.

Tinberg füllte sein halb leeres Glas Martini auf, bis es überlief, verschüttete etwas und leerte es in einem Zug. Dann trocknete er sich den Mund und begann seinen riesigen Siegelring zu studieren, als befinde er sich allein mit seiner toten Frau im Mausoleum des guten Geschmacks.

Es verstrichen ein paar Minuten, bis Culman seine Hand ausstreckte und Tinberg sanft schüttelte. Tinberg reagierte mit einem Lächeln. Culman schüttelte ihn stärker.

»Was willst du, Leon?«

»Ich glaube, ich will dir sagen, dass ich, Leon Culman, der Rentner mit dem krummen Rücken, der frühere Kofferträger, Pikkolo und Türwächter, kurz gesagt, eine Null, dass ich dich liebe. Du bist mein bester Freund. Vielleicht möchte ich mich auch bei dir entschuldigen, Edwin.« Culman senkte die Stimme. »Für das mit Ida.«

»Mit Ida? Meiner Ida?«

Culman faltete die Hände im Schoß und nickte.

»Ja. Deiner Ida. Damals im Wald. Du sollst wissen, dass es nichts bedeutete.«

Tinberg antwortete nicht. Culman starrte die Wand an. »Wir zwei kennen uns schon so lange, und ich kann es nicht zulassen, dass du dich einsam fühlst. Aber ich war betrunken, Eddy. Ich weiß nicht, warum ich dir das jetzt erzähle, aber … ich finde, ich bin es dir schuldig. Eine Entschuldigung. Ich bin normalerweise nicht der Typ, der Affären mit den Frauen anderer Männer hat, ich finde das unwürdig, und ich weiß, dass Ida … aber das brauche ich dir nicht zu erzählen.«

Tinberg verzog keine Miene, sondern starrte einfach weiter in die Luft.

Culman packte ihn am Arm. »Ida liebte dich. Wirklich. Sie hat nur Augen für dich gehabt, Eddy.«

Tinberg schaute zur Decke. »Glaubst du, ich zweifle daran? Natürlich hat sie mich geliebt. In jeder Sekunde. Es gab keinen Tag, an dem wir es uns nicht gesagt haben.«

Er betrachtete das große Foto. »Keinen einzigen Tag.«

»Wir hatten alle zu viel getrunken.« Culman warf die Arme in die Luft. »Abgesehen davon, dass das alles schon eine Ewigkeit her ist.«

Es war nun so still in dem lichten Raum, dass man den Staub knistern hören konnte.

Tinberg erhob sich und ging zu dem Foto in dem billigen Goldrahmen. »Du hast sie vergewaltigt«, sagte er trocken.

Culman schaute auf seinen Rücken, seinen kleinen, schmächtigen, hellroten Rücken. Tatsächlich sah er ihn sowohl von vorn, auf dem Foto, als auch von hinten, in Wirklichkeit. Es lag fünfundzwanzig Jahre zurück. Es gluckerte leise in der Heizung, und auf der Falkoner Allé machte der Verkehr eine Pause, die Culman an eine Zeit erinnerte, in der es in den

Zimmern stets still gewesen war, so still, dass man das Werk der Standuhr hören konnte, die Zeit, die verging, den Nachbarn, der nach Hause kam, und die Tochter, die ihren Puppen etwas vorsang. Er schaute in Ida Tinbergs schöne, mandelförmige Augen. Sie trug ein weißes Kleid und einen braunen Cardigan, das Stirnhaar teilte sich in der Mitte, und die etwas zu großen Ohren waren frei. Sie war bemerkenswert schmucklos, eigentümlich zeitlos, und glich einem Menschen, der sich gern fotografieren lässt. Als Fotograf wusste Culman, dass dies eine Seltenheit war. Die meisten mochten es nicht, aber Ida spiegelte sich in der Linse, konzentriert, abwesend, nachlässig und doch in vollem Bewusstsein. Nicht einmal bei Stelle Nova könnten sie ihren Ausdruck festhalten, und kein Mensch auf der Welt wäre in der Lage gewesen, sie zu vergewaltigen. Solch eine Behauptung war fürchterlich und sollte mit größter Entschiedenheit zurückgewiesen werden, doch gegen ihren Nachruhm kam er nicht an. Einer Heiligen widersprach man nicht. Culman konnte sich kaum noch erinnern, was wirklich vorgefallen war, doch er hatte sie mit Sicherheit nicht vergewaltigt, so viel wusste er.

Tinberg drehte sich um und schaute ihm in die Augen. Sein Blick war zugleich fest und fliehend, verurteilend und indifferent.

Mit Mühe sank er vor Culmans Stuhl auf die Knie, umfasste dessen dünnen Arm und drückte zu. »Du hast meine Ida vergewaltigt«, flüsterte er, »draußen im Wald. Wie kannst du es wagen, mich in meinem eigenen Heim, vor ihrem Bild, zu beleidigen, indem du es leugnest?«

»Eddy …«

»Du hast sie vergewaltigt, Leon Culman.« Tinbergs Augen huschten mit einem nach innen gekehrten, schlafwandlerischen Ausdruck über Culmans Gesicht. »Du hast etwas Großes und Schönes entweiht. Für solch ein Delikt wird man in diesem Land sehr hart bestraft, nach meinem Geschmack immer noch zu gering, aber du, du, Leon Culman, bist noch billiger davongekommen, dich hat man nur auf Bewährung verurteilt.«

Tinberg schaute auf seine weißen Finger, die langsam ihren Griff um Culmans Arm lösten. »Was du zu deiner Entschuldigung vorzubringen hast, interessiert mich nicht im Geringsten. Ich habe keine Lust, mir das anzuhören. Wirklich keine Lust.«

Tinberg kam schwankend auf die Beine, wie nach einer großen physischen Anstrengung. »Diese Räume hier, dieses Haus …«, er fuchtelte hilflos, beinahe entkräftet mit den Armen, »dies alles ist völlig unverändert geblieben. Das, was uns verband, war etwas ganz Besonderes. Etwas, das andere Menschen nicht verstehen, und ich bin sehr dankbar dafür, dass ich es erleben durfte. Deshalb, Leon, darf es nicht durch diese kleine, schmutzige Episode besudelt werden.«

Culman schaute weg. »Okay, Eddy, wenn du es so betrachten willst«, flüsterte er, »dann ist das in Ordnung.«

»Ihre Kleider, all ihre Kleider liegen noch so da, wie sie es immer getan haben. Komm mit.«

Sie gingen ins Schlafzimmer, in dem ein weiteres Foto der kühlen Ida hing. Es zeigte sie von hinten, mit merkwürdig verdrehtem Kopf. Die Augen blickten wie immer: abwesend, kühl und dennoch präsent. Doch das Bild verwirrte Culman. Es war nicht von einem professionellen Fotografen aufgenommen worden, sondern von einem Dilettanten, der die falsche Blende und ein sinnloses Weitwinkelobjektiv benutzt hatte.

Tinberg öffnete eine Schublade. In ihr lagen vier zierliche Stapel mit ihren Pullovern, Blusen und Cardigans. In der Schublade darunter lagen Strümpfe, Büstenhalter und lachsfarbene Unterhemden.

Jeden Monat wurden sie mit größter Sorgfalt gewaschen und gebügelt. »Du findest das bestimmt krankhaft, Lenni. Aber das ist mir scheißegal, weil du keine Ahnung hast, was Ida und mich verbunden hat. Es war …«, er senkte den Blick und legte sich eine Hand auf die Brust, »eine Passion. Ida war etwas ganz Besonderes. Nur ich kannte sie wirklich, ein Unikat, ein Privileg für jeden Mann. Wie schlank sie war.«

Tinberg begann, im Schlafzimmer auf und ab zu gehen. »Wenn wir einkaufen waren, ging sie vor mir, mit ihrer langen, aufrechten Gestalt. Um sie herum schien es zu leuchten. Ida glitt schwerelos durch die Welt, als würde sie einen Krug auf ihrem hübschen Kopf balancieren.«

»Wir haben alle sehr viel von deiner Frau gehalten, Eddy.« Culman räusperte sich und versuchte, einen unbeschwerteren Ton anzuschlagen. »Das hübsche Bild, das da an der Wand hängt, wo ist das aufgenommen?«

»Andere Frauen«, sagte Tinberg, »lassen mich völlig kalt. Völlig kalt. Sie reichen ihr nicht zu den Fußgelenken. Die nebeln sich doch nur ein mit ihren billigen Parfüms. Sie stinken.«

»Du trägst ja selbst einen ganz bestimmten Duft, Eddy«, sagte Culman lächelnd. »Ist das Moschus?«

»Mein Eau de Toilette ist griechisch und so exklusiv, dass du davon nur träumen kannst. Ida hat es auf einer unserer Reisen entdeckt. In Athen. Es heißt Kouros. Sei so gut und zieh das nicht in alles andere hinein.«

»So habe ich das nicht gemeint. Wir bewundern alle deinen Geschmack.«

Tinberg drehte sich um und betrachtete das Foto seiner Frau. »Wo es gemacht wurde, fragst du? Erkennst ausgerechnet du es nicht?«

Culman trat näher heran. Er hatte das Bild natürlich schon früher gesehen, war aber stets so auf Ida fixiert gewesen, dass er die schemenhafte Figur im Hintergrund, die nicht misszuverstehen war, nicht wahrgenommen hatte. Jetzt, als er sie erkannte, spürte er ein ziehendes Geräusch im Magen, dass nichts mit der Freiheitsstatue zu tun hatte. Das Bild war auf einem der kleinen Touristenboote aufgenommen worden, die von der Südspitze Manhattans ablegten, und der Fotograf hatte sich alle Mühe gegeben, Ida und die Freiheitsstatue gleichzeitig aufs Bild zu bekommen, deshalb der Weitwinkel.

»Ich wusste gar nicht, dass du in New York warst«, sagte er.

Tinberg nahm Culman unter dem Ellbogen. »Komm hier herein, Leon, und setz dich hin.«

Culman wurde zum Sessel ins Wohnzimmer zurückgeführt, wo Tinberg in die Hände klatschte und sagte, jetzt brauchten sie eine Tasse schwarzen Kaffee, damit sie Bauchschmerzen und Dünnschiss bekämen.

Culman blickte zu ihm auf.

»Damit man weiß, dass man am Leben ist, stimmt's, Lenni? Außerdem bist du ja noch nicht liquidiert, und übrigens bin ich niemals in den USA gewesen. Das Bild hat Idas jüngere Schwester gemacht, die in New York lebt.«

Tinberg lachte und ging in die Küche, wo er immer noch gluckste, während er Wasser in die Kaffeemaschine einfüllte.

Culman starrte in die Luft. Er wusste natürlich, dass Ida eine Schwester hatte, aber nicht, dass sie in New York wohnte, und er fragte sich, ob es das war, was Tinberg so amüsierte.

13:45

Vier halbe Brotscheiben lagen auf einem flachen Teller, über den Anna ein Stück Frischhaltefolie gespannt hatte. Auf einem Zettel hatte sie ihm eine Nachricht hinterlassen: *Denk an den Wein. PS: Finn ist hier gewesen.*

Culman war nicht in der Lage, etwas zu essen. Er stellte den Teller in den Kühlschrank und trank ein Glas Wasser, verschluckte sich und stützte sich hustend gegen die Tischplatte. Danach setzte er sich auf den Küchenschemel und spürte den Schweiß auf dem Rücken wie eine Messingschicht. Er hatte zuweilen Probleme, die Luft bis in die Lungen zu transportieren, als wäre seine Muskulatur zu schwach geworden. Eine Zigarette würde jetzt gut tun. »Denen werd ich's zeigen«, sagte er, während er über den Flur in sein Zimmer schlurfte, wo er eine Packung Zigaretten fand und sich eine ansteckte, noch mehr hustete, auf die Toilette wankte und in die Schüssel spuckte.

»Hol euch der Teufel, ihr Waschlappen!« Er schlug nach einer nicht vorhandenen Fliege, verlor die Balance und hielt sich am Haken für das Gästehandtuch fest, den er herunterriss, weil der Kleber nicht dafür gemacht war, sich an ihn zu klammern. Der Haken kullerte vor die Waage, gegen die er ärgerlich mit dem Fuß trat.

»Aua, mein Fuß!« Er schaute auf seine Hände, die vor seinem Bauch fuchtelten, als hätten sie sich losgerissen. »Was ist denn jetzt los? Ach, ihr denkt schon an den Wein. Also gut.«

Weil es aber noch zu früh war, um den Wein zu entkorken, ging er zielbewusst ins Wohnzimmer, drehte eine Runde und schob mit dem Fuß die Teppichfransen gerade, deren Wirrwarr er nicht ausstehen konnte. Das war natürlich eine Bagatelle, ein uninteressantes Detail, auf das er jedoch größten Wert legte. Er wollte es sich nicht eingestehen, doch es spielte auch ein wenig Aberglauben mit. Die Fransen sollten wie Streichhölzer in einer Streichholzschachtel aussehen. »Ich toleriere nicht, wenn sie kreuz und quer liegen. Ich toleriere zwar vieles, aber das nicht. Die Fransen haben gefälligst nebeneinander zu liegen, dies ist mein Haus und mein Teppich, und wenn ich die Fransen zehnmal am Tag ordnen will, dann tue ich das auch, und ich tue es, weil mir keine andere Wahl bleibt. Selbst in meinem Zimmer spüre ich, wenn sie schief liegen. Krankhaft? Aber natürlich ist das krankhaft! Hallo, ist da wer? – Oh, man hat Besuch bekommen.«

Der Gerichtsvollzieher sitzt mit übereinandergeschlagenen Beinen auf dem Sofa. Er sieht aus wie ein in die Jahre gekommener Beau und scheint sich ganz wie zu Hause zu fühlen, was Culman ebensowenig freut wie überrascht.

»Wir alle haben ja schließlich unsere kleine Passion, nicht wahr, Herr Culman?« Der Gerichtsvollzieher betrachtet die Fransen mit einem arroganten Zug um den Mund.

»Ich muss doch sehr bitten. Meine Fotos sind Passion«, knurrt Culman, »die Fransen sind die Pest.«

Der Gerichtsvollzieher studiert seine gepflegten Nägel. »Kein Wunder, bei Ihrer Fixierung auf die Vergangenheit. Sie sind ja, wie soll ich mich ausdrücken, wie besessen davon, das Unwiederbringliche festhalten zu wollen.«

»Versuchen Sie es heute mit Sarkasmus? Oder geben Sie einfach Ihren perfiden Neigungen nach? Ja, so ist das wohl.« Culman steckt die Hände in die Taschen und wippt auf den Fußballen. »Sarkasmus ist ja die äußere Kruste des Humors, ein hartgesottener Satan, der wie ein Dämon aus der Kirche hervorschaut und keine Menschenseele erfreut, es sei denn, er entdeckt einen Gleichgesinnten, einen armen Tropf mit derselben Passion, aber solche Individuen findet der Herr Gerichtsvollzieher nicht; er ist und bleibt ein einsamer Wanderer, ein eiskaltes Gespenst, das sich an seinen Perfiditäten labt und mit dem Leid anderer Leute seine Späße treibt. Der sich nicht schämt, auf den Gräbern anderer Leute Cha-Cha-Cha zu tanzen.«

»Wir wollen doch nicht unhöflich werden. Wir zwei haben schon oft unseren Spaß miteinander gehabt und zum beiderseitigen Vergnügen die Zungen aneinander gewetzt.«

»Nie im Leben. Wie können Sie nur so was behaupten? Ein Mann in Ihrer Position sollte mit der Wahrheit nicht so leichtfertig umspringen.«

»Mit der Wahrheit, Culman?« Der Gerichtvollzieher schließt genießerisch die Augen. »Ich hätte nicht gedacht, dass wir so weit kommen würden. Dass wir dieses Wort aussprechen könnten. Mir wird ganz warm ums Herz. Die Wahrheit ist für Sie wohl nur eine Version unter anderen?«

»Keine Ahnung«, brummt Culman.

Der Gerichtsvollzieher spitzt den Mund. »Sie werden immer so zurückhaltend, wenn wir uns den Tatsachen nähern.«

»Ich möchte Sie daran erinnern, dass ich Fotograf bin. Ich habe nichts anderes getan, als die Wirklichkeit abzubilden.«

»Meinen Sie das im Ernst?«

»Das müssten Sie doch am besten wissen.«

»Herr Culman, ich bin nicht gekommen, um mit Ihnen zu streiten.« Der Gerichtsvollzieher erhebt sich und steckt ein Zigarettenimitat, das man zur Entwöhnung benutzt, auf eine lange goldene Spitze, die er sich mit angelegtem Ellbogen und rechtwinklig abgewinkelter Hand vor den Mund hält. »Wir brauchen doch keine Geheimnisse voreinander zu haben …« Er zieht an seiner Ersatzzigarette und bläst Culman den Mentholqualm ins Gesicht. »Abgesehen davon …«, jetzt legt er den Kopf in den Nacken und stößt ein lautloses, aber nicht minder herzliches Lachen aus, »abgesehen davon, dass das gar nicht möglich ist. Erinnern Sie sich noch an unsere erste Begegnung? – Nicht? Dann darf ich Ihnen auf die Sprünge helfen: eine dunkle Nacht, eine unnatürlich dunkle Nacht, obwohl der Sommer mit seinen langen, hellen Nächten schon begonnen hatte, doch diese Nacht war schwarz wie Pech. Sie befinden sich in einem luxuriösen Hotelzimmer in der Kopenhagener Innenstadt, doch trotz der spärlichen Möblierung im klassisch asiatischen Stil und dem zierlichen Teeservice mit den hauchdünnen Tassen, ganz zu schweigen von den zarten Aquarellen an den eierschalenfarbenen Wänden mit den künstlerischen Goldstreifen, trotz dieser mildernden Umstände wirkt das Zimmer anonym, fast steril. Sie stehen in dem stillen Raum am Fenster und starren auf die gespenstische Stadt, deren Giebel, Boulevards, Brücken und Dächer Hammershøis frostiger Palette entspringen und mit der Präzision des großen Künstlers gemalt zu sein scheinen. Dann betrete ich die Bühne. Wir waren natürlich gleichaltrig, ich besuchte Sie nur ganz kurz, ich erinnere mich, dass ich Ihnen Komplimente wegen der Wahl des Zimmers machte, und obwohl das freundlich gemeint war, kam es zu einer kleinen Auseinandersetzung, bei der Sie eine Teetasse zerschlugen, die Sie später zusammenleimten. Aber das alles war gleichgültig, spürten wir doch beide, dass dies der Beginn einer außergewöhnlichen Beziehung werden würde, nachdem ganz klar war, dass die Dunkelheit dieser Nacht, die Dunkelheit, Herr Culman, von Ihnen kam. Daran erinnern Sie sich doch? An den Sommer 45.«

Der Gerichtsvollzieher geht zu Culman, legt ihm den Arm um die Schultern und dreht ihn herum, so dass sie vor Culmans Schwarzweißporträt stehen.

»Was für ein attraktiver junger Mann. Das Leben liegt ihm zu Füßen. Beachten Sie das erwartungsvolle Lächeln, den Schimmer in den Augen, zumindest in dem einen. Der Glanz des anderen verschwand in dieser Nacht in Kopenhagen. Wie zum Ausgleich.«

»Ihr Ton gefällt mir nicht«, knurrt Culman, »und das Bild ist mir völlig egal.«

»Sie haben es selbst aufgenommen.«

»Ja, und ich bereue es.«

»Aber jetzt hängt es nun mal an der Wand. Als Mahnung? Dient es Ihnen als Mahnung, Herr Culman?«

Culman befreit sich mit einer ungehaltenen Bewegung. Der Gerichtsvollzieher schaltet die Lampe mit dem Loch im Schirm an, durch das unverzüglich ein Lichtstreifen auf die Wand fällt und mit untrüglicher Sicherheit das eine Auge des Porträts belebt, während das andere tot bleibt.

»New York, anno 1952«, flüstert der Gerichtsvollzieher, während er, in Stummfilmmanier, eine Augenbraue hebt. »Folgen Sie mir in die Vergangenheit, Herr Culman.«

»Ich möchte nirgendwohin.«

»Es ist doch ein so schöner Tag.«

»Und schon gar nicht mit Ihnen.«

»Ich werde die Diskretion selbst und Ihnen dennoch ganz nahe sein. Fast hätte ich gesagt: so wie immer.«

Die Lippen des Gerichtsvollziehers berühren Culmans Ohr. »Wir beide«, flüstert er, »sind doch seit einem halben Jahrhundert Reisegefährten, man könnte auch sagen: nächtliche Zimmergenossen.«

»Verschonen Sie mich.« Culman starrt vor sich hin.

»Wir steigen am Ende des Broadway ein und nehmen den Bus Richtung Uptown. Schauen Sie, da vorne sind zwei Plätze frei. Für Sie und für mich. Ich überlassen Ihnen den Fensterplatz, denn ich möchte Ihnen etwas zeigen.«

»Wir fahren auf der Eighth Avenue«, flüstert Culman, »auf der Rückbank sitzen ein paar singende Kindergartenkinder. Hört sich eigentlich ganz niedlich an: *The wheels on the bus go round and round / Round and round / Round and round / The wheels on the bus go round an round / All over town.*«

Der Gerichtsvollzieher nickt. »Der Bus hält jetzt vor der Penn Station. Sie lehnen sich vor und blicken durch das Sonnendach direkt auf einen großen Buick hinunter, in dem sich ein Mann mit dunklem Teint gerade in einem intensiven Gespräch mit seiner Freundin befindet, von dem Sie natürlich kein Wort hören können. Der Bildausschnitt zeigt Ihnen nur das Kleid der Frau, ihre sonnengebräunten Knie und ihre langen, schmalen Hände, deren gepflegte Fingernägel hellrot lackiert sind.«

The doors on the bus go open and shut / Open and shut / Open and shut / The doors on the bus go open and shut / All over town.

Vom Mann erkennt Culman die rechte Hand, die auf dem Sitz ruht, samt einer Schulter in einem karierten Jackett mit Schulterpolstern. Die Frau nimmt ihre Uhr ab und gibt sie dem Mann. Mehr geschieht nicht. Kurz darauf schlängelt sich das Auto weiter durch den Verkehr und entschwindet gen Norden.

Es war keine billige Uhr gewesen, so viel hatte Culman erkannt, und die Art und Weise, wie die Frau sie ablieferte, hatte darauf hingedeutet, dass sie es ungern tat. Vielleicht hatte Culman das Ende einer Beziehung erlebt. In einem knappen Bildausschnitt. Er dachte ziemlich oft an diese Situation, warum, wusste er nicht, aber es verschaffte ihm eine gewisse Befriedigung, im Geiste zu dem prächtigen Wagen zurückzukehren; auch schien es ihm so, als hätte er das Bild nach und nach vervollständigt. Leider endete diese Imagination meistens nicht in Manhattan, weil Culmans Erinnerung sich wenig um die Chronologie der Ereignisse scherte und, so wie der Tonabnehmer bei der Schallplatte mit den Mills Brothers, ein paar Rillen übersprang.

Er ging ins Badezimmer, wo er sein Gesicht wusch, nahm seine Pillen, machte ein paar tiefe Atemzüge und wartete, bis er sich einigermaßen beruhigt hatte.

»Es ist doch müßig«, sagte er, »mögliche Zusammenhänge zu konstruieren. Vielleicht hat sie ihm die Uhr nur gegeben, weil sie repariert werden sollte; außerdem kann mir das wirklich egal sein.«

Es half, den Film vorzuspulen, damit er sich nicht bei der Penn Station einbrannte.

In der Badewanne sitzt der Gerichtsvollzieher, er ist splitternackt und schrubbt sich mit Culmans langstieliger Bürste den Rücken.

»Lassen Sie uns weitergehen«, sagt er lächelnd.

»Ich will nirgends hin.« Culman streckt einen Arm ins Wasser und zieht den Stöpsel. Der Gerichtsvollzieher sieht ihn vorwurfsvoll an, geht jedoch sofort zu einem breiten Lächeln über und hält Culman ein calypsorotes Bild vor die Nase.

»Zehn Dollar, Señor, das ist wirklich geschenkt. Sechsundzwanzigste Reihe, Mitte. Haben Sie das vergessen?«

Culman schüttelt den Kopf, lässt sich auf den Toilettendeckel sinken und bringt die Worte heraus: »Ich steige aus, weil ich mir eine Eintrittskarte für den Boxkampf zweier mexikanischer Mittelgewichtler im Madison Square Garden kaufen will. Die Bäume des Broadway sind gelb, rot und braun.«

»Sie haben immer noch den Kindergesang im Ohr.« Der Gerichtsvollzieher steigt aus der Wanne.

»Und die Zeitung unter dem Arm«, murmelt Culman. »Das Wetter ist prachtvoll, und ich habe beschlossen, mir einen Becher Kaffee zu holen, mit dem ich mich auf eine der Bänke am Herald Square setzen kann. Ein kleiner Kerl mit Baseballkappe trägt eine Reklametafel vor der Brust, die für ›The Sheriff‹, einen Film mit Gary Cooper, wirbt. Neben mir sitzt ein älterer Mann in braunem Anzug. In seinen Golfschuhen trägt er keine Socken und sieht aus wie Onkel Tom auf dem Bild, das ich von »Onkel Toms Hütte« besitze. Der Mann ist damit beschäftigt, mit einer Krawattennadel in seine Zigarre zu stechen; ich gebe ihm Feuer mit meinem Benzinfeuerzeug, er ist sehr dankbar, stellt sich vor und hat nachher schon wieder alles vergessen. So ist diese Stadt. Das schätze ich so an ihr, ihre Vergesslichkeit. Jeder Tag beginnt wieder von vorn und ist keine Fortsetzung des gestrigen. An der Bushaltestelle vor »Wu Lings Reinigung« steht ein Mädchen mit hellblauem Kostüm, das an Ingrid Bergman erinnert. Ich versuche, Blickkontakt mit ihr aufzunehmen, aber das gelingt natürlich nicht. Dann schlage ich die Beine übereinander und blase den Zigarettenrauch in Manhattans gasblauen Himmel. Es ist das Jahr 1952. Wie immer ist alles schwarz von Menschen; man verschwindet leicht in solch einem Gewimmel.«

»Ja«, sagt der Gerichtsvollzieher, während er sich lächelnd den Rücken abtrocknet. »New York ist gespickt mit fremden Menschen, Immigranten, falschen Pässen und neuen Namen. Nicht ein einziges Gesicht kommt einem bekannt vor, abgesehen von dem, das Sie nachts im Spiegel anschaut, mit den beiden blanken Augen, von denen das eine so tot ist, das es glatt durch Sie hindurchsieht.«

Er wollte in sein Zimmer gehen, musste jedoch an den kleinen gelben Zettel denken, auf den Anna geschrieben hatte, Finn sei da gewesen. Finn war der Name des Hausmeisters, eines dreißigjährigen schmalen Kerls mit dünnem Oberlippenbart. Er war Polizeibeamter auf dem achten Revier, und selbst wenn er den Bürgersteig fegte oder die Beete harkte, war er ein hundertprozentiger Bulle. Natürlich besaß er einen Hund, einen kleinen, weißen Bullterrier mit roten Augen, der in der Anlage sein Geschäft verrichtete und in den Hof pinkelte, doch niemand wagte es, sich an den Eigentümer zu wenden, und schon gar nicht an den Albino-Hund.

Culman schlug die Telefonnummer des Hausmeisters nach, tippte die Zahlen ein und bekam nach einer Weile dessen Frau an den Apparat, die sagte, Finn komme am Abend nach Hause und sehe sich dann den Abfluss an. Im Hintergrund hörte Culman den Hund knurren; vielleicht witterte er ihn durch das Telefon.

»Heute passt es sehr schlecht. Wir bekommen Gäste zum Abendessen.«

Culman räusperte sich ungeduldig.

»Finn hat gesagt, es wäre dringend. Mit dem Abfluss.«

Irgendetwas an ihrer Tonlage signalisierte Culman, dass Finns Autorität etwas war, das man besser nicht in Frage stellte. Vielleicht besaß Finn sadistische Neigungen, vielleicht wollte sie es so, seine durchtrainierte Frau.

Culman versuchte es mit logischer Argumentation:

»Hören Sie, der liebe Finn kann doch heute Abend ohnehin nichts mehr ausrichten.«

»Finn hat gesagt, es wäre dringend. Er hat extra einen Zettel geschrieben. Weil es dringend ist.«

»Ja, und ich habe Ihnen mitgeteilt, dass wir Gäste zum Abendessen bekommen«, entgegnete Culman lachend, während er spürte, wie sich eine Glasscherbe in seinem Magen drehte.

Es klang so, als würde Frau Finn ihren Kaugummi aus dem Mund nehmen und an die Außenseite ihrer Zähne kleben, damit Culman mehr Freude an ihm hatte.

»Finn hat es auf den Block geschrieben. Dass er heute Abend zu euch kommt, weil es dringend ist. Hier steht's. Schwarz auf weiß.«

Culman fasste um die Tischplatte und sprach so deutlich, wie er konnte:

»Entschuldigen Sie, aber entweder stehe ich auf der Leitung, oder Sie wiederholen ständig denselben Text. Ich habe Ihnen mitgeteilt, dass wir abends Gäste haben und dass ich es deshalb lieber hätte, wenn Ihr Mann morgen zu uns käme, am Freitag. Dann kann er den Abfluss reinigen, wahrscheinlich ist er nur verstopft, aber heute Abend passt es uns wirklich nicht. Ich glaube, klarer kann ich mich nicht ausdrücken.«

»Es steht auf dem Block«, sagte die Hausmeistersfrau durch ihren Kaugummi hindurch.

Culman sah sie vor sich. Sie war wasserstoffblond und stets braun gebrannt. Ein Mädchen in extrem guter Form, die mit lila Trainingsanzug und weißem Stirnband durch das Viertel joggte und den Rentnern Aerobicunterricht gab, von dem Culman nicht wusste, was es damit auf sich hatte. Wenn er ihr begegnete und ihr etwas mitteilen wollte, lief sie immer auf der Stelle, dehnte ihre Glieder oder ließ ihren Kopf kreisen.

»Wie heißt das noch gleich, was Sie machen?«, murmelte Culman.

»Ich bin Fitness-Trainerin.«

»Ach, so heißt das. Es ist sicherlich wunderbar, so fit zu sein.«

»Es hat seine Vorteile«, sagte Finns Frau, »aber die Karriere ist ziemlich kurz.«

Culman spürte, wie seine Frustration hysterische Formen annahm.

»Um zu unserem kleinen Problem zurückzukehren«, knurrte er, »so bin ich mir vollkommen darüber im Klaren, was auf dem Notizblock steht, aber wenn Sie so freundlich wären, meine Nachricht an Ihren Mann weiterzugeben, dann wird sich schon alles in Wohlgefallen auflösen.«

»Warum eine Nachricht?«

Culman starrte den Hörer an, überdachte die Situation und legte auf. Dann ging er ins Schlafzimmer und setzte sich auf das Bett. Mit der üblichen Anstrengung zog er Schuhe und Strümpfe aus, legte sich auf die Bettdecke, kreuzte die Arme über den Augen und fragte sich, ob er die Kette vor die Tür gespannt hatte.

»Finn Haakonson«, murmelte er, »schreibst du vielleicht solche Briefe? Du gehörst doch zu den Hütern des Gesetzes, fährst in deinem weißen Auto durch die Gegend, verteilst Strafzettel, sprichst mit gebieterischer Stimme und hast einen grauenhaften Job, den du über alles in der Welt liebst.«

Culman versuchte es mit seinen bewährten Entspannungsübungen und spürte, wie die Ruhe in großen, sanften Wellen über ihn kam. Der Hausmeister war ein ehrgeiziger Mann, der die Abendschule besuchte. Das musste man ihm lassen, und was ging es Leon Culman auch an, dessen einzige Verbindung zu diesem Finn ein verstopfter Abfluss war?

Culman legte die geballte Faust an seine Stirn.

»Was zum Teufel passiert hier?«, grummelte er. »Was geht in meinem Kopf vor? Warum meine Zeit mit einem Typen wie Finn vergeuden?« Es mochte ja sein, dass der entscheidende Reiz von Finns Arbeit darin bestand, Zugang zu gewissen Archiven zu haben, zu bestimmten Informationen, die der Öffentlichkeit nicht zur Verfügung standen.

Culman setzte sich auf. Durch seinen Polizeiausweis konnte sich dieser Hausmeister einen Wissensvorsprung verschaffen, der seinen Freunden und nicht zuletzt seiner drahtigen Ehefrau imponierte, die sich an ihrem Kaugummi verschluckte, wenn Finn andeutete, was sich in den geheimen Archiven und auf den verschlüsselten Disketten befand. Was konnte er nicht alles mit diesen Informationen anfangen! Sie konnten seinen Alltag bereichern, und deswegen hatte er der Versuchung auch nicht widerstehen können, die Einwohner der Anlage zu überprüfen.

Culman ließ sich in die Kissen sinken.

»Machst du so etwas, Finn?«, rief er, musste husten, rollte sich auf den Bauch und lag da wie ein Schiffbrüchiger. »Findest du etwas, Finde-Finn, etwas von Interesse? Vielleicht etwas über Erling Johansen, den Mann mit dem Seitenscheitel, der jeden Tag zur Kreuzung am Gammel Kongevej spaziert und hofft, dass jemand in eine Verkehrskontrolle gerät; dort rasen sie ja wie die Verrückten, sogar über Gelb. Liegt etwas gegen diesen Johansen vor, der auf den Bänken beim Rathaus einen Stammplatz hat, nur zwanzig Meter von den schmuddeligen Drogenabhängigen entfernt, die ihre dreckigen Köter dabeihaben und ihr Bier direkt in deinem Revier trinken? Hast du einen Vermerk über ihn gefunden? Nicht? Er ist so rein wie frischer Schnee. Was ist mit Tinberg aus dem dritten Stock? Ist er jemals mit den Gesetzen in Konflikt geraten? Vielleicht ein kleiner Steuerbetrug? Doppelte Buchführung? Schwarzgeld? Einvernahmen durch das Finanzamt, Konventionalstrafen, Schuldhaft, Tricksereien mit dem Zoll oder der Mehrwertsteuer? Gar nichts?«

Culman verkroch sich unter der Decke. »Tut mit leid, Jungs. Ich hab's nicht so gemeint. Ich liebe euch doch, auch dich, Erling, du kleiner Spießer.«

Er schloss die Augen und sah den kleinen Polizeibeamten in der Vergangenheit stöbern. In dem Gebäude, zu dem Stauning 1936 höchstpersönlich den Grundstein gelegt hatte, wohnen viele Parteien. Finn beginnt seine Nachforschungen mit derselben Systematik, die auch den Wohnungsbau des Ministerpräsidenten auszeichnet, und irgendwann stößt er auf den Namen Culman, dessen Passnummer von der internen Datenbank ausgespuckt wird.

Culman drehte sich auf den Rücken und schaute an die Decke, die sich in einen Computerschirm verwandelte, an dem kleine schwarze Buchstaben auf eine andere Datei verwiesen, die Finn wiederum ein anderes Archiv empfahl.

Culman hörte den Hausmeister mit der Zunge schnalzen.

»Welches Archiv?«, flüstert er hoffnungsvoll und gibt selbst die Antwort: »Das Reichsarchiv!«

Finn wird schwindlig, denn jetzt geht es Schlag auf Schlag: der staatliche Sonderermittler, das Landesarchiv für Seeland, das Polizeiarchiv von Holbæk. Finn springt von Scholle zu Scholle, als seine Finger plötzlich zitternd über der Tastatur schweben. Finn ist 1967 geboren und muss seine historischen Kenntnisse in der Bibliothek auffrischen, wo er stundenlang im Lesesaal sitzt, während seine durchtrainierte Frau am Küchentisch mit dem kalt gewordenen Brokkoli wartet, doch Finn hat gegen kaltes Essen nichts einzuwenden. Er steht mit Eimer und Besen vor der Wohnanlage und betrachtet den buckeligen Culman, der jeden Donnerstag in die Schwimmhalle geht und seiner Frau beim Tragen der Einkaufstüten hilft. Dieser Culman grüßt immer so freundlich, und Finn lächelt zurück, wird jedoch ernst, sobald Culman ihm den Rücken zukehrt. Denn Finn hat den Computer längst ausgeschaltet und sich Zugang zu den kilometerlangen Gängen verschafft, deren Regale so hoch wie Alpengipfel sind und wo man sich über die Verbrechen der letzten dreihundert Jahre informieren kann. Finns ehrgeizige Finger haben eine Mappe herausgezogen, in der leidenschaftslos ein Fall beschrieben wird, der sogar Frode Jakobsens Ministerium beschäftigte.

Aber mit Archiven ist es wie mit Fotografien, sie erzählen nur die halbe Geschichte, und die halbe Geschichte ist genauso weit von der Wahrheit entfernt wie die blanke Lüge.

»Hast du was rausgekriegt, Finn?«, fragt seine gebräunte Frau, während sie mit dem Ladyshaver hantiert.

Finn antwortet nicht, doch seine Nasenlöcher weiten sich. Sein Blick wird sonderbar starr, und später am Abend entdeckt ihn seine Frau vor dem Spiegel im Eingangsbereich, wo er mit zwei Hanteln versucht, seinem Körper Symmetrie zu verleihen.

»Ich sehe es dir an«, sagt sie, zieht ihren Kaugummi aus dem Mund und schwingt ihn wie eine Schleuder über ihrem Kopf.

Finn verweist auf seine Schweigepflicht, worauf seine Frau verstummt, was Finn ärgert, der sich sechs Stunden später in ihrem Wasserbett auf den Rücken dreht und in die Dunkelheit starrt. Er sagt: »Wenn du wüsstest. Wenn du wüsstest.«

Culman stellt sich vor, dass die Frau des Hausmeisters eine weiße Gesichtsmaske aufgelegt hat. In der Dunkelheit gleicht sie einem Menschen der australischen Urbevölkerung.

»Wenn du wüsstest, was dieser Mann auf dem Kerbholz hat«, flüstert Finn. »Aber ich bin an ihm dran und lasse ihn langsam schmoren. In seinem eigenen Saft. Vorläufig …«

»Vorläufig?«, fragt seine Frau und schaut den Albino an, der zwischen ihnen im Doppelbett liegt. Die beiden weißen Gesichter blicken sich sehnsüchtig an.

»Vorläufig …«, flüstert der Hausmeister, zieht die Lippen nach innen und lächelt in sich hinein, »vorläufig verstopfen wir seinen Abfluss.«

Culman vergrub sein Gesicht im Kopfkissen. Der einzige Mensch auf der Welt, der überall hineinkam, war Finn Haakonson. Er hatte den Generalschlüssel. Wo steckte er jetzt bloß? Saß er im Streifenwagen oder auf der Wache oder durchforstete er immer noch die Archive?

Culman schwang die Beine aus dem Bett und trippelte ans Fenster, das zum Hof hinausging. Finn konnte überall sein. Finn war der Typ, der einen im Auge behielt.

»Wo bist du, Finn? Kannst du mich hören?«

Alles war möglich an diesem Tag. Man konnte sich nicht verstecken. Man wohnte in einem Glashaus.

Culman wankte zum Bett zurück. »Ich verliere den Verstand«, flüsterte er und ging in die Küche, wo er sich auf den Hocker setzte.

»Du spinnst wohl«, murmelte er, »Finn ist der beste Hausmeister, den wir je gehabt haben. Stets nüchtern und zuverlässig. Einer, der nie Nein sagt und kommt, wenn er es versprochen hat. Er ist freundlich und höflich zu uns alten Querulanten und spart der Anlage eine Menge Geld, weil er alle Reparaturen selbst ausführt, für die sonst die Handwerker, diese Halsabschneider, den Reparaturfond schröpfen. Leute wie Finn halten Dänemark aufrecht.«

Culman tippte die Nummer des Hausmeisters ein und bekam seine Frau an den Apparat. Er entschuldigte sein Benehmen von vorhin, und sie sagte, das sei schon okay. Culman hörte Musik mit stampfenden Rhythmen und fragte sich, ob sie zu solchem Lärm ihre gymnastischen Übungen machte. Er erkundigte sich, wann sie ihren Mann zurückerwarte, und sie antwortete, er käme gleich nach Feierabend.

Culman räusperte sich und bemerkte erst jetzt, dass sie etwas außer Atem war. Vielleicht hatte sie ein schnurloses Telefon, um auch während des Telefonierens in den Spagat gehen zu können.

»Könnten Sie mir sagen, wann Finn Feierabend hat?«, fragte Culman mit übertriebener Geduld.

»Um halb sechs. Aber ich kann nichts versprechen.«

»Das versteht sich.«

»Es geschehen so viele Dinge, die man nicht voraussehen kann.«

Ihre Stimme klang abwesend. Vielleicht hatte sie die Nase voll von den senilen Einwohnern der Anlage.

»Ja, das Leben ist schon sonderbar«, seufzte Culman und wippte auf den Fußballen.

»Am besten, man erwartet nichts«, sagte die Frau des Hausmeisters mit ihrer monotonen Stimme. »Am besten, man erwartet nichts, sonst ist alles bloß Generve.«

Culmans Hand presste den Telefonhörer. »Es ist bestimmt herrlich, so ein Sprachkünstler zu sein.«

»Häh?«

Culman hörte, wie die Frau ihren Kaugummi platzen ließ. Sein Blick fiel auf den Schreibtisch, auf dem eine maschinengeschriebene Nachricht lag. *Komme wegen des Ablaufs vorbei. Freundliche Grüße – Finn Haakonson.*

Anna hatte offenbar den Zettel im Gang gefunden und ihn auf den Schreibtisch gelegt.

Culman legte zum zweiten Mal den Hörer auf und verglich die beiden Blätter unter der Designerlampe. Der Brieftext ließ meistens die Buchstaben e und a aus. Der andere Text leider nicht, aber die Briefbögen waren einander zum Verwechseln ähnlich. Beide wiesen beinahe unsichtbare gelbe Streifen auf. Culman besaß eine extrem zuverlässige Briefwaage, die in der Küchenschublade lag. Mit zitternden Händen wog er zuerst den einen Bogen, dann den anderen, und konstatierte, dass beide exakt dasselbe Gewicht hatten. Aufs Milligramm.

»Du hast dich verraten, Finn.«

Er holte eine Schere, ging ins Wohnzimmer, kniete sich vor den Teppich und schnitt die weißen Fransen ab, eine nach der anderen, sammelte sie auf und warf sie in den Mülleimer. »Erst die eine Plage«, sagte er leise, »dann die andere.«

Er trat an das große Fenster zum Innenhof und zögerte kurz, bevor er auf den Balkon ging. Er musste da draußen sein, Finn musste ihn doch im Auge behalten. Culman hielt die beiden Briefbögen in die Luft und winkte mit ihnen, damit der Schwachkopf sah, dass er ihm auf die Schliche gekommen war.

»Du bist krank, Finn«, flüsterte Culman, der die Stimme nicht zu heben brauchte. Finn konnte ihn ohne weiteres verstehen, heutzutage war das ein Kinderspiel.

»Glaubst du, ich bin von gestern?«, schnaubte Culman und bekam einem gewaltigen Hustenanfall. Er krümmte sich zusammen und musste sich am Geländer festhalten, um nicht das Gleichgewicht zu verlieren. Dann setzte er den Fuß auf einen Bogen, während der andere aufwirbelte und über das Geländer geweht wurde. Culman folgte ihm mit den Augen und sah ihn im Gras landen. Er bückte sich rasch und hob das andere Stück Papier auf, wohl wissend, dass er schnell in den Hof gehen musste, damit niemand den Brief fand, dessen Text die Vokale e und a übersprang.

14:25

Er hatte Fahrstühle nie gemocht und erst recht nicht die kleinen. Schwitzend kämpfte er gegen seine Klaustrophobie an, die ihm die Luft nahm. Er hatte es nicht geschafft, die Schuhe zu wechseln, und stand immer noch in Pantoffeln da. Für einen Augenblick hatte er das Gefühl, von oben gelenkt zu werden, als befinde sich ein überlegener Widerpart außerhalb seiner Reichweite, der ihn mit Hilfe von Joystick und Tastatur dirigierte. Ein Psychopath, der ihn in diesem Moment auf seinem Monitor studierte, auf dem das Haus, die gesamte Wohnanlage und vor allem Culman selbst ein dreidimensionales Bild ergaben, das sich nach Belieben bearbeiten, anhalten oder beschleunigen, kolorieren oder transparent machen ließ, sodass nicht nur die Fahrstühle, Zimmer und Toiletten durchsichtig wurden, sondern dass sich auch die Personen, Tinberg, Johansen und Culman, in steuer- und manipulierbare Figuren verwandelten, deren Herzfrequenz bestimmt, deren Verdauung gehemmt, deren Leberwerte erhöht und deren Peristaltik blockiert werden konnte.

S für Schwindel, A für Angst, E für Erinnerung.

»Die schlimmste Form des Wahnsinns ist der Verfolgungswahn«, murmelte er, lehnte den Rücken gegen die Fahrstuhltür und öffnete sie. Er ging hinaus, drehte sich im Kreis und schaute in die Luft. Obwohl ihm schwindlig wurde, konnte er seinen Balkon lokalisieren und damit das Gebiet eingrenzen, in dem er zu suchen hatte.

Er erblickte den Brief sofort. Er tanzte über den Rasen. Culman blieb kurz stehen und rang nach Atem, trocknete sich die Stirn, befeuchtete seine Lippen und blinzelte. Das Papier stieg einen halben Meter entfernt von ihm auf, drehte sich in der Luft und blieb in einem Beet liegen. Culman betrat den Rasen und stellte sich vor, wie er in der Vogelperspektive aussah: ein Mann mit weißem Hemd und braunen Hosenträgern auf einer mattgrünen Wiese. Auf der Jagd nach einem weißen Stück Papier. Ein Jäger brauchte kein Zielfernrohr; ein Schuss würde ausreichen. Culman machte zehn Schritte nach vorn und beugte sich über das Papier, das plötzlich zwei Meter nach rechts flatterte und ihn auf den Knien zurückließ. Doch jetzt lag es unbeweglich da. Er krabbelte das letzte Stück und warf sich auf seine Beute, die er zusammenknüllte, bevor er sich auf die Knie stemmte. Jetzt galt es nur noch, die notwendigen Kräfte zu mobilisieren, um in die Senkrechte zu kommen. Als er aufstöhnte, spürte er eine helfende Hand unter seinem Arm.

Culman kam auf die Beine.

Johansen trug seine Hausjacke, die dunkelblaue von der Staatsbahn. Er lächelte. »Was machst du da, Leon?«

»Ich … habe nur dieses Stück Papier verloren. Vom Balkon aus.«

»Papier?«

»Ja, ein Stück Papier, nichts von Bedeutung, das heißt, natürlich ist es von Bedeutung – eine Rechnung.«

Johansen stützte immer noch Culmans Arm. Sie schauten sich eindringlich an. Culman schlug die Augen nieder und bemerkte, dass er Erde an den Knien hatte, doch sein Rücken schmerzte zu sehr, um sie wegzuwischen.

»Wir haben dich von oben gesehen, Karen und ich, und konnten nicht verstehen, was du da treibst, deswegen hat sie mich runtergeschickt.«

Culman nickte und richtete sich auf. »Euch entgeht wirklich gar nichts, oder?«

»Wie meinst du das?«

»Ach, schon gut. Das war sehr nett von dir, aber jetzt habe ich wieder alles im Griff.«

Culman spürte, wie unangenehm ihm die Neugier der Johansens war. Unentwegt saßen sie da oben an ihrem Fenster. Behielten die Lage im Auge, kontrollierten, beobachteten und machten sich Notizen. Auf der Jagd nach dem Ungewöhnlichen, Ausschau haltend nach der kleinsten Abweichung vom täglichen Trott, die ihnen einen Wissensvorsprung und das ungeteilte Vergnügen bescherte, am Schicksal anderer Menschen teilzuhaben. Abends führten sie Statistik über den Verlauf des Tages, und auf einer Tafel im Schlafzimmer hatte Johansen ein Koordinatensystem erstellt, das demjenigen glich, das er als Oberkontrolleur bei der dänischen Staatsbahn benutzt hatte. Alles wurde protokolliert, jede Abweichung, der geringste Anschein von Abnormität.

Culman hustete und schüttelte den Kopf. Natürlich taten sie das nicht, Johansen war der reizendste Mensch unter der Sonne. Seine Frau sammelte für das Rote Kreuz, und Erling, die ehrliche Haut, fütterte Enten und Tauben, warf den Sperlingen Brotkrumen zu, band Garben auf dem Balkon zusammen und brachte unten am See die unbeholfenen Gänse durch einen weiteren Winter.

»Karen sagte, ich solle dich mit hinaufbringen. Auf eine Tasse Mokka.«

»Mokka«, wiederholte Culman und sah den Johansen-Kaffee vor sich: koffeeinfrei, mit einem Hauch von Süßstoff und Aceton.

Während sie auf das Treppenhaus zugingen, versuchte es Culman mit verschiedenen Einwänden, war sich jedoch darüber im Klaren, dass Johansen unmöglich mit leeren Händen nach Hause kommen konnte, wenn seine Frau ihn gebeten hatte, seinen Freund mitzubringen.

Johansen hielt Culman die Tür zum Fahrstuhl auf und drückte auf den Knopf mit der Vier.

»Ich dachte schon, du hättest einen Schlaganfall«, sagte er lächelnd, offensichtlich erheitert von dieser Vorstellung.

»Einen Schlaganfall?« Culman schüttelte sich.

»So, wie du rumgekrochen bist. Aber du siehst ja wieder erholt aus. Na ja, erholt ist vielleicht übertrieben, zumindest nicht schlimmer als scheintot.«

Johansens kugelrunder Kopf leuchtete vor Freude. Er fand sich ziemlich amüsant. Auf einer einsamen Insel würde ich ihm den Kopf abschlagen, dachte Culman, ihn auf einen Stock spießen und die ganze Nacht schreien vor Freude. Doch Tatsache ist, dass ich diesen Mann liebe. Erling Johansen ist mein guter Freund; leider bin ich mir nicht sicher, ob er mich heute Abend noch umbringen will, womöglich assistiert von seiner Frau – alles andere ist eigentlich undenkbar, weil Johansen selten etwas tut, worum ihn seine Frau nicht gebeten hat.

Culman räusperte sich und sagte, er sei voll auf der Höhe, worauf er einen Hustenanfall bekam, der ihm fast die Luft nahm. »Du siehst ja, gesund wie ein Seeadler.«

Der Fahrstuhl im Treppenhaus Nr. 17 war bemerkenswert langsam, doch die Geschwindigkeit schien für Johansen, der es liebte, viel Zeit zu haben, genau richtig zu sein. Dennoch hatte der Fahrstuhl offensichtlich Probleme mit dem Gewicht der beiden Männer; die braune Kabine schwankte unheilvoll in ihrem Schacht.

Culman schaute verstohlen von rechts nach links. »Wie viel wiegst du eigentlich, Erling?«, fragte er.

»Zweiundsiebzig Kilo, ohne Kleider, seit einunddreißig Jahren.«

Johansen sagte es nicht ohne Stolz. Er ging einmal im Monat zum Arzt, um sich, wie er sagte, durchchecken zu lassen. Was genau das bedeutete, wusste Culman natürlich nicht, ging aber davon aus, dass Johansen gemessen und gewogen wurde, seinen Hoden befühlen, sich in den Hals schauen und nach Läusen untersuchen ließ. Die jährliche Hauptuntersuchung, auf die er sich freute wie auf einen Abtanzball, umfasste diverse endoskopische Untersuchungen und Kardiogramme, eine Überprüfung des Stoffwechsels und der Leberwerte sowie Stichproben des Knochenmarks und Sonden in Johansens Innenohr, um den Gleichgewichtssinn zu justieren. Ihren Abschluss fand sie in einer Computertomographie, auf der die Hirnwindungen des Freiwilligen auf einer Blaupause erschienen, die eine Jahreskarte für das Freiheitsmuseum und einen Plan über das Schienennetz der S-Bahn anno 1945 zeigte. Tatsache war, dass der Unsterbliche mehrere Kassenärzte in den Wahnsinn getrieben hatte, wenn er zum 117. Mal mit den Symptomen einer unbekannten Krankheit, die man nach zahllosen Untersuchungen als Sommersprossen diagnostizierte, bei ihnen in der Sprechstunde aufgetaucht war.

Culman ging nie zum Arzt, wenn man ihn nicht dorthin schleppte.

Johansen lächelte und ließ seine Augenbrauen spielen.

»Ganz schöner Pfusch, den sie da in der Dreißigern gebaut haben«, sagte er und klopfte gegen die Wand der Kabine.

»Irgendwann stürzt die ganze Kiste ab«, brummte Culman.

»Todsicher.« Johansen grinste. »Aber nicht in unserer Zeit. So viel steht fest.«

»Woher willst du das wissen?

»Das weiß ich eben.«

»Das weißt du eben?«

»Ja, das weiß ich eben.«

Nach Culmans Erfahrung konnten sich solche Diskussionen ziemlich in die Länge ziehen. Der Angestellte der Staatsbahn hatte sich während seiner langen Jahre im Kontrollturm nämlich in den banalsten Diskussionen geübt, bei denen man sich über nichts anderes als über die zweiminütige Verspätung des Güterzugs aus Præsto erregte und den Grad der Zivilisation am Zustand des Schienennetzes, der Anzahl elektrischer Signale und mehr oder minder bemannter Bahnübergänge maß, an denen die Bauern aus der Umgebung mit ihren vorsintflutlichen Automobilen Johansens Bimmelbahn ständig in die Quere kamen.

Der Fahrstuhl hielt im vierten Stock. Johansen öffnete die Tür und sagte: »Wieder mal geschafft.«

Culman zögerte. »Du, ganz ehrlich, Erling, ich glaube, ich gehe lieber zu mir. Ich bin völlig okay, und es gibt noch so viel vorzubereiten für das Abendessen.«

»Du machst doch nie das Essen, Leon?«

»Aber ich helfe, Erling. Ja, ich helfe. Hacke Zwiebeln, schäle Kartoffeln und so was.«

»Du kannst Kartoffeln schälen, Leon, und Zwiebeln hacken?«

»Wenn du wüsstest, was ich alles hacken kann, Erling. Nichts auf der Welt tue ich lieber als schneiden und hacken.«

»Ohne dir blutige Finger zu holen?«

Johansens kleine Schweinsaugen streiften über Culmans Gesicht und schienen Gefallen an dem zu finden, was sie entdeckten.

»Dein Kinn ist grün, Leon.«

»Sicher nur Gras.« Culman versuchte zu lachen.

Johansen starrte auf den kleinen grünen Fleck, den Culman verständlicherweise nicht sehen konnte. Vielleicht, dachte Culman, ist da gar kein Fleck. Vielleicht hält er mich nur zum Narren. Gleich wird er sagen, es handele sich nicht um Gras, sondern um einen Ausschlag, dessen lateinischer Name ihm zufällig bekannt sei, nachdem seine Frau ihm zu Weihnachten den Bestseller »Tödliche Krankheiten« geschenkt habe.

In diesem Moment öffnete sich die Tür. Culman fuhr zusammen. Karen Johansen schaute sie an. Sie trug einen beigegrauen Wollpullover mit einem Hirschmotiv. Vielleicht waren es auch Rentiere, Culman war sich nicht sicher, jedenfalls liefen die Tiere in einer langen Reihe und beschnüffelten sich von hinten. Karen hatte den Pullover selbst gestrickt. Sie lächelte, doch hinter der rahmenlosen Brille fixierten ihre Augen einen Punkt hinter den beiden Männern.

»Hast du ihn also erwischt. Komm herein, Leon, komm doch … herein.«

Sie ging rückwärts in den Flur, und der Delinquent trat ein, gefolgt von Johansen, der die Kette vor die Tür spannte und Culman eine Hand auf den Rücken legte. »So weit, so gut«, murmelte der Oberkontrolleur, und Culman dachte, dass ihn solche Bemerkungen noch um den Verstand brachten.

Die Wohnung war kleiner als die von Culman, vor allem plüschiger. Hier herrschte eine stille Ordnung, wie bei der Gedenkstätte. Weder gab es nackte Holzwände noch schief hängende Bilderrahmen. Alles war am rechten Platz im Johansen-Museum, dessen zentrale Wand ein einziges Foto schmückte, nämlich das des Sohnes an seinem ersten Schultag. Carsten stand in kurzen Hosen, Kniestrümpfen und weißem Hemd zwischen seinen Eltern und war seitdem nicht mehr gealtert. An diesem sonnigen Tag endete seine Geschichte, doch sein Blick war starr auf das Objektiv gerichtet, wodurch er immer noch Zugang zur Wohnung seiner Eltern hatte, die er Tag und Nacht im Auge behielt.

Sie gingen ins Wohnzimmer, und Culman bemerkte den schwachen, aber unverkennbaren Geruch alter Menschen, den er in seiner Wohnung nicht feststellen konnte. Er war säuerlich, ohne sauer zu sein, und süßlich, ohne Übelkeit zu erregen. Karen benutzte niemals Parfüm, und müsste Culman sich entscheiden, woher der Geruch stammte, würde er sagen: Feuchtigkeitscreme. Aus Gründen, die ihm ein Rätsel waren, hörte man bei Johansens keine Verkehrsgeräusche. Hier durfte die Standuhr noch ticken.

Vor Jahren hatte Erling einen kleinen grünen Wellensittich besessen, dessen Käfig in der blauen Küche stand, in der Karen mit der Autorität eines Feldwebels herrschte. Der Vogel kam natürlich niemals unter Leute, doch es glückte Erling tatsächlich, ihm »Frohe Weihnachten« und »Danke für den Abend« beizubringen. Er schaffte Hirsekolben und Schaukeln an, wechselte Wasser und Sand und redete mit dem Vogel, bis dieser eines Tages tot von der Stange fiel. Wellensittiche wurden nicht sonderlich alt, darüber wusste Erling alles, und sein Vogel hatte die sechs überschritten, was, seinem Handbuch zufolge, keine Kleinigkeit war. Das Problem war, dass sich Erling nicht in der Lage fühlte, den toten Vogel aus dem Käfig zu nehmen, obwohl seine in vieler Hinsicht abgebrühte Frau der Ansicht war, das Problem müsse er schon selbst lösen. Also hatte Erling Culman angerufen, der sofort gekommen war, seine Hand in den Käfig steckte, den kleinen, kalten Vogel herausnahm und auf das Zeitungspapier legte, das Erling schon auf dem Küchentisch bereitgelegt hatte.

»Was nun, Erling?«, fragt Culman, der nicht weiß, ob er lachen oder weinen soll. »Es ist doch nur ein kleiner Piepmatz.« Doch es war allgemein bekannt, dass Erling die kleine Kreatur ins Herz geschlossen hatte.

»Ich dachte, wir könnten ihn unten bei der Anlage begraben«, sagt Johansen, ohne den Vogel anzusehen. »Ich nehme an, der Hausmeister hat nichts dagegen.«

Culman schlägt den Vogel in die Zeitung ein, sorgsam und vorsichtig. Währenddessen holt Erling eine kleine Schaufel. Gemeinsam gehen sie den langen, schmalen Flur entlang, Erling mit der Schaufel und Culman mit dem Vogel. Erling öffnet die Tür zum Treppenhaus; draußen steht seine Frau. Sie hat die beiden offensichtlich erwartet. Sie betrachtet ihren Mann und ignoriert Culman wie üblich. Der Müllschlucker steht aus irgendeinem Grund offen.

Karen Johansen sagt: »Jetzt machen wir's wie verabredet, Erling.« Culman weiß nichts von einer Verabredung und schaute Erling an, der das klaffende Loch des Müllschluckers anstarrt und vor sich hinmurmelt.

Culman sagt: »Wir hatten ihn eigentlich unten bei der Anlage begraben wollen.«

Stille.

Karen schaut mit neutralem und abwartendem Blick zur Decke. Erling betrachtet erst seine kleine Schaufel und dann Culman, dem er entschuldigend zulächelt, während er tief Luft holt und in Richtung Müllschlucker nickt.

»Willst du ihn etwa da reinwerfen?«, fragt Culman.

»Es ist besser so«, entgegnet Erling, »wirklich besser so.«

Culman tritt von einem Fuß auf den anderen. Und hält den Vogel über den offenen Schacht.

»Danke für den Abend«, sagt er und lässt ihn fallen.

Kurz darauf ist Karen in der Wohnung verschwunden und der Müllschlucker zugeklappt.

Erling schaut Culman verletzt an. »Das Letzte hättest du nicht zu sagen brauchen«, murmelt er und schließt die Tür.

Culman setzte sich in das genoppte Sofa mit dem dunkelroten Mokettbezug. Man saß einfach grauenhaft darin, dafür hielt es aber auch fünfhundert Jahre, ohne dass ein neuer Bezug erforderlich wurde. Dennoch hatte Karen die Lehnen mit Schonern versorgt. In der glänzenden Scheibe des Couchtischs spiegelten sich Johansens Apfelbäckchen und die neun kleinen Schirme der Deckenlampe, die aus Rentierleder bestanden. Die weiße Kaffeetasse der Firma Wedgwood stand auf einem Platzdeckchen. Das Service, das direkt aus der Regent Street in London importiert worden war, hatte Johansen ein Vermögen gekostet. Es hatte Culman immer gewundert, dass in diesen Räumen kein Zeichen von Religiosität zu finden war. Mehrmals hatte er vor dem langen angelaugten Eichenregal gestanden und nach einer Bibel oder einem Gesangbuch Ausschau gehalten, doch ohne Erfolg. Daher hatte Karen immer noch etwas Rätselhaftes an sich. Culman wurde nicht schlau aus ihr, während Anna es als »das Feine« bezeichnete. Etwa so wie ihr Candlelight-Stil. Das Porzellan wirkte so zerbrechlich, hielt aber die größten Belastungen aus. Ohne entzwei zu gehen.

Culman saß auf der Sofakante und trank seinen Kaffee in kleinen Schlucken, die ihm ständig in den falschen Hals gerieten. Erling sprach davon, dass die Wohnanlage in diesem Herbst etwas vernachlässigt worden sei, und schielte zu seiner Frau hinüber, die mit den monomanen Bewegungen eines

Nagetiers ihr Strickzeug handhabte. Culman dachte, was für ein Glück er mit Anna hatte.

Johansen setzte seine Kaffeetasse ab. »Du lächelst, Leon.«

»Tue ich das?«, fragte Culman, den der Gedanke amüsierte, womöglich die Hausordnung verletzt zu haben.

»Woran denkst du?« Johansen klang wachsam. »Du sitzt da und lächelst in dich hinein. Kannst du uns nicht an deinem Vergnügen teilhaben lassen?«

Culman schüttelte den Kopf. Spürte eine längst vergessene Luftblase durch seinen Bauch tanzen wie ein sorgloser Delphin. Er fühlte sich inwendig warm und empfand eine unendliche Dankbarkeit für die Kratzbürste, mit der er verheiratet war. Für seine alten Schellackplatten, den Teppich mit dem verbrannten Geruch nach belgischen Waffeln, die Fensterbank mit dem ausgetrockneten Orangenbäumchen und den defekten Lampenschirm im Wohnzimmer. Und, fügte er im Stillen hinzu, für den Humor seiner Frau. Nicht zuletzt für ihren beißenden Witz.

»Ich glaube, ich dachte daran, wie glücklich ich bin.« Culman atmete tief ein und schaute zu Karen, die mit säuerlichem Lächeln ihren Blick durchs Wohnzimmer schweifen ließ.

»Wofür?«, fragte ihr Mann, den die Aussicht, von Culmans Glückseligkeit zu erfahren, nicht gerade aufzumuntern schien.

Culman zuckte die Schultern. »Dafür, mit euch hier zu sitzen, in eurem gemütlichen Zuhause. Für meine Frau.« Culman lachte und wurde ernst. »Ich weiß es nicht«, murmelte er. »Was ist Glück?« Er tupfte sich unbewusst den Mund ab. »Ich meine, dafür gibt es schließlich keine gültige Definition.«

Johansen legte die Hände auf die Knie und blickte schräg zur Decke, während ein feines, dankbares Lächeln seine Lippen umspielte. Dann sagte er mit einer Stimme, die sowohl enthusiastisch als auch indiskutabel war: »Glück, Leon, ist etwas, das die Wenigsten von uns einst kennen gelernt haben. Achte auf meine Worte: die Wenigsten von uns.«

Culmans Mund stand offen, während seine Augen hin und

her wanderten, doch ihm war immer noch froh und leicht ums Herz. Er freute sich darüber, in seine Wohnung zu kommen, um seine rosafarbene Frau umarmen zu können.

Indes blickte Johansen verstohlen seine Frau an, die etwas strickte, das wie fünf Schafe und ein Hirte aussah. Sie nickte ihrem Mann zu wie ein Dozent seinem Schüler.

»Du meinst, das Glück ist der Jugend vorbehalten?« Culman streckte seine flache Hand aus, als würde er Johansen bitten, ihm mehr Manna zu geben.

Der andere rutschte nach vorn. »Absolut nicht. Du verstehst mich falsch, Leon. Wir Menschen können das Glück nur empfinden, wenn ...«

»Erkennen«, korrigierte seine Frau.

»Es erkennen«, sagte Johansen, »wenn wir uns daran erinnern. Im Moment des Erlebens erkennen wir es nicht.«

Er lächelte seine Frau an, die ihr Strickzeug beiseite legte und mit einem Ausdruck aus dem Fenster schaute, als werde sie zu einer Erklärung genötigt, die sie lieber für sich behalten hätte. »All dieses Gerede«, sagte sie mit leiser, aber entschiedener Stimme, »dieses ständige Kreisen um das eigene Glück ist im Grunde unerträglich. Die Leuten wollen glücklich sein um jeden Preis und jagen ihr ganzes Leben lang dieser Chimäre hinterher. Wollen Geld, wollen Kinder, wollen dies und das, kommen aber nie zur Ruhe, kennen keine Versenkung mehr. Erling hat recht. Wenn ein Mensch erfahren hat, was Glück ist, sich glücklich fühlt, dann nur in der Erinnerung, vielleicht in einem kurzen Moment.«

Johansen sieht zu Culman, der die Hände in die Taschen gesteckt hatte.

»In diesem Moment«, sagte er entschuldigend, »in diesem Moment bin ich wirklich glücklich.«

Karen Johansen, die ihre Handarbeit wieder aufgenommen hatte, schaute ihren Mann nachsichtig lächelnd an.

»Ich befürchte, du bringst hier die Begriffe durcheinander«, knurrte Johansen mit einer Stimme, als hätte Culman ihr Heim geschändet, indem er anderer Meinung war als seine Frau.

»Ich bin es wirklich«, sagte Culman mit wiedergewonnener Energie. »Ich versichere es dir. Vielleicht sehe ich nicht so aus und finde nicht die richtigen Worte, aber ich habe noch so viel, für das es sich lohnt zu leben: Anna und Nina, unsere Freunde, Tinberg, Kamma und Susse Wiid und euch beide. Ich bin glücklich, wirklich, das bin ich. Vielleicht, vielleicht begreife ich das erst jetzt.«

Culman rappelte sich auf und begann, in der Stube umherzugehen. »Ich freue mich meines Lebens und bin dankbar dafür, wie es gewesen ist. Mehr verlange ich nicht. Mehr verlange ich wirklich nicht. Ich habe die Welt gesehen, vielleicht nicht die ganze Welt, aber eine andere Welt. Ich habe einen Beruf gehabt, einen vielseitigen Beruf, der mir die Möglichkeit gab, die verschiedensten Menschen kennen zu lernen. Und sie stehen mir noch ganz genau vor Augen: Versicherungsvertreter, Staubsaugerverkäufer, Selbstmordkandidaten, die Familien mit kleinen Kindern und die jungen Paare. Ich habe ein reiches Leben gehabt und verlange nicht mehr.« »Wirklich nicht, Leon?« Karen legte ihr Strickzeug hin und studierte das Muster für einen Ärmelausschnitt. »Betest du nicht jeden Abend für nur einen weiteren Tag? Einen weiteren Monat, ein weiteres Jahr? Obwohl du längst das hinter dir gelassen hast, was man ein volles Menschenalter nennen könnte.«

»Karen, ich …«

Johansen schaltete sich ein: »Verfluchst du nicht die Schmerzen und die Müdigkeit, das Gedächtnis, das versagt, die Beine, die nicht mehr wollen, die nachlassenden Augen, die Abhängigkeit von anderen Menschen?«

»Ich verlange nicht mehr«, wiederholte Culman und setzte sich auf den Stuhl neben das Nähtischchen.

Karen Johansen beachtete ihn nicht, sondern suchte etwas in ihrem Strickkorb.

»Ab einem gewissen Punkt«, sagte sie »müssen wir Menschen unser Los akzeptieren.«

Wie immer konzentrierte sie sich auf ein Wesen, das für andere unsichtbar war. »An einem gewissen Punkt müssen wir uns zufrieden geben und unser Los annehmen.«

»Aber natürlich, natürlich müssen wir das.« Culmans eine Hand schlich sich aus der Tasche, was Karen Johansen skeptisch beobachtete.

»Es steht uns gut an«, fuhr sie fort, »unsere Erwartungen zu reduzieren und die guten genauso wie die schlechten Zeiten zu akzeptieren. In einem Leben überwiegen nun mal die grauen Tage, und es nützt nichts, das zu beklagen. Früher gab es einmal ein kleines Wort, das hieß Demut. Wenn Erling und ich die jungen Leute von heute betrachten, denken wir immer, dass ihnen irgendwann die Rechnung präsentiert wird und dass es ihnen gut täte, ihr Anspruchsdenken und ihre Gier zu zügeln und ein wenig Maß zu halten. Erling, würdest du das Fenster in der Kammer schließen? Ich finde, es zieht.«

Der kleine, untersetzte Oberkontrolleur eilte in die Kammer, lautlos wie eine Maus.

Der Delphin in Culmans Magen war verschwunden; er fühlte sich schwerfällig und unbehaglich und schielte zu der kleinen, sprachgewandten Frau hinüber, die dasaß, als sei er bereits gegangen oder habe nie existiert. Vielleicht hatten sie ihn bloß in den vierten Stock eingeladen, um ihre moralisierende Litanei bei ihm abzuladen, die sich durch jeden Zement fraß und eine Art Graffiti in den Menschen zurückließ, die Schwarzseherei hieß – eine tödliches Seuche, die ansonsten gesunde Individuen befiel. Der Gedanke verstimmte Culman so sehr, dass ihn das Adrenalin fast aufgebaut hätte, aber auch nur fast, also ließ er allen Anstand fahren, beugte sich zu der Frau mit dem Strickzeug, senkte die Stimme und sagte: »Du unnahbare Ignorantin.«

Karen Johansen reagierte nicht, sondern legte ihre drei Garnrollen auf das Nähtischchen und lächelte ihren Mann an, der gerade hereinkam.

Culman stand in der Mitte des Raumes und murmelte, dass er jetzt in seine Wohnung gehen wolle. Ihm war schwindlig und er spürte einen metallischen Geschmack im Mund. Gleichzeitig war etwas in Form eines Fußballs auf dem Weg in seine Kehle, und seine Halsdrüsen schienen ein schleimiges Sekret abzusondern, das seinen Mund verklebte. Irgendwo in seinem Mittelohr begann es zu singen, ein Tinnitus, der von der Stille verursacht worden war und ihn verrückt machte. Er versuchte, Abhilfe zu schaffen, indem er einen seiner unendlich langen Finger so weit ins Ohr steckte, wie er konnte, aber das machte alles nur noch schlimmer, sodass er nichts verstand, als Johansen ihm eine Hand auf den Rücken legte und ihn freundlich anzusprechen schien. Sie gingen zur Wohnungstür, vor der Culman den Mund auf- und zuklappte, worauf es plötzlich in seinem Ohr klickte, die Geräusche zurückkehrten und er sich »Danke für den Kaffee!« rufen hörte.

Johansen schaute ihn zweifelnd an, und Culman sagte, seine Ohren litten an Verstopfung, aber jetzt, nachdem er aufgestanden sei, ginge es schon besser.

»Du solltest ein wenig Sport treiben«, sagte Johansen.

Klar, um besser zu hören, dachte Culman, klopfte dem anderen auf die Schulter und dankte ihm für seine nachdenkenswerten Worte von vorhin. »Ich weiß, dass du ein sehr tiefschürfender Mensch bist. Daran hapert es sicher bei mir.«

Johansen lächelte und schüttelte abwehrend den Kopf.

»Nachdenken kostet ja schließlich nichts.«

»Du sagst es«, entgegnete Culman lächelnd und hörte sich mit den Zähnen knirschen.

»Und jeder Einsatz für die Gesundheit zahlt sich bekanntermaßen zehnfach aus.«

»Dann kannst du beruhigt sein, Erling«, knurrte Culman und biss sich auf die Zunge. »Bei deinem Ginsengverbrauch wirst du mit achtzig die Schwerkraft aufheben.«

»Quatschkopf!«

»Entschuldige«, sagte Culman und holte tief Luft, »was ich sagen will, ist, dass ich unendlichen Wert auf unsere Freundschaft lege. Wirklich, das tue ich. Und was die Gesundheit angeht, so würde ich dich und Edwin gern begleiten, wenn ihr das nächste Mal Arm in Arm durch den Frederiksberg-Park spaziert. Ich hoffe, ihr bleibt auf den Wegen.«

In diesem Moment kam Karen zu ihnen heraus und betrachtete Culman mit beinahe wollüstigem Blick. »Also, wir sehen uns heute Abend, Leon«, sagte sie, »bis dahin.«

15:30

Das Päckchen lag auf dem Küchentisch zwischen Zwiebeln, Tomaten und einem Glas mit Anchovis. Das Papier war silberfarben, die Schleife grün mit goldenen Sprenkeln. Ein Kontrast zu den braunen Tüten des Gemüsehändlers.

Die Küche war quadratisch, praktisch eingerichtet und im Großen und Ganzen unverändert geblieben, seit sie sie zu Beginn der Siebzigerjahre umgebaut hatten. Auch hier hingen Fotos wohlbekannter Gesichter, die durch Bratfett und Essensgeruch hindurchlächelten: Anna mit der dreijährigen Nina im Hof, von der Wohnung aus aufgenommen. Anna mit langen Haaren und T-Shirt, Cordhose und roten Clogs auf dem Weg zur Vietnam-Demonstration mit Tinberg und Karen Johansen. Die Jahreszahl ist mit weißer Tinte geschrieben. Culman und Nina bei einer Fahrradtour auf dem Strandvejen. Vater und Tochter winken dem Fotografen zu. Nina ist klein und dick und zwei Jahre alt und sitzt auf dem Arm ihres Vaters. 1966. Culman trägt einen weißen Anorak und eine eckige Sonnenbrille mit blauen Gläsern, gekauft am Broadway, als er gemeinsam mit hunderttausenden anderer New Yorker darauf wartete, dass der Astronaut John Glenn im offenen Wagen an ihnen vorbeifuhr. Während der Wartezeit sangen sie: *Hello Mary Lou, goodbye heart, sweet Mary Lou, I'm so in love with you.*

Das Bild von Mary Lou verschmolz mit dem der Hausmeistersfrau. Culman musste plötzlich daran denken, dass Anna einmal erwähnt hatte, Frau Haakonson besuche ein Seminar an der Universität in Roskilde und lasse sich im Kommunikationssektor ausbilden. Culman kam jetzt auch ein amerikanischer Fernsehfilm in den Sinn, der von einem blondierten Mädchen mit sehr kleinem Wortschatz und der chronischen Anlage zum offenen Mund handelte, hinter deren schlichter Fassade sich eine ganz andere Persönlichkeit verbarg, ein Mensch mit einem fürchterlichem Plan, den man ihrem zweiten Ich, der dummen Blondine, niemals zugetraut hätte. Er endete mit Mord.

Unmotivierte Morde sind modern geworden, dachte er, die Polizei sprach von Abstandsmorden. Vielleicht war Frau Haakonson mit den gefärbten Haaren eine Abstandsmörderin, die unter ihrem Joggingdress ein intellektuelles, krankes, frustriertes Mädchen verbarg.

Culman fasste sich an den Kopf, entschied, dass mit ihm etwas nicht stimmte, und wandte sich seiner Ehefrau zu, die gerade die fleischigen Kalbshaxenscheiben in Mehl wendete. Sie summte vor sich hin. Culman verfolgte, wie sie zur Spüle ging, um die Tomaten in siedend heißes Wasser zu tauchen, damit sie leichter zu häuten und schließlich in kleine Stücke zu schneiden waren. Er konnte sich nicht erinnern, wann sie zuletzt Ossobuco alla milanese gegessen hatten.

Sie bemerkte ihn und spannte ihn sofort ein. »Leon, da bist du ja. Gott sei Dank, wir haben es sehr eilig. Schäl bitte die Zitronen und schneide sie so klein du kannst. Dann mischst du die Stücke mit der Petersilie und den gehackten Anchovis.« Sie schaute auf die Küchenuhr. »Wir haben verdammt wenig Zeit, also mach schon. Das Fleisch soll mindestens zwei Stunden schmoren, und es ist schon fast halb vier. Ich glaube, wir schaffen es nicht. Wo bist du gewesen?«

»Drüben, bei Erling und Karen«, sagte er kleinlaut. »Wir haben Lambada getanzt.«

»Das denke ich mir.«

»Ich habe entdeckt, wie glücklich ich eigentlich bin.«

Anna stellte den Küchenwecker.

Culman lehnte sich an den Türrahmen. »Das ist mir nicht zum ersten Mal passiert. Ich meine, wenn ich drüben bei ihnen bin. Man kann ja einfach wieder gehen. Schlimmer ist es nicht. Beinahe so, als ginge man vom Zahnarzt nach Hause. Plötzlich ist man auf der Straße, und das Ganze ist überstanden. Es ist merkwürdig, aber wenn ich mit ihnen zusammen bin, bekomme ich immer ein schlechtes Gewissen, als hätte *ich* den Jungen damals nach Nepal gelockt. Es ist dreißig Jahre her und er sitzt quasi immer noch zwischen ihnen, so wie auf dem Foto von seinem ersten Schultag.«

»Über so was kommt man nie richtig hinweg, Leon. Außerdem fühlen sie sich immer noch schuldig. Vielleicht ist es das, was du drüben bei ihnen spürst. Ihr Schuldgefühl.«

»Du bist eine kluge Frau, Anna. Was hat dich bloß zu mir getrieben?«

»Ja, das wissen die Götter. Aber du solltest mit Erling darüber reden.«

»Gewisse Dinge lässt man besser ruhen. Man kann nicht immer in der Vergangenheit leben.«

»Du hast gut reden. Bei dir ist schließlich alles in bester Ordnung. Was hast du schon für Sorgen. Man lässt sich so schnell zu leichtfertigen Urteilen hinreißen, Leon.«

Culman betrachtete die Fleischstücke auf dem Küchentisch. »Sag mal, war es nicht Erling, der kein Ossobuco mag?«

»Doch, ich habe mir die Mühe gemacht, ihn zu fragen, und er mag Ossobuco ausgesprochen gern. Ich bin es, die Ossobuco nicht mag, aber ich opfere mich wie gewöhnlich.«

Er legte die Arme um sie. Sie schloss die Augen, lächelte, schüttelte sanft Kopf und sagte, für so einen Unsinn hätten sie jetzt keine Zeit.

»Manchmal«, flüsterte er, »vermisse ich es, so dazustehen. Das sollte man jeden Tag machen.«

»Warum machst du es dann nicht?«

»Äh, ich weiß auch nicht. Erinnerst du dich, dass wir einmal beim Damhus Tivoli waren?«

»Und ob. Es goss in Strömen und wir sind nie wieder dort gewesen. Ein grauenhafter Ort, wirklich etwas für dich.«

»Du hast bei einer Tombola auf mich gewartet. Ich stand ein Stück entfernt und habe dich heimlich beobachtet. Das ist noch gar nicht so lange her.«

»Das ist Ewigkeiten her. Nina war gerade ausgezogen und wir waren so einsam, hast du das vergessen? Wir haben sie schrecklich vermisst und fuhren jeden zweiten Tag nach Ballerup. Ohne ihr Wissen natürlich. Wenn sie uns entdeckt hätte, hätte sie uns umgebracht. Nein, wie groß ihr Bedürfnis war, von zu Hause wegzukommen.«

»Warum? Wir sind doch ihre Eltern. Was zum Teufel soll das heißen? Ein Bedürfnis, von zu Hause wegzukommen?«

Culman schnupperte an Annas Nacken, der rund und fleischig war.

»Weil wir ihr keine Luft gelassen haben«, sagte sie, »außerdem kitzelt das.«

»Ich habe ihr immer genug Luft gelassen.« Culman legte die Arme um sie.

»Du hast sie ihr aus der Distanz genommen. Das war das Schlimmste. Du bist die ganze Zeit um sie herumgeschwebt, ohne dass sie dich sehen konnte.«

»So wie John Glenn?«

»Wer?«

»John Glenn, aber wir hatten doch eigentlich über den Nachmittag im Damhus Tivoli gesprochen.«

»Ich glaube, den Tag hab ich verdrängt. Hör auf, Leon.«

»Ich weiß noch, wie ich dachte: Da steht meine Frau; was bin ich doch für ein glücklicher Mann.«

Sie befreite sich und nahm ein großes Messer aus der Schublade. »Der Schlachter hat es für mich geschliffen, also sei vorsichtig, es ist scharf.«

»Findest du eigentlich, dass ich abgebaut habe?«

Sie schaute ihn nicht an, sondern konzentrierte sich ganz auf das Messer, das sie in der Hand hielt. »Man kann wirklich zu Schaden kommen, wenn man nicht Acht gibt.«

Culman senkte den Blick und seufzte, lächelte und zuckte

die Schultern. Warum hörte sie ihm nie zu? Immer war sie mit irgendwelchen anderen Dingen beschäftigt, die sie daran hinderten, sich auf seine Worte zu konzentrieren. Vielleicht war das ein Ausweichmanöver, das sie jahrelang einstudiert hatte, vielleicht war sie einfach ihrer Beziehung müde. Sie sprachen nicht mehr miteinander, und wenn sie es taten, dann mit größter Einsilbigkeit. Anna sagte, das käme daher, weil sie sich so gut kannten, und Nina, die oft in solche Diskussionen hineingezogen wurde, hatte ihre eigene Theorie, die davon ausging, kein Mensch ertrage es, mit jemandem zu reden, der am liebsten vor dem Fernseher sitze. Damals waren sie kurz vorher ans Kabelnetz angeschlossen worden. Das Gefühl der Fürsorge war verschwunden. Er dachte oft an dieses Wort. Sie hatten sich immer umsorgt und füreinander interessiert. Wann hatte das aufgehört? Und warum? Sie wohnten in einer 94-Quadratmeter-Wohnung, hatten aber irgendwann begonnen, ihr eigenes Leben zu führen.

Das Gemeinschaftsgefühl war verschwunden. Die Nähe! Andererseits war das Gegenteil der Fall. Niemand war enger miteinander verbunden als sie beide. Ein Mensch veränderte sich im Laufe der Jahre. Man blieb nicht das ganze Leben lang derselbe. Anna hatte sich verändert. Als er sie kennen lernte, war sie ein kleinlautes und schüchternes Mädchen gewesen; heute fehlte es ihr keineswegs an Selbstvertrauen.

»Wir Männer sind Träumer«, sagte er.

Sie rollte mit den Augen und wandte ihm den Rücken zu.

»Wir Männer sind Träumer, Anna. Wir sind empfindliche, verletzliche, nach Schutz suchende Wesen. Ihr Frauen dagegen seid pragmatisch, direkt und widerstandsfähig. Ich weiß nicht, wie ich mich ausdrücken soll.«

»Männer sind Schlappschwänze!«

»Und die Frauen? Wie kannst du nur so was sagen? Männer sind Schlappschwänze.«

»Frauen beurteilen die Situation und handeln danach. Fertig, aus!«

Culman öffnete den Mund und schloss ihn wieder. Er hatte das Messer mit der extrem scharfen Schneide in der Hand. Er konnte sich in ihm spiegeln. Jedenfalls erkannte er sein Gesicht.

»Was machst du da?«, fragte sie.

Er schaute sie an. »Ich betrachte das Messer. Kein schöner Anblick, wie ich finde. Wenn ein Messer so scharf ist, macht mich das ganz kribbelig.«

»Dann leg es doch weg.«

»Müssen wir uns streiten, Anna?«

»Leon, wir kriegen Besuch. Heute ist Donnerstag.«

»Ja, ich weiß, aber warum bist du so gereizt? Für wen ist das Päckchen?«

Sie legte einen Klumpen Butter in die Pfanne. »Ein Geschenk. Ein ganz besonderes Geschenk.«

»Für wen?«

»Es soll eine Überraschung sein. Also los, komm jetzt in die Gänge.«

Culman begann, die Zitronen zu schneiden. Weil es nicht schnell genug ging, gab sie ihm eine Reibe. »Die Stücke sollen winzig klein sein, aber wenn du's nicht schaffst, kann ich's genauso gut selber machen.«

»Warum hast du ein Geschenk gekauft? Gibt es irgendeinen Anlass?«

»In den Topf kommen ein paar Deziliter Weißwein. Würdest du bitte die Flasche aufmachen?«

Er fand den Korkenzieher in der Schublade, drehte ihn in den Korken und wiederholte seine Frage in Bezug auf das Geschenk.

In einem kleinen Spiegel an der Schrankinnenseite studierte sie ihre Zähne. »Ich glaube, es wirkt. Sie sind weißer geworden. Ich habe es über das norwegische TV3 gekauft, so ein Plastikding, das man beim Schlafen im Mund hat.«

»Du siehst sehr sexy damit aus. Ich fragte, ob es einen Anlass gibt. Für das Geschenk.«

»Wir sind doch schließlich einige, die etwas zu feiern haben.«

Culman klemmte die Flasche zwischen die Knie und zog. Der Korken rührte sich nicht. Er merkte, dass sie ihn beobachtete, und versuchte es noch mal. Er wusste, dass es andere Korkenzieher gab, die Menschen seines Alters das Leben erleichterten. Tinberg hatte natürlich solch einen Korkenzieher.

»Wird's noch was?«

»Ich krieg die verdammte Flasche nicht auf. Ich hasse diese jungen Weine.«

Sie schob ihn weg. »Lass mich mal, du holst dir ja einen Leistenbruch, wenn du nur an einer Filterzigarette ziehst.«

Anna setzte sich auf den Schemel, platzierte die Flasche zwischen ihren Beinen und zog. Der Korken sprang ohne weiteres heraus.

»Taugt er überhaupt noch zu irgendwas?«

Sie sagte es mit fast unhörbarem Flüstern. Wie zu sich selbst. Ihm wäre lieber gewesen, sie hätte es gerufen. Jetzt war es ihr einfach herausgerutscht. Die Formulierung »einige, die etwas zu feiern haben« beschäftigte ihn immer noch. Er goss sich ein Glas Wasser ein und betrachtete die kleinen Anchovis, die er in Kürze in noch kleinere Stücke schneiden würde. Mit einem ultrascharfen, frisch geschliffenen Messer. Wer waren »wir«? Und was sollte gefeiert werden? Warum gab es mit einem Mal Ossobuco, nachdem sie es zehn Jahre nicht mehr gegessen hatten? Worüber amüsierte sich Tinberg, und wer war dieser Jonathan, und warum wollte Finn ausgerechnet während des Abendessens kommen, um nach dem Abfluss zu schauen? Was hatten sie vor? Alle diese Menschen.

Culman entschuldigte sich, verließ die Küche, trottete über den Flur in sein Zimmer und war sich darüber im Klaren, dass er den anderen mehr Last als Hilfe war. Führten sie etwas im Schilde, von dem er nichts wusste? War Tinberg deshalb so aufgeräumt? Und war das der Grund, warum Karen auf seine unverschämte Bemerkung nicht reagiert hatte?

»Habe ich den Anschluss verpasst?«, murmelte er. »Ist es um meinen Verstand geschehen? Befinde ich mich im Labyrinth, das in den Nebel führt, den man Senilität nennt? Ich weiß es nur zu gut: Wenn nicht alles auf dem Einkaufszettel steht, komme ich mit einer Schachtel Salzpastillen und zwei Rollen Küchenpapier nach Hause. Wie heißt die Frau des Ministerpräsidenten? Keine Ahnung. Und was ist mit Erling, der sich, abgesehen von der Abfolge der dänischen Könige und der Schlacht bei Køge, nicht einmal daran erinnern kann, wie das heißt, wenn man beim Schlafen laute Geräusche von sich gibt? – Das heißt schnarchen, Erling, schnarchen!«

Johansen sagte, sie hätten das Unterscheidungsalter erreicht: »Wir unterscheiden Wesentliches von Unwesentlichem. Das Leben hat uns gelehrt, den Unterschied zu erkennen und uns nicht sofort auf die erstbeste Sache zu stürzen. Vieles haben wir vergessen, aber an die wichtigen Dinge erinnern wir uns. Dafür gibt es wissenschaftliche Beweise.«

Tinberg war ganz seiner Meinung: »Ich kann mich zum Beispiel an die Namen all meiner Klassenkameraden aus der Mittelschule in Helsingør erinnern. Ich weiß sogar noch, dass einer ein Kaninchen hatte, das Viggo hieß.«

Culman nickt. »Da hast du den Beweis, Erling.«

Er blickte auf. Anna stand mit einem Glas Wein in der Türöffnung, das sie vor ihn auf den Tisch stellte.

Sie lächelte. »Probier mal.«

Er nippte. »Trocken«, sagte er, »genau wie wir es mögen.«

»Und ziemlich kräftig, aber man lebt ja nur einmal. Wollen wir nicht die Mills Brothers hören?«

»Ich dachte, du magst die Mills Brothers nicht.«

Sie trat ganz nah an ihn heran, stellte sich hinter den Stuhl und legte ihre Wange an seine. »Am Donnerstag habe ich die Mills Brothers sehr gern.«

Culman nahm ihre Hände. »Ich habe vor einer halben Stunde etwas Schreckliches zu Karen gesagt.«

Keine Antwort. Culman drehte den Stuhl herum und schaute seine Frau an.

»Ich nannte sie eine Ignorantin, noch dazu eine unnahbare Ignorantin.«

Er wartete und war sich nicht sicher, ob sie mit Gelächter, einem plötzlichen unkontrollierbaren Kichern oder einem Wutausbruch reagieren würde. Doch sie reagierte überhaupt nicht, sondern schaute ihn einfach an, nachdenklich und ernst.

»Es tut mir leid.«

»Tut es das?

»Ja«, sagte er, »es tut mir wirklich leid. Je länger ich darüber nachdenke, desto mehr bedauere ich es. Stell dir vor, so was zu einer Frau zu sagen, die ihren einzigen Sohn verloren hat.«

»Weißt du, warum es wirklich beleidigend war?«

»Sag es mir.«

Anna setzte sich auf die Schreibtischkante und kehrte ihm die Seite zu. »Weil es wahr ist. Karen ist unnahbar, aber sie ist nicht so auf die Welt gekommen. Niemand ist das. Allerdings sieht sie aus wie jemand ...«

Anna lächelte und zuckte mit den Schultern.

»Wie jemand?«, fragte Culman.

»Susse sagte einmal, Karen sieht aus wie jemand, der wartet.«

Culman seufzte und schüttelte den Kopf. »Was soll das heißen? Jemand, der wartet.«

»Ich weiß nicht genau, aber ich finde, es trifft die Sache ziemlich genau. Sie sieht aus wie jemand, der wartet. Der ständig nach Schritten horcht, die vielleicht niemals kommen. Oder vielleicht doch. Ich glaube schon. Wenn sie wartet, dann, weil sie weiß, dass das, worauf sie wartet, existiert.«

Culman griff sich an die Stirn. »Ich kann so ein Geschwafel einfach nicht ernst nehmen.«

Anna nickte. »Ja, ich weiß, weil du für solche Gefühle überhaupt nicht empfänglich bist. So wie leider die meisten Männer.«

»Gefühle? Weißt du, was das sind? Das sind unausgegorene, romantische Spinnereien.«

»Woher wusste ich bloß, dass du genau diese Worte wählen würdest?«

»Mein Gott, Anna. Karen Johansen horcht auf Schritte, die kommen werden, weil sie weiß, dass es sie gibt? Was ist denn das für ein Blödsinn? Was für ein haarsträubendes Frauenzeitschriftengewäsch.«

»Es ist traurig, dass du so abgestumpft bist, Leon.«

Sie sagte es ganz ruhig.

»Abgestumpft?« Culman deutete mit zwei gestreckten Fingern auf seinen Brustkasten. »Ich bin abgestumpft?«

Anna zuckte die Schultern.

»Nein, jetzt wird ausdiskutiert.« Culman packte sie an den Schultern. »Findest du deinen Mann abgestumpft? Antworte mir bitte.«

»Was findest du selbst?«

Culman musste sich gewaltig zusammenreißen.

»Ich habe nichts dagegen, als dumm oder naiv bezeichnet zu werden, aber ich finde es unverschämt, ja unverschämt von dir, zu sagen, ich sei abgestumpft. Ich finde das bösartig.«

»Sogar bösartig?«

»Ja, bösartig.« Er schaute sie forschend an. »Findest du wirklich, dass ich abgestumpft bin? So antworte mir doch, Herrgott! Sag etwas!«

»Also, ehrlich gesagt habe ich keine Lust, mit dir zu diskutieren.«

»Ach, keine Lust?«

»Ja, äh, nein, siehst du denn nicht ein, dass das ein schlechter Zeitpunkt ist?« Sie wandte ihm die Seite zu.

»Du meinst also, du könntest mich als abgestumpft bezeichnen und dann mir nichts, dir nichts ...«

»Wir bekommen einen Haufen Gäste, Leon!«, rief sie. Culman nickte und begann im Kreis zu gehen. »Das, was wir gerade ausgetauscht haben, Anna Culman, war völlig belanglos. War allergrößte Gleichgültigkeit.«

»Gut, wenn du meinst.«

»Das ist einfach armselig, so armselig von dir, Anna, so etwas zu behaupten und mir anschließend die kalte Schulter zu zeigen. Mein Gott, bist du zynisch. Weißt du, wovor ich Angst habe?«

»Nein, wovor hast du Angst, Leon?«

Culman begann eine Antwort zu suchen, als ihm plötzlich übel wurde und er den Kopf zwischen die Knie sinken ließ.

Anna legte ihm die Hand auf den Rücken. »Was ist los, Lenni?«

»Gar nichts.«

»Sag nicht gar nichts. Ich sehe doch, wie schlecht es dir geht.«

»Ich halte den Kopf zwischen die Beine. Ist das etwa verboten?«

Er richtete sich auf und nickte ihr zu. »In Ordnung. Gib mir ein Glas Wasser und sag mir, was in dem Päckchen ist, das du gekauft hast.«

Sie schenkte ihm ein Glas ein, das er in einem Zug leerte. Er spürte die Kühle durch den Körper fließen und fühlte sich sofort besser.

»Alles wieder in Ordnung?«

»Nichts ist in Ordnung, ich bin achtundsiebzig Jahre alt und nie wieder wird alles in Ordnung sein.«

Sie schüttelte den Kopf und wirkte sowohl erleichtert als auch verärgert, abwesend und noch etwas anderes, das Culman nicht benennen konnte. Etwas übermütig? Exaltiert war das bessere Wort. Ein bisschen zu viel Adrenalin. Etwas zu große Pupillen.

Er rappelte sich auf und stellte sich vor sie hin.

»Du bist wirklich sehr blass«, sagte sie.

»Dafür sind deine Pupillen ziemlich groß«, entgegnete er.

Sie musterte ihn mit zusammengekniffenen Augen. »Sag mal, hast du etwa den ganzen Tag gepichelt?«

»Ja, ich bin ein Zecher vor dem Herrn und trinke, obwohl es mir keine Freude bereitet; außerdem bin ich nicht abgestumpft und jetzt sagst du mir endlich, was in dem Päckchen ist.«

»Es ist für Susse, und zwar ein Necessaire, wenn du es genau wissen willst. Susse und ich feiern Jubiläum, wir kennen uns seit genau fünfundzwanzig Jahren, und Ossobuco ist ihr Leibgericht. Ihr Mann Gunnar hatte sie mit der italienischen Küche vertraut gemacht. Bist du jetzt zufrieden?«

Culman schaute in die Luft. »Ist das schon so lange her? Fünfundzwanzig Jahre.«

Anna zuckte die Schultern, band sich die Schürze um und legte die Platte mit den Mills Brothers auf.

»War das wirklich heute?«, murmelte Culman. »Was für ein Zufall.«

»Am 19. Oktober 1973. Wir begegneten uns auf dem Fußboden des Gladsaxe-Theaters. Bei ›Niels Klim‹. Du wolltest natürlich nicht mit, als du hörtest, es sei Totales Theater. Es war ein unglaubliches Erlebnis. Hinterher gingen wir in die Kneipe, Susse und ich, tranken Pernod und entdeckten, dass wir beide gleichaltrig waren, fünfundvierzig, die Neigung zum Hexenschuss teilten und mit Stubenhockern verheiratet waren.«

»Ach ja, wie war das eigentlich mit Gunnar?«

»Gunnar war Ingenieur bei der Stadtverwaltung von Gentofte. Ein ehemaliger Luftwaffenpilot, genauso amüsant wie eine Busfahrt nach Gedser. Wenn er etwas Komisches sagte, ging die Sprinkleranlage an.«

»Ich kann mich gut an Gunnar erinnern«, sagte Culman, »Ein netter Kerl. Er vergötterte Susse. Was ist noch gleich mit ihm geschehen?«

Anna seufzte und schüttelte den Kopf. »Der arme Mann.

Hast du das schon vergessen? Er fiel die Treppe runter, die lange, steile in Gilleleje. Brach sich den Hals und war auf der Stelle tot, und die arme Susse stand direkt daneben. Aber sie verkraftete es bewundernswert, das muss man sagen. Die ließe sich nicht so schnell aus dem Feld schlagen.«

Culman studierte seine Frau, dachte aber an ihre Freundin, die so schwer aus dem Feld zu schlagen war. Sie jagte ständig irgendwelchen fixen Ideen nach, eine Tatsache, die man nicht mit Oberflächlichkeit verwechseln durfte. Nichts wäre falscher. Susse hatte mehr Tiefe, als es den Anschein hatte. Trotz ihres fortgeschrittenen Alters liebte sie die Herausforderung, war stets auf der Suche nach Grenzerfahrungen und bar jeder Moral. Susse langte mit beiden Händen zu; nur über ihre Gegenleistung war sich Culman nie klar geworden. Anna sagte, Susse stecke voller Lebens- und Wagemut. »Wir amüsieren uns königlich und pfeifen auf die Meinung der anderen Leute. Wenn man mit Susse zusammen ist, kann man tun und lassen, was einem gefällt. Nichts scheint einem unmöglich!«

Susse Wiid und Karen Johansen.

Culman schüttelte den Kopf. Zwei fast gleichaltrige Frauen und diametrale Gegensätze, die erst in letzter Zeit zueinandergefunden hatten und ihr Zusammensein genossen. Wie waren sie miteinander ins Gespräch gekommen, sodass sie sich jetzt sogar Besuche abstatteten? Was hatte sie zusammengeführt und ihrem Kalten Krieg ein Ende bereitet?

Er sprach es aus. »Der gemeinsame Feind! Was haben wir also? Ein Komplott!«

Er zündete sich eine neue Zigarette an, trat ans Fenster und beobachtete, wie sie zwischen seinen großen, ungeschickten Fingern herunterbrannte.

»Die stecken alle unter einer Decke, der ganze Haufen.«

Natürlich hatten sie sich schon einige Male zusammengesetzt und ihre Vorbereitungen getroffen.

Wo bloß? In Kammas rosafarbenem Salon.

Culman hatte keine Mühe, sich vorzustellen, wie sie auf Stühlen, Hockern und Bierkisten im Kreis saßen.

Die Stimmung ist heiter, fast wie in den vierziger Jahren, als man sich ebenfalls um die Rundfunkempfänger scharte und einen gemeinsamen Feind hatte. Nichts fehlt: Tinberg schneidet eine Limone in dünne Scheiben und dekoriert die flachen Gläser mit farbigen Schirmchen, als wäre er zu Hause, denn trotz des ernsten Anlasses hat man nichts dagegen, sich zu amüsieren. Der unbedachte Zynismus, der Minderjährigen zu eigen ist, kehrt im Greisenalter im Sturmschritt zurück.

Die Rollenhefte sind verteilt. Finn kennt sich mit Waffen aus, und Nina hat versprochen, schwarze Müllsäcke von der reißfesten Sorte zu organisieren. Außerdem hat sie den Katalog eines Baumarkts mitgebracht, in dem dieselbe bewährte Abfallmühle abgebildet ist, die Nina auch in der Gärtnerei benutzt und die binnen Sekunden Zweige, Wurzeln und Stämme in feinste Späne verwandelt. Alles ist bis ins kleinste Detail geplant, doch bevor sie ihre letzte Zusammenkunft beenden, erhält Anna einen Zettel, der sie daran erinnert, beim Schlachter das Messer schleifen zu lassen. Es ist nämlich beschlossene Sache, Culman in seinem eigenen Badezimmer zu liquidieren, weil es leicht zu reinigen ist. Aber zu diesem Zweck muss natürlich der Abfluss in Ordnung sein, damit Wasser und Blut ungehemmt abfließen können. Finn meldet sich freiwillig für diese Aufgabe, weil er als Hausmeister über das passende Werkzeug verfügt. Jetzt braucht man nur noch jemand, der mit einem Messer umgehen kann, oder, wie Tinberg es ausdrückt: »Man will doch vor allem eine handwerklich einwandfreie Arbeit, nicht wahr?«

Da trifft es sich gut, dass Nina einen Mann mit akuten Geldsorgen kennt, der darüber hinaus gelernter Schlachter und noch dazu in einem Viertel aufgewachsen ist, in dem Dienstleistungen dieser Art so normal sind wie das Spucken auf die Straße. Seine Name ist Jonathan, und er arbeitet als Kofferträger auf dem Kopenhagener Flughafen. Im Grunde ein gleichgültiges Detail, an dem Johansen und Tinberg dennoch ihre Freude haben, weil es auf absurde Weise an das ehemalige Metier des Opfers und dessen vulgäres Hotel in Brooklyn erinnert, mit dem er ihnen seit über vierzig Jahren in den Ohren liegt.

So sieht das Drehbuch aus, so ist die Inszenierung geplant, doch bevor sie über die Bühne gehen kann, braucht man einen Prolog. Man wird sich einig, dem Opfer eine Warnung zukommen und es auf diese Weise an der Vorfreude teilhaben zu lassen.

»Ein Brief!«, schlägt Erling vor, und Johansen stellt sich aus purer Begeisterung auf die Zehen und klatscht in seine Patschhändchen.

»O ja«, flüstert seine Frau, »ein eingeschriebener Brief, das hat Stil.«

Der Wortlaut geht auf Kammas Konto, assistiert vom servilen Finn, und jedes Wort wird auf die Goldwaage gelegt.

In den Stunden, die dem Mord vorausgehen, sitzt Tinberg bei seinen Leisten. Er hat fünf Nägel im Mund und nickt verdrossen dem Porträt seiner Frau zu, der kühlen Ida mit den schönen Oberschenkeln, die in der Textilbranche ausgebildet, treulos und verlogen war. Johansen teilt die Einsatzpläne aus und ruft von seinem Kontrollturm aus nacheinander die Logenbrüder an, damit sie ihre Uhren synchronisieren können. Auf dem Fußboden liegt seine kleine, schmächtige Frau im weißen Trikot. Zu Pachelbels Kanon in D-Dur absolviert sie ihre Übungen zur Vorbeugung von Inkontinenz. Und in Hellerup sitzt Susse Wiid mit ihrer Kristallkugel, stößt ihr heiseres Lachen aus und ruft die Geister vergangener Zeiten und den großen, feuerspeienden Poltergeist, auch Zeitgeist genannt, herbei, der nur eine Funktion in diesem Leben hat, nämlich alles zu verzehren, und dessen feuerrote Zungen bereits an Culmans Bademantel lecken. So wird es Abend; man deckt den Tisch und treibt seine Späße. Endlich ist Essenszeit, das Mahl wird serviert, sie prosten und lächeln sich vielsagend zu, während sie den Wirt nicht aus den Augen lassen, der zu diesem Zeitpunkt, wie erwartet, die Tafel verlässt, um einem Drang der Natur nachzugeben. Culman steht im Badezimmer, wo er sich im Spiegel betrachtet, während er seine Hände wäscht. Er meint, Stimmen auf dem Flur zu vernehmen und will gerade die Tür öffnen, als eine Bewegung hinter dem Duschvorhang seine Aufmerksamkeit beansprucht. Draußen vor der Tür haben sich die anderen versammelt; sie sind so gespannt wie Kinder am Heiligen Abend. Edwin Tinberg kann sich nicht beherrschen, späht durch das Schlüsselloch und teilt den anderen mit, dass in diesem Moment Jonathan mit dem geschliffenen Messer auftaucht und die Liquidierung vollstreckt, indem er einen präzisen, halbmondförmigen Schnitt an Culmans faltigem Truthahnhals ausführt. Sie hören ein Gurgeln und das Platschen von Blut, das sich in großen, rhythmischen Schwallen auf den gekachelten Boden ergießt, und schließlich, als Höhepunkt, das langgezogene Röcheln des Concierge mit der durchschnittenen Kehle, dessen Schädel mit dumpfem Geräusch gegen das Waschbecken knallt, bevor sein Körper klatschend auf dem Fußboden aufschlägt. Der Metzger aus Brooklyn öffnet die Tür; er trägt Gummistiefel, Plastikschürze, Schlachtermütze und Taucherbrille.

Tinberg und Karen Johansen sind für das Zerlegen der Leiche zuständig. Sie arbeiten rasch und gekonnt. Die Arme werden in drei Stücke geteilt. Tinberg hat sich mit einem Elektromesser versorgt und ist wie immer glänzender Laune. »Erst den einen Arm, dann den andern Arm«, singt er aufgekratzt und arbeitet sich rasch zu den Füßen vor, die an den gasblauen Manschetten gekappt werden. Er hat seinen großen Werkzeugkasten dabei und reicht Karen Johansen, als diese sich mit Regencape und Gummihandschuhen an die Hüftschale machen will, einen Fuchsschwanz. Mit einem Handgriff wird Culman auf den Bauch gedreht, und Tinberg demonstriert seiner Partnerin, wo man einen möglichst effizienten Schnitt ansetzt, nämlich unterhalb des letzten Rückenwirbels. Es ist ein Kinderspiel, und im Nu ist Culman in der Mitte geteilt. Tinberg zögert ein wenig mit dem abgeschnittenen Kopf über der Kloschüssel. Das Gesicht hat dieselbe Farbe wie eine Kalbszunge, aber die Augen sind immer noch ausdrucksvoll. Tinberg kann der Versuchung nicht widerstehen, sich hinzuhocken und seinen Mund an das große Ohr zu legen: »Kannst du mich hören, Leon? Ich bin's, Edwin! Du siehst ziemlich mitgenommen aus, alter Junge, wie du so vor dich hinstarrst. Lass mich dich umdrehen, damit wir uns anschauen können.«

Tinberg müht sich mit dem Kopf ab. »Mein Gott, Lenni, wie schlecht du aussiehst. Viel Broadway steckt nicht mehr in dir. Gott weiß, ob überhaupt noch eine Spur von Leben in deinem Schädel ist. Denkst du immer noch an den Fisch, den Erling in Schweden gefangen hat, den mit der reinen Seele?«

Tinberg kneift die Augen zusammen und prustet vor Lachen. »Mein Gott, was hast du für ein Theater um diesen Stichling gemacht.«

»Er steckte auf einem Stock«, lispelt Culman, der an der Waschbeckenkante seine Zähne eingebüßt hat.

»Stimmt«, kichert Tinberg, »du hattest wirklich nicht alle Tassen im Schrank.«

Karen Johansen nimmt Culmans Kopf mit beiden Gummihandschuhen.

»Leon«, sagt sie gebieterisch, »bring es hinter dich. Tu es für dich selbst. Lass los!«

»Ich weiß nicht, wie man das macht«, flüstert Culman mit Tränen in den Augen. »Ich dachte immer, das käme ganz von selbst. Könnt ihr mir nicht helfen?«

»Dir helfen?«, stöhnt Tinberg. »Was verlangst du noch? Wir haben geschnitten, gehackt und gesägt, alle deine Eingeweide sind weg, und in einer halben Stunde bekommt Finns Hund deine Nieren, das nennt man Organspende.«

»Aber Nina«, flüstert Culman, »sie ist doch meine Tochter und ich vermisse sie ganz schrecklich.«

Karen Johansen schiebt Tinberg beiseite. »Hör zu, Leon! Nina kommt jeden Augenblick. Du sollst in die Gärtnerei nach Bagsværd. Dort haben sie eine ganz neue Abfallmühle. Deswegen habe ich zu dir gesagt, du sollst loslassen. Es ist zu deinem eigenen Besten, du bist doch schon achtundsiebzig.«

Es klopft an der Badezimmertür. »Hallo, ihr da drinnen, seid ihr noch da?«

»Ja, wir sind fertig!«, ruft Tinberg, der seine Gummistiefel mit dem Duschkopf abspritzt.

Währenddessen stülpt Karen Johansen einen Müllsack über Culmans Kopf.

»Du bist ein gnädiger Mensch, Karen Johansen«, sagt Tinberg und öffnet die Tür.

»Unnahbare Ignorantin«, grummelt Culman im Müllsack.

Über der Gärtnerei in Bagsværd krächzt eine Dohle, ansonsten ist es still. Kamma setzt ihren Hörschutz auf und schaltet die Mühle an. Nina hat eine Flasche Champagner, zwei langstielige Gläser und einen Spaten mitgebracht. Als Letztes hebt sie den blutverschmierten Kopf ihres Vaters auf und stopft ihn in die Mühle. Seine dünnen Haare schlängeln sich wie Seegras in der kalten Nachtbrise, die Augen sind groß und wehmütig.

»Adieu, kleine Nina«, lispelt er.

Sie nickt, zuckt demonstrativ die Schultern und wendet den Kopf ab. »Okay! Okay! Das ist alles, was ich zu sagen habe: okay! Schwer zu sagen, was das bedeutet, außer, dass man etwas zur Kenntnis nimmt.«

»Nina, meine Tochter, müssen wir in diesem Moment so miteinander reden? Haben wir uns nicht mehr zu sagen als okay?«

Nina rollt mit den Augen und murmelt in etwa, dass der Ausdruck okay ihrer Meinung nach ziemlich passend sei. »Ziemlich passend«, wiederholt sie.

»Heißt das, du bist jetzt zufrieden, Nina?«, fragt Culman.

»Ob ich zufrieden bin? Wieso zufrieden? Was ist das für eine bescheuerte Frage!«

Nina stemmt ihre Hände in die Hüften und schaut in die Luft. »Warum soll man denn ständig zufrieden sein? Was ist bloß los mit deiner Generation? Ihr seid so verdammt konfliktscheu, alles soll unter den Teppich gekehrt werden. Haben die Leute denn kein Recht, anders zu sein als zufrieden? Lass uns doch um Himmels willen negativ und verschlossen sein, mit all unserer Novemberschwermut und den Sonntagsdepressionen. Für dich war immer alles eitel Sonnenschein, aber damit ist jetzt Schluss. Die Verbrüderung mit den Vögeln des Himmels und den Bäumen des Waldes ist vorbei.«

»Das habe ich gerade verstanden.«

»Was meinst du dann mit der Frage, ob ich zufrieden bin?«

»Zufrieden mit dem Leben, mit deiner Arbeit, so ganz allgemein.«

»Ganz allgemein zufrieden? Hast du gerade ganz allgemein zufrieden gesagt? Ich halt's nicht aus! Kamma, komm mal her!«

Das kräftige Mädchen mit den großen grünen Stiefeln kommt zu ihnen. In der Hand hält sie eine Ölkanne.

Culman schlägt den Blick nieder. Nina zeigt auf ihn.

»Dieser Kopf gehört, wie du weißt, meinem Vater. Ich weiß gar nichts von ihm, abgesehen davon, dass er mich ständig fragt, ob ich ganz allgemein zufrieden bin. Was soll man zu so jemand sagen?«

Kamma betrachtet die Ölkanne. »Kommt ganz drauf an.«

»Worauf zum Beispiel?«, will Culman wissen.

Kamma geht zu Culman, der in der Mühle steckt. »Ob sie zufrieden *ist*. Und ob sie findet, dass dich das etwas angeht.«

»Genau!«, ruft Nina und tritt drei Schritte zurück. »Genau! Das Letzte ist ganz entscheidend, wirklich ganz entscheidend!«

Der Kopf in der Mühle möchte gern wissen, ob es nicht das gute Recht eines Vaters sei, sich nach dem Wohlbefinden seiner Tochter zu erkundigen. »Was habe ich dir getan, meine Kleine?«

»Lass mich in Ruhe mit deinem Klein-Mädchen-Getue!«

»Entschuldigung. Was habe ich dir getan?«

»Nichts! Überhaupt nichts. Das ist es ja. Wann kriegst du das endlich in deinen großen Schädel hinein? Nie hat man sich mit dir streiten können. Du hast dich nie für mich interessiert. Keine Spur. Warum sagst du nichts?«

»Ich fühle mich so gehemmt. Vielleicht ist die Situation nicht die günstigste. Glaub mir, Nina. Ich habe dir alles gegeben, was noch von mir übrig war.«

»Übrig wovon?«

»Von mir. Vielleicht war ich genauso abgestumpft, wie du mich jetzt vor dir hast.«

Nina zieht sich die Arbeitshandschuhe an und greift zum großen Spaten.

»Wenn ich ihm die Nackenhaare gestutzt habe«, sagt Kamma, »konnte ich sehen, wie sich hinter seinem Hosenschlitz etwas regte.«

Nina starrt sie ungläubig an. »Das ist nicht dein Ernst?«, flüstert sie.

Kamma schüttelt den Kopf und lächelt Culman an. »Er war ziemlich aufgegeilt, da führt kein Weg dran vorbei.«

»Ist das wahr?«, ruft Nina. »Warst du aufgegeilt?«

Culman befeuchtet seine Lippen. »Ich würde eher sagen – ganz allgemein zufrieden.«

Peng! Nach einem zielgerichteten Schlag verschwindet der Kopf in der Mühle, aus der ein schlürfendes Geräusch dringt.

Adieu, Leon Culman.

Den Logenmitgliedern bleibt nur noch, das Glas Wermut zu heben, das zur Feier des Tages mit einem japanischen Schirmchen und einer Limonenscheibe verziert ist. Edwin Tinberg lächelt, beißt die Zähne zusammen und denkt an seine Frau, die eines Sommertags im Tierpark vergewaltigt wurde. Susse Wiid, die ihren Mann auf dem Gewissen hat, weil sie ihn den Abhang in Gilleleje hinunterstieß, kennt auch keine Skrupel. Jetzt, nachdem der alte Stubenhocker endlich aus dem Weg geräumt ist, träumt sie davon, was sie noch alles mit Anna unternehmen kann. Indes hat Karen Johansen sich einer neuen Strickanleitung zugewandt und bittet ihren Mann, die Hände vorzustrecken, um die Wolle aufzunehmen. In der Dämmerung sitzen sie auf den Sofas mit Mokettbezug und gleichen beinahe dem Gemälde, das Erling vom König zu Pferde besitzt. Erling weiß nicht, dass der König mit einem Bandscheibenvorfall herumritt und schreckliche Rückenschmerzen hatte und dass die arme Kreatur eine Knochenhautentzündung bekam und zehn Tage später eingeschläfert wurde – all das sind belanglose Details. Die Welt ist wieder in Ordnung, das Gute hat über das Böse gesiegt. Finn, der pflichtbewusste, wissbegierige Bulle, dreht sich im Bett herum, betrachtet seine gebräunte Ehefrau, die sich Mary Lou nennt, und flüstert, dass die Gerechtigkeit, der er sich verschrieben habe, nun vollends wiederhergestellt sei. Er tätschelt den Albino in seinem Körbchen, der den Mond anlächelt und in seliger Unwissenheit einen fahren lässt.

16:20

Das Holzkistchen mit der grünen Filzunterlage stand auf dem Tisch, Anna untersuchte das Silberbesteck, und Culman registrierte einen weiteren Bruch der Donnerstagsregeln, weil das Silberbesteck sonst nur zu Weihnachten benutzt wurde.

Sie stellte sich auf die Zehenspitzen, um an das Silberputzmittel im obersten Schrank heranzukommen. Culman nahm es für sie herunter.

»Willst du was Lustiges hören?«, fragte er.

Sie schaute auf die Uhr. »Kann das nicht warten, Leon?«

»Ich glaube, es gibt jemand, der mich umbringen will.«

Sie reagierte nicht sofort, wandte sich dann um und schaute ihn verständnislos an. Culman zuckte bedauernd die Schultern.

»Ich habe einen Brief bekommen, in dem es heißt, sie würden es noch heute tun.«

»Wer?«

»Tja, darüber stand leider nichts drin.«

»Hör jetzt auf, Lenni.«

Er ging zu ihr und schaute ihr tief in die Augen. »Würdest du nicht zur Polizei gehen? Wie nennt man so was? Schikane?«

»Also noch mal von vorn.«

»Ich habe einen anonymen Brief bekommen. Heute morgen. Per Einschreiben. Der Postbote hat mir einen Brief gebracht, in dem steht, dass ich, Leon Culman, heute, am 19. Oktober, sterben werde.«

Sie lächelte ungläubig.

»Er ist in meiner Jackentasche. Sie sagen, sie wollen mich

heute umbringen. Heute ist doch der 19. Oktober? Ja, natürlich. Dann bleiben mir, lass mich nachdenken, noch ungefähr acht Stunden.«

»Also, dann hätte ich doch eigentlich dein Leibgericht kochen sollen.«

Culman lächelte kurz. »Es gefällt mir, dass du es von dieser Seite nimmst, Anna.«

Sie kniff die Augen zusammen. »Nimmst du so was denn ernst? Leon, schau mich an.«

Culman antwortete nicht, sondern betrachtete mit gespielter Melancholie das Fleisch in der Pfanne.

Anna verschränkte die Arme und nahm einen entschiedenen, nüchternen Ausdruck an.

»Hör zu, Lenni. Letztes Jahr hat jemand bei der Aktionskünstlerin, mit der Susse befreundet war, einen Umschlag durch den Briefschlitz geworfen, der mit Blut gefüllt war. Einfach ekelhaft. Sie ging zur Polizei, die feststellte, dass es sich um Schweineblut handelte, und sagte, so was käme immer öfter vor.«

»Was hatte sie getan?«

»Überhaupt nichts. Das war es ja. Ich habe neulich von einem Mann gelesen, der vom Testbild einen Tinnitus bekam und in seiner Verzweiflung seinen Nachbarn erschlug. Im Gefängnis ist er dann zum Katholizismus konvertiert und hat heute eine feste Spalte im Sonntagsblatt mit dem Titel: »Fragen Sie Pater Bent.«

»Leider habe ich den Faden verloren, Anna.«

»Wir sprechen von zutiefst einsamen Menschen, Leon. Man glaubt es kaum, aber von denen gibt es eine ganze Menge. Susse drückt es ziemlich gut aus. Sie sagt, dass die Unterhaltungsindustrie immer noch nicht die Familie ersetzen kann.«

»Sie weiß offenbar alles.«

»Und jetzt hast du also einen Brief von einem dieser Individuen bekommen, was natürlich nicht sehr erfreulich ist, aber heute ist zufälligerweise Donnerstag, und wir kriegen einen Haufen Gäste, Leon.« Anna fasste ihn am Arm. »Sei so gut und sieh mich an. Du liebst die Donnerstagabende.«

Culman zuckte bagatellisierend die Schultern.

»Du behauptest, du lebst für diesen einen Tag in der Woche.«

»Mein eigener Todestag. Acht Stunden, Anna, sind nicht besonders viel.«

»Wenn du das noch mal sagst, dann garantiere ich nicht für die Folgen. Ich hätte nicht geglaubt, dass du so leicht einzuschüchtern bist.«

»Vielleicht bin ich das. Vielleicht bin ich leicht einzuschüchtern. Vielleicht sind wir Männer Waschlappen – und weiter?«

Sie schaute ihn kampfbereit an. »Leon! Jetzt hörst du auf, ich meine es ernst. Du nimmst jetzt diesen perversen Brief und verbrennst ihn. Ich ertrage so einen Unsinn nicht.«

»Man hat ja seine Nerven nicht immer im Zaum. Und irgendwas an dem Brief lässt mich nicht los, irgendwas zwischen den Zeilen. I don't know.«

Es entstand eine kleine Pause, in der sie ihm in die Augen schaute: erst ins eine, dann ins andere, dann wieder zurück.

»Ausgezeichnet. Du holst ihn jetzt, und wir bringen es hinter uns. Mach schon.«

Nach kurzem Zögern ging Culman rückwärts zur Tür, machte auf dem Absatz kehrt, holte den Brief, ging in die Küche zurück, gab ihn seiner Frau und beobachtete sie beim Lesen.

Sie schüttelte den Kopf. »Ich weiß gar nicht, was ich dazu sagen soll. Was soll das heißen? Frühere Untaten.«

Culman lächelte bleich und setzte sich auf den Hocker.

»Sieh mich an, Leon.«

»Ich sehe dich an, Anna.«

Stille kehrte ein. Ihr Ausdruck wandelte sich von Verärgerung zu etwas, das Culman als Unsicherheit auffasste. Als ob der Wortlaut in all seiner Niedertracht den Weg zu ihr gefunden hätte. Sie verunsichert hätte. Er sagte: »Ich weiß nicht, was das bedeuten soll. Ich weiß es wirklich nicht. Die Worte ergeben überhaupt keinen Sinn.«

»Wenn sie keinen Sinn ergeben, warum beschäftigen wir uns dann so lange mit ihnen?«

Culman schaute weg.

Sie packte ihn am Arm. »Leon! Du musst jetzt gründlich nachdenken. Gibt es irgend jemand«, sie hob die Schultern, »der etwas gegen dich haben könnte?«

Er fuchtelte mit den Armen, sperrte die Augen auf und blickte dann zu Boden. »Wie kannst du nur solch eine Frage stellen? Wie ist das möglich? Was hätte ich denn schon tun können, das einen anderen Menschen berechtigen würde, mir im Winter meines Lebens den Tod anzudrohen? Was ist das für ein Irrsinn?«

»Ja, aber, da steht doch …«

»Ich weiß genau, was da steht.«

Er riss ihr den Brief aus der Hand. »Ich hätte ihn dir nie zeigen dürfen, aber ich habe geglaubt, du würdest mir beistehen. Stattdessen – ach, ich weiß auch nicht.«

»Wovor hast du denn Angst? Wir wohnen hier im fünften Stock, die Tür ist nach allen Regeln der Kunst verriegelt, das Telefon funktioniert, du kannst ins Badezimmer gehen und bis morgen früh auf dem Klo sitzen. Niemand könnte dir auch nur ein Haar krümmen. Wenn du willst, werde ich persönlich Wache stehen.«

»Du bist wirklich komisch, Anna.«

»Aber, Leon, denk doch mal nach. Wenn dir jemand nach dem Leben trachtet, warum hat er dich dann nicht im Hallenbad ertränkt? Oder dich auf der Straße niedergeschlagen?«

»Sie können es immer noch wahrmachen.«

»Wer? Was ist das für ein Unsinn?«

Culman fuchtelte mit der Hand. »Also gut, reden wir darüber, reden wir darüber mit letzter Konsequenz. In zwei Stunden werden wir sieben Menschen zu uns hereinlassen.«

Anna schloss die Augen und fasste sich an die Stirn, bevor sie ihre Arbeit am Küchentisch fortsetzte.

»Das stimmt doch, Anna.«

»Jetzt mach mal 'nen Punkt, Leon.«

»Der Donnerstag ist mit Bedacht gewählt. Es ist der einzige Tag, an dem wir …«

»Willst du allen Ernstes behaupten, dass Edwin oder Karen oder Kamma oder …« Anna brach ab und nickte. »Ach, jetzt weiß ich, worauf du hinauswillst. Du denkst natürlich an Susse. Für die hast du ja schon immer so viel übrig gehabt.«

Er schaute sie an. »Riech mal an dem Brief. Tu es gleich!«

Sie zuckte die Schultern und roch daran.

»Hat der nicht einen schwachen Duft?«, fragte er.

»Doch, vielleicht. Aber, ehrlich gesagt, Leon …«

»Wonach riecht er? Er riecht ein wenig parfümiert, findest du nicht?«

»Wenn du mich fragst, würde ich sagen …«, Anna schnupperte erneut, »er riecht nach Aceton.«

»Aceton?«

»Ja, Nagellackentferner.«

Anna drehte ihm den Rücken zu und begann, Messer und Gabeln auf den Tisch zu legen. »In den allermeisten Fällen«, sagte sie, »sollen solche Briefe den Leuten ja nur Angst einjagen. Niemand will dich umbringen, Leon.«

Sie lächelte ihn schwach an. »Das weißt du selbst ganz genau.«

Culman betrachtete seine Nägel. Dachte aber an die Tinbergs, die glänzenden, makellosen.

Er zog seine Frau an sich.

»Armer Lenni.« Sie legte ihre Wange an seine Brust.

»Du lackierst nie deine Nägel, Anna.«

»Meine Finger sind nicht schön genug. Dafür habe ich Susse noch nie ohne knallrote Nägel gesehen. Selbst Nina hat angefangen, ihre Nägel zu lackieren.«

Anna versuchte sich zu befreien, doch Culman hielt sie fest.

»Mein armer, armer Lenni«, sagte sie. »Was für ein schrecklicher Brief.«

»Ja, so ist es gut«, sagte er. »Tröste mich und sag, dass ich dir leid tue. Finns Frau lackiert auch ihre Nägel. Hellrot. Unser Bekanntenkreis wimmelt von Menschen, die sich die Nägel lackieren. Kammas Nägel sind immer lackiert.«

Anna küsste ihn und nahm seine Hände weg. »Karen lackiert ihre nicht.«

Culman seufzte und schaute an die Decke. »Ich habe ›unnahbare Ignorantin‹ zu ihr gesagt.«

»Na und? Darf man so was nicht zueinander sagen?«

»Ich habe es nicht so gemeint.«

»Doch, das hast du.«

»Karen ist schon in Ordnung, vielleicht etwas selbstgerecht. Aber ich weiß, dass ich mich immer an sie wenden könnte, wenn ich ernsthafte Schwierigkeiten hätte.«

Er machte sich frei. »Ich weiß gar nicht, warum ich so einen Blödsinn daherrede. Dieses Weib ist eiskalt und skrupellos, und es würde mir nicht im Traum einfallen, sie um irgendwas zu bitten. Ich bin total konfus. Glaubst du, Alzheimer macht sich so bemerkbar?«

Anna legte ihre flache Hand auf seine Brust. »Quatschkopf! Was hältst du davon, wenn du jetzt den Brief wegschmeißt und dir ein Glas Rotwein einschenkst? Es ist doch wirklich ein Kinderspiel, solch einen Brief zu schreiben, und die Absicht war natürlich, dir Angst zu machen und den Tag zu zerstören, aber es gibt niemand, der meinen Mann umbringt, dafür werde ich sorgen. Wenn er liquidiert werden soll, dann mache ich das schon selbst.«

Culman betrachtete seine Frau und lächelte sie unsicher an. Sie drückte sanft seine Hand, holte Streichhölzer aus dem Wohnzimmer und zündete den dreiarmigen Kerzenleuchter auf der Fensterbank an. Culman stellte sich hinter sie und legte ihr seine Hände auf die Schultern. »Man macht sich wirklich die merkwürdigsten Gedanken.«

Anna antwortete nicht, sondern lächelte vor sich hin, nahm den Kerzenleuchter und trug ihn zur Anrichte. Es gab kein anderes Licht in dem großen, dunklen Zimmer, und der Schatten füllte den ganzen Raum.

»Eine Zeit lang habe ich Edwin verdächtigt.«

»Edwin?« Sie hatte ihm immer noch den Rücken zugekehrt und sagte »Edwin« wie eine einstudierte Replik. Als hätte sie nur auf ihr Stichwort gewartet, weil sie das Drehbuch kannte und ihm einen Schritt voraus war.

Er ging zu ihr. »Ich habe ihm von dem Brief erzählt.«

Culman setzte sich auf einen der Stühle, die bereits für das Abendessen bereitstanden.

»Ich halte wirklich sehr viel von Eddy«, sagte er. »Er ist ein guter Freund und ein ausgezeichneter Schuhmacher.« Er lächelte, wurde aber schnell wieder ernst.

»Wie traurig für ihn, allein zu sein. Er ist die Hilfsbereitschaft in Person, wirklich, das ist er. Auf Eddy kann man immer zählen. Leider habe ich …«, Culman räusperte sich, »leider habe ich einmal etwas ziemlich Dummes mit Ida getan.«

Anna holte die Sets und legte sie auf den Tisch.

»Draußen im Tierpark. Wir hatten zu viel getrunken. Du kannst dich an den Ausflug bestimmt nicht mehr erinnern.«

Anna faltete die weißen Servietten. War scheinbar ganz in ihre Beschäftigung vertieft, doch Culman kannte sie gut genug, um zu wissen, dass sie die Ohren spitzte.

»Ich hätte dir natürlich längst davon erzählen sollen, aber es hat wirklich überhaupt nichts bedeutet, also geht man den Weg des geringsten Widerstandes und sagt gar nichts. Ich hatte die Geschichte schon vergessen, aber als ich unten bei Eddy war …«

Culman schaute auf die flinken Hände seiner Frau, die eine Serviette nach der anderen faltete. Er hatte immer ihre Hände gemocht, die so vieles konnten und niemals ruhten. Es gefiel ihm, sie auf seinem Körper zu spüren, sie ganz für sich selbst zu haben.

»Und jetzt erzähle ich es dir also.«

»Was erzählst du mir, Leon?« Sie schaute ihn nicht an, sondern faltete weiter an ihren Servietten. Er bemerkte, dass sie es mit übertriebener Energie tat.

»Dass Ida und ich, damals im Tierpark, im Rausch ...« Culman stockte. Wohl wissend, dass ihm keine angemessene Formulierung einfiel. Weil sie ihn nicht ansah und weil er sich schämte. Seine Kehle verengte sich, sein Magen zog sich zusammen. Ich liebe dich, Anna, dachte er und ballte die Hände, aber ich wünschte, du würdest mich ansehen, würdest mir für zehn Sekunden, oder so lange ich halt brauche, um es dir zu sagen, deine Aufmerksamkeit schenken. Ich hätte es dir vor dreißig Jahren erzählen sollen, aber ich kann es nicht aussprechen, wenn du mir den Rücken zukehrst.

»Was willst du mir erzählen, Leon?«

Endlich schaute sie ihn an, jetzt, da alle Servietten gefaltet waren. Der Blick war fest und entschieden, abgeklärt und unentrinnbar.

»Dass wir eine fünfminütige Affäre im Wald hatten. Ist das nicht lachhaft? Also ich finde es lachhaft.«

Sie begann, die Servietten zu zählen.

»Eine Affäre, sagst du?« Sie zählte die Servietten ein weiteres Mal.«

»Da war nichts, absolut gar nichts! Ida war ja in vieler Hinsicht ein eigentümliches Geschöpf. Eigentlich mochte ich sie gar nicht, was soll ich sagen, es ist ja, wie gesagt, schon so lange her, aber ich fand, du solltest es wissen.«

Er streckte die Hand nach ihr aus. Sie betrachtete sie, schien zu überlegen, ob sie sie nehmen sollte oder nicht, und tat es dann mit einem leichten Schulterzucken.

»Jetzt habe ich es jedenfalls gesagt«, murmelte er.

»Ja, jetzt hast du es gesagt.« Anna blickte zur Decke. »Wie viele Jahre hat das gedauert?«

Culman versuchte, ihren Gesichtsausdruck und ihre Reaktion zu deuten, konnte ihre Fassade aber nicht durchdringen.

»Viel zu viele«, flüsterte er.

Sie tätschelte seine Hand. »Das hab ich doch längst gewusst«, sagte sie und ging zum große Fenster, das sie öffnete und festhakte. Culman schaute sie an und wäre gern zu ihr gegangen, um sie zu umarmen, aber die Beine wollten nicht. Der Körper war zu groß und schwer. Und eigentlich sollte das Fenster gar nicht geöffnet werden, also schloss sie es rasch wieder. Man sollte glauben, dachte er, man fühlt sich erleichtert, nachdem man sich von solch einer Bürde befreit hat, aber das Gegenteil ist der Fall. Die Scham wiegt schwerer als das Geheimnis. Er spürte ihren Blick auf sich. Sie sagte: »Ida hat es mir erzählt. Nach ihrer Rückkehr aus New York. Ihre Schwester wohnt dort.«

»Warum hast du nichts zu mir gesagt?«

»Weil ich damit rechnete, dass du es von selbst erzählen würdest. Dass du Manns genug wärst, es einzugestehen. Und das hast du jetzt gerade getan. Zwar nach dreißig Jahren, aber immerhin.«

Anna schlug die Hände zusammen und sagte: »Tja, jetzt sitzen wir hier und haben leider gar keine Zeit dazu.«

Ihre Unbeschwertheit kam ihm gezwungen vor. Er wusste, dass die Sache noch nicht ausgestanden war.

Sie holte das Kästchen mit dem Silberbesteck. Knallte es vor ihn auf den Tisch. Er schaute zu ihr auf. Ihr Blick war immer noch fest und entschieden, vielleicht ein wenig verhärtet, aber dazu hatte sie wohl ein Recht. Wenn wir dreißig wären, dachte er, hätte unsere Ehe auf dem Spiel gestanden. Jetzt, da wir über siebzig sind, stehen wir es durch, doch der Verlust ist derselbe. Dass wir scheinbar nicht reagieren, beweist nur, wie viel wir bereits verloren haben. Was würde ich darum geben, dass sie mir eine Szene macht.

Er setzte sich auf einen Stuhl und lauschte der Stille, die unversehens zwischen ihnen entstanden war.

»Jetzt hole ich das Putztuch, und du nimmst dir die Messer vor, okay, Culman?«

Er lächelte ihr zu. »Culman? Du hast mich noch nie Culman genannt.«

»Nein?«

Er schüttelte den Kopf. »Kein einziges Mal.«

»Aber du heißt doch Culman, nicht wahr, Culman?«

Mit festen Schritten verlässt sie das Wohnzimmer, und er greift zu Lappen und Flasche, während er an den Esstisch heranrückt, auf dem alles bereitsteht: die Kerzenleuchter, die Sets und die neuen Teller. Das Tageslicht an der Wand ist verschwunden. Es ist an der Zeit, die Kerzen und Lampen anzuzünden. Bald werden die Gäste kommen, und das Fest kann beginnen. Es ist Donnerstag, der 19. Oktober, und Leon Culman soll sterben.

17:00

Die Badewanne ist gefüllt bis zum Rand und dem Wasser ein Tropfen aus der blauen Flasche zugesetzt, die Culmans Frau in einem Geschäft der näheren Umgebung gekauft hatte, in dem ein übergewichtiger Sikh mit fünischem Dialekt seinen Kunden weichere Haut, größere Geschmeidigkeit und höheres Wohlbefinden versprach: bescheidene zwei Deziliter, die in den Körper eindrangen, ihre wohltätige Wirkung entfalteten, die Muskeln entspannten und das Leben verlängerten. Das stand zumindest auf dem Etikett, und Culman besaß nicht die Energie, irgendetwas anzuzweifeln, sondern ließ sich willig in den blauweißen Schaum hineingleiten, bis er das Wasser überschwappen hörte.

Neben der Wanne, auf einem niedrigen Schemel, stapelten sich Annas Frauenzeitschriften. Die Titelseite des oben liegenden Magazins zeigte neun Mädchenköpfe mit ausgefallenen Kopfbedeckungen. Die Überschrift lautete: »Der Hut – ein wahrer Freund aller Frauen.«

Culman streckte die Beine, atmete tief ein, schloss die Augen und gab dem Badeölfabrikanten vollkommen Recht. Er fühlte sich schwerelos wie John Glenn, eine Muschel im großen Ozean, ein gelber Vogel in einem Bananenbaum, eine kreisrunde Rille in einer der Schallplatten der Mills Brothers.

Der Essensgeruch drang nun bis ins Badezimmer, dessen Boden immer noch überschwemmt war. Er betrachtete das Gitter unter dem Waschbecken und konstatierte den verstopften Ablauf. Natürlich war er verstopft, und natürlich hatte der Nachbar, der unter ihm wohnte, allen Grund, das Problem zu beanstanden und eine Behebung des Schadens zu fordern. Wann war er zuletzt gereinigt worden? Culman konnte sich nicht erinnern, dass er überhaupt jemals gereinigt worden war. Vielleicht hatten seine Haare das Problem verursacht, womöglich fand sich die gesamte dunkelbraune Mähne seiner Jugend im Abflussrohr wieder. Abgeschnittene Nägel, abgeschuppte Haut, eine rote Haarspange, ein Milchzahn, ein Pflaster mit Jodresten, Annas Ohrring sowie eine Münze, die den König zu Pferde zeigte.

Culman gluckste; der Gedanke verschaffte ihm ein sanftes, sentimentales Wohlbefinden. Er ließ sich weiter zurücksinken, legte den Kopf in den Nacken und spürte, wie das Wasser in seinen Gehörgang drang. Die Geräusche verwandelten sich in geheimnisvolles, dumpfes Klopfen, wenn Knie und Ellbogen gegen den Innenrand der Wanne stießen.

Die Kolben der Maschine hämmern die vielen tausend Bruttoregistertonnen quer über den Atlantik.

Culman versinkt, und über ihm steigen Sauerstoffblasen an die Oberfläche. Er sieht den roten Rumpf des großen Schiffs und hört das Geräusch seiner Schraube.

Der rostrote Baldachin vor dem »Hotel Prinz« an der Vesterbrogade ist nach dem Sturzregen bis zum Rand mit Wasser gefüllt. Mit gezielten Besenstößen versucht er es hinunterzubefördern, ehe der Stoff reißt. Er ist strahlender Laune und ruft einem Fahrradboten seinen Gruß zu, der ihn erwidert, indem er die Finger zur Mütze hebt. Als Leons Kollege ihm mitteilt, es seien Kunden im Laden, geht der junge Pikkolo zum Hintereingang, wo Mülltonnen neben Kurierfahrrädern und Lieferwagen stehen, die schon längst kein Benzin mehr haben. Eine Schachtel Zigaretten kostet vier Kronen auf dem kleinen, aber gut sortierten Schwarzmarkt, der für Leon einen hübschen Gewinn abwirft. Er hat seine Kontakte, operiert jedoch auf einem Minenfeld. Die Zentrale befindet sich auf dem alten Bahnhofsgelände. Die Kunden sind in Zivil, doch er weiß natürlich, dass einige von ihnen auf der falschen

Seite stehen. Aber Leon liegt mit niemandem im Krieg und verkauft Zigaretten, Nylonstrümpfe, Lebensmittelmarken, Alkohol und was er sonst noch in die Finger kriegt. In so ein Hotel kommen die verschiedensten Leute, und der Pikkolo ist nicht auf den Kopf gefallen. Das Geld dient einem guten Zweck und soll für zwei Fahrkarten ins Land der unbegrenzten Möglichkeiten reichen. Die Scheine bewahrt er in einem Schuhkarton auf. Für den Traum von Amerika rennt er sich die Hacken ab. Auf seinem Zimmer in Flakholmen laufen ununterbrochen englischsprachige Schallplatten. Bald wird er sprechen wie Henry Fonda und fluchen wie Bogart. Vor dem Spiegel wird die richtige Handhabung der kostbaren Glimmstengel einstudiert, von denen Leon so viele besitzt. Ihm ist alles möglich, denn dem servilen Burschen, der das meiste zu akzeptablen Preisen beschaffen kann, bleibt keine Tür verschlossen. Er schaut aus dem Fenster und schlägt den Kragen hoch. »Life is wonderful, I am wonderful, you are wonderful.« Leon lächelt, er hat frei, doch es regnet in Vesterbro, also läuft er, um die Straßenbahn noch zu erwischen. Er hat gute Beine, springt während der Fahrt auf und handelt sich eine Zurechtweisung des Fahrers ein. Gut gelaunt geht Leon ans Ende des Wagens, wo die Leute sich drängen wie Heringe in der Dose.

Die Straßenbahn bleibt stehen. Deutsche Soldaten und Gestapo in Zivil gehen durch den Wagen, Taschen werden durchstöbert, Männer durchsucht, es wird gedrückt und geschoben, doch niemand sagt etwas. Alle konzentrieren sich darauf, in eine andere Richtung zu schauen. Das ist mit der Zeit zur Routine geworden. Leon tritt von einem Fuß auf den anderen, betrachtet eine Milchreklame und kann es nicht abwarten, nach Hause zu kommen, wo er eine Stunde mit seinem neuen englischsprachigen Buch auf dem Sofa verbringen wird. Er kennt New York wie seine Westentasche und fühlt sich in Manhattan schon heimisch. What can I do for you, baby? You are wonderful. Leon blickt lächelnd aus den schmutzigen Fenstern, denn an einem solchen Regentag konnte sich ein junger Mann vieles erträumen und sich nur schwer im Zaum halten, beim Anblick eines jungen Mädchens mit großen, ernsten Augen nicht fröhlich zu pfeifen. Er dachte an seine Brieffreundin in Holbæk, die er bald in fremde Himmelsrichtungen entführen wollte. Alle Briefe und die lange Zeit der Entbehrungen, all das würde vergessen sein. In Brooklyn lebt man dicht aufeinander. Kein Raum für Briefe. Nichts würden sie vermissen. Nie mehr. How are you, honey?

In diesem Moment wird er von jemand herumgedreht. Leon kennt den Mann nicht, der ihn anstarrt: Er ist jung, keine zwanzig, und seine Augen sind so groß wie Schellackplatten. Irgendwas wird Leon unter seine zweireihige Jacke gesteckt. Er versucht es zu verhindern, doch in diesem Moment wird der Mann von zwei deutschen Soldaten zurückgezogen. Sein Gesicht verschwindet wie im Wasser. Nichts ist mehr von ihm zu sehen. Als der junge Kerl aus der Straßenbahn geführt wird, entsteht ein kleiner Tumult. Für einen Augenblick kehrt Stille ein, wie in der Savanne, wenn das Raubtier seine Beute geschnappt hat. Jeder kümmert sich wieder um seine eigenen Dinge, auch Leon, der einer älteren Dame beim Stricken zusieht. Als sie einen Punkt hinter ihm fixiert, dreht Leon sich um und spürt eine Hand auf seiner Schulter. Der deutsche Soldat, er ist klein, gedrungen und etwa fünfunddreißig Jahre alt, beginnt an Leon zu zerren, dem heiß und kalt wird. Der eine bislang nicht gekannte Angst verspürt. Er wird auf die Straße geschoben. Das Ganze geht sehr schnell. Die Straßenbahn fährt weiter; er sieht es durch die Heckscheibe des schwarzen Wagens, in dem er neben einem schmächtigen Gestapomann sitzt, der bis zu diesem Moment weder etwas gesagt noch Leon eines Blickes gewürdigt hat. Der Mann trägt einen zu großen Anzug. Sein Hals macht im weißen Hemdkragen einen knabenhaft dünnen Eindruck. Leon betrachtet die bläulichen Lider, die eingefallenen Wangen sowie den gelblichen Teint und versucht, ein klareres Bild von seinem indolenten Ausdruck zu gewinnen. Er wirkt wie ein Mensch vor der Geburt oder kurz nach dem Tod. Vielleicht beides zugleich. Vielleicht wirkt er zuallererst wie ein Mensch, der das Leben übersprungen hat. Jetzt erscheint ein Kollege und steckt den Kopf herein. Der Chauffeur fragt, ob er fahren solle. Der Kollege sieht Leon an und lächelt. »Sie arbeiten doch im Hotel Prinz. Was, zum Teufel, machen Sie hier?«

Leon sagt, das hätte er auch gern gewusst. Was er unter der Jacke hat, liegt wie Blei auf seiner Brust. Er kennt den Mann aus der Hotellobby und der Bahnhofsgegend. Unzählige Male hat er mit ihm gehandelt. Er kaufte und verkaufte. Beide haben sie großen Nutzen aus ihrer Bekanntschaft gezogen. Die anderen nennen ihn Lübeck. Vielleicht hat Leon das die ganze Zeit gewusst, vielleicht auch nicht. Er kann es nicht sagen. Aber dieser Lübeck verfügte stets über Geld und Waren. Hatte Leon sogar einmal eine amerikanische Autozeitschrift mitgebracht. Lübeck zeigt immer ein lächelndes Gesicht, darf sich als Denunziant in gewissen Stadtteilen aber nicht blicken lassen, doch dort, wo er auftaucht, verbreitet er Angst und Schrecken. Er schenkt Leon ein kameradschaftliches Lächeln und sagt dem Gestapomann etwas auf Deutsch; der guckt in die Luft und fixiert Leon plötzlich. Er hat das Gefühl, sein Magen würde sich ausbeulen. Wie der Baldachin vor dem Hotel Prinz. Die Augen des Mannes netzen Leons Gesicht wie ein feuchter Pinsel. Kurz darauf steht Leon auf dem Bürgersteig neben Lübeck, der sein Revers glättet und seine Krawatte richtet. Das, was Leon unter der Jacke trägt, sitzt ihm jetzt direkt über dem Gürtel, sodass er gezwungen ist, ein Bein anzuheben, damit es nicht auf das Pflaster fällt. Er fühlt sich verpflichtet, das Lächeln des Mannes zu erwidern. »Was machen die Geschäfte, Herr Culman? Sie heißen doch Culman, nicht wahr? Wir kennen uns doch.«

Lübecks Hand umfasst Leons Handgelenk. Freundschaftliche Geste und Machtdemonstration in einem. Leon ist diese Kombination nicht geheuer, und er entschuldigt sich. Der andere bleibt stehen und sieht ihm nach, zieht sich am Ohrläppchen und kneift die Augen zusammen, lässt sich viel Zeit und richtet seine ganze Konzentration auf den davoneilenden Pikkolo. Der hat die eine Hand in die Tasche gesteckt, während die andere den Stoß Papiere umklammert, der wie eine Bombe vor seinem Bauch sitzt. Er hastet die Vesterbrogade hinunter und biegt in voller Fahrt in den Hoteleingang ein, wo ihn sein Kollege mit offenem Mund anstarrt. Leon ignoriert ihn und geht in das kleine Büro, in dem sie ihren Morgenkaffee zu trinken pflegen. Er schließt die Tür ab, öffnet die Jacke und legt die zerfledderten Blätter auf den Tisch. Auf der ersten Seite ist ein Foto von Churchill abgebildet, daneben die Überschrift »Der Dänen wahrer Freund«. Das Faltblatt heißt »Die freien Dänen«. Auf Seite zwei finden sich die Porträts zwölf dänischer Kollaborateure, inklusive Namen und Geburtsjahr: Pelving, Kilvo, Briksbøl und Diehl. Ferner ein Mann namens Petersen, den Leon sofort wiedererkennt. Ein Mann, den er soeben an der Ecke zur Jernbanegade hatte stehen lassen, Petersen mit der Hand in der Manteltasche. Derselbe Mann, der ihn vor wenigen Minuten aus den Klauen der Gestapo befreit hatte. Er nannte sich Lübeck. Landesverräter Lübeck!

Culman fühlt sich wie leckgeschlagen; das Blut sprudelt aus einem Loch im Zeh. Ihm ist schwindlig und richtiggehend übel. Mit hängendem Kopf muss er sich hinsetzen, um sich nicht zu übergeben oder in Ohnmacht zu fallen. Er kann diese fünfzehn illegalen Flugblätter nicht verbrennen, weil sie nicht ihm gehören, genauso wenig, wie ihm der Krieg gehört. Er kann sie auch nicht aufbewahren, denn wo sollte er das schon tun? Leon schaut auf den braunen Linoleumbelag, der am Boden festgenagelt ist. Mit zwei Fingern kann er ihn in einer Zimmerecke so weit hochziehen, dass die nackten Holzdielen zum Vorschein kommen. Er verteilt die Blätter unter dem Linoleum, holt Hammer und Nägel und nagelt den Bodenbelag wieder fest. Hinterher wirft er einen hastigen Blick in den Spiegel, ordnet seine Haare, zieht seinen Schlips gerade, holt tief Luft und schaut in die Hotellobby, wo der Mann an der Rezeption sich mit einem wohlbekannten Herrn in langem Mantel unterhält. In diesem Moment dreht der Mann sich um. Er setzt sein übliches Lächeln auf und geht mit langen, gemessenen Schritten auf Leon zu, der völlig blutleer ist und sich gegen den Türrahmen lehnen muss, um nicht die Balance zu verlieren. Lübeck drückt seine Zigarette im Aschenbecher aus und schließt hinter sich die Tür. Leon erhascht einen kurzen Blick auf zwei Kollegen, die ihn mit einer Mischung aus Angst und Verachtung ansehen. Währenddessen knöpft Lübeck seinen Mantel auf. Sein Mund bewegt sich und Leon glaubt die Wendung »in einem Boot« zu vernehmen. Leon fasst sich an die Stirn und wendet dem Mann die Seite zu. Währenddessen füllt sich der kleine Raum mit Wasser, das binnen weniger Sekunden bis zur Decke reicht. Leon und Lübeck befinden sich in einem Aquarium, ihre Bewegungen sind langsam und unbeholfen, gleichzeitig schwerfällig und schwerelos. Lübeck verschränkt die Arme und lehnt sich mühevoll gegen die Wand. Seinem Mund entweichen Sauerstoffblasen, er bekommt Stielaugen und seine Kleider tanzen um seinen gedrungenen Körper. Leon schaut nach unten und stellt fest, dass Lübeck genau auf der Ausbeulung des Bodens in der Zimmerecke steht. Unfassbar, dass er keinen Verdacht schöpft. Es kommt etwas aus Leons Mund: große, klotzige Buchstaben, die wie Polygone durch das giftgrüne Wasser treiben: »In Vanløse.« Leon ist sich im Klaren, dass er dem Mann soeben die Frage nach seinem Wohnort beantwortet hat. Und jetzt tritt der Kollaborateur ganz dicht an ihn heran, so dicht, dass der Schatten seines braunen Huts fast Leons Stirn streift. Der Boden knirscht unter dem Druck des Wassers, doch Leon kann mühelos Lübecks Bemerkung verstehen, eine Hand wasche die andere. Auf der Rückseite einer Zigarettenschachtel notiert er Leons Adresse und ist kurz darauf verschwunden. Sein letzter Satz hängt immer noch im

Raum: »Ich sollte mir eine neue Wohnung suchen und wir haben uns doch immer so gut verstanden, nicht wahr, Herr Pikkolo? Nicht wahr, Leon?«

Die Wassermassen stürzen aus dem Zimmer. Leon öffnet das Fenster, knöpft sein Hemd auf, lockert die Krawatte und braucht einige Minuten, um zu sich zu kommen.

Sechs Stunden später ist die Wohnung in Flakholmen geräumt. Im Wohnzimmer steht er neben fünfzehn Umzugskartons, seiner ganzen Habe. Schaut auf die Uhr und hört den knatternden Dieselmotor auf der Straße. Er weiß, dass es nur eine Frage der Zeit ist, und geht dem Chauffeur entgegen. Bald sitzt er im kalten, unbequemen Führerhaus und sieht die Landstraße Meter für Meter unter sich verschwinden. Fort sind die Mietswohnung, sein Job und das lukrative Geschäft auf dem Bahnhofsgelände, und fort ist auch Leon Culman. Der Lastwagen hält nicht an, bevor sie das Gebäude in Holbæk erreichen, wo sich Leon in Sicherheit wähnt. Jedenfalls für eine Weile. Er bezahlt den Chauffeur, der die letzten Lebensmittelmarken und Zigarettenschachteln bekommt. April 1945.

Im Zimmer mit den schrägen Wänden ist das Licht gelöscht, so dass einzig der Widerschein des Fjords die kleine Kammer ein wenig erhellt, in der Leon mit dem Rücken zur Wand sitzt, die Augen geschlossen, abwartend. Er sieht die Schatten verschmelzen und lauscht den vertrauten Schritten von der Küchentreppe. Doch ehe sie kommt, wird es Nacht. Es scheint ihm eine Ewigkeit her zu sein und er denkt an die Zeit, als sie in Mors wohnte und ihre Briefe so formell wurden, dass er glaubte, sie verloren zu haben. Es interessierte ihn nicht, etwas über den Wechsel der Jahreszeiten zu lesen. Doch jetzt steht sie vor ihm. Leon nimmt sie in die Arme und spürt ihre Wärme, die ihn ruhig werden lässt. Nur in ihrer Nähe ist er nicht einsam, gemeinsam mit ihr fühlt er sich vollständig. Sie lesen die Briefe, die sie sich in den letzten fünf Jahren geschrieben haben, denn in dieser Nacht drängt sie nichts. Kein Zug, den sie erreichen müssen, alle Brücken abgebrochen, nur die größte nicht: Die Brooklyn Bridge ist unversehrt und wartet auf sie.

»Bald ist der Krieg vorbei«, flüstert sie und überreicht ihm das Geschenk, das sie in den langen Monaten in Jütland für ihn gewebt hat: einen Teppich, der den Blick aus seinem Zimmer festhält, die halbe Eiche und den abgeschnittenen Fjord. Die Aussicht von der Kammer, die ihre ist, die halbe, die eines Tages eine ganze sein würde.

Sie stehen in der Fensternische und betrachten das Licht über dem Wasser. Sie steht mit dem Rücken zu ihm, läßt sich von ihm umarmen, schließt die Augen und spricht den Namen immer und immer wieder aus: »New York. New York.«

»Genau«, flüstert Leon. »Der Broadway. New York City.« Allein bei dem Namen erzittern sie beide. »Das ist eine Stadt, die einem Mann ins Blut geht. Ich will alles fotografieren, alles aufsaugen. Nichts vergeuden. Der Gedanke hat mich in Brand gesteckt. Als ginge ich durch die Sonne.«

Kurz darauf ist sie verschwunden, kehrt aber an den beiden folgenden Tagen zurück. Sie kommt mit den Schatten, wenn das letzte Licht den Fjord verlässt. Sitzt mit angezogenen Beinen auf dem alten Sofa und lässt sich von Leon alles in den schillerndsten Farben ausmalen, was er über die große Stadt weiß. Auf dem Grammophon läuft die Platte mit den Mills Brothers, die ein ganzes Orchester imitieren und sich wie ein vollständiges Leben anhören.

»Das hört sich wunderbar an«, sagt sie. »Einfach zu schön, um wahr zu sein.«

Sie lächelt, doch ihre Augen sind ernst. Leon zieht sie an sich.

»So darfst du nicht schauen, Else. Du sollst fröhlich sein. Wir sollen fröhlich sein. Schon bald wird uns die ganze Welt zu Füßen liegen. Glaub mir.«

An der schrägen Wand hängt ein Plakat der Radio City Hall. Eine Parade von Revuegirls, eine Welt voller Licht, Licht, vor allem Licht.

»Willst du wirklich da hinüber, Leon?«, flüstert sie.

»Ja«, sagt er lächelnd, »und du kommst mit, Else. Du wirst dabei sein. Habe ich dir das nicht geschrieben? In den Briefen steht es Wort für Wort: Ich reise nicht ohne dich.«

»Doch, das wirst du.«

»Nie im Leben!«, sagt er und lacht. »Man lässt den Menschen, den man liebt, nicht zurück.«

Sie geht zum Fenster und betrachtet das halbe Motiv.

»Liebst du mich, Leon? Ist es das, was du sagen willst?«

»Du weißt, dass ich dich liebe.«

»Wirklich? Ist das dein Ernst?«

»Komm her.«

Den Rest der Nacht gehen sie über die Fourth Avenue, unter den Sternen und durch den Mond, bis sie auf der anderen Seite wieder herauskommen.

»Das muss doch wahnsinnig teuer sein, ich meine, die Fahrkarten und alles andere.«

»Darüber brauchst du dir keine Gedanken zu machen.« Leon zieht an seinen Hosenträgern und zündet sich vor dem kleinen Waschtisch eine Lucky Strike an. »Überlass das nur mir.«

Er studiert sie im Spiegel und zieht die Schublade der grünen Kommode auf. In einem Schuhkarton liegt sein gesamtes Vermögen samt einer Reihe von Naturalien, die er von Menschen bekommen hat, die einerseits abhängig von seinen Zigaretten, andererseits völlig abgebrannt waren. Leon war entgegenkommend. Geld bedeutete schließlich nicht alles. Schon gar nicht, wenn es um Ringe und Perlenketten, silberne Zigarettenetuis und eine echte Rolex – das Kleinod der Sammlung – ging. Beim Schlafen hat er sie unter dem Kopfkissen, tagsüber wendet er sie vor dem Spiegel hin und her. Die Uhr hat eine unbedeutende Schwäche, sie geht nicht, aber das ist auch nicht ihre primäre Aufgabe. Billige Uhren ticken unentwegt, eine Rolex ist über so etwas erhaben. Leon liegt mit der Zigarette im Mundwinkel auf dem Sofa, studiert ihre klare

Form, die filigranen Zeiger und das wundersame Uhrwerk und stellt sich den Klang ihres Tickens vor. Stellt sich vor, sie am Handgelenk zu tragen und sich durch einen demonstrativen Blick zu versichern, wie spät es in New York ist.

Jetzt streift er das schwere Armband über das Handgelenk des Mädchens.

»Als Pfand«, sagt er. »Und als Versprechen.«

»Nein, Leon, nicht doch.«

»Vertrau mir, Else. Diese Uhr ist viel wertvoller als ein goldener Ring. Und jetzt, jetzt sind wir verlobt.«

Sie nimmt ihre kurze Jacke, schüttelt den Kopf und sieht alles andere als ihn an. Leon steht am Fenster, als sie hinunter zu ihrem Fahrrad geht. Es ist immer noch dunkel und der Dunst hängt schwer über dem kalten Wasser des Fjords.

»Bist du ertrunken?«

Anna stand in ihrem neuen erdbraunen Kleid mit dem grünen Gürtel im Türrahmen.

Festtagskleidung.

Culman setzte sich in der Wanne auf und rieb sich die Augen. Sie reichte ihm das Handtuch und sagte etwas über den verstopften Abfluss. Er hatte immer noch Wasser in den Ohren und legte den Kopf schief, um es herausfließen zu lassen.

»… einen Wasserschaden.«

Sagte sie.

Culman stieg vorsichtig aus der Wanne, wickelte sich das Handtuch um die Hüften und warf einen Blick auf die neun hübschen Mädchen mit den verschiedenen Hüten, die das Cover der glänzenden Modezeitschrift zierten. »Zurück nach Holbæk«, murmelte er, »es konnte gar nicht schnell genug gehen.«

»Nach Holbæk?«

»Ja, nach Holbæk«, sagte er, während ihm klar wurde, dass er mit sich selbst sprach.

»Ich war schon ewig nicht mehr dort, obwohl ich in Holbæk aufgewachsen bin.«

Er ließ einen Kamm durch seine spärliche Haarpracht gleiten. Er hatte die wenigen Haare gezählt, die er noch auf dem Schädel hatte, und war bis fünfzehn gekommen.

»Man sollte sie in einer Schachtel mit Watte aufbewahren, so wie wir es mit Ninas Milchzähnen gemacht haben.«

»Ja, ja, du Plappermaul. Die Zeit läuft uns davon.« Sie stemmte die Hände in die Hüften. »Ich habe dein weißes Hemd und den blauen Schlips rausgelegt, den du zu Weihnachten bekommen hast. Vor allem will ich dich nicht in deinen braunen Hosenträgern sehen; in denen schaust du aus wie, wie …«

»Wie jemand, der ungern seine Hosen verliert?«

»Du hast doch den wunderschönen Gürtel, den Edwin dir aus Griechenland mitgebracht hat. Warum ziehst du nicht den an?«

Culman steckte sich ein Wattestäbchen in die Ohren und drehte es. »Da sind Bilder drauf«, murmelte er, »aus Rhodos. Und der Name des Hotels, in dem Edwin gewohnt hat.«

»Na und?«

»Du weißt genau, dass ich für Folklore nichts übrig habe. Tut mir leid.«

»Dafür siehst du bald aus wie ein lebendes Fossil.«

Anna betrachtete sich im Spiegel und rückte ihr roséfarbenes Haar zurecht. »Edwin kleidet sich immer so modern. Und exquisit. Er sieht richtig gut aus, na ja, Junggesellen sehen immer besser aus, sie geben sich einfach mehr Mühe. Wann hast du dir zuletzt Mühe mit deinem Äußeren gegeben, Leon?«

»Hüttenschuhe mit Fransen! Soll ich etwa so rumlaufen?«

»Warum nicht?«

»In Größe 44?« Culman seufzte und schaute auf seine stets eiskalten Füße mit den geschwollenen Gelenken, über deren Knöcheln zwei unkleidsame, blau gemusterte Gamaschen saßen. »Arme Anna, die einen Dinosaurier geheiratet hat. Einen Tyrannosaurus rex. Schon gut, ich ziehe den grünen Gürtel an, obwohl ich das Ding kaum zubekomme.«

Sie klopfte ihm auf die Schultern, ging in die Küche und rief, dass noch ein Stuhl für Ninas Freund fehlte.

Jonathan! Culman erstarrte mitten in der Bewegung. Er hatte gar nicht mehr an Jonathan gedacht. Der eine Vergangenheit als Schlachter hatte und dessen Mutter in New York einen Gemüseladen besaß. Es gab viele Gemüsehändler auf der Lexington und der Third Avenue, besonders um den Gramercy Park. Gute, frische Ware. Viele Blumen. Culman hatte einen von ihnen gekannt, einen Armenier. Fünf Schulkinder, die in der Bronx aufwuchsen. In einer Gegend, in die sich nicht mal die Polizei vorwagte. Doch ihr Vater verkaufte die schönsten Blumen der ganzen Straße.

»Hörst du mir zu, Anna? Er hatte fünf Kinder, Juri Kricorian, und sie wohnten in einer Dreizimmerwohnung in der Bronx mit Gittern vor den Fenstern.«

»Holst du einen Stuhl?«

Culman spülte sich den Mund mit der blauen Flüssigkeit, die gut gegen Plaque sein sollte. »Ich glaube, Juri hat noch nie was von Plaque gehört. Abgesehen davon, dass er vermutlich längst gestorben ist. Vielleicht hat einer der Söhne den Laden übernommen.« Culman trat näher an den Spiegel, um seine Zähne zu begutachten. »Wenn sich auf so einem Baldachin Wasser sammelt, wird er wahnsinnig schwer. Außerdem bin ich viel zu ramponiert, um Parodontose zu kriegen. Die Zähne fallen von allein aus. Kein Grund, sich einen tollen Namen dafür auszudenken. Man ist überhaupt viel zu alt, um an einer Krankheit zu sterben. Achtzig zu werden ist nur was für harte Jungs. Man ist angefüllt bis zum Rand und bis auf den letzten Tropfen entleert. Dieses Paradox nennt man Alter. Vor allem sieht man grauenhaft aus.«

Er nahm einen Schluck Wasser, gurgelte und spuckte aus. Gewisse Menschen, er zog die Lippen zurück und studierte abermals sein Gebiss, alterten mit großer Schönheit. Anna gehörte zu diesen. Und Karen Johansen. Einige würden Edwin Tinberg dazurechnen, der in Martini konserviert war.

Er hob die Stimme: »War ich einmal ein schöner Mann, Anna?«

Sie antwortete nicht.

»Ich war schön. Vielleicht nicht schön, aber handsome.« Culman imitierte die Bewegung, mit der man seine Hosenträger schnalzen läßt. Vor einem kleinen, fleckigen Spiegel über einem gelben Waschtisch.

Sie kam herein und fragte ihn, ob er bald damit fertig sei, sich im Spiegel anzuglotzen.

»Männer sind ja viel eitler als Frauen.«

»Hast du ein festes Bild von mir, Anna, wenn du an mich denkst?«

»Ich sehe dich so, wie du bist, Leon, und eigentlich bin ich ganz zufrieden.«

»Darf man das glauben?«

»Besonders, wenn du jetzt deine Klamotten anziehst und wir endlich weiterkommen.«

Zehn Minuten später stand er mit weißem Hemd, blauem Schlips und dem grünen Ledergürtel aus Rhodos in der Küche.

»Sehe ich aus wie Alexis Sorbas?«, fragte er. Sie antwortete, sie wolle nicht sagen, an wen er sie erinnere, und bat ihn, einen Stuhl für Ninas Begleiter zu holen. Erst jetzt begriff Culman, was das bedeutete. Die Ersatzstühle standen im Keller. Nicht, dass es besondere Umstände gemacht hätte, schließlich gab es einen Lift, doch er hatte nicht damit gerechnet, an diesem Tag in den Keller zu müssen. Auf dem Küchentisch stand die notwendige Taschenlampe, weil das Licht im Keller ständig ausging, vor allem, wenn man gerade das Kellerabteil Nr. 22 auf den Kopf stellte.

Er zog seine Strickjacke über und ging auf den Flur, blieb eine Zeit lang stehen und beobachtete sie. Sie stand mit dem Rücken zu ihm und erledigte irgendetwas, das offenbar so wichtig war, dass sie keine Zeit mehr hatte, sich um ihn zu kümmern.

Er sprach sie an, doch sie reagierte nicht. Er versuchte es erneut.

»Geh jetzt, Leon!«, sagte der geschäftige Rücken.

Er nickte vor sich hin: Geh jetzt, Leon! Bring es hinter dich. Mach kein Theater. Öffne die Tür, betrete den Fahrstuhl, drück auf die 0, fahr nach unten, geh in den eiskalten Keller und warte, bis das Licht verlöscht. Im doppelten Sinne.

Ein Keller, dachte er, ist wohl der optimale Ort, einen angekündigten Mord zu begehen. In der Regel ist er menschenleer und so schallgedämpft, dass ein kleiner Schrei und ein kurzes Röcheln nicht nach draußen dringen. Sie konnten ihn sogar mit dem Maschinengewehr niedermähen oder ihm eine Handgranate in den Mund stopfen, ohne dass jemand Notiz nehmen würde. Wirklich unglaublich komisch.

»Der letzte Humor, der einem Menschen bleibt«, rief er, »ist der Galgenhumor, wusstest du das, Anna? Ich habe mal von einem Mann gelesen, der auf den elektrischen Stuhl wartete und sein letztes Stündlein damit verbrachte, die Geschichte vom Seemann und dem Papagei zu erzählen. Wer weiß, vielleicht ist der Tod ja ein kleiner Witzbold, ein Spaßmacher, ein Gerichtsvollzieher, der auf der Falkoner Allé Cha-Cha-Cha tanzt.«

Er fummelte an der Taschenlampe herum, ging zur Küchentür, senkte die Stimme und flüsterte: »Ich versuche, mich an die Geschichte vom Seemann und dem Papagei zu erinnern, aber ich schaffe es nicht, weil ich die ganze Zeit an den Brief denken muss, den ich heute Morgen bekommen habe.« Culman hob den Kopf. »Hörst du, was ich sage, Frau?«

Sie unterbrach ihre Beschäftigung, drehte sich aber nicht um.

»Hör jetzt auf, Leon.«

Er zuckte die Schultern. »Ich kann nichts dagegen tun. Ist ja auch nicht verwunderlich.«

Sie ging zu ihm und nahm ihm die Lampe ab. »Dann gehe ich eben selbst.«

»Lass doch, Anna. Es liegt ja nicht daran, dass ich nicht will.«

Er nahm ihr die Taschenlampe aus der Hand. »Man wird das ja wohl noch ansprechen dürfen.«

Sie schüttelte bedächtig den Kopf. »Was ist los mit dir?«

»Du hast noch nie Culman zu mir gesagt.«

Er schaute ihr ins Gesicht. Sie rollte mit den Augen.

»In Ordnung. Ich tue das nicht mehr. Versprochen. Aber so heißt du doch schließlich, oder?«

Er blickte in ihre Augen und zog sie plötzlich an sich, hielt sie fest, wie vor ewigen Zeiten, spürte ihren kleinen, stämmigen Körper und ihren guten Geruch und wollte am liebsten stundenlang so stehen bleiben, allein mit ihr. Endlich im Besitz ihrer vollen Aufmerksamkeit.

Sie tätschelte ihm den Rücken und schaute ihn liebevoll an. »Ein Mädchen kann größeres Pech haben, als dich zu bekommen.«

»Meinst du das ehrlich, Anna?«

»Ja, das tue ich – aber die Gäste kommen bald, Leon.« Sie öffnete ihm lächelnd die Tür. Nicht besonders warmherzig, dachte er, eher ein wenig ungeduldig.

Culman ging hinaus und ließ per Knopfdruck den Aufzug in den fünften Stock fahren. Er trat ein und drückte auf die 0. Die Kabine ruckelte, die Drahtseile gaben nach, und der Fahrstuhl setzte sich mit seinem notorisch widerwilligen Geräusch in Bewegung.

Culman zählte die Stockwerke. »Erst wird man geboren«, sagte er leise, »ist jung, wird erwachsen, altert und stirbt. Eine unabänderliche Tatsache, und es ist genauso überflüssig, damit zu hadern, wie die Treppenstufen der Jons Kapel zu zählen.« Vielleicht hatte Tinberg recht: Einsamkeit bedeutet, nicht geliebt zu werden. Sollte es wirklich niemand geben, der mich liebt?, fragte sich Culman und warf einen Blick auf das Zertifikat der Wartungsgesellschaft. Nicht einmal meine Frau?

»Werden wir etwa sentimental?«

Offensichtlich.

Einst war sie ganz verrückt nach ihm gewesen. Wie von Sinnen.

»Bis über beide Ohren.«

Hatte er dasselbe empfunden? Oder war er ein wenig berechnend gewesen?

Sie schlendern die Frederiksberg Allé entlang. Hand in Hand. Die Bäume stehen in frischer Blüte und Anna trägt ihren neuen Hosenanzug. Den hellblauen. Ihre Haare sind lang und blond und so raffiniert frisiert, dass von der großen, gewölbten Stirn nichts zu sehen ist. Sie lacht ihm ins Gesicht; Culman lächelt zurück und weiß nicht, ob er in ihren Überschwang oder in sie selbst verliebt ist. Sie ist süß, immer gut gelaunt, hilfsbereit, optimistisch und glücklich.

Culman erinnerte sich an das Glücksgefühl, das sie ausstrahlte. War er selbst glücklich gewesen? Oder hatte er sich mit bescheideneren Ansprüchen zufrieden gegeben? Er wollte es nicht ausschließen. Wie hatte Karen Johansen sich ausgedrückt? »Wenn ein Mensch erfahren hat, was Glück bedeutet, sich glücklich fühlt, dann nur in der Erinnerung.«

Schon möglich, sagte er sich, dass dieser stets unglücklich wirkende Mensch, dass sie, die ihren einzigen Sohn verloren hatte, wusste, wovon sie sprach.

Culman seufzte und schüttelte ratlos den Kopf. Doch mit einem Mal wusste er, dass er seine Frau liebte, sie in diesem Moment im Aufzug liebte und eine unlogische Sehnsucht nach ihr verspürte, nach ihrer Nähe. Der Vertrautheit, Zweisamkeit, Kameradschaft.

»Schau mich an, Leon.« Sagt das Mädchen auf der Allee, das nicht mehr taufrisch, sondern Mitte dreißig ist. Sie strahlt wie ein Teenager. »Schau mich an.«

»Ich schaue dich an, Anna.«

»Liebst du mich?«

»Du weißt, dass ich dich liebe.«

Anna lächelt vor sich hin, als hätte er eine doppelbödige Bemerkung gemacht.

»Du musst es immer und immer wieder sagen, sonst glaube ich es nicht.«

Er zieht sie an sich und versichert, er werde es sagen, solange er lebe.

Eine Redewendung, eine Entgegnung ohne Gewicht und ohne Verantwortung.

Hat er es getan? Dachte er daran, es zu sagen? Nein, in dieser Hinsicht musste er einige Versäumnisse eingestehen. Sie hatten ihre Krisen gehabt, aber die lagen Jahre zurück. Gegen Ende der Siebzigerjahre, kurz vor ihrem fünfzigsten Geburtstag, entwickelte sie plötzlich ein enormes Verlangen, ihr eigenes Leben zu leben. Frei zu sein. Besonders von ihm. Aus Ursachen, die ihm schleierhaft blieben, wurde er zu ihrem Feind, besser gesagt, zum Symbol dafür. Er war der Ausbeuter. Der Verursacher ihrer Unfreiheit. Das Ganze endete damit, dass sie und Susse für zwei Wochen nach Gran Canaria fuhren, ein Reiseziel, das im letzten Augenblick den Vorzug vor Delhi erhalten hatte. Er stand am Fenster, sah sie zum Taxi flattern und stellte einen kurzen Augenkontakt mit Anna her, bevor sie aus der Einfahrt rollten. Als wollte sie sagen: Warum tust du nichts, Leon? Aber Leon tat nichts, abgesehen davon, die Tage zu zählen. Während Annas vierzehntägiger Abwesenheit wechselte er kein Wort mit seiner halbwüchsigen Tochter, die sich in ihrem Zimmer verschanzt hatte. Culman wusste nicht, was er getan hatte, aber das war es eben. Als Anna nach Hause kam, braun wie ein Neger und gekleidet wie ein Indianer, nahm eine Reihe von Gesprächstherapie-Abenden ihren Anfang, an denen, wie sie sich ausdrückte, ihre Beziehung gründlich durchdiskutiert werden sollte, in der Hoffnung, dass es noch etwas gab, für das sich zu kämpfen lohnte. Es endete damit, dass sie sagte, sie fühle sich nicht geliebt und er habe sie nur aus Mitleid genommen. Culman wusste weder ein noch aus und schließlich schrieb sie ihm einen Brief, in dem stand, dass ihr Leben ohne jede Passion sei. Culman hatte diesen Ausdruck noch nie gehört, schon gar nicht aus ihrem Mund, und sah sich gezwungen, nach der Bedeutung zu fragen. Merkwürdigerweise brach sie in schallendes Gelächter aus. Culman hatte an den Abend, an dem sie gemeinsam in die Stadt essen gegangen waren, gute Erinnerungen, abgesehen davon, dass Nina ausgezogen war, als sie nach Hause kamen. Sie war gerade achtzehn geworden, und das einzige, das sie in ihrem Zimmer zurückließ, war eine Miniaturnachbildung des Eiffelturms aus Wachs, die Herr und Frau Culman ihr aus Paris mitgebracht hatten, wo sie ihre Nickelhochzeit verbrachten. Als sie Nina fünf Tage später in der Wohngemeinschaft in Ballerup besuchten, erzählte sie Anna, es sei schon schlimm gewesen, bei ihren Streitereien in Geiselhaft genommen zu werden, aber ganz und gar unerträglich, wenn sie sich wieder versöhnt hätten. Culman verbrachte viel Zeit damit, vor der Wohnanlage zu sitzen, in die Luft zu starren und zu akzeptieren, dass die große fliegende Untertasse, die durchs Universum schoss und das Leben der Menschen, den Sinn des Daseins und die Klärung seiner Entstehung barg, ihn wohl in der Kurve verloren hatte und ihm in Zukunft nur mehr die Abendessen am Donnerstag, Dalgas' erste Mannschaft und die Schwimmhalle in Frederiksberg blieben. Er hatte das mit der Passion und dem Freiheitsdrang seiner Frau Edwin erzählt, der, wie üblich, eine simple Erklärung für alle Probleme bei der Hand hatte.

»Das ist Susse Wiid, die allen solche Flöhe ins Ohr setzt. Die hat's auf dich abgesehen. Ich finde das ungerecht, Leon, wirklich ungerecht. Du bist immer nett zu Anna gewesen, das weiß ich, weil ich euch von Anfang an gekannt habe. Damals fanden es die Leute merkwürdig, dass du sie genommen hast, wo du doch jede hättest haben können.«

»Meinst du wirklich?«

»Kaum zu glauben, aber es stimmt. Ich kann mich noch an deine Antwort erinnern, als ich dich fragte, was du an ihr finden würdest.«

Culmans Blick wendet sich nach innen, als er Tinberg fragt, was er gesagt hatte.

»Du sagtest, du wolltest ein Mädchen für dich allein haben.«

Susse Wiid, die selten mit etwas hinter dem Berg hielt, hatte einst eine ähnliche Bemerkung gemacht.

»Ihr seht so selbstzufrieden aus, ihr in die Jahre gekommenen Ehemänner.«

Culman, Tinberg und Johansen blicken die lustige Witwe verloren an, die ein zweiteiliges Kostüm trägt, das in der Mitte geteilt ist, damit man ihren gebräunten Bauch bewundern kann. Auf dem Kopf hat sie einen schwarzen Strohhut, der gut zu ihrer gelben Sonnenbrille passt.

Sie sind im Tivoli und Susse hat ein Gläschen über den Durst getrunken, nachdem Tinberg wie üblich nachgeholfen hat, in der Hoffnung, sie würde sich blamieren.

Und jetzt kommt es heraus.

Susse steckt ihre Zigarette auf eine weiße Spitze. Culman gibt ihr galant Feuer und lächelt konziliant, doch sie ignoriert ihn und fährt mit gedämpfter und leidenschaftsloser Stimme fort:

»So weizenkleieselig in euren lauwarmen Zweipersonenzellen, durch die ihr in euren niedlichen Hausjacken trottet. So vollkommen lachhaft in eurem neurotischen Selenparadies.«

Culman schielt zu Tinberg, der erwartungsvoll nickt. Susse mustert die Passanten und spricht in apathischem Ton weiter: »Ihr habt das Alter erreicht, in dem ihr euch auf der Klobrille umdreht, um zu sehen, ob der Arsch noch dran ist, und bald sind es nur noch die Leistenbrüche, die ihr mit euch herumschleppt, die euch vom anderen Geschlecht unterscheiden. Ihr biedert euch dem Leben an und kriecht vor der Zukunft zu Kreuze. Es gibt nichts Armseligeres als die Männer von heute.«

Die vier sind unter sich, weil die Frauen sich gerade die Nase pudern.

Susse klopft die Asche von ihrer Zigarette, während Johansen etwas über die Bewässerung der Tulpen äußert.

»Man sieht ihnen an, dass sie dringend Wasser brauchen«, murmelt er.

»Warum pisst du dann nicht auf sie drauf?«, fragt Susse Wiid.

»Ja, warum tust du das nicht, Erling?«, fragt Culman. Johansen ignoriert ihn und studiert das Schienennetz der S-Bahn. Er betrachtet es mit derselben Mischung aus Konzentration und Ernst wie ein Moslem seine Gebetskette.

Susse lächelt ihn an. »Was seid ihr doch für kleine Pantoffelhelden, Männer, die später zu Freundinnen ihrer Frauen werden. Da wird einem ja übel.«

»Dann wird dir eben übel«, seufzt Johansen und setzt den Finger auf die Haltestelle von Hellerup.

»Aber am schäbigsten verhält sich Leon Culman.« Susse lehnt sich im Stuhl zurück. »Am schäbigsten und verächtlichsten ist er. Wisst ihr, warum? Weil er weiß, dass seine Frau ihn liebt, wie nur Anna einen anderen Menschen lieben kann, und weil er weiß, das er tun und lassen kann, was er will, und Anna ihn trotzdem liebt. Schäbig ist er, weil er sie aus genau diesem Grund genommen hat. Leon ist der schäbigste von allen.«

»Ja, ja, jetzt wollen wir uns wieder beruhigen«, sagt Johansen, der mit seinen kleinen, dicken Fingern auf den Tisch trommelt. Susse Wiid legt lachend den Kopf in den Nacken, wird ernst und sieht Culman mit bohrendem Blick an, der verstohlen zu Tinberg schaut. Dieser wiederum bereut inzwischen, der Witwe so oft nachgeschenkt zu haben. Susse zieht weiter über Tinberg und Johansen her, kommt aber stets auf Culmans Verhältnis zu Anna zurück. Irgendwann steht Leon auf und sagt, er wolle den Frauen entgegengehen, aber Susse ist keinesfalls gewillt, ihn so leicht davonkommen zu lassen, und schleudert ihm eine weitere Salve hinterher, die ihn dazu bringt, sich wieder zu setzen. Er schaut ihr in die Augen und lässt sich viel Zeit, denkt darüber nach, was er sagen will, entscheidet sich anders und schüttelt ratlos den Kopf.

»Du hast wohl den Mut verloren, Leon Culman.« Susse drückt ihre Zigarette im Aschenbecher aus.

»Nein«, sagt Culman, »nicht den Mut, sondern die Lust. Ich verliere immer die Lust, wenn ich dich ansehe.«

Johansen schielt zu Tinberg, der stumpfsinnig in sein Glas stiert. Susse Wiid hat sich erhoben. Die Hand, welche die Zigarettenspitze in der Handtasche verschwinden lässt, ist ruhig, doch ihre Stimme zittert, als sie sich über den Tisch lehnt und ihm tief in die Augen blickt: »Du bist so stark, Leon Culman, so selbstgewiss und stark, aber wenn man dir zu nahe kommt, schnappst du wie ein gejagtes Tier. Gibt es einen Culman, den wir nicht kennen? Es sieht fast so aus, doch glaub mir, glaub mir, Leon, alles kommt irgendwann ans Tageslicht, entweder früher oder später.«

Der Fahrstuhl hielt im Keller mit einem kleinen Ruck. Er betrachtete die Kellertür, auf die jemand »Fuck you« geschmiert hatte, was ein anderer, vermutlich der Hausmeister, zu übermalen versucht hatte, doch ohne Erfolg. Hätte man doch nur ein Mobiltelefon dabei, dachte er. Anna hatte sich eins gewünscht, doch Culman fand dies albern und führte außerdem ins Feld, dass Mobiltelefone einer australischen Untersuchung zufolge krebserregend seien. Hätte er jetzt eins gehabt, könnte er Anna anrufen und sagen, dass er gerade im Keller sei, das Licht angeschaltet habe und mit dem Schlüssel in der Hand zum Abteil Nr. 22 ginge.

Kurz darauf öffnete er die Tür zu ihrem privaten Abteil,

das sauber und aufgeräumt war, weil sie erst kürzlich die alten Möbel rausgeworfen und ausrangierte Kleider der Heilsarmee gespendet hatten. Die vier Ersatzstühle waren übereinandergestapelt. Er ging sofort hinein, klemmte sich die Taschenlampe unter den Arm und nahm den obersten Stuhl herunter. Einen Augenblick blieb er stehen und knipste exakt im selben Moment die Taschenlampe an, in dem das Licht auf dem Gang erlosch. Er nahm den Stuhl und ging mit ihm rückwärts zur Tür, trat auf den Gang, stellte den Stuhl ab und ließ das Vorhängeschloß einrasten. Dann hob er den Stuhl wieder hoch und schlängelte sich mit der Taschenlampe unter der Achsel dem Ausgang entgegen.

Die Gestalt war vielleicht schon die ganze Zeit auf dem Gang gestanden. Culman wusste es nicht. Er sah bloß die schwarzen Schuhe und die braune Hose und spürte sein Blut gerinnen. Der Stuhl glitt ihm aus den Händen, er verlor die Balance und stieß mit der Schulter gegen die Wand, ließ die Lampe fallen, die mit einem Knall auf dem Beton landete und drei Meter wegrollte, wobei ihr Lichtkegel im Drehen die Schuhe des Fremden erfasste, bevor sie an der Kellertür liegen blieb. Zu diesem Zeitpunkt befand sich Culman beim Versuch, die Taschenlampe zu erreichen, bereits auf allen vieren, war sich jedoch darüber im Klaren, dass ihm die Lampe nicht weiterhalf. Mühevoll gelang es ihm, kniend den Oberkörper aufzurichten, mit einer Hand die Lampe zu greifen und sich mit der anderen an der Wand abzustützen. Im Dunkel hinter seinem Rücken rührte sich nichts, also drehte Culman sich um und ließ den gelben Lichtkegel von den schwarzen Schuhen zum Gesicht des Mannes wandern.

»Ich habe dich doch nicht erschreckt, Leon?«

Culman befeuchtete seine trockenen Lippen und starrte Johansen an, der seinen dunklen Anzug trug, so wie üblich, wenn er zu einem Fest oder einer Beerdigung wollte. Er stand kerzengerade wie ein Zinnsoldat da und schien Gefallen an der Situation zu finden, die er verursacht hatte.

Culman räusperte sich und ließ sich schwer auf den Stuhl sinken. Johansen machte auf dem Absatz kehrt und ging zur Kellertür zurück, neben der sich der Schalter für das Deckenlicht befand.

»Was zum Teufel treibst du hier unten?« Culman schob Johansen den Stuhl entgegen, der mit einem Finger den Schalter gedrückt hielt, damit das Licht nicht ausging. Er lächelte verschmitzt, steckte die Hand in die Jackentasche und holte ein kleines Männchen hervor.

»Den habe ich hier gesucht. Erinnerst du dich an ihn, Leon?

Culman schüttelte irritiert den Kopf, bevor er nickte.

Die Figur stammte aus einer Zeit, in der sie Räucherstäbchen angezündet und Speisen aus der Dritten Welt zubereitet hatten. War das in den Sechzigern gewesen?

»Wir hatten jeder so einen, Edwin, du und ich. Die hatten wir auf einer Tour nach Warnemünde gekauft, weißt du nicht mehr?«

Johansen lachte sein stilles, selbstzufriedenes Lachen. »Ist doch ziemlich komisch, drei kleine Männchen mit drei kleinen Löchern im Schädel.«

Culman schaute ihn eindringlich an. »Hast du auf mich gewartet?«

»Auf dich gewartet?«

»Ja, du musst auf mich gewartet haben. Du warst genau in dem Moment hier, als das Licht ausging, das kann doch kein Zufall sein.«

»Ist das hier etwa dein Privatkeller?« Johansen klang indigniert.

»Willst du mir einreden, du wusstest nicht, dass ich hier bin?«

»Woher sollte ich das wissen?«

»Ich habe keine Ahnung!«, rief Culman. »Nur verstehe ich einfach nicht«, er schlug sich verzweifelt an die Stirn, »wie es möglich ist, dass du …«

Culmans Stimme verlor sich im eiskalten Gang. Johansen sagte kein Wort, sah ihn aber mit besserwisserischer Miene an, als hätte Culman ein Leiden preisgegeben, für das Johansen endlich ein Name eingefallen war.

»Wollen wir nicht raufgehen, Leon?«

Culman nahm den Stuhl und schüttelte entschuldigend den Kopf. Sagte, er habe ein wenig Kopfweh, Erling müsse schon entschuldigen.

»Ich habe es nicht so gemeint. Ich finde die kleinen Männchen auch komisch. Die hatte ich völlig vergessen.«

Johansen betrachtete die kleine Lehmfigur.

»Ich habe unten beim Pakistani neue Räucherstäbchen gekauft. Das wird wie in alten Zeiten. Erinnerst du dich noch an Edwins spanische Gitarre? Und unsere Liederabende? Karen hatte alle Protestsongs in der Bibliothek kopiert und für jeden von uns ein kleines Heft gebunden. Ich weiß noch, dass sie auf die Vorderseite einen Farbigen mit Kette am Bein gezeichnet hat. Karen zeichnet eigentlich hervorragend.«

Culman sank bei der Erinnerung an die langen Samstagabende leicht in die Knie. Tinberg, der sich in Anlehnung an die Beatles eine Art Pilzkopf zugelegt hatte, brachte immer seine Gitarre mit, damit Karen und er ihre Protestlieder vortragen konnten. Soweit sich Culman erinnerte, hatte Tinbergs Stimme die Angewohnheit, ins Falsett umzuschlagen, doch niemand wollte Culmans alte Platten hören, nein, sie zogen es vor, beim Schein der Tropfkerzen »Blowin' in the Wind« zu singen, während die Räucherstäbchen glimmten und Culman sein erstes Magengeschwür entwickelte.

»Der Gestank ist wirklich nicht auszuhalten«, sagte er lächelnd und knirschte mit den Zähnen.

Johansen legte den Kopf in den Nacken. »Grauenhaft, ganz abscheulich, aber wir dachten, es könnte lustig werden.

»Ja, das dachtet ihr bestimmt. Wer ist wir?«

»Edwin und ich.« Johansen schaute Culman mit seinem vergnügungssüchtigen Blick an.

Culman starrte vorwurfsvoll auf seine Hände, die Tinberg einst gezwungen hatte, auf ein kleines rotes Tamburin zu schlagen, während Johansen mit todernster Miene zwei Rasseln bediente, wenn sie von der Atombombe sangen, den Farbigen in Alabama und davon, dass alle Menschen frei sein würden – »some day«.

Culman öffnete die Tür zum Treppenhaus. »Bis später«, sagte Johansen und zwinkerte ihm zu, während er mit der kleinen Tonfigur winkte.

Alter Narr, dachte Culman. Was ist so lustig an diesen muffigen, kleinen Figuren? Was führen sie im Schilde? Und warum bin ich nicht in der Lage, ihm zu sagen, sie sollen ihre elenden Stinkstäbchen in ihren eigenen Buden abbrennen? Warum hat man kein Recht zu sagen, dass man keinen wildfremden Mann namens Jonathan treffen möchte? Der konnte doch genausogut am Sonntag oder am Montag oder zu Weihnachten kommen. Warum musste dieser Gesichtslose, dieser Marsmensch, dieser Gepäckbandtaugenichts unbedingt heute aufkreuzen? Der Schlachter von der Lexington Avenue! Seit wann hatte ein Mann in seinen eigenen vier Wänden nichts mehr zu sagen? Womöglich gab es noch weiter gehende Pläne. Womöglich sollte die ganze Wohnung in einen buddhistischen Tempel verwandelt werden. Womöglich sollte jemand geopfert werden.

Culman blieb in der Türöffnung stehen und sah Johansen davontrippeln. Wie x-beinig er geworden war. Vielleicht bin ich der Einzige, dachte er, der nicht in die Festlichkeiten eingeweiht, der Einzige, der noch nicht der spleenigen Sekte beigetreten ist, die früheren Atheisten endlich den wahren Weg zeigt. Hier, auf dem Fallreep, im Herbst, wenn nicht Winter ihres Lebens, haben sie sich unter der Führung Susse Wiids der Lehre des Sündenbocks verschrieben, deren Ritus darin besteht, sich das schwarze Schaf der Sekte herauszugreifen, den Schäbigsten von allen, der beim Gestank von Räucherstäbchen und griechischem Aftershave im Dienste einer höheren

Sache sein Leben lassen muss. »Blödmann«, murmelte er vor sich hin, »Erling ist ein guter Kerl, ist es immer gewesen. Vielleicht zu gut. Geriet man irgendwann in Seenot, konnte man sich vertrauensvoll an ihn wenden, den nackten Kontrolleur, im steten Einsatz für Gott, König und Vaterland.

Während der Fahrstuhl ihn nach oben brachte, setzte er sich auf den Stuhl, schnaubte verächtlich und hielt sich die Hand vor den Mund. Oben angekommen, riss er sich den Gürtel herunter. Fast hätte er ihn ins Treppenhaus geschleudert.

»Hol mich der Teufel, wenn ich so was anziehe!«, rief er.

18:00

Als er die Wohnung betrat, schallte ihm bereits ein Gewirr weiblicher Stimmen entgegen, die sich lachend ins Wort fielen, doch sie war es, deren Stimme er nicht hörte, die seinen Körper reagieren und seine Temperatur ansteigen ließ. Es roch nach dem altbekannten, ein wenig scharfen, aber dennoch angenehmen Parfüm, das sich, gleich kleinen Kristallen, in seiner Nase festsetzte, aber es war der Stapel Reklamezettel auf dem Tisch unter dem Spiegel, der ihn veranlasste, mit klopfendem Herzen und abgewandtem Gesicht auf sein Zimmer zu gehen. Die Stimmen kamen aus der Küche und gehörten Nina, Anna und Susse. Zwischendurch hörte man auch Kamma, doch dann vernahm er einen fremden Klang: die dünne, vorsichtige, glasklare Stimme einer jungen Frau, die er oft auf der Straße gehört hatte, wenn sie ihren kleinen Jungen herumkommandierte. Anna hatte sie hereingelassen, das Mädchen mit den Reklamezetteln, die alleinerziehende Mutter am Ende des Fernglases. Das war vorher noch nie geschehen, doch jetzt stand sie in seiner Wohnung, in seiner Küche, in der innersten Kammer von Fort Knox, gemeinsam mit seiner Frau und seiner Tochter, und sie schienen sich darüber hinaus zu amüsieren, die Stimmung war, wenn nicht ausgelassen, so doch entspannt und vertraut, das Gespräch floss ruhig dahin, und ihre Bemerkungen griffen mit bemerkenswerter Eintracht und Harmonie ineinander, als würden sie sich schon seit Jahren kennen.

Culman schloss die Tür hinter sich und lauschte eine Weile der Stimme der jungen Frau. Weniger dem Inhalt ihrer Worte als ihrer Artikulation, Phrasierung und Modulation, ihrer

Stimmführung – fast so, als würde er sie durch das Fernglas beobachten. Er wusste ja so viel über sie, kannte ihre Angewohnheiten und kleine Details ihres Privatlebens – nicht, weil sie ihn persönlich interessiert hätte, sondern weil er wissen wollte, ob der Junge einen Vater besaß. Ob alles in Ordnung war und sie keine Not litten. Denn trotz des räumlichen Abstands war er ihrem Leben mit der Zeit so nahe gekommen, dass er ein Gefühl der Fürsorge entwickelt hatte.

Was wusste sie von ihm? Gab es vielleicht einen Reflex, einen Verlauf in umgekehrter Richtung, eine Art Rückstoß, der den Beobachter am Fenster genauso bloßstellte wie sein Objekt? Natürlich gab es das. Man belauerte niemand, ohne etwas von sich selbst preiszugeben, und jetzt stand er am Ende des Flurs, so, wie er auch hinter dem Fernglas gestanden hatte, während sie mit Anna und Nina redete, als sei ihnen allen die geheime Verbindung zwischen dem Beobachter und der alleinstehenden Mutter bekannt.

»Bist du's, Leon?« Anna rief nach ihm.

Er hörte sie kommen. Gleich würde sich die Tür öffnen, in fünf Sekunden stellte man ihn zur Schau.

Culman hastete hinter den Schreibtisch, setzte sich auf den Drehstuhl und tat so, als sei er in eine wichtige Angelegenheit vertieft.

Sie öffnete. »Weißt du nicht, wie spät es ist? Nina und Kamma sind da, und die anderen können jeden Moment vor der Tür stehen. Was machst du hier eigentlich?«

Sie kam herein und kramte auf dem großen Regal.

»Du hattest mal einen Skizzenblock.«

»Ich versuche, ein bisschen Ordnung zu schaffen«, entgegnete er. »Was ist das für ein Mädchen, mit dem ihr da sprecht?« Er bemühte sich, seiner Stimme einen gelassenen und zerstreuten Klang zu geben.

»Es ist das Mädchen, das immer die Reklamezettel austeilt. Wo ist der Block nur hin, Gott, was für ein Chaos.«

Culman stand auf, ging um den Schreibtisch herum, warf

einen gründlichen Blick auf den Flur und schloss so unauffällig wie möglich die Tür.

»Warum habt ihr sie reingelassen? Anna, schau mich an! Warum habt ihr sie reingelassen? Was hat sie hier zu suchen?«

Anna stand bei der klobigen Remington-Schreibmaschine, die unter einem Berg vergangener Steuererklärungen, uralter Rechnungen und verschiedener Fotoalben begraben lag.

»Sie ging mal in Ninas Klasse. Auf der Grundschule.«

»Wer?«

»Janni. – Halt das mal!«

Culman bekam die Schreibmaschine in die Hand gedrückt, die er sofort abstellte.

Anna öffnete die Tür. »Sie möchte gern unser italienisches Ossobuco-Rezept haben. Warum hast du den Gürtel ausgezogen? Leon!«

Er versuchte, seine Frau zu fixieren, konnte das Bild aber nicht scharf stellen. Das Mädchen war mit Nina in eine Klasse gegangen, kannte also die Culmans und fand sich auf zahlreichen Schulfotos seiner Tochter. Sie hieß Janni und ihr Sohn, der Asthmatiker, hieß Viktor. Die Mutter rauchte Prince Light und trug Klamotten, die denen eines Punks nicht unähnlich waren: enge schwarze Hose, schwarzes Unterhemd, Stiefel mit Bulldozerabsätzen, Strickhemd, gesteppte Weste und eine Boa mit tausend schwarzen Federn. Wo mochte der Junge bloß sein, wenn die Mutter arbeitete? War er allein? War jemand bei ihm?

»Anna!« Culman schnallte sich den Gürtel wieder um.

»Ich hab's eilig, Leon.« Sie trippelte ungeduldig auf der Stelle, um mit ihrem Programm fortfahren zu können.

»Gibt es einen Vater?«

Sie schaute vom Block auf, war bereits dabei, das Rezept aufzuschreiben.

»Wessen Vater?« Sie öffnete die Tür.

»Viktors Vater«, flüsterte Culman, »ich möchte wissen, ob Viktor einen Vater hat.«

Sie ging zu ihm und sah ihm in die Augen. »Woher weißt du, dass Janni einen Sohn hat, der Viktor heißt?«

Culman schaute an seiner Frau vorbei; auf dem Flur standen Nina, Kamma und das Mädchen, das Janni hieß. Sie trug einen gelben Anorak und eine blaue Schirmmütze.

Nina sagte: »Die liegt in Bagsværd. Viel Erde unter den Nägeln und massenhaft frische Luft. Ist ganz okay. Irgendwas muss man ja machen.«

Anna fragte: »Kennt ihr euch?« Sie schaute von Culman zu Janni, die den Kopf etwas zurücklegte, um die Silhouette in der Türöffnung besser erfassen zu können. Ihr Blick wanderte um Culmans Körper, so wie die Nadel einer Nähmaschine dem gestrichelten Muster folgt.

»Herr – Culman!« Sie sagte es klar und deutlich, während sie zwischen »Herr« und »Culman« eine kleine Pause machte. Dehnte die Sekunde wie ein Gummiband, das sie erst losließ, als es zu reißen drohte.

In dieser Sekunde, dachte Culman, sterben Menschen; die Zeitspanne bringt sie um.

Das Mädchen mit den Reklamezetteln schaute Nina an und sagte: »Wir haben deinen Vater immer Walter genannt.«

Culman zwang sich dazu, sie anzusehen. Sie hatte eine ganz bestimmte Sprechweise, eine Betonung, als würde sie einen Witz machen, einen dieser schnellen Witze, von denen es so viele im Fernsehen gab, besonders an den Nachmittagen, an denen es von Spaßvögeln nur so wimmelte.

Anna sagte, sie stünde auf der Leitung. Indes versuchte Culman, sich auf Kammas Hosenanzug und ihre voluminöse, feuerrote Haarpracht zu konzentrieren. Vielleicht waren Perücken wieder in Mode.

Janni schaute Culman direkt in die Augen. Ihr Blick war unpersönlich und hart und ihr Lächeln bis zu den Zähnen bewaffnet. Vielleicht hasst sie gar nicht mich, ging Culman durch den Kopf, sondern Männer im Allgemeinen. Vielleicht macht sie meine Generation dafür verantwortlich, dass sie

Werbezettel verteilen muss. Vielleicht hält sie mich für schuldig am Asthma ihres Sohnes, das von der Luftverschmutzung herrührt, die wir Alten ihnen hinterlassen haben.

»Weil er so aussieht wie Walter Matthau.« Die Augen des Mädchens ließen Culman los, der das Gefühl hatte, vom Haken zu hüpfen. Dann wandte sie sich Nina und Anna zu, bedankte sich für das Rezept, verließ die Wohnung und rief etwas, das im Treppenhaus widerhallte. Culman trat zwei Schritte zurück und schloss die Tür zu seinem Zimmer. Sein Mund war ausgetrocknet, er fühlte sich vollkommen durchsichtig. »Sie hat das Fernglas umgedreht«, murmelte er. »Abgesehen davon, dass sie gar kein Fernglas braucht. Wir stehen uns ja direkt gegenüber. Mitten in Fort Knox. Der klassische Albtraum«, er stützte sich gegen den Tisch, »ein Mann belauert seine Beute durch ein Fernglas, stellt scharf, fokussiert und prägt sich jedes Detail ein, als das Objekt plötzlich verschwindet. Der Beobachter nimmt das Fernglas von den Augen, dreht sich um, und da steht sie, direkt hinter ihm.

Von Angesicht zu Angesicht.

Sie hatte natürlich die ganze Zeit gewusst, wer er war. Vielleicht hatte sie zu Nina gesagt: »Ihr solltet deinem Vater das Fernglas wegnehmen. Ein alter Mann, der alleinstehende Mütter belauert. Das ist unappetitlich.«

Culman hörte die Worte nicht, nur deren Echo: »Unappetitlich.«

Er ließ sich auf den Bürostuhl sinken und spürte, dass sein Rücken feucht war. Ich bin weder alt noch unappetitlich, dachte er, vielleicht sehe ich so aus, aber ich bin es nicht. Ich trage einen jungen Mann in mir, dessen Leben ich stets von vorn lebe. Ständig kommen neue Details dazu. Ich gehe mit seinen Schritten, durch seine Straßen, über seine Brücken, ich schaue auf seine Finger, wenn sie unsere Zigaretten drehen, und ich lausche den Möwen über seinem Kopf, die vom Fischmarkt kommen und wie verirrte Träume über dem Hudson kreisen. Diese Beine und diese Füße sind für Siebenmeilenstiefel geschaffen und können mich in Windeseile dorthin bringen, wohin ich will. Keine Distanz ist zu groß und keine Spanne zu lang. Ich sehe einen kleinen Kerl auf dem Eis des Fjords. Es ist Winter, wir haben uns in Schale geworfen und weit im Norden ist die Kimmung am Isefjord festgefroren. Eines Tages werde ich mich an den Namen des Jungen erinnern. Ich sollte Nina alles erzählen: alles, was ich in mir trage.

Sie stehen auf den Stufen, die zur Jons Kapel führen, einer nach dem andern, Leon auf Leon, von der schwarzen Tiefe bis zum obersten Absatz, vom Jungen bis zum Mann, vom Mann bis zum Mensch, so viele Stufen, so viele Alter, und sie brummen wie ein gemischter Knaben- und Männerchor, der, während er sich einsingt, Resonanz in der Tiefe findet. Es klingt hübsch und bedrohlich: *Do not forsake me, oh my darling / On this our wedding day / Do not forsake me, oh my darling / Wait / Wait along.*

Es klingelte an der Tür. Nicht unten, sondern draußen.

Culman schaute auf: die Türklingel! Jetzt beginnt es, dachte er. Du hast es die ganze Zeit gewusst. Der Anfang vom Ende. Die Treppe der Jons Kapel hat keine weiteren Stufen, meine vielen Gesichter starren den Alten auf dem Plateau an. Ich vermisse ein Kind, dachte er, ein Kind, das die Geschichte des Lebens noch einmal erzählen kann. Ich kenne so viele Antworten, was die Mysterien des Lebens angeht, habe aber die Frage vergessen.

»Machst du auf, Leon?« Annas ungeduldige Stimme.

Das war normalerweise seine Aufgabe: die Begrüßung der Gäste.

Doch er wusste, dass er jetzt nicht auf die Beine kam. Nicht in diesem Moment. Der Körper war zu schwer, seine Beine konnten ihn unmöglich tragen, es schmerzte am ganzen Körper, und er hatte das Gefühl, sein Gehirn habe angefangen sich loszureißen, und auch der Schädel wolle diese lästige

Bürde nicht länger tragen, so dass er binnen weniger Minuten sein Gehirn im Schoß haben würde.

»Leon, gehst du an die Tür?«

Darauf Kammas Stimme: »Ich mache schon auf, Anna.«

Für wen?, fragte sich Culman und wollte die Schreibmaschine wieder an ihren Platz stellen. Er hatte sie seit fünfundzwanzig Jahren nicht mehr benutzt und konnte sich gar nicht erinnern, wann sie zuletzt in Betrieb gewesen war. Vermutlich hatte Nina ihre Schularbeiten damit erledigt.

Auf dem Flur hörte er Tinbergs Fistelstimme und das Klirren von Flaschen. Er sagte so etwas Ähnliches wie: »Die habe ich extra für diese Gelegenheit gekauft.«

Culman rieb sich mit der Rückseite des Ärmels unter den Lippen trocken und schaute vorwurfsvoll seine Hände an, die stärker zitterten als üblich. Seine Finger nahmen ein Blatt Papier und spannten es in die alte Remington ein. »Was soll das jetzt wieder?«, brummte er und beobachtete seine alten Hände, die eigenmächtig an der Walze mit dem Papier drehten, bis sie den Bogen schließlich so ausgerichtet hatten, dass er gerade lag. Widerwillig nahm er hinter dem Schreibtisch Platz und murmelte, dass es auf den Inhalt ja nicht ankäme, also schrieb er: *Ein Elefant stand an der Wand.*

Auf dem Flur sagte Johansen: »Das macht diesen Abend nur noch interessanter.«

»Noch interessanter«, flüsterte Culman.

Gab es im Flur ein Echo oder wiederholten sie ständig dieselben Sätze?

»Extra für diese Gelegenheit.«

»Nur noch interessanter.«

Wie konnte der knochentrockene Flur auf einmal so viel Resonanz entwickeln?

Anna öffnete die Tür und blickte ihn streng an. »Hallo, du da drinnen! Gibt es heute Abend gar keine Musik?«

Culman schaute zu ihr auf. »Musik?«

Ihre Lippen wurden schmal und ihre Augen groß. »Die

Mills Brothers! Hast du vergessen, was für ein Tag heute ist?«

Hinter ihr konnte er Tinberg und Johansen erkennen und die Hälfte von Karens Arm – den mit der Uhr. Tinberg stand auf den Zehenspitzen, um an Anna vorbeisehen zu können, und Johansen hielt eine rasselnde Schachtel in die Höhe, vermutlich die mit den Räucherstäbchen.

»Ist Ötzi zu Hause?«, rief Tinberg.

»Ja, ist der Wirt zu sprechen?«, äffte Johansen ihn nach.

Sie waren strahlender Laune. Selbst Karen lächelte und wischte einen Fussel von der Schulter ihres Mannes.

Culman schaute auf den Bogen in der Schreibmaschine, auf den Nonsenssatz vom Elefanten, der an der Wand stand, der mit kleinen, schwarzen Buchstaben geschrieben war, bei denen das e und das a fehlten.

Er glotzte auf seine Hände, die aufgehört hatten zu zittern.

»Sie fehlen, sie fehlen! Das a und das e fehlen!«

»Leon!« Anna blickte ihn streng an. »Wovon redest du?«

Er hob den Kopf und versuchte das Bild von ihr scharf zu stellen.

»Meine Schreibmaschine«, flüsterte er, »lässt die Vokale a und e aus.«

Er hämmerte den Satz in die Maschine, immer und immer wieder, vertippte sich, nahm einen neuen Bogen und schrieb schließlich nur noch: Elefant, Elefant, Elefant, stets mit demselben Ergebnis: die Vokale a und e wurden übersprungen.

Anna kam zu ihm und schaute ihm in die Augen. Culman drehte ihr die Seite zu, während er langsam, aber gründlich das Blatt zerknüllte.

»Leon, unsere Gäste sind da.«

»Ich weiß. Außerdem kann ich sie sehen. Und hören.« Er betrachtete den Papierball in seinen Händen.

»Höchst interessant«, murmelte er und ging zur Tür.

Am Ende des schmalen Flurs waren sie eng zusammengerückt: Susse Wiid, Edwin Tinberg, die Johansen-Zwillinge und Kamma. Er sah sie durch den Türspalt. Sie streckten ihre Hälse und dampften geradezu vor freudiger Erwartung.

»Er ist da drin«, sagte Tinberg lachend. »Er steht hinter der Tür.«

»Kannst du ihn sehen?« Johansen schaute unter dem Arm seiner Frau hervor.

»Huhu, Leon!«, zwitscherte Susse. »Gibt es heute gar keine Musik?«

Culman sah, wie seine Frau das Zimmer verließ, um sich den anderen anzuschließen.

Kurz darauf hört er sie singen. Susses Stimme hat die Führung übernommen, während Karen, Anna und Kamma im Hintergrund die Andrew Sisters imitieren.

Bei mir bist du schön / Please let me explain / Bei mir bist du schön / Means that you're grand / Bei mir bist du schön / Again I'll explain / It means you're the fairest in the land.

Kamma und Karen folgen Susse auf den Flur. Sie wackeln mit den Hüften und heben neckisch ihre Zeigefinger:

I could say Belle, Bella even say Voonderbar / Each language only helps me tell you how grand you are / I've tried to explain / Bei mir bist du schön / So kiss me and say you understand.

Culman schließt die Tür, bleibt für einen Moment mit gesenktem Kopf stehen und versuchte seinen Puls zu beruhigen und seine Atmung unter Kontrolle zu bringen. Vor der rechten Regalwand ist der Gerichtsvollzieher aufgetaucht. Er trägt einen Smoking und schnippt zu der eingängigen Melodie mit den Fingern. Er sieht so aus, als hätte er seine Augenbrauen gezupft und hinterher mit einem Stift nachgezogen, die Haare sind streng zurückgekämmt und glänzen wie ein frisch polierter Lackschuh. Eine elegante Erscheinung am Rande zur Manieriertheit, eine Mischung aus Rudolph Valentino und Marlene Dietrich, und wie immer scheint er sich über irgendwas zu amüsieren.

»Musik verlängert das Leben. Das wissen Sie wohl, Herr Culman.«

»Zieh Leine!«, zischte Culman, faltete das zerknüllte Papier auseinander und hielt es dem Gerichtsvollzieher unter die Nase.

»Wie ungehalten wir heute sind. Ein Mann in Ihrem Alter sollte sich vor heftigen Gemütsbewegungen hüten.«

»Lies, was da steht. Lies es!«

Der Gerichtsvollzieher liest, während er die Melodie mitsummt.

»Sie reimen großartig, Herr Culman.«

»Verschonen Sie mich mit Ihrem Sarkasmus. Verstehen Sie denn nicht, was das bedeutet?«

»Bei mir bist du schön«, summt er, »nein, das verstehe ich nicht. Erklären Sie mir die Bedeutung.«

Culman beißt die Zähne zusammen. »Das bedeutet, dass sich in meiner Wohnung jemand befindet, der mich ermorden will. Hier steht es schwarz auf weiß. Einer dieser singenden Wirrköpfe hat diesen perfiden Brief auf meiner eigenen Schreibmaschine geschrieben. Welch unvergleichliche Frechheit. Welch bodenloser Zynismus.«

»Wirklich? Warum?«

»Warum?«

»Ja, warum? Was haben Sie getan, Herr Culman?«

Leon Culman starrt den Gerichtsvollzieher mit offenem Mund an. »Ich habe gar nichts getan«, sagte er kleinlaut.

Der Gerichtsvollzieher tritt ganz nah an ihn heran und streicht über seinen beinahe kahlen Schädel. »Wie dünn Ihre Haare geworden sind. Ich kann mich noch an Ihren vollen schwarzen Schopf erinnern.«

»Was haben meine Haare mit dieser Angelegenheit zu tun?«

»Ich gehe davon aus, dass Sie immer noch die kleine Tätowierung haben. Und dass sie immer noch, vor allem nachts, auf der Haut brennt, als wären die Buchstaben aus Feuer.«

Der Gerichtsvollzieher und Culman blicken einander tief in die Augen, während sich eine Dunkelheit im Raum ausbreitet, die aus der Tiefe der Pupillen sickert. Der Gerichtsvollzieher reibt sanft Culmans Ohrläppchen. »Ich glaube, Sie haben Recht«, flüstert er, »ich glaube wahrhaftig, dass sich ein Mörder unter uns befindet. Trauen wir uns, seinen Namen auszusprechen?«

Culman lehnt sich keuchend gegen den Schreibtisch, als hätte er eine große Strapaze hinter sich. »Was weiß ich, wovon Sie reden.«

Der Gerichtsvollzieher zieht Culman an sich, zurechtweisend und tröstend. Culman will sich befreien, hat aber nicht die Kraft dazu.

»Sie wissen«, flüstert der Gerichtsvollzieher, »dass Sie in Ihrem nächtlichen Zimmergenossen einen stets einsatzbereiten Souffleur haben.«

Culman steht schwankend vor ihm, sein Blick ist leer, die Augen halb geschlossen. Mit zitternden Händen zündet er sich eine Zigarette an, an der er zieht, als sei sie ein Sauerstoffgerät. »Also los«, murmelt er und trocknet den Schweiß unter seinem Mund, »sagen Sie mir den Namen.«

Der Gerichtsvollzieher nimmt hinter der alten Remington Platz, spannt einen neuen Bogen ein und tippt ein rundes Dutzend Buchstaben auf das Papier. Dreht sich um und schaut Culman auffordernd an, der zwei Schritte zurückwankt.

Draußen plappern sie los, klatschen in die Hände und stampfen auf den Boden. Indes zieht der Gerichtsvollzieher den Bogen aus der Maschine, faltet ihn zweimal und steckt ihn in Culmans Brusttasche, worauf er ihm die Zigarette entwendet und einen so tiefen Zug nimmt, dass die Glut zu einer länglichen Patrone wird.

»Adieu, Culman«, flüstert er, »adieu.«

Eine Sekunde später ist nur noch der Rauch zu sehen. Sowie das Bild eines ironischen Lächelns.

Culman lässt sich auf den Schreibtischstuhl fallen, das Erbstück des Anwalts, der vor die Hunde gegangen war. Seine linke Hand nimmt das Papier aus der Brusttasche und hält es unter die Lampe, wo die rechte Hand es anzündet. Ruhig beobachtet er, wie es im Aschenbecher einschrumpelt, einschließlich der zehn Buchstaben, die den Namen Leon Culman ergaben.

Hinterher geht er zum Regal, zieht die Platte mit den Mills Brothers heraus, setzt die Nadel in die erste Rille und dreht voll auf, so dass die Musik schmerzhaft verzerrt klingt:

I just quarrelled with Sue / That's why I'm blue / She's gone and left me just like all dolls do.

18:30

Natürlich war es der eilfertige Tinberg, der ins Zimmer stürmte und die Musik leiser stellte, und Johansen, der die Gemüter beruhigte und Culman verteidigte, indem er sagte, jeder habe mal einen schlechten Tag, und Anna, die hinzufügte, man solle nichts trinken, wenn man nichts vertrage. Culman selbst blieb stumm und apathisch, wie ein verzogenes Kind, das etwas ausgefressen hat. Für ein paar Minuten ließ man ihn in Ruhe, während er es genoss, sich unsichtbar zu fühlen und zugleich an- als auch abwesend zu sein. Er folgte der selbstbewussten Susse, die ein enges, schwarzes Kleid, eine turmhohe Frisur, eine schlichte Perlenkette und ein paar schicke Stiefeletten mit breiten Absätzen trug. Von hinten hielt man sie für dreißig. Sie ignorierte und beobachtete ihn gleichzeitig, genau wie der Rest der Gesellschaft. Johansen trug einen dunklen Anzug, hatte jedoch einen neuen, kunterbunten Schlips bekommen, der sein Gesicht erglühen ließ. Er rasselte fortwährend mit seiner Schachtel, als wäre er angestellt, um die Gäste zu unterhalten. Seine Frau war ihm bei Tisch behilflich und achtete pausenlos auf den perfekten Sitz seiner Kleidung. Sie wirkten wie ein frisch verliebtes Paar.

Tinberg konnte bei Kamma, wie üblich, seine Finger nicht beherrschen. Vielleicht hatte auch er seine Phantasien gehabt. Vielsagend lächelte er zu Culman hinüber, rollte mit den Augen und benahm sich überhaupt sehr sonderbar. Nina schien verändert. Vielleicht nicht verändert, aber doch fürsorglicher und rücksichtsvoller. Vor allem gut gelaunt. Culman konnte sich nicht erinnern, wann er sie zuletzt so fröhlich gesehen hatte. Irgendetwas Neues war an ihr, eine neue Farbe. Vielleicht hatte sie Kammas Salon besucht. Er wusste nicht mehr, was für eine Frisur sie vorher gehabt hatte, aber die kurzen Haare und die blaue Bluse standen ihr gut; sie wirkte weiblicher als früher, und als er sich entschloss, etwas Vertrauenerweckendes zu äußern, um dem Rest der Gesellschaft zu signalisieren, dass er sich wieder unter Kontrolle hatte, legte sie ihm eine Hand auf den Rücken. Flüchtig nur, wie im Vorübergehen. Eine plötzliche Wärme veranlasste ihn, Nina in die Küche zu folgen, wo Anna gerade die glühend heißen Teller aus dem Ofen nahm. Nina hatte sich ein Geschirrtuch genommen und fragte Culman, ob er sich um den Wein kümmern könne.

Er stolperte über seine eigenen Füße und stieß mit Tinberg zusammen, der ständig im Weg stand und Culman neugierig ansah. Der Anflug eines spöttischen Lächelns kräuselte seine dünnen Lippen; es schien so, als wolle er fortwährend etwas sagen, um es sich im letzten Moment jedoch anders zu überlegen und es bei der Drohung zu belassen. Dann zog er einen Flunsch, kniff die Augen zusammen, versank in Gedanken, nahm einen Schluck Wein und lachte in sich hinein. Er gleicht einem Menschen, dachte Culman, der von freudiger Erwartung ergriffen ist, einem Mann, der einen lange erwarteten Augenblick nahen sieht, sich aber entschlossen hat, ihn noch etwas hinauszuzögern, indem er wartet, bis das Gummiband von allein reißt.

Im Wohnzimmer betrachteten Kamma und Karen Johansen gemeinsam ein Jugendfoto von Leon, und Karen sagte, Culman sei einmal ein ziemlich flotter Kerl gewesen, worauf Kamma mit einem Blick auf Culman hinzufügte, dass vorhin ein Mädchen zu Besuch gewesen sei, das gesagt habe, er sehe aus wie Walter Matthau.

Johansen erhob sich aus seinem Lehnstuhl und schaltete sich ins Gespräch ein: »Matthau – hat der nicht in ›Die Katze und der Kanarienvogel‹ mitgespielt?

Susse kam hinzu und verteilte die frisch gebügelten Sets auf dem Tisch.

»Ach was«, sagte sie, »Matthau ist dieser große, hässliche Wolf. Träge, komisch, unberechenbar, rätselhaft und gefährlich. Bei ihm weiß man nie, woran man ist, aber wie sehr genießt man das doch.«

Sie schaute Culman mit vielsagendem Lächeln an und Karen Johansen schätzte Matthau auf mindestens achtzig Jahre.

»Wenn er nicht schon tot ist«, sagte Johansen und lächelte Culman, der sich an einer Weinflasche zu schaffen machte, aufmunternd zu.

Anna kam herein und fragte, ob er sich erholt habe, doch ehe er antworten konnte, war sie wieder verschwunden.

»Guter, alter Leon«, sagte Johansen und drückte Culmans Arm.

Der schaute ihn desorientiert an. Johansen strahlte über das ganze Gesicht und zwinkerte ihm zu. »Immer noch der alte Gauner«, gluckste er.

Wenn er mich jetzt noch in die Wange zwickt, schlage ich ihn mit der Salatschüssel nieder, dachte Culman.

Frau Johansen, die die Hände im Schoß hatte und auf der Stuhlkante saß, beobachtete Culman mit einem kleinen, säuerlichen Lächeln. Sie freut sich, dachte Culman und stellte sich vor, wie sie am letzten Donnerstag allein in seinem Zimmer saß und den Text so hektisch in die Maschine hämmerte, dass sie die beiden defekten Vokale nicht bemerkte. Sie schreibt so, wie sie spricht: mit den monomanen Bewegungen eines Nagetiers. Vielleicht hat sie sich mit ihrem Mann verbündet, der unfähig ist, seinen Eifer zu zügeln. Johansen, der ständig aus dem Fenster guckt, wie ein Kind, das auf den Weihnachtsmann wartet.

Culman nahm die beiden Weinflaschen und die alte Kristallkaraffe, und draußen in der Küche sagte Tinberg etwas, worüber Anna Tränen lachte.

Ich bin völlig unsichtbar, dachte er und ging ins Wohnzimmer zurück, wo er sich um die korpulente Kamma herumschlängelte, die einen neuen Duft verströmte. Vielleicht war es die Perücke, die sie mit Lack eingesprayt hatte.

»Ich glaube, Leon und Matthau sind derselbe Jahrgang«, sagte Susse. »1920 war ein gutes Jahr, nicht wahr, Leon?«

»Keine Ahnung«, entgegnete Culman, der sich momentan nicht erinnern konnte, wie Matthau aussah, und sich ganz darauf konzentrierte, den Wein in die Karaffe zu gießen, ohne etwas zu verschütten.

»Die Dreißiger«, sagte Susse, »waren großartig, *sans comparaison*. Besonders nach dem Schwarzen Freitag.«

Sie verlagerte ihr Gewicht auf den linken Fuß, ging leicht die Knie und winkelte die Arme ab. »Josephine Baker und Charles Lindbergh, Schönberg und Willy Falk Hansen! It's showtime!«

»Du vergisst die Arbeitslosigkeit«, warf Johansen ein und wippte auf den Fußballen. »Und was ist mit Franco? War der vielleicht auch ein Entertainer?« Johansen schüttelte hitzig seine Schachtel und sah aus wie Sancho Pansa ohne Don Quijote.

»Ein großartiger Tänzer«, Susse warf den Kopf zurück. »Niemand in Spanien konnte so Tango tanzen wie er, stimmt's Leon?«

»Ich bin leider kein großer Tänzer, wie du weißt.«

Culman war nicht in der Lage, sich das Aussehen Francos ins Gedächtnis zu rufen, sondern brachte ihn ständig mit Il Duce durcheinander. Es ärgerte ihn, dass er genauso wenig auf den Namen des Duce kam wie auf die Bezeichnung der gehackten grünen Kräuter, die mitten auf dem Tisch standen und zum Kartoffelbrei gegessen wurden. Geht doch alles wunderbar, sagte er sich: Dein Gehirn versagt den Dienst, deine Finger haben ihre Tätigkeit eingestellt und die Vokale auf deiner Schreibmaschine hoppeln wie die Hasen in der Jagdsaison. Bereitet dir das Kopfzerbrechen? Ja, es bereitet mir Kopfzerbrechen, genauso wie es mir Kopfzerbrechen bereitet, dass ich Susse nicht talentiert, eloquent, schlagfertig und amüsant finde. Leute, die sich ständig produzieren, haben mich immer gelangweilt. Ich hingegen solidarisiere mich mit Sancho Pansa, der sein Weltbild mit einer Schachtel Räucherstäbchen verteidigt, die er aus einem Geschäft an der Falkoner Allé hat, dessen pakistanischer Inhaber genauso weit von seinem Vaterland entfernt ist wie Erling Johansen von seinem.

»Frierst du, Leon?« Karen Johansen sah Culman, der die Hände in die Taschen gesteckt hatte, besorgt an.

»So weiß man jedenfalls, wo man sie hat«, murmelte er, ging um den Tisch herum und stellte sich vor das Fenster auf den Fleck, der sich in den letzten dreißig Jahren herausgebildet hatte.

Nina geht mit ihrem Tornister auf dem Rücken aus der Tür.

Culman, der die ganze Nacht im Hotel in der Reventlowsgade gewesen ist, hat nur zwei Stunden geschlafen, ist jedoch aufgestanden, um seiner Tochter zum Abschied zuzuwinken. Bevor sie in die Welt hinauszieht, dreht sie sich um, schützt sich mit der Hand vor der Sonne, winkt und ist verschwunden.

Warum war er ihr nie nachgegangen? Warum hatte er sie nie am Tor angehalten und umarmt, damit sie spürte, dass sie geliebt wurde? Warum war das so schwer gewesen?

Eine Woche später besaß sie ein Rennrad und vergaß, nach oben zu schauen, und heute fährt sie einen Toyota und hat die ersten grauen Haare bekommen.

»Man ist so stark, wenn man jung ist«, sagte er, »man weiß alles und braucht niemand.«

Culman hielt sich die Hand vor den Mund und schaute Kamma an, die um den Tisch ging und das Besteck richtig hinlegte. »Ich habe wohl mit mir selbst geredet«, flüsterte er bedauernd.

Sie lächelte, ohne ihn anzusehen.

Sie würdigt mich keines Blickes, dachte er, weil sie weiß, dass ich jede Woche davon träume, ihr die Kleider vom Leib zu reißen, während sie meine Nackenhaare stutzt. Aber reicht das aus, um mir einen infamen Brief zu schreiben? Tut es das, Kamma?

Du hast vielleicht schon mit deinem Rasiermesser ein Abkommen geschlossen, um mich ultimativ zur Ader zu lassen. Und was ist mit dir, Susse? Du redest wie ein Wasserfall; bist du heute Abend ein wenig hektischer als gewöhnlich? Das sähe dir ähnlich, die Schreibmaschine des Opfers zu benutzen. Das entspricht deinem Humor. Außerdem ist es nicht so leicht, mich an die Kante des Abhangs in Gilleleje zu bekommen, wo sie fallen wie Dominosteine. Und Nina. Warum glühen deine Wangen heute Abend? Dafür muss es doch eine Erklärung geben. Das kann doch kein Zufall sein.

»Das kann es doch nicht!«, rief er und hatte unversehens die Aufmerksamkeit der ganzen Gesellschaft auf sich gezogen.

Er schaute von einem zum andern und erlaubte sich ein sarkastisches Lächeln, während er wie ein Dompteur durch die Manege schritt, auf den Hacken kehrtmachte und sardonisch lächelte. »Gibt es eine Erklärung? Natürlich gibt es eine.«

»Wofür, Leon?«, fragte Karen Johansen.

Culman ging zu ihr. »Nehmen Sie meine uneingeschränkte Entschuldigung entgegen, verehrte Frau. Oder hast du schon alles vergessen? Auch gut. Es ist ja völlig gleichgültig, was wir zueinander sagen. Wenn wir ›unnahbare Ignorantin‹ sagen, hat das keine Bedeutung, schon gar nicht, wenn es von L. Culman kommt. Der kann sagen und rufen, was er will, kann sich aufführen wie ein Schuft; mit dem üben wir Nachsicht, denn er trägt ein schwarzes Kreuz auf der Stirn.«

Culman verlor kurz die Balance und musste einen Schritt nach hinten machen, bevor er sein Gleichgewicht wiederfand. Er schaute sie an und lächelte: »Sind alle gut gelaunt? Aber natürlich sind wir das, es ist doch Donnerstagabend, nicht wahr, Eddy?«

Culman schaute zu Tinberg hinüber, der mit einem Weinglas in der Küchentür stand.

»Ist heute nicht Donnerstag, der 19. Oktober, Eddy? Doch, es stimmt. Donnerstag, der 19. Oktober, darüber sind sich alle im Klaren, und Erling hat die Rasselstäbchen mitgebracht, wie umsichtig von ihm, die würden wir nur ungern entbehren. Was wäre schließlich ein gelungenes Fest ohne Räucherstäbchen? Sogar an das kleine Männchen mit dem Loch im Kopf hat er gedacht. Teufel noch mal, was für eine Stimmungskanone!«

Es wurde sehr still. Culman ließ einen Moment seinen Kopf hängen, bevor er sich auf einen Stuhl fallen ließ, sich die Stirn rieb und hörte, wie die anderen ihre Gespräche wieder aufnahmen. Wie kleine Rädchen, die sich langsam wieder in Bewegung setzten.

Johansen bat Susse, sich daran zu erinnern, dass eine Jugend in den Dreißigerjahren kein Zuckerschlecken gewesen sei. Er stellte sich mit leicht gespreizten Beinen und auf den Rücken gelegten Händen vor das Fenster, und Culman sah, wie sich seine alten, wildfremden Hände an der Karaffe und der Flasche zu schaffen machten, aber natürlich klappte es nicht so, wie geplant, bis Kamma kam und ihm behilflich war. Er sandte ihr ein dankbares Lächeln. »Du hast eine neue Frisur«, flüsterte er.

Sie nickte und zuckte die Schultern.

Eldorado, dachte Culman. So heißen die Kräuter. Jetzt fehlt mir nur noch der Name des cholerischen Pyknikers aus Italien.

Er schüttelte den Kopf und schloss die Augen. Es gab nun wirklich keine Kräuter, die Eldorado hießen.

»Sie heißen Petersilie!«, rief er triumphierend und lächelte Susse an, die seine Hand nahm.

»Genau«, sagte sie, »die Phase der Depression war die reine Petersilie, all das Geld, das nicht im Umlauf war, der Schwarzmarkt, die verzweifelten Börsenmakler, die Wucherer und Spekulanten, so viel Erfindungsreichtum und Kreativität, und was für Klamotten man damals trug.«

»Du meinst Eldorado«, warf Culman ein. Und zwinkerte ihr zu.

»Genau, das reine Eldorado. Und die Klamotten, Mensch, die waren in den Dreißigern doch einfach göttlich: anständig und sinnlich zugleich. Heute laufen alle splitternackt durch die Gegend und vögeln, mit wem es ihnen passt, aber von Sinnlichkeit keine Spur. Nein, gib mir die Dreißigerjahre zurück, die Geschlechterunterschiede und die Phantasie. Auch die Musik, Señor Culman, die Musik war mitreißend.«

Susse hatte sich Culman geschnappt und paradierte mit ihm durch den Raum, er schlurfend, sie im Stechschritt. »Wir sind in Berlin, gehen ins Kabarett und saufen uns um den Verstand. Die ganze Welt ist Gott sei Dank pervertiert. Mit ihren Stiefeln und ihren Schulterriemen und ihrem Dachschaden marschieren sie schon durch die Straßen. Das Tafelsilber ist verpfändet, doch jeder hebt unbekümmert sein Glas. Auf der Straße Unter den Linden stoßen wir an und haben nur eine Stunde geschlafen, um ja nichts zu verpassen, stimmt's, Leon? Wir lassen uns nichts entgehen.«

Culman brummte etwas Unverständliches und spürte, dass sich sein Schwindelgefühl im ganzen Körper ausbreitete. In seinem Kopf drehte sich alles, er versuchte sich loszuwinden, aber Susse hielt ihn fest. Johansens Gesicht veränderte seine Form. Hatte er schon immer wie der italienische Diktator in den Vierzigern ausgesehen?

»Wir tanzen Tango mit Franco!«, rief Susse. »Und englischen Walzer mit Chamberlain! Wir jodeln mit Hitler, der Boden schwankt, und ein Riss geht durch ganz Europa, während wir uns an den Champagnerflaschen festklammern und uns gerade noch auf den Beinen halten. It's showtime!«

19:00

»Was für ein Spektakel – jung zu sein.« Susse schloss die Augen und breitete die Arme aus, während sie eine halbe Drehung um die eigene Achse machte.

»Es gibt wirklich große Verdrängungskünstler«, sagte Johansen mit indignierter Fistelstimme.

Indessen löste Susse die Krawatte Culmans und band einen neuen, eleganteren Knoten. »Auf was für Ideen man hinter den verdunkelten Vorhängen damals kam«, flüsterte sie und sandte Culman einen verführerischen Blick. »Der Schwarzmarkt hatte ein enormes Sortiment zu bieten, und die Lieder, die damals geschrieben wurden, blitzten nur so vor Ironie und doppeltem Boden. Gott, wie ich Lulu Ziegler vermisse! Elegant, witzig, raffiniert und klug. Niemand sollte es wagen, diese Zeit als depressiv zu bezeichnen. Nur ein geistiger Weisenknabe kann auf so was kommen. Wir erinnern uns an jede Sekunde, oder, Leon? Nichts, nichts von alledem ist vergessen. Alles wirkt noch nach, auch das, was wir am liebsten vergessen hätten.«

Culman entschuldigte sich und suchte seinen Stammplatz vor dem Fenster auf. Dachte, dass offenbar alles an diesem Donnerstag denselben Körper, dieselbe Form und denselben Ausdruck hatte. Susse ging zu ihm, klopfte ihm auf den Brustkasten und lächelte breit. Wüsste er es nicht besser, hätte er gesagt: innig und warm.

Sie strich ihm mit dem Handrücken über die Wange. »Man muss ja schließlich nehmen, was man kriegt, nicht wahr, Leon? Vor allem, wenn man weiß, dass man das Beste versäumt hat.«

»Genau«, sagte Johansen, »denn man lebt schließlich nur einmal. Wenn das Licht einmal ausgeknipst ist, wird es nicht wieder angezündet, das habe ich schon immer gesagt.«

Susse hielt Culman fest und sah ihn verliebt an. »Das kann man nicht besser ausdrücken. Man lebt nur einmal, und dennoch gibt es Menschen, die das Gefühl haben, zweimal gelebt zu haben. Das stimmt doch, Leon?«

»Bist du etwa religiös geworden?« Johansens rote Wangen tauchten zur Linken von Culman auf, der wie hypnotisiert vor Susse stand, die begonnen hatte, seine kalten Hände zu massieren.

»Religiös? Überhaupt nicht. Ganz im Gegenteil.« Sie legte den Kopf zurück und lachte, und Culman kam sich leider zu dumm vor, um zu ahnen, worauf sie hinauswollte, war hingegen froh, sich endlich daran erinnern zu können, dass Mussolini Mussolini hieß.

Johansen war auf dem Weg in die Küche, wo sie ihn die epochale These bezüglich des Lichts wiederholen hörten.

Culman zündete sich die zwanzigste Zigarette des Tages an und schlich sich ans Fenster, als wolle er ein letztes Mal nach seiner Tochter schauen. »Mein Jahrhundert«, murmelte er und schob die Gardine beiseite, »mein Jahrhundert stirbt und die Trauermitglieder, die den Sarg tragen werden, wissen genauso wenig von dem Toten wie der Tote von ihnen. Das, wenn überhaupt, sollte auf dem Grabstein stehen.«

Hinter ihm, in der Scheibe, tauchte Susse auf.

Culman drehte sich nicht um. »Man kann es praktisch mit bloßem Auge sehen. Diese letzten Jahre haben etwas Hilfloses an sich. Erkennst du es nicht, Susse?«

»Natürlich erkenne ich es«, sagte sie, »Leute in unserem Alter sind die Ersten, die sich lustig machen, wenn jemand den Löffel abgibt. Jenseits der Siebzig beteiligt man sich automatisch an einem Kult um den Tod, der einer Expedition gleicht: Wir suchen überall, nicht zuletzt in den Todesanzeigen, und eines Tages stolpert man über seinen eigenen Namen.«

Sie legte die Arme um ihn. »Doch es war unser Jahrhundert, selbst wenn es jetzt Lumpen und billigen Modeschmuck trägt und sich selbst nach dem Mund redet, so war es doch unser Jahrhundert.«

»Fly me to the moon«, flüsterte er und hörte sie den Text fortsetzen.

»Du hast immer Musik in dir gehabt, Leon«, sagte sie lächelnd.

»Aber ich bin ein elender Tänzer.«

»Das sind alle guten Musiker. Partylöwen sind meistens völlig unmusikalisch.«

»Es heißt doch«, murmelte Culman, »gute Tänzer seien gute Liebhaber.«

»Das haben sich die Tänzer ausgedacht. Nein, mein Lieber, die Außenseiter haben den Schlüssel zu unseren Keuschheitsgürteln.«

Culman spürte, wie sie eine Hand in seine Gesäßtasche schob und ihre Finger sich um seine rechte Pobacke schlossen.

»Ist leider nicht mehr viel dran«, seufzte er.

»Genug für mich«, flüsterte sie und legte die Wange an seinen Rücken.

Er drehte sich um und schaute sie an, völlig im Klaren darüber, was sie da eben gesagt hatte. Und Susse wusste ebenso, dass er es erst in diesem Augenblick verstand. Sie nickte und lächelte ein wenig besorgt.

»Was habe ich nicht alles getan, um deine Aufmerksamkeit zu gewinnen.«

»Ich dachte, es war Anna, die du haben wolltest«, sagte Culman.

Susse trat ganz nah an ihn heran und griff mit der linken Hand um sein Geschlecht. »Du wusstest genau, was ich wollte, Leon.«

»Tat ich das?«

Sie nickte. »Aber du hast dich gesperrt. Du gehörst zu den

Typen, die zurückweichen. Ich sehe es dir an. Gebrannte Kinder bekommen diesen Ausdruck.«

»Welchen Ausdruck, Susse?«

»Wir haben ihn beide, Leon, du und ich. You and I.«

»Okay, wie viele Menschen wohnen in Lettland?«

»Zwei Millionen!«

Be my life's companion and you'll never grow old / you'll never grow old / no you'll never grow old.

Die Musik dröhnte aus Culmans Zimmer bis in die Stube; der fortwährend tänzelnde Tinberg hatte sie aufgelegt und geleitete jetzt Kamma an ihren Platz.

Anna klatschte lächelnd in die Hände und sagte: »Bitte schön!« Susse ließ Culman los, der sich schwach und schwindlig, zwischen den Beinen dagegen völlig taub fühlte.

Wie immer war es Anna, die für die Sitzordnung verantwortlich war, und wie immer gab diese Anlass zu munteren Kommentaren. Culman blickte verstohlen zu seiner Tochter hinüber, die ständig auf die Uhr sah, nach links und rechts lächelte, sich nervös an die Halskette fasste und erhitzt war wie ein Skiläufer.

»Frau Culman nimmt am Kopf des Tisches Platz«, sagte Anna, »und zu meiner Linken habe ich meine liebe Susse platziert, die das Vergnügen hat, Walter Matthau an ihrer Seite zu wissen, der neben seiner Tochter sitzt, die sich extra ihren Vater als Tischnachbarn erbeten hat, ist das nicht süß?«

Culman nickte verwirrt und spürte plötzlich Ninas Hand in seiner.

Eine vollkommen unwillkürliche und unerwartete Bewegung, die ihn veranlasste, seine Frau anzublicken. Sie lächelte ihm zu. Er zog die Lippen nach innen, um seine Tränen zurückzuhalten, und konnte sich nicht erinnern, wann er zuletzt Ninas Hand gehalten hatte, meinte aber das Gefühl wiederzuerkennen, das tiefe Schluchten in ihm aufriss. Er fasste sich ein Herz und schaute auf ihre Hand und wunderte sich, wie weich sie war.

Sie schaute zu ihm auf; der Mund war ernst, doch die Augen lächelten, und Culman hörte sich sagen, dass er immer an den Zehen friere.

Währenddessen fuhr Anna fort, die Sitzordnung zu verkünden: »Erling zu meiner Rechten, dann Kamma, und am Tischende Karen und Edwin. Bitte sehr!«

»Wer soll rechts neben Kamma sitzen?« Johansen streckte einen Finger in die Luft.

Anna schaute Nina kokett an. »Ach ja, das hätte ich fast vergessen. Ninas Verehrer kommt ja auch noch.«

Allgemeines Schmunzeln. Nina sagte, Jonathan käme leider etwas später; sie sollten ruhig schon anfangen. Sie klang fröhlich, jung und unkompliziert. Ihre Mutter tätschelte ihr den Handrücken, und Culman dachte, wenn er die Wahl hätte, sollte es immer so sein, natürlich und unkompliziert.

Die Stühle wurden herausgezogen, man setzte sich und legte die Servietten in den Schoß. Die Dunkelheit nahm Gestalt an und in den dreiarmigen Leuchtern spiegelte sich das Silberbesteck, das den dunkelroten Wein in den geschliffenen Gläsern reflektierte, die sich im Zwielicht des Raumes abzeichneten wie Lippenstift auf dem Mund einer frisch gebackenen Witwe.

Nachdem die Schüsseln die Runde gemacht und sich alle bedient hatten, schlug Anna vor, die Gläser zu heben.

»Wir haben heute nämlich etwas zu feiern.«

Culman füllte Ninas Glas und warf einen entschuldigenden Blick auf seine Hände, die zitterten und etwas verschütteten. »Das sind gar nicht meine Finger«, sagte er, »die habe ich nur geliehen.«

»Du siehst gut aus heute Abend.«

»Lügnerin.«

Sie nickte. »Du siehst wirklich aus wie Walter Matthau.«

Culman seufzte und massierte seine Nasenwurzel.

Sie lehnte sich zu ihm. »Ich liebe Walter Matthau.« Tinberg machte »Pst!«.

»Liebe Freunde«, begann Anna, »darf ich um eure Aufmerksamkeit bitten? Dies ist nämlich ein besonderer Abend mit einem ganz besonderen Programm. Doch zuallererst möchte ich einen Toast ausbringen.«

Sie hoben ihre Gläser und stießen auf das silberne Brautpaar Anna und Susse an.

»Dann bin ich an der Reihe«, sagte Susse, während sie ihren Blick von einem zum anderen wandern ließ.

Doch weiter kam sie nicht, denn es klingelte an der Tür.

Es entstand eine gemeinsame Zerstreutheit, als dächten sie alle an dasselbe, und Nina stellte fest, dass dies nicht Jonathan sein konnte, noch nicht. Anna zuckte ratlos die Schultern, schaute Culman an und sagte: »Machst du auf, Leon?«

20:00

Vor der geschlossenen Tür zögerte er einen Augenblick. Im Wohnzimmer war es ruhig geworden. Warum sprachen sie nicht? Warum stockte das Fest? Sie hatten sich doch in Schale geworfen, die alten Münder glänzten in Erwartung der Speisen und die milchigen Augen leuchteten im Schein der Kerzen und vom guten Wein. Doch einer von ihnen hatte seine Schreibmaschine benutzt, um ihm einen Brief zu schreiben. Seine eigene Schreibmaschine. Die uralte, mit der er schon geschrieben hatte, als er noch gegenüber der Methodistenkirche gewohnt hatte. Er konnte sich kaum erinnern, wann er sie zum letzten Mal benutzt hatte, aber es war wohl damals gewesen, als sie einander noch Briefe schrieben und Leon so verliebt gewesen war, dass er es nicht merkte, wenn Vokale ausgelassen wurden. Falls sie damals ausgelassen wurden.

Culman öffnete.

Draußen standen der Hausmeister und sein Hund. Finn hatte einen orangefarbenen Gegenstand in der Hand und der Hund, der als erster hereinkam, einen Tennisball im Mund. Der Hausmeister sagte, in ein paar Minuten sei alles erledigt. Sein weißer Albino war bereits in der Küche. Finn rief »Platz!«, doch der Hund hatte offensichtlich Witterung aufgenommen und flitzte lautlos ins Esszimmer, aus dem laute Stimmen, wildes Gelächter und ängstliche Rufe zu hören waren.

»Er riecht das Fleisch«, sagte der Hausmeister und kniete sich neben das Abflussgitter.

»Eigentlich hatte ich zu Ihrer Frau gesagt, dass es heute sehr ungünstig ist«, erklärte Culman lächelnd und spürte, dass sein Nacken steif wurde.

»Stimmt, sie hat so was erwähnt.« Finns Stimme schien im Abfluss zu ertrinken. »Jetzt stopfen wir das hier erst mal ins Rohr und schauen, was sich tut.«

Culman nickte und musste sich eingestehen, dass Finn derart vor ihm kniete, dass es Überwindung kostete, ihn nicht in den Hintern zu treten, doch Finn war ja in vielerlei Hinsicht ein sympathischer Mensch und ein Glücksfall für die Hausgemeinschaft, abgesehen davon, dachte Culman, dass ich mir wahrscheinlich den Fuß breche, wenn ich ihm in den Hintern trete.

»Dauert nur drei Minuten«, sagte Finn, »dann ist alles erledigt.«

Der Hausmeister stieß einen langes, gewundenes Stahlseil in das Abflussrohr.

»Wir haben nämlich das Haus voller Gäste«, sagte Culman.

»Dann haben Sie ja keine Langeweile«, erwiderte Finn.

Jetzt tauchte Johansen auf. Er hatte die Serviette unter dem Kinn, seine rosigen Apfelbäckchen waren dunkelrot geworden und seine Augen leuchteten vor Eifer.

»Dürfen wir ihm was geben, Finn? Er sieht so hungrig aus.«

Culman starrte ihn mit offenem Mund an, als ihm klar wurde, dass er den Hund meinte.

»Wenn das Fleisch mager ist, wirklich ganz mager, dann habe ich nichts dagegen.« Der Hausmeister schaute zu Johansen auf. »Ich wiege ihn jeden Tag und will nicht, dass er mehr als dreißig Kilo wiegt.«

»Er sieht wirklich sehr athletisch aus«, sagte Johansen lächelnd. »Er heißt Bully, nicht wahr?«

»Ja, er trägt den Namen seines Großvaters, eines Champions in seiner Klasse.« Finn schaute auf und schnupperte unüberhörbar. »Was gibt's denn bei euch?«

»Ossobuco, auf italienische Art.« Johansen tupfte sich mit der Serviette den Mund ab. »Genau das Richtige für einen Hund wie ihn, was meinst du, Leon?«

»Wir könnten ihm ein paar Räucherstäbchen ins Maul stopfen«, murmelte Culman.

Johansen schüttelte irritiert den Kopf und kniete sich neben den Hausmeister, der meinte, sein Hund würde von ein oder zwei Scheiben Fleisch keinen Schaden nehmen.

Er hatte jetzt das gesamte Stahlseil im Rohr versenkt. Im Speisezimmer begann der Hund zu knurren, vielleicht war er nicht zufrieden mit dem Essen. Susse lachte und Tinberg rief irgendwas.

Johansen kehrte zur Gesellschaft zurück und gab bekannt, sie dürften dem Hund schon einen Happen geben, solange es sich um mageres Fleisch handele. Tinberg sagte, er werde etwas Passendes zurechtschneiden und Johansen stellte seinen Teller zur Verfügung.

Währenddessen beugte sich Culman über den Hausmeister, der immer noch kniete.

»Finn«, sagte er in aller Ruhe, »meine Geduld geht zu Ende.«

»Ich tue doch, was ich kann.«

»Ich spreche von Ihrem Hund.«

Der Hausmeister richtete sich langsam auf und schaute ungläubig die geflieste Wand an.

»Das habe ich überhört«, sagte er.

»Ich kann es gern wiederholen, wenn Sie möchten.«

»Glauben Sie etwa, es macht mir Spaß, hier zu knien? Nach Feierabend. Glauben Sie, ich hätte nichts Besseres zu tun?«

»In diesem Fall versagt meine Phantasie.«

Finn kniff die Augen zusammen und dreht energisch am Handgriff, um die verstopfte Stelle zu finden. »Meine Frau«, knurrte er, »hat mal ein interessantes Buch über euch alte Leute gelesen.«

»Ich hätte geschworen, sie sei Analphabetin.«

Finn zog das Stahlseil mit derselben Vorfreude nach oben wie ein Sportfischer seine Angel. An der Oberfläche erschien ein Haarknäuel von der Größe eines Tennisballs.

»Jetzt kann ich es besser verstehen. Pfui Teufel«, stöhnte er, »der Dreck von mehreren Jahrzehnten kommt da zum Vorschein, pfui Teufel noch mal, dieser Abfluss ist seit dem Zweiten Weltkrieg nicht mehr gereinigt worden.«

Johansen war zurückgekehrt und verfolgte die Anstrengungen des Hausmeisters mit angehaltenem Atem und zwei Fingern vor der Nase.

»Gut gemacht, Finn«, näselte er, »gut gemacht.«

Meine Autorität, dachte Culman, ist kleiner als die des Hundes. Die Leute benehmen sich, wie es ihnen passt, trotten bedenkenlos ein und aus, als sei dies ein Bahnhof, lassen ihre geifernden Köter in die Stube und besetzen mein Badezimmer, und man selbst soll sich einfach damit abfinden, weil man alt, krank und schwach ist und sie nicht mehr in den Hintern treten kann, ohne danach auf die Unfallstation zu müssen.

In der Wohnung war Ruhe eingekehrt. Culman schaute Johansen an, der mal zur einen, mal zur anderen Seite starrte. In diesem Moment tauchte Nina auf, die den Albino am Halsband gepackt hatte; der Köter trippelte auf seinen Hinterbeinen und sah aus, als werde er erwürgt.

Nina öffnete die Tür und schmiss den Hund raus. Danach zog sie Finn am rechten Arm nach oben.

»Ihr beide geht jetzt nach Hause«, sagte sie.

»Unten in der Wohnung ist ein Wasserschaden!«, rief Finn.

Culman öffnete die Tür und sah den winselnden Hund.

»Kommt morgen wieder«, sagte Nina, »oder an einem anderen Tag.«

Finn hob warnend den Zeigefinger und war im Begriff, Nina eine entschiedene Antwort zu geben, als Culman die Tür zuknallte.

Danach legte Nina den Abflussrost an seinen Platz, wusch sich die Hände und fasste ihren Vater stützend unter den Arm. »Wollen wir?«

»Ja«, sagte er.

Sie gingen zum Tisch zurück und Culman hörte Johansen sagen, jetzt bekäme er sicher Ärger mit der Hausverwaltung. Außerdem sei es sehr nett von Finn gewesen, außerhalb seiner Arbeitszeit zu kommen, und er, Johansen, sei froh, dass Finn einen Hund wie Bully habe, der die Katzen von der Anlage fernhielte.

Nina unterbrach ihn, indem sie ihr Glas hob. »Zum Wohl allesamt.« Sie nickte jedem zu und entschuldigte die Unterbrechung. »Prost, Mama und Papa, prost Kamma, prost, Herr Johansen! Ich verspreche, dass ich morgen in der Apotheke ein Kilo Strychnin besorge.«

»Du willst doch nicht Bully vergiften?«, sagte Johansen und legte die Hände an seine vollen Wangen.

»Nein, nein, nicht den Hund, aber Finn«, antwortete Nina, »also prost, Susse, und prost, lieber Herr Tinberg.«

Tinberg leuchtete wie eine Fackel, aber Nina hatte nur Augen für ihren Vater, der mit beiden Händen das Glas umfasste. »Prost, Papa«, sagte sie, »für ein gemeinsames Glas ist es nie zu spät.«

21:30

Er hatte seiner Tochter beim Spülen der Teller geholfen und spürte die neue Wärme, die von ihr ausging. Sie sprach über Gott und die Welt, lachte über die nichtigsten Dinge, umarmte ihre Mutter, küsste ihren Vater, zog Johansen auf und flirtete mit Tinberg, der unbedingt Jitterbug tanzen wollte, und um dem Ganzen die Krone aufzusetzen, sprach Culman am Telefon mit dem Mann, der Jonathan hieß und mit großem Bedauern seinen Besuch aus beruflichen Gründen absagen musste. Der junge Mann hatte ein wenig über seinen persönlichen Hintergrund, doch vor allem von Nina gesprochen, und Culman hatte den Eindruck gewonnen, es handele sich um einen sympathischen Menschen, der vermutlich für das veränderte Verhalten der Tochter verantwortlich war.

Nach Beendigung des Gesprächs hatte Nina sich sofort nach seinem Eindruck erkundigt.

»Mein Eindruck?«

»Ja, wie hat er auf dich gewirkt? Mochtest du ihn?«

»Wie kann denn dein Vater sagen, ob er einen Menschen mag, mit dem er nur einmal telefoniert hat«, sagte Johansen, der es selbst liebte, die Gespräche anderer Menschen zu beurteilen und zu kommentieren und der jetzt seinen runden Kopf schüttelte.

Doch Culman beachtete nur seine Tochter, die er für die Wärme in seinen Füßen verantwortlich machte. »Ja«, sagte er, »ich mochte ihn, Nina. Vom ersten Moment an. Er hat eine sehr vertrauenswürdige Stimme. Ich glaube, ihr beide hattet großes Glück.«

Mehr bedurfte es nicht. Sie zog ihn auf den Flur hinaus,

umarmte ihn lang und zärtlich und schenkte ihm einen Blick, den Culman nicht wieder erkannte. Lange sahen sie sich in die Augen, bis er aus lauter Verlegenheit sagte: »Du hast eine neue Brille.«

Sie hielt ein breites Grinsen zurück und sah ihn mit gespieltem Ernst an. »Das ist wahr. Es fragt sich nur, ob sie dir gefällt. Du brauchst nicht die Wahrheit zu sagen, Hauptsache, es ist was Nettes.«

»Aber ich finde sie wirklich sehr kleidsam. Du siehst aus wie Henry Kissinger.«

Sie biss die Zähne zusammen und nickte. »Da hast du leider Recht. Darum war sie wohl auch so teuer.«

»Immerhin kannst du jetzt gratis in den Nahen Osten reisen.«

Sie lachte, wurde dann ernst und deutete mit gestreckten Zeigefinger auf seinen Brustkasten. »Jetzt überspringen wir einfach viele Dinge und kommen direkt zur Sache, okay? Ich weiß, dass der Zeitpunkt unmöglich ist, aber ich finde, ich bin …«, sie stockte, warf ihren Kopf zur Seite und schaute ihn mit großen, schwarzen Augen an. »Ich bin Mama und dir gegenüber so abweisend gewesen. Nein, sag jetzt nichts. Ich weiß es; besonders dir gegenüber.«

»So kann man das auch nicht sagen, Nina.«

»Nicht? Hand aufs Herz, Herr Culman.«

Er schaute auf seine Füße, Schuhgröße 44. Im Gegensatz zu seinen Händen, waren diese Füße immer zuverlässig gewesen. Schön waren sie zwar nicht, waren es nie gewesen, hatten ihn aber achtundsiebzig Jahre lang klaglos überallhin getragen. Wenn er daran dachte, wie viel Geld andere Leute für ihre Füße ausgaben, fühlte er sich äußerst privilegiert.

»Um meine Hände steht es viel schlimmer«, sagte er. »Abgesehen von ihrer Unzuverlässigkeit, sind sie merkwürdigerweise auch viel zu groß für mich geworden.«

»Worüber sprechen wir eigentlich?«

»Über meine Hände«, murmelte Culman.

Sie legte den Kopf zurück und lachte ein lautloses Lachen, bekam feuchte Augen und zog ihn plötzlich an sich. Das überraschte Culman vollkommen, der sich wie eine große, gliederlose Stoffpuppe vorkam. Sie wiegte ihn und lachte leise, während sie sich einen Spaß machte, seinen Körper abzutasten, seine Hüften, Schultern, die Wirbelsäule und Arme zu untersuchen.

»Ist alles so, wie es sein soll?«, fragte er vorsichtig.

»Ich würde sagen, es ist okay.«

»Man merkt, dass du in einer Baumschule arbeitest; du bist ein starkes Mädchen.«

Während sie lächelte, traten ihr Tränen in die Augen. Sie lächelte noch mehr, schüttelte den Kopf und atmete tief durch.

»Jetzt fange ich auch noch an zu heulen, ist das nicht wunderbar? Ich weiß nicht, warum, vielleicht weil …« Sie unterbrach den Satz und ließ seine Hand los, nahm sie erneut und legte sie an ihre Wange. »Entschuldigung«, flüsterte sie und begann zu lachen, nahm sich aber zusammen. »Ich weiß nicht, ob das die richtigen Worte sind. Ich würde mir einfach wünschen, wir könnten irgendwohin verschwinden. Nur wir zwei. Hört sich das nicht herrlich peinlich an?« Mit einem Lächeln zwinkerte sie zwei Tränen weg und fand eine Serviette, mit der sie sich die Nase putzen konnte. »Miteinander reden, Geschenke austauschen, Taschenspiegel und Perlenketten, Wimpel und Manschettenknöpfe. Noch mal von vorn anfangen: ich Nina, du Papa.«

Culman räusperte sich. »Tja, das wäre wirklich … über was reden, Nina?«

»Über Alles und Nichts. Über uns beide und das Leben, das wir nicht gehabt haben.«

Culman legte seine Hand an ihre Wange. Dieses eine Mal fühlte er sich im Einklang mit seinem Alter. Mit einem Mann, der vor beinahe achtzig Jahren geboren worden war. Das brachte Ruhe und Stärke, aber auch Empfindsamkeit und Sehnsucht mit sich. Vor allem eine innere Leere, das Gefühl eines fürchterlichen Hohlraums, der ihn an den großen Teigkratzer und die langen, einsamen Nächte denken ließ. Vielleicht liebt sie mich doch, dachte er. Vielleicht ist es einfach so, dass Kinder, die endlich die Liebe finden, den Eltern ihre Abwesenheit verzeihen. Er spürte ein beunruhigendes Kitzeln in der Nase, räusperte sich und sah weg. Er hatte sie im Schein der schwachen, grünen Lichter die Gänge entlanggetragen, in denen ihn die farbigen, in Wachs gegossenen Madonnen darüber aufklärten, dass seine Seele mit der Geburt dieses Kindes eine offene Wunde bekommen habe, die nie heilen würde. »Santa conversazione«, flüsterten die Nonnen und Culman entgegnete sanftmütig, Kinder seien völlig überbewertet, einfach unentbehrlich, gierig in allen Situationen des Lebens und von grenzenloser Großzügigkeit. Vor allem das Letztere.

Er legte beschützend seine Hände um ihre Wangen. Ein richtiger Mensch, dachte er, wird man erst, wenn man die Fünfundsiebzig hinter sich hat, wenn der Tod einem nahe ist. Weil Gott nicht will, dass der Mensch zu weise wird, hat er die Senilität erfunden.

»Was sollen wir mit *Ihm* anfangen?«

»Mit wem?«, fragte Nina.

»Mit Gott. Schon merkwürdig, dass wir keinen fanden, der uns sympathisch war.«

Culman zog seinen Hosenbund nach oben und wusste, dass er bei einer seiner Spezialitäten angelangt war, nämlich dem Schleichen um den heißen Brei.

Nina schüttelte seufzend den Kopf, kniff die Augen zusammen und schenkte ihm ein sanftes Lächeln.

»Denkst du oft an Gott?«

»Eigentlich nicht. Wir haben niemals etwas miteinander zu tun gehabt. Obwohl man in meinem Alter die Tür immer angelehnt haben sollte. Doch ich glaube, damit hätte ich früher anfangen müssen, um den vollen Ertrag zu erzielen. Das ist wie bei der Krankenversicherung.«

»Was willst du eigentlich sagen?«

Culman schluckte, holte tief Luft und schüttelte zaghaft den Kopf.

»Ich weiß nicht, was ich sagen will. Genau das ist das Problem. Vielleicht will ich einfach mit dir hier stehen und schweigen.«

»Weil wir einander nichts zu sagen haben?«

»Weil ich nicht weiß, wo ich anfangen soll, Nina.«

Sie nickte. »Es macht keinen Spaß, alt zu werden?«

»Nein, eigentlich nicht.«

»Nimmst du immer noch deine Herztabletten?«

»Sonst wäre ich schon tot, ich meine, es soll wohl so sein.« Er schaute ihr in die Augen. »Man verliert das Timing. Das ist das eigentliche Problem.«

Sie schaute ihn ernst an und Culman dachte, er solle etwas Tröstliches über das Alter sagen, doch ihm fiel nichts ein.

»Die anderen«, sagte sie und machte eine Kopfbewegung in Richtung des Esszimmers, »die anderen scheinen besser damit fertig zu werden. Mama hat mit ihrem Alter doch eigentlich keine Probleme.«

Culman nickte und sagte, er habe denselben Eindruck.

»Warum fällt es dir schwerer?«

»Ich glaube, weil ich so sentimental bin.«

»Bist du sentimental?«

»Ich bin es wohl mit dem Alter geworden. Früher war ich es nicht. Ich gehöre zu den Typen …«, er unterbrach den Satz, sah sich suchend um und fuhr dann mit kaum zu verstehendem Flüstern fort, »zu den Typen, die schrecklich labil und verletzlich sind, so schrecklich verletzlich.«

Er blickte den Flur hinunter und murmelte: »Ich habe mir einmal ein Hotelzimmer in Kopenhagen genommen, nur für eine einzige Nacht. Ich erinnere mich an das Zimmer, als sei es gestern gewesen, es war furchtbar teuer und ich hatte nicht viel Geld. Anstatt zu schlafen, stand ich die ganze Nacht am

Fenster und starrte auf die Dächer der Stadt, und das Ganze erfüllte mich mit …«, er schaute seine Tochter an, »erfüllte mich mit einer unbeschreiblichen Angst.«

»Aber warum denn?«

Culmans Stoßatmung ging langsam in lange, ruhigere Züge über. »Weil ich mir in dieser Nacht darüber klar geworden bin, dass ich nicht mehr zu meinem früheren Leben zurückkehren konnte. Seitdem hat er mich begleitet, der asiatische Raum mit der zerschlagenen Tasse und der goldenen Tapete. Das ist kein angenehmer Ort.«

Nina schüttelte verständnislos den Kopf. Culman nahm ihre Hand und küsste sie.

»Du musst mir irgendwann die ganze Geschichte erzählen«, flüsterte sie.

»Es gibt nichts, was ich lieber täte.« Er nickte nachdenklich und führte, in grüblerischer Attitüde, die Fingerspitzen der rechten Hand an die Stirn.

Sie blickte ihn eindringlich an. »Du bist immer von erschreckender Ehrlichkeit gewesen. Entweder das oder völlig verlogen, aber in jedem Fall mit Leib und Seele. Ich mag konsequente Menschen.«

Culman kratzte sich den Handrücken. »Dafür bin ich nicht gerade sehr amüsant.«

»Du bist der amüsanteste Mensch, den ich kenne, aber ich hatte immer das Gefühl, dich zu langweilen.«

Culman antwortete nicht.

»Man sagt ja«, fuhr sie fort, »dass sich intelligente Menschen nicht langweilen, aber das hat sich bestimmt irgendein dilettantischer Heimwerker ausgedacht.«

Sie trat ganz nah an ihn heran. »Darf ich dir eine persönliche Frage stellen? Okay, ich tue es in jedem Fall: Warum trägst du den Gürtel, obwohl du ihn nicht ausstehen kannst?«

»Wer sagt denn, dass ich ihn nicht ausstehen kann?«

»Ihr habt euch über Tinbergs griechischen Gürtel gestritten, so lange ich denken kann.«

Culman nickte. »Man kann ihn bestimmt auch positiv betrachten. Sehe ich vollkommen schwachsinnig aus?«

Sie schüttelte den Kopf und wirkte plötzlich sehr ernst.

»Du bist wie ein mächtiger Berg«, sagte sie, »von dem ich nichts als den Namen kenne. Was sich auf dem Gipfel oder im Inneren des Berges abspielt, davon habe ich keine Ahnung.«

Culman räusperte sich und schaute sehnsuchtsvoll in Richtung Tür. Nina legte die Hände um sein Gesicht und drehte es zu sich, wie ein kleines Kind, dass um Aufmerksamkeit bittet.

»Ich habe geklopft, gehämmert und geschlagen, aber der Berg hat sich keinen Millimeter bewegt.«

»Da haben wir's.« Culman gab seiner Stimme einen unbefangenen Klang. »Nein, Nina, ich finde, dass wir beide …«

Sie schaute ihn forschend an. »Dass wir beide was?«

»Dass wir beide uns in vielerlei Hinsicht gut arrangiert haben. Alles zusammen in Betracht gezogen. Es gibt viele, die es schwerer haben.«

»Gibt es die?«

Culman schob seufzend die Unterlippe nach vorn. »Nein, vermutlich nicht.« Er senkte den Kopf und lächelte.

Sie hob seinen Kopf und sah ihm tief in die Augen, und Culman wünschte, sie würde das nicht tun. Die großen Gefühle waren nicht seine Sache, im Moment schon gar nicht, waren es wohl nie gewesen, obwohl er sich eingestand, dass dies womöglich ein Teil des Problems war, aber er konnte mit der plötzlichen Nähe nicht richtig umgehen. Gleichzeitig wusste er ganz genau, dass die Zuneigung, die sich auf ihn richtete, nur ein Reflex der Liebe zu einem anderen Mann war. Aber das war besser als nichts und schließlich ganz normal. Unter anderen Umständen, morgen zum Beispiel, würde er sich an dem Gefühl laben.

»Ein Geheimniskrämer.«

»Bin ich ein Geheimniskrämer?« Culman befreite sich und

steckte die Hand in die Tasche, als suche er nach etwas Wichtigem.

»Du bist immer einer gewesen.«

»Leider habe ich mein Feuerzeug verloren … Ich bin kein Geheimniskrämer.«

»Wenn du wüsstest, wie oft ich dich insgeheim beobachtet habe. Wenn du auf deinem Zimmer warst oder im Park oder wo auch immer. Du warst stets in Gedanken versunken.«

»Alte Menschen schlafen innerlich, Nina.«

»Du warst aber nicht alt und geschlafen hast du auch nicht. Du warst einfach weit weg, und in deinem Kopf gingen so viele Dinge vor.«

»Danke für die Blumen.« Culman lächelte, hustete und suchte in der anderen Hosentasche nach dem verlorenen Benzinfeuerzeug, von dem er genau wusste, dass es ihm 1972 bei der Jons Kapel abhanden gekommen war.

»Den Gipfel des Berges sah man nie.«

»Ich möchte noch etwas zum Abendessen sagen.«

Sie schaute ihn ernst an. »Wir haben die Zeit noch vor uns, oder?«

»Ja, ja. Vor allem du.«

Sie schüttelte ihn. »Hör jetzt auf.«

»Ach, übrigens – das, was du vorhin mit Finn und seinem kleinen Hund gemacht hast, hat mir ziemlich gut gefallen.«

Sie lachten beide.

»Hör zu, Papa: Ich verabschiede mich bald. Ich fahre zu John. Also zu Jonathan. Aber wir schauen am Wochenende vorbei, damit ihr euch kennen lernen könnt. Ich war so verwirrt, als du mich in der Arbeit angerufen hast. Ich dachte schon, es wäre was passiert. Ich war wohl etwas kurz angebunden und wusste auch noch nicht, ob Jonathan Lust hatte zu kommen, aber das hatte er. Er möchte euch schrecklich gern kennen lernen. Er ist wirklich ein Schatz. Ich weiß, dass es ein Wagnis ist, aber dieses Mal glaube ich daran. Dieses Gefühl ist so sonderbar. Ich weiß einfach, dass es diesmal klappen wird. War das bei Mama und dir nicht genauso?«

»Das ist zwar schon lange her, aber ich glaube …«

Sie lachte übermütig. »Ich bin dreiunddreißig und führe mich auf wie ein Teenager. Das ist ja nicht zum Aushalten.«

Sie ging zur Tür.

»Nina?«

»Ja?«

Er ging zu ihr und nahm ihre Hand. »Ich freue mich wirklich sehr für dich. Und man sieht es dir an.« Culman räusperte sich und schaute weg. »Ansonsten war heute so ein merkwürdiger Tag. Gleich heute morgen, noch vor dem Aufstehen, kam ein Brief, ein ziemlich unsinniger Brief, der …«

Die Tür zum Flur öffnete sich. Anna schaute herein.

»Ach, hier versteckt ihr euch im Dunkeln.«

Nina hielt immer noch Culmans Hand. Sie lächelte ihre Mutter an.

»Wir ratschen nur ein wenig.«

Sie legte den Arm um Anna, die Culman verwirrt und mit mildem Tadel ansah. »Worüber? Aber das geht mich vielleicht nichts an.«

Nina lachte, drehte ihre Mutter herum und flüsterte ihr etwas zu.

Culman beobachtete sie: Mutter und Tochter, die kleine Anna und die große, starke, glückliche Nina. In dem dunklen Flur erkannte er plötzlich die sonst unsichtbaren Fäden und Schnüre, Knoten und Verwicklungen, die wie das Zifferblatt einer phosphoreszierenden Uhr in der Dunkelheit leuchteten. Die Nabelschnur zwischen Mutter und Tochter. Zum allerersten Mal bekam er Einsicht in das, was sie insgeheim zusammenhielt, und dachte, dass es schon eine große Leistung von Nina war, sich befreit zu haben.

22:00

Tinberg machte sich am gekachelten Tisch zu schaffen. Seine Hände mit den lackierten Nägeln arbeiteten mit der fieberhaften Fingerfertigkeit des Barkeepers und dem abgestumpften Gleichmut des Alkoholikers. Neben den Gläsern standen je eine Flasche Gin, Grenadine, brauner Wermut und Dubonnet. »Das, was du jetzt sehen wirst, Lenniboy«, sagte er, »ist die Entstehung eines Miami Special und der berühmten Pink Lady, zu der wir ein wenig Eiweiß brauchen, sowie, für die Damen, den süßen Za-Za.«

Johansen trat mit dem kleinen Männchen, das ein Loch im Schädel hatte, zu ihm. »Mensch, Edwin«, sagte er lachend, »das sieht ja nach einer explosiven Mischung aus.

»Reines Dynamit«, sagte Tinberg und steckte sich ein Papierschirmchen in den Mundwinkel. »Dieser Abend wird ein Tanz auf dem Vulkan.«

»Wer sagt das?«, fragte Culman.

»Ich sage das.« Susse Wiid legte Tinberg den Arm um die Taille und lächelte Johansen diabolisch an, während sie sich größte Mühe gab, Culman zu ignorieren.

»Und ich habe an das kleine Männchen gedacht«, sagte Johansen, »damit wir die Stimmung der Sechziger wiederbeleben können. Kannst du dich noch an unsere Gesangsabende erinnern, Edwin?«

»O Gott, ich bekomme gleich meinen Eisprung.« Susse stieß mit Tinberg an, dessen erdbeerrote Augen in ruhiger See dahintrieben, sein Mund lächelte unablässig zwischen Heiterkeit und Verwunderung.

Ich dagegen bin stocknüchtern, dachte Culman. Wurde

auch höchste Zeit. Ich habe schon den ganzen Tag gepichelt und kämpfe immer noch mit dem Geschmack des Martinis, der meine Mundhöhle verklebt. Ich werde nichts mehr trinken, keinen Tropfen.

Er hatte am Fenster gestanden und Nina zugewinkt, als sie zu ihrem neuen Freund fahren wollte:

Sie öffnet die Autotür, dreht sich um und wirft ihm eine Kußhand zu.

»Meine Nina«, flüstert er, »meine Nina.«

Unten auf der Straße sagt sie etwas, das er nicht hören kann. Sie weiß ganz genau, dass er nichts versteht, doch sie lacht und wiederholt es trotzdem.

»Danke, gleichfalls«, sagt Culman und sieht das Auto aus der Einfahrt verschwinden.

Er dreht sich um. Kamma steht direkt hinter ihm und blickt ihn mit großen, schwarzen Augen an. »Ich habe ihn getroffen«, sagt sie. »Ninas Freund. Er ist nett. Sie verstehen sich gut; ich glaube, diesmal wird es halten.«

Culman nickt und sagt, das freue ihn.

»Soll ich dir schnell die Haare schneiden? Ich finde, an den Ohren sind sie ein bißchen lang geworden.«

Culman streicht sich über seinen spärlichen Scheitel. »Ich glaube, das machen wir lieber ein anderes Mal«, murmelte er. »Es ist schon so spät geworden.«

»Der Kunde ist König.«

»Macht es dir etwas aus, zu warten, Kamma?«

»Überhaupt nicht. Du entscheidest.«

Culman lächelt sie an. »Eine tolle Perücke, die du da aufhast.«

»Gefällt sie dir?«

»Du siehst aus wie eine Sängerin aus den Fünfzigerjahren; das ist doch gar nicht so übel.«

Culman trottete in sein Zimmer und hörte sie rufen: »Hurra« und »Hoch soll'n sie leben«. Unter der Leitung von Tinberg brachten sie Anna und Susse ein Ständchen. Erling, der sich bereits im Männerchor der dänischen Staatsbahn bewährt hatte, sang die zweite Stimme, und seine Frau, die Avocadofarbene mit dem stahlgrauen Zopf, sang so schief, dass es in den Ohren schmerzte – ein Umstand, der ihren Eifer jedoch nicht beeinträchtigte.

Culman setzte sich auf seinen Bürostuhl und betrachtete den Brief mit den fehlenden Vokalen und der ultimativen Drohung. Wenn er sich ein wenig zurücklehnte, konnte er sehen, wie sie im Kreis standen und ihre Gläser hoben. Mit Tinberg in der Mitte. So gefiel es ihm am besten. »Sie sehen so Vertrauen erweckend aus«, murmelte er, »aber einer von ihnen hat mir den Brief geschrieben.«

Es war so einleuchtend wie undenkbar: Der zukünftige Mörder war in der Wohnung, in Culmans eigenem Wohnzimmer, hielt ein Glas in der Hand und erdreistete sich »Hoch soll'n sie leben« zu singen. Einer dieser harmlos aussehenden Essensgäste verfolgte an diesem Abend noch eine andere Absicht, und je länger Culman darüber nachdachte, desto ernster nahm er die Angelegenheit. Der Gedanke, es könne sich um einen dummen Jungenstreich handeln, war nicht in den Hintergrund getreten, sondern wie weggeblasen.

»Für frühere Untaten.« Culman hörte diese drei Wörter wie eine sich stets wiederholende Bandansage und fügte im Stillen lakonisch und nüchtern hinzu: »Als wenn ich es nicht die ganze Zeit gewusst hätte; es ist doch sonnenklar, so wie sich Herz auf Schmerz und Wort auf Mord reimt. Er ließ sich die banalen, selbst erfundenen Reime durch den Kopf gehen und ergänzte: Wörter, die töten, reimen sich nicht.

Er hatte auf der flaschengrünen Remington unzählige Briefe geschrieben, die oft genug über sein eigenes Leben Auskunft gaben und noch öfter Visionen vom gelobten Land over there entwickelten. Gottes eigenem. Seite um Seite. Unterschrieben mit L. L für Liebe, L für Leben.

Wort für Mord.

Alles an diesem Donnerstag, dachte er, hatte denselben

Körper, dieselbe Form und denselben Ausdruck, denn so ist die Inszenierung.

Er faltete den Brief zusammen und steckte ihn in die Gesäßtasche.

Es klopfte am Türrahmen. Culman schaute auf, Johansen lächelte ihn leutselig an.

»Geht's dir nicht gut, Leon?«

»Doch, doch, warum sollte es mir nicht gut gehen?«

»Du verdrückst dich immer wieder.«

Johansen hielt einen sogenannten Za-Za in der Hand.

»Ach, da ist sie ja«, sagte er. »Das ist wirklich ein gutes altes Stück.«

Er warf einen liebevollen Blick auf Culmans Schreibmaschine.

»Leider hat sie eine Macke«, sagte Culman und behielt den kleinen Kontrolleur mit dem roten Drink im Auge.

»Wer schreibt heute noch auf so einer Schreibmaschine?«

»Einige tun's«, sagte Culman.

»Schon, aber das ist doch reine Nostalgie.«

»Ja, und zu dir würde das gar nicht passen, oder, Erling?«

Johansen nippte an seinem Drink, schüttelte den Kopf und murmelte: »Schluckspecht.«

Culman klopfte ihm freundschaftlich auf den Rücken. »Wenn du es sagst, Erling, wenn du es sagst.«

Zehn Minuten später sitzt die ganze Gesellschaft um den ovalen Tisch: Edwin Tinberg, Erling und Karen Johansen, Kamma, Anna und Leon Culman. Sowie die Regisseurin Susse Wiid.

Im Zimmer ist es still. Das Tischtuch ist zusammengelegt, und die Gläser sind schon vor einer Weile abgeräumt worden. Susse thront am Ende des Tischs, in selbstgerechtem Ernst, und hat darum gebeten, das Licht zu dämpfen. Die anderen schauen sie erwartungsvoll an. Die Bühne gehört ihr. Vor ihr liegt ein Stapel von Karten, die kleiner als gewöhnliche Spielkarten sind und ausschließlich aus Bildern mit teils makabren Motiven bestehen.

Susse sagt: »Diese uralten arabischen Karten akzeptieren nicht den Begriff des Zufalls. Die Karten an sich verfügen weder über Macht noch über mystische Einsichten in unser Schicksal. Wie sollten sie auch? Nein, dies anzunehmen wäre reiner Aberglaube und vergeudete Zeit. Wohingegen Sie, meine Damen und Herren, all die Magie und Macht in sich tragen, die gemeinsam mit diesen Karten in der Lage sind, die verborgenen Wege der Vorsehung zu offenbaren. Nichts, glauben Sie mir, rein gar nichts ist so wundersam, magisch und geheimnisvoll wie wir.«

Johansen lacht lautlos und verschränkt die Arme, schielt zu Culman und schneidet eine Grimasse, die verdeutlichen soll, dass er über solche Gesellschaftsspiele erhaben ist. Neben ihm sitzt seine fromme Frau, die sich weit weg zu befinden scheint, doch ihr Körper, der gespannt ist wie eine Feder, verrät sie. Sie gleicht einem Sportler, einem 800-Meter-Läufer, der in diesem Moment den Rennverlauf, die Taktik und nicht zuletzt die Gegner vor Augen hat. Die Füße stehen im Startblock, der Körper vibriert, jeder Muskel ist gespannt und wartet auf den Startschuss. Ihr gegenüber sitzt Edwin Tinberg; er lächelt kryptisch und erwartungsvoll und gleicht einem Mann, der Herr über die Situation ist, doch auf den zweiten Blick flackern die Augen und zittern die Lippen, denn Tinberg ist mit einem Schlag nüchtern geworden und betrachtet sich selbst mit der Form von Mitleid, die in Zynismus endet. Kamma scheint ruhig, sie schaut niemand an, sondern zwinkert mit ihren großen, schönen Augen und schüttelt sich zum Schein. Sie agiert gespannt, ist im Grunde jedoch gelassen und unbeteiligt. An was sie wohl dachte, die Frau, die so vertraut mit Rasiermessern war? Culman schaut zu Anna hinüber, die Susse, die große Regisseurin, begeistert anstarrt. Anna macht Stielaugen, ihre Pupillen sind unnatürlich groß. Ihr euphorischer Zustand steht, mit anderen Worten, in keinem Verhältnis zu dem banalen Schabernack, der sie erwartet. Es sei denn, er lässt sich auf das Wissen um eine Überraschung zurückführen, die so fürchterlich ist, dass sie Tinbergs Nervosität, Kammas Kälte und Annas unnatürlich große Pupillen erklärt.

Susse lächelt in den geschlossenen Kreis hinein. »Lasst uns damit beginnen, dass wir uns die Hände reichen, still und ruhig. Wir grüßen einander, alles ist friedlich und vertraut, wir sind eine kleine verschworene Gemeinschaft. Wir kennen einander in- und auswendig und fühlen uns im Vertrauen der anderen geborgen. Wir drücken uns die Hände, spüren die Wärme zwischen Freunden, empfinden die Stärke der Gemeinschaft. »Wie wunderbar ihr alle ausseht, ja, das tut ihr. Doch wie genau wir uns wirklich kennen und was alles im Verborgenen geschieht, werden wir heute Abend erfahren. Es liegt an uns selbst. Wir nehmen das Schicksal in unsere eigenen Hände. Das Spiel kann beginnen!«

Culman sitzt zwischen Karen Johansen und Edwin Tinberg. Ihre Finger sind noch kälter als seine, falls das überhaupt möglich ist.

»Der Kreis ist geschlossen«, sagt Susse und senkt die Stimme zu einem monotonen Singsang: »Wir schließen die Welt aus und kennen nur noch unsere Gemeinschaft. Wir konzentrieren uns ganz auf das Hier und Jetzt, vergessen für eine Weile unsere eigene Persönlichkeit, schließen die Augen und vereinen uns zu einem großen, harmonischen Organismus. Atmet gleichmäßig und entspannt, bis hinunter ins Zwerchfell.«

So verharren sie für einige Minuten. Bis Susse sie bittet, die Hände loszulassen. »Langsam öffnen wir die Augen, kommen an die Oberfläche, atmen aus und sind ganz entspannt, ganz, ganz entspannt.«

Sie lächelt sie an, einen nach dem anderen. »Geht's euch gut? Wie schön, das zu hören.«

»Vielleicht liegt es am Miami Special, den wir getrunken haben«, sagt Tinberg.

»Nein, lieber Eddy«, erwidert Susse lächelnd, »es ist die Kraft in uns selbst und die Stärke unserer Gemeinschaft. Unseres gegenseitigen Vertrauens. Wartet ab. Ihr könnt euch noch auf einiges gefasst machen. Darf ich euch bitten, die drei kleinen Wandleuchten zu löschen. Und wenn Leon so gut wäre, den Kerzenleuchter anzuzünden und auf den Tisch zu stellen.«

Culman fummelt mit den Streichhölzern und stellt den Leuchter auf einen Untersetzer.

Die Gesellschaft reduziert sich jetzt auf weiße Masken und schwarze Schatten, die wie Flammen an der Wand züngeln. Hinter ihnen hat die Wohnung die Dunkelheit freigegeben. Diejenige, die bei alten Menschen stets hinter der Holztäfelung lauert.

Susse starrt vor sich hin und senkt erneut ihre Stimme. »Gemeinsam werden wir jetzt die geheimen Pfade des Bewusstseins erforschen. Wir haben ein sicheres Gefühl, denn wir befinden uns im Kreis unserer Freunde.« Susses Stimme wird tief und monoton, eindringlich und suggestiv: »Vor uns sehen wir einen großen, dunklen Wald. Wir haben das Gefühl, ihn schon mal gesehen zu haben, sind uns jedoch nicht sicher. Der Pfad, auf dem wir gehen, ist schmal und führt uns zu einer Lichtung. Dort wollen wir hin. Kommt alle mit. Ja, so ist's gut, wir gehen alle zusammen. Jetzt haben wir die Welt hinter uns gelassen und sind völlig allein. Kein Laut ist in dem dunklen Wald zu hören. Wir gehen auf verschlungenen Pfaden, der Himmel über uns ist schwer und grau, doch wir ziehen unbeschwert und sorglos weiter. Für einige ist es natürlich, die Hand eines anderen zu nehmen, während andere lieber ganz allein gehen. Das eine ist nicht richtiger als das andere. Das Gelände steigt an, und wir geraten etwas außer Atem, setzen unseren Weg aber unbeirrt fort. Vor uns sehen wir eine Schlucht, eine tiefe und finstere Schlucht. Über der Schlucht befindet sich eine schmale Hängebrücke mit morschen Brettern. Es erfordert Mut, über diese Brücke zu gehen. Wer macht den Anfang? Wer meldet sich freiwillig?«

Susse legt die Karten zu einem Fächer. Sie zeigen immer noch mit der Rückseite nach oben. Man sieht ihr an, dass alles seinen gewohnten Gang geht, so, wie sie es geplant hatte.

»Da sich keiner meldet«, sagt sie, »werden wir die Karten fragen.«

»Ich melde mich.«

Culman ist aufgestanden. Johansen starrt ihn mit offenem Mund an und Susse schaut sich verwirrt um. Culman weiß, dass er ihre Pläne durchkreuzt hat, aber das ist ihm gleichgültig. Tinberg leuchtet in der freudigen Erwartung des Trinkers, während Kamma und Anna sich in resignativer Ruhe üben. Karen Johansen steht, wie immer, in Kontakt mit einer für andere unsichtbaren Existenz und legt den Kopf auf die Seite, um die Signale zu empfangen, die nur für sie bestimmt sind.

»Was möchtest du uns sagen, Leon?« Susse trommelt mit ihren langen, roten Nägeln ungeduldig auf den Tisch.

Culman steckt die Hand in die Gesäßtasche, nimmt den Brief heraus und faltet ihn auseinander. Das Blatt ist mittlerweile ziemlich kraus geworden.

»Ich möchte gern als erster über die Brücke gehen«, sagt er, »aber ich will einen von euch mitnehmen.« Culman lässt seinen Blick schweifen. »Fragt sich nur, wen.«

Er lächelt Susse an. »Wir brauchen die Karten nicht mehr. Ist ohnehin alles Hokuspokus und genauso tiefsinnig wie Lotto. Das, was ich in der Hand halte, ist dagegen schon etwas anderes. Ich habe nämlich heute Morgen diesen Brief erhalten. Mit der Post. Per Einschreiben und an mich adressiert. Mit Susses Erlaubnis werde ich ihn vorlesen.«

Culman setzte seine Brille auf, räusperte sich und las.

Hinterher war verstreutes Murmeln zu hören. Tinberg drehte sein Glas in den Fingern und Anna schaute ihren Mann mit einer Mischung aus Verärgerung und Mitgefühl an. Kamma, Karen und Erling Johansen verrieten keine Gefühle.

»Wer will mit?«, fragte Culman. »Ich kann es auch direkter formulieren: Wer von euch hat diesen Brief geschrieben? Ich weiß, dass der Betreffende an diesem Tisch sitzt. Der Brief ist nämlich auf meiner eigenen Schreibmaschine getippt worden und ich möchte bei dieser Gelegenheit nur erwähnen, dass ich das überhaupt nicht komisch finde. Ich finde es infam. Infam und niederträchtig.«

Niemand am Tisch sah irgendetwas oder irgendjemand an, schon gar nicht Culman. Tinberg hielt Augen und Mund geschlossen und Johansen rollte eines seiner Räucherstäbchen hin und her, während Susse eine entspanntere Attitüde bevorzugte, die Augen halb geschlossen und die Unterlippe vorgeschoben, als sei sie zum Kampf bereit.

»Es ist halb elf«, sagte Culman. »Es sind keine neunzig Minuten mehr bis Mitternacht. Diesem Brief zufolge habe ich noch anderthalb Stunden zu leben und ich stehe gern hier, bis es zwölf ist, falls dies erforderlich sein sollte.«

Es entstand eine längere Pause, die mit der Zeit immer unerträglicher wurde. Culman hatte nichts dagegen, sich jeden der Reihe nach vorzunehmen, ließ Anna jedoch aus, die so aussah, als würde sie jeden Moment zusammenbrechen.

»Gibt es wirklich niemand, der etwas sagen will?« Culman schaute sich um. »Keinen, der den Mut aufbringt, zu sagen, was das Ganze bedeuten soll? Er schlug auf den Briefbogen. »Schau mich doch an, Eddy! Ich stehe direkt vor dir. Heb den Kopf, Erling, sieh mir in die Augen und sag, dass du es nicht warst. So, ihr wollt nicht? Also gut. Dann gehen wir zur Nächsten weiter.«

Karen Johansen räusperte sich. Ihre kleinen weißen Hände waren zu einem elfenbeinfarbenen Knoten verschlungen, ihre Arme lagen ausgestreckt auf der blanken Tischplatte. Sie schaute weiterhin niemand an, als sie sagte: »Lieber Leon, ich glaube, ich kann dir helfen mit deinem Problem.«

Erst jetzt richtete sie ihren festen, aber barmherzigen Blick auf ihn.

»Ich gebe dir Recht«, sagte sie ruhig. »Der Briefschreiber muss sich in diesem Raum befinden, ist schon den ganzen Abend unter uns und wartet nur auf den richtigen Augenblick.« Karen betrachtete ihre schmalen, zarten Finger. »Ich glaube auch zu wissen, um wen es sich handelt, und hätte nichts dagegen«, sie hob ihr Gesicht und lächelte schwach, »seinen Namen auszusprechen.«

Culman bekam weiche Knie und musste sich an seinem Stuhl abstützen, um nicht zu schwanken.

Karen blickte sich um, bis sie einen Punkt zur Linken Culmans entdeckte, auf den sie sich konzentrieren konnte. »Du hast doch selbst diesen Brief geschrieben, nicht wahr, Leon? Warum sagst du nicht einfach, wie es ist? Es war deine Idee, es sind deine eigenen Worte, geschrieben auf deiner eigenen Schreibmaschine. Mit diesem Schreiben hast du die Aufmerksamkeit aller auf dich gezogen, und das ist wohl auch gut so, denn dein Bedürfnis muss ja ziemlich groß gewesen sein. Aber jetzt kannst du dich setzen, das Spiel ist vorbei, und wir sehen ja selbst, dass es dir nicht gut geht. Erling und ich haben schon den ganzen Tag deine Unausgeglichenheit gespürt.«

Culman ließ sich auf seinen Stuhl sinken und fühlte Annas Hand auf seiner. Alle blickten zu Boden und Susse sammelte stillschweigend ihre Karten ein und legte sie beiseite. Johansen trocknete sich mit dem Taschentuch die Stirn, doch als Tinberg Anstalten machte, sich zu erheben, schob Culman seinen Stuhl zurück und hielt den Brief wie ein Pamphlet über den Kopf. Seine Hand zitterte ebenso sehr wie seine Stimme: »Ich habe diesen Brief nicht geschrieben, Karen Johansen«, sagte er heiser. »Wie kannst du so was behaupten, ohne mich gleichzeitig für verrückt zu erklären? Was fällt dir ein, mich zu verdächtigen, selbst …«

Er bekam einen längeren Hustenanfall, der ihn zwang, sich wieder auf den Stuhl zu setzen.

Anna holte ein Glas Wasser, doch er schob es weg.

»Einer von euch«, sagte er, »einer von euch ... die ich meine Freunde nenne ... Ich weiß, dass der Brief von euch ist.«

Susse fragte Anna, ob sie ihm nicht etwas zur Beruhigung geben könne.

»Ich brauche nichts zur Beruhigung«, stöhnte Culman.

»Wie wär's mit einem Whisky-Soda?«, schlug Tinberg vor und zwinkerte Kamma zu.

Karen Johansen stand auf und knöpfte mit ihren trockenen, gichtgeplagten Fingern ihre Strickjacke zu.

»Leon«, sagte sie leise, »wenn es dir weiterhilft und die Ausschlussmethode immer noch etwas taugt, dann möchte ich jetzt nach Hause gehen. Ich wollte dir in keiner Weise zu nahe treten. Ich wünsche dir gute Besserung und hoffe, wir sehen uns bald unter glücklicheren Umständen wieder. Danke für den Abend, Anna. Ich danke euch allen für die gute Gesellschaft.«

Anna brachte Karen zur Tür und Culman hörte sie einige Bemerkungen austauschen, die so klangen, als würden sie sich beieinander entschuldigen.

Die Stimmung im Wohnzimmer war gedrückt, und Culman dachte, er vermisse seine Tochter, weil sie in der Lage wäre, die erlösenden Worte zu sprechen, die der allgemeinen Stimmung der Anklage, die sich gegen ihn zusammenbraute, entgegenwirken konnten. Doch obwohl er sich isoliert hatte, wusste er, dass er nicht allein war. Wir sind zwei, sagte er sich. Wir sind zwei, die Bescheid wissen. Culman ließ seinen Blick von Kamma zu Johansen gleiten, die beide wie versteinert wirkten, bis Tinberg aufstand und sagte, jetzt bräuchten sie aber wirklich etwas zur Stärkung. Er eilte zur Hausbar, an der Anna und Kamma ihm Gesellschaft leisteten.

Am Tisch zurück blieben Culman, Susse und Erling Johansen. Es wunderte Culman, dass Erling immer noch da war. Normalerweise hätte er seine Frau bis an die Tür begleitet, doch in diesem einmaligen Fall hatte er sich nicht einmal von ihr verabschiedet.

Culman tätschelte ihm die Hand.

»Und wie ist es so?«, fragte Johansen und schaute Culman bleich an. »Auf der Brücke, meine ich.«

»Einsam«, antwortete er, »fürchterlich einsam.«

Susse öffnete ihre Handtasche, nahm einen kleinen Spiegel heraus und studierte ihr Gesicht, während sie mit einer zierlichen runden Puderquaste ihr Make-up auffrischte. »Aber die Drohung«, sagte sie, »die Drohung gilt nur noch für eine Stunde. Stand es nicht so in dem Brief?« Sie lächelte Culman an. »Sag bloß nicht, die Karten hätten keinen Einfluß auf unser Schicksal.«

Culman lehnte sich über den Tisch. »Benutzt du deine Karten manchmal auch, wenn du allein bist, Susse?«

Sie streckte sich und unterdrückte ein Gähnen. »Gesellschaftsspiele spielt man am besten mit mehreren Leuten. Das solltest du wissen.«

»Fühlst du dich ertappt, Susse, oder war es schlechtes Timing von meiner Seite. Hätte ich auf dein Stichwort warten sollen, damit wir den Höhepunkt der Geschichte gemeinsam erleben, oder ist alles so gelaufen, wie du es dir vorgestellt hattest?«

Sie klappte ihre Tasche zu. »Ach, du glaubst, ich hätte dir den Brief geschrieben. Wie reizend von dir, Leon.«

»Kannst du mir in die Augen sehen und sagen, dass du es nicht warst?«

»Darauf kannst du Gift nehmen!« Susse blickte ihn kampfbereit an, und Culman senkte den Blick.

»Wolltest du noch was, Leon?« Sie stand auf. »Entschuldigt mich bitte.«

Culman sah sie auf den Flur gehen und hörte kurz darauf das Geräusch ihrer Absätze auf dem Terrazzofußboden des Badezimmers.

Die Vorstellung, dachte er, läuft wie am Schnürchen. Ich

habe nichts unterbrochen. Dem Briefschreiber zittern nicht einmal die Hände. Alles läuft nach Plan. Der Betreffende bewegt sich in diesem Moment durch meine Wohnung und hat nichts von seiner Anonymität eingebüßt. Vielleicht sollte man *die* Betreffende sagen. Culman betrachtete das Profil seiner Frau. Wenn irgendjemand Zugang zur alten Remington hatte, dann war es sie. Vielleicht bezogen sich die »früheren Untaten« auf die fünfunddreißig gemeinsamen Jahre. Konnte das Schicksal wirklich so zynisch sein, so durch und durch grausam, dass es am Ende in Gestalt der eigenen Ehefrau auftrat? Culman verfolgte den Gedanken nicht weiter, sondern ließ seinen Blick zu Johansen wandern. Sie schauten sich an. Culman abwartend, Johansen wachsam. Culman lächelte, rückte ganz nah an seinen alten Freund heran und senkte die Stimme zu einem Flüstern: »Nein, so was tut meine Frau nicht«, flüsterte er, »so was tut meine Anna nicht. Im Grunde glaube ich auch nicht, dass es Susse war. Das ist nicht ihr Stil, so ein Brief wäre ihr nämlich viel zu trocken. Ich kann mir wahrhaftig vorstellen, dass du es warst, Erling. Ohne richtig darüber nachzudenken, bist du seit heute Morgen mein Favorit gewesen. Es sind deine Formulierungen, deine Nachkriegsrethorik. Ich konnte es dir ansehen, als du die Schreibmaschine zu Gesicht bekamst. Wir kennen uns einfach zu gut. In dieser Sekunde wusstest du, dass du ertappt bist. Den ganzen Tag bist du mir schon nachgelaufen, in der Anlage, im Keller, im Schwimmbad, bist mir nachgelaufen, um zu sehen, wie ich reagiere. Und es hat dir überhaupt nicht gefallen, zu hören, dass ich ein glücklicher Mann bin. Das passte ganz und gar nicht in dein Konzept. Sag mir, was ich dir getan habe. Es muss doch irgendwas geben, das dir zu schaffen macht. Können wir nicht darüber reden, ehe ich mich noch mehr blamiere?«

Johansen schaute weg. »Solche Bemerkungen überhöre ich, Leon.«

Culman sprach in derselben Tonlage weiter: »Es gibt ein

Orchester, das im Lokalanzeiger annonciert, neun Leute insgesamt. Fünf spielen Banjo, zwei bedienen ein Hackbrett, und die anderen singen. Sie tragen Melonen und nennen sich ›Die Neun vom Fleischmarkt‹. Wie, findest du, hört sich das an?«

»Einfach entsetzlich.«

»Für wenig Geld kann man sie anheuern; ich bin sicher, die bringen Leben in die Bude. Ich habe schon überlegt, ob wir sie nicht mal zum Friedhof mitnehmen sollten.«

Johansen kniff die Augen zusammen. »Was bist du für ein Mensch, Leon? Hast du eigentlich gar keinen Anstand?«

Culman nickte, fuchtelte mit den Händen und zog eine Schulter nach oben. »Gute Frage, Erling. Gute Frage.« Er betrachtete seine Hände. »Was sind wir für Menschen? Wofür treten wir ein, wenn's hart auf hart geht?«

Johansen sagte, er wisse ganz genau, wofür er eintrete.

Culman nickte entgegenkommend. »Ich hingegen«, sagte er, »befinde mich auf dem Grund der Welt. Merkwürdigerweise sieht er aus wie das Tauchbecken der Badeanstalt. Ich weiß nicht, ob ich noch genug Kraft habe, mich abzustoßen und nach oben zu kommen.« Culman schob die Unterlippe vor und lächelte. »Altmännergewäsch. Nimm meine uneingeschränkte Entschuldigung entgegen. Aber zur Reue ist es wohl zu spät.«

»Für Reue ist es immer zu spät.« Johansen schaute starr in die Luft.

»Das mit den Schlachterlehrlingen habe ich nicht so gemeint. Wenn wir den traurigen Überresten des Friedhofs ein musikalisches Geschenk machen wollen, dann müsste es schon das Orchester von Count Basie sein. Die Jungs verdienen nur das Beste. Man wird noch religiös auf seine alten Tage.«

Johansen lächelte selbstsicher. »Glaub mir«, sagte er, »es gibt keinen Gott. Wenn das Leben Karen und mich irgendwas gelehrt hat, dann dies.«

Culman schüttelte leicht den Kopf. »Ich hätte gedacht«, sagte er leise, »es erfordert größeren Mut, sich der Willkür auszuliefern. Dann gibt es doch gar keine Sicherheiten mehr.«

»Gibt es etwas anderes als Willkür?« Johansens Replik war keine Frage, sondern eine Ampulle mit Gegengift, die er zu sich nahm wie ein Diabetiker sein Insulin.

»Es gab eine Zeit, in der ich täglich ein Abendgebet gesprochen habe.« Culman starrte vor sich hin. »Ganz wie in alten Tagen, mit gefalteten Händen, vor dem Schlafengehen.«

Johansen sandte ihm ein säuerliches Lächeln. »Du sprichst von deiner Kindheit.«

Culman schüttelte den Kopf. »Nein, da war ich schon über fünfzig. Manchmal bekam ich schreckliche Anfälle, ich weiß gar nicht, warum, aber die Angst lähmte mich vollkommen. Und wenn so was erst mal anfängt, wird man es so schnell nicht mehr los. Also beginnt man, die Hände zu falten. Es sei denn, man hat die Anlage zum Alkoholiker. Aber das lässt sich kombinieren. Es gibt nicht vieles, das man ausschließt, außer der Willkür.«

»Aber zu wem hast du dann gebetet?«

»Zu ihm da oben in den Wolken. Unser aller Vater. Der Sonne und Wind verteilt. Dem aus dem Alten Testament mit Sandalen, weißem Bart und braunen Zähnen. Er sieht so ähnlich aus wie Charlton Heston.«

»Wofür hast du gebetet?«

»Ich glaube, ich wollte Frieden schließen. Ungefähr wie ein Junge, der bei einer Rauferei unten liegt. Kannst du dich erinnern, was wir sagten? Wir sagten, wir wollten Frieden schließen.«

Culman sank auf seinem Stuhl zusammen. »Du hast mir einmal einen Revolver gezeigt. Er lag in einer Schublade. Du sagtest, er habe seine eigene Geschichte. Wo hast du den her, Erling?«

Johansen schaute Culman mit einem Ausdruck an, der sich von Zorn in die Art von Kummer verwandelt, die mit Apathie verwandt ist. »Wir haben ihn von einem Bekannten Karens gekauft. Kurz nachdem wir Carsten verloren hatten. Es war gut zu wissen, dass er in der Schublade lag, falls alles … zu schwer werden würde.«

Johansen rappelte sich auf und murmelte etwas über die Bewirtung, und Culman dachte, dass ein Drink unter Umständen nicht schaden könne, als Anna zu ihm kam und ihre Hände auf seine Schultern legte.

»Leon«, flüsterte sie, »ich finde, du solltest dich hinlegen.«

Er schaute sie an. »Aber ich will nicht ins Bett gehen.«

»Du kannst dich ja einfach ein bisschen ausruhen.«

»Ich bleibe hier«, flüsterte er.

Sie beugte sich über ihn. »Siehst du denn nicht, dass du unseren Abend kaputtmachst? Dieser Brief ist doch eine … «

»Eine was, Anna, eine was?«

»Eine Laune.«

»Eine Laune?« Culman senkte die Stimme. »Anna, da steht, sie wollen mich umbringen. Einer von denen hier«, er zeigte in die Runde, »hat diesen Brief geschrieben, und ich habe mich entschlossen herauszufinden, wer.«

»Du bist nicht mehr nüchtern«, sagte sie.

Culman seufzte und zuckte die Schultern.

Sie zog seinen Schlips gerade. »Ich finde, du blamierst dich. So einen Brief könnte schließlich jeder schreiben.«

Culman führte sie in die leere Küche.

»Das habe ich auch geglaubt«, sagte er, »heute Morgen und heute Vormittag. Aber jetzt bin ich anderer Meinung. Wie kann es sich um eine Laune handeln, die sinnlose Schikane eines Fremden, wenn der Brief auf meiner eigenen Schreibmaschine geschrieben wurde?«

»Leon!«

»Antworte mir, Anna. Sei so gut und antworte mir!«

Sie befreite sich aus seinem Griff und schaute ihn mit Tränen in den Augen an.

»Ich weiß nicht, was mit mir los ist, aber ich erkenne dich nicht wieder, du … bist so anders.«

Sie hielt sich die Hand vor den Mund.

»Anna.« Er versuchte, den Arm um sie zu legen, aber sie wehrte ab.

»Unsere Freunde«, sagte sie, »sitzen im Wohnzimmer und sind mit dieser unglaublichen Anklage konfrontiert: Eddy, Kamma, Erling. Glaubst du wirklich, einer von ihnen wäre imstande, dir solch einen Brief zu schreiben? Hast du dir diese Frage gestellt? Ich weiß nicht, was du zu Erling gesagt hast, aber er ist völlig außer sich.«

Culman nickte und seufzte und streckte die Hand nach seiner Frau aus. Sie fragte, was das bedeuten solle.

»Das soll bedeuten, dass ich Frieden schließen möchte.«

»Frieden schließen? Was ist das für ein Gerede? Mit wem willst du Frieden schließen?«

Er machte eine ausgreifende Armbewegung. »Mit dir, mit unseren Freunden, mit der ganzen Welt. Willst du … nicht doch meine Hand nehmen?«

Sie nahm seine Hand, stellte sich jedoch neben ihn.

Culman legte den Arm um sie.

»Leon, wir haben Gäste«, seufzte sie.

Er drehte sie halb herum, sodass sie sich gegenüberstanden.

»Ich liebe dich, Anna Culman.«

Sie runzelte die Brauen und lächelte skeptisch.

»Ich liebe dich und habe es immer getan. Mach nicht so ein Gesicht.«

»Du bist nur so … so merkwürdig und unausgeglichen.«

»Hast du gemerkt, wie glücklich Nina war? Mir wurde so warm ums Herz. Wir haben eine halbe Stunde miteinander gesprochen; ich weiß gar nicht, wann wir das letzte Mal so lange miteinander geredet haben, abgesehen von damals, bei den Mathehausaufgaben.«

»Leon, die anderen warten auf uns.«

»Bleib noch einen Augenblick.« Er hielt ihre Hand fest und sah ihr in die Augen. »Ich habe so ein eigenartiges Körpergefühl. Voller Unruhe. Ich bin da und fühle mich trotzdem abwesend, tigere stundenlang in meiner eigenen Wohnung umher und fühle mich wie ein Fremder. Es kommt mir vor«, er lächelte sie an, »als würde ich verschwinden.«

»Du verschwindest nicht.« Sie sagte es freundlich, aber bestimmt.

Culman holte tief Luft, schloss die Augen und atmete aus. »Nein«, flüsterte er, »natürlich tue ich das nicht. Aber trotzdem bin ich irgendwo leckgeschlagen.«

Sie tätschelte seine Hand. »Ich gehe jetzt wieder zu den anderen hinein«, sagte sie.

Sie ging zur Tür und blinzelte ihm zu. Culman drehte sich um und stützte sich am Küchentisch ab. Mir geht es nicht besonders gut, dachte er, ich habe das Gefühl, als würde irgendwas aus mir heraussickern. Dieses Gefühl hatte ich seit vielen Jahren nicht mehr. Damals habe ich die undichte Stelle gefunden. Jetzt ist sie wieder aufgebrochen.

Er schaute ins Wohnzimmer, wo Anna sich zwischen Tinberg und Kamma gesetzt hatte. Sie unterhielten sich mit gedämpften Stimmen. Wie an einem Sterbebett. Er ging ins Badezimmer und setzte sich mit der Nitroglyzerinpille unter der Zunge auf die Toilette. Er fühlte kalten Schweiß am ganzen Körper und sagte sich, dass er versuchen müsse, klar zu denken. Vielleicht war es ihm nicht gelungen, Frieden zu schließen. Vielleicht war genau das das Problem. Für so was gab es wohl Verjährungsfristen. »Ich möchte Brooklyn wiedersehen.« Er sprach laut vor sich hin. »Die Pacific Street entlang spazieren, eine ungenießbare belgische Waffel essen, mit dem Nachbarn ein Budweiser trinken, den Nutten zuwinken und den Dampfern lauschen, die aus Halifax, Baltimore und Québec kommen. Aber dazu ist es wohl zu spät. Okay, dann also die Vigerslev Allé. In der Vorweihnachtszeit, wenn die Plastikgirlanden im Wind flattern. Die Vigerslev Allé ist so hässlich, dass einem leicht ums Herz wird und man jeden umarmen möchte, der dort wohnt.«

Es klopfte an der Tür. »Leon, was machst du?«

»Ich habe mich kurz hingesetzt, Anna.«

»Schließ bitte auf.«

»Gib mir fünf Minuten.«

Er stand auf, spülte sich das Gesicht mit kaltem Wasser, ging geschickt seinem Spiegelbild aus dem Weg, indem er das Gästehandtuch benutzte, setzte sich wieder hin, schloss die Augen und lauschte. Ich habe eine gelbe Straßenbahn im Ohr, dachte er, aber sie ist es nicht, die ich höre, denn sie steht still. Die andere ist draußen.

Er legte sein Ohr an die Tür. Dort standen sie allesamt und flüsterten a capella: Anne, Susse, Johansen und Kamma. Warum flüsterten sie?

Irgendjemand sagte: »Gibt's keinen Ersatzschlüssel, Anna?«

Culman erkannte die Stimme und richtete sich auf. Karen war zurückgekehrt. Ja, natürlich war sie zurückgekehrt. So hatten sie es ja geplant gehabt.

Es klopfte heftig an der Tür. »Lenni!« Tinbergs helle Fistelstimme.

»Lenni, komm raus. Hörst du? Wir machen uns Sorgen um dich.«

»Lass gut sein, Eddy.«

»Dann schlagen wir die Tür ein.« Johansens Stimme. Johansen, der keine Beule in ein Stück Stanniolpapier schlagen konnte.

»Kommen Sie heraus, Herr Culman.« Kammas Stimme.

»Wenn du jetzt abkratzt, hast du selbst Schuld.«

Susse Wiid, immer so pragmatisch.

Tinberg fragte nach einer Axt.

Culman betrachtete das Furnier der Tür. Tinberg gehörte zu den Typen, die der Dramatik zuliebe zu so was imstande wären. Um selbst im Mittelpunkt zu stehen. Vielleicht genoss er seinen Triumph, der kleine Mann mit den handgefertigten Hüttenschuhen. Der einfache, raffinierte Plan lief doch wie am Schnürchen.

»Mein bester Freund«, flüsterte Culman, fasste sich an die Stirn, schaute in den Spiegel und spürte, wie die Depression ihn einschloss.

Er stand auf und öffnete die Tür zum Flur.

Mit einem Mal wurde es mucksmäuschenstill. Sie schauten zu ihm herein und machten eine Bestandsaufnahme. Beurteilten die Situation.

»Kann ich etwas für euch tun?«, fragte er. »Kann ich es irgendwie leichter machen?«

Culman schüttelte lächelnd den Kopf, zuckte die Schultern und pustete den kleinen, weißen Aschezylinder herunter, der immer noch auf dem Regal unter dem Spiegel lag. Dann schlurfte er auf den Flur und in sein Zimmer, schloss die Tür und setzte sich auf seinen Schreibtischstuhl.

Vor ewigen Zeiten war ein kleines Mädchen vor seiner Tür gestanden und hatte behauptet, es spuke.

»Man sieht seine nassen Fußspuren auf dem Teppich, Papa.«

»Das sind meine Fußspuren, Nina.«

Er legte den Oberkörper auf den Schreibtisch und schloss die Augen. Stellte sich den Flur als eine Verlängerung des Fahrstuhls und den Fahrstuhl als eine Verlängerung der Treppe zur Jons Kapel vor.

In diesem Moment öffnete sich die Tür. Weder rasch noch langsam, sondern in aller Ruhe. Culman umfasste die Tischkante und starrte Tinberg an, der mit einem maskenhaften Lächeln in den Raum glitt.

23:00

In der kleinen Figur mit dem Loch im Schädel steckt ein graues Räucherstäbchen. Johansen hat immer noch das Streichholz in der Hand und betrachtet begeistert sein Werk, das im Zwielicht vor sich hinqualmt. Ansonsten ist die Stimmung gedrückt. Tinberg ist schlagartig nüchtern geworden und mustert Culman mit fahlem Blick. Die drei sind unter sich. Johansen hat sich erkundigt, ob es Culman besser ginge, und Tinberg hat das Ganze als spaßige Einlage hingestellt. Culman selbst hat geschwiegen. Er schaut sie an, ohne seine Aufmerksamkeit auf sie zu richten, zieht dann den Brief aus der Tasche, dreht ihn zwischen den Fingern, leiht sich Johansens Streichhölzer und zündet das Blatt an. Wort für Wort, Buchstabe für Buchstabe, auch die Stellen mit den übersprungenen Vokalen verschwinden. Die Drohung wird zu Asche, zu kleinen, grauen Plättchen, die er mit einem Kugelschreiber zu Pulver reibt, das er in den Topf mit dem Orangenbäumchen streut, das schon längst verdorrt ist.

Johansen und Tinberg tauschen verstohlen Blicke. Culman lächelt sie matt an und fragt, ob sie sich an die Geschichte von Leroy King erinnerten, die er am Morgen erzählt habe. Die von dem Schwarzen mit den beiden Frauen, den vielen Budweisern und dem großen Eisblock.

»Diese Geschichte«, sagte Tinberg, »haben wir im Laufe des Tages schon mehrere Male gehört. Die Frage ist nur, ob es Leroy oder Leon oder vielleicht ein dritter war, der den schlimmen Brief bekommen hat.«

Tinberg legt sich die Hand auf den Brustkasten. »Weißt du es, Erling?«

Johansen hebt den Blick von der kleinen Tonfigur. »Ob ich es weiß? Nein, ich habe keine Ahnung, aber ich finde, wir sollten Leon die Geschichte zu Ende erzählen lassen.«

Culman hält die Hände nach vorn, streckt seine Finger aus und dreht sie im Licht. »Wie ihr wollt«, murmelt er, »ganz wie ihr wollt, aber vor allem sollt ihr die Geschichte von diesen Fingern hören und vom Mann, dem sie entwachsen sind. Wir könnten ihm ja einen Namen geben, was meinst du, wie er heißen soll, Eddy?«

Tinberg studiert seine lackierten Nägel und fragt, ob er freie Wahl habe.

»Freie Wahl?«, fragt Culman. »Ja, du hast freie Wahl, heute Abend soll es an nichts fehlen.«

Tinberg lehnt sich über den Tisch. »Warum nennen wir ihn dann nicht einfach Leon?«

Culman nickt, faltet die Hände und schaut niemanden an, als er sagt, so brauchten sie nur noch einen Namen für das Mädchen.

Tinberg und Johansen wechseln Blicke und zucken die Schultern.

»Wir können sie ja Else nennen«, murmelt Culman. »Wenn ihr einverstanden seid. Leon und Else, zwei junge Menschen vor dem Zweiten Weltkrieg, Kinder eines ratlosen Jahrhunderts. Ansonsten war alles in Ordnung: Das Mädchen war hübsch, hübsch und nett, geschickt in Handarbeiten, und stammte aus einer bäuerlichen Familie.«

Culman blickt seine Gäste wehmütig an, die sich wie in einem Wartezimmer fühlen und in verschiedene Richtungen schauen. »Es ist mir egal, ob ihr euch langweilt«, flüstert er, »abgesehen davon, dass ihr diese Geschichte lieben werdet.«

Er schaut auf den Boden, als suche er irgendwas. »Lieben ist vielleicht übertrieben.«

Culman legt den Kopf zurück und blickt zur Decke, an dem ein Straßenbahnwagen erscheint, die rote Uniform eines Pikkolos und ein Hotel.

»Die meisten Stammgäste waren Deutsche, viele von ihnen nette, ganz normale Leute. Manche hatten auch psychische Probleme, soweit ich mich erinnere. Dem jungen Pikkolo war das egal, er lag mit niemandem im Krieg, er schwamm oben und betrieb ein kleines Geschäft, in dem er mit Schwarzmarktware handelte. Es begann in kleinem Stil, nahm mit der Zeit jedoch Ausmaße an, die kaum noch zu kontrollieren waren. Ich weiß gar nicht, ob Leon sich eine Kontrolle wünschte, vielleicht mochte er auch die Spannung. Die Geschäfte wurden manchmal im Hotel, meist aber auf dem alten Bahnhofsgelände abgewickelt, wo das Zentrum des Schwarzmarkts lag. Hier konnte man alles mögliche bekommen: Zigaretten, Alkohol, Nylonstrümpfe, Lebensmittelmarken. Leon handelte mit allen Seiten, mit Dänen, Deutschen, Schweden und Norwegern, Zigeunern, Mongolen, Juden und Arabern. Wenn er die Menschen in Gruppen einteilte, dann in Raucher und Nichtraucher, und er verdiente gutes Geld, Schwarzgeld, das er auf die Seite legte. Das Geld war für zwei Fahrkarten ins Land der unbegrenzten Möglichkeiten bestimmt, wo Else und er ein neues Leben anfangen wollten, wenn der Krieg vorbei war. Glaubt mir, es war die große Liebe. Sie liebten sich, indem sie sich schrieben, und wenn sie sich trafen, geschah das in seinem Zimmer in Holbæk. Ihre Passion wurde genährt von der Sehnsucht, von ihrem gemeinsamen Traum und dem nachlässigen Umgang der Briefe mit der Wahrheit. Was diese anbetraf, so hatte Leon eine Kontaktperson, die sich Lübeck nannte und im Hotel ein- und ausging, ein Mann, der die meisten Waren organisieren konnte. Leon entwickelte sich im letzten Kriegsjahr zu einem effektiven Mittelsmann, einem gewitzten Großhändler des Schwarzmarkts. Doch dieser Lübeck war, wie sich erweisen sollte, ein Mitglied der Wehrmacht, das auch für die Gestapo arbeitete. Unser Pikkolo lag, wie gesagt, mit niemandem im Krieg, und seine Einstellung war keine Seltenheit. Alles, was er erlebte, erzählte er seiner Verlobten, die zu Hause in Holbæk in der Dachwohnung mit der halben Aussicht wohnte. Sie sahen sich nur selten, manchmal mehrere Monate nicht, und in der Zeit, als sie im Haus in Mors angestellt war, lag fast ein ganzes Jahr zwischen ihren Begegnungen. Dafür gab es auch einen Grund, aber Leon schenkte ihm keine Beachtung. Elses Briefe waren von Hand geschrieben, während Leo seine auf einer nagelneuen Remington tippte, die damals noch keine Vokale ausließ, und viele seiner Briefe wurden von Fotos der Freiheitsstatue, der Niagarafälle und des Weißen Hauses begleitet.«

Culman machte eine kleine Kunstpause und sprach, ohne jemand anzusehen, weiter: »Anfang 1945 wussten die meisten von uns, wohin die Reise ging. Es war nur noch eine Frage der Zeit, wann Nazideutschland kapitulieren würde, und der junge Leon freute sich über die Entwicklung. Obwohl dies ein Ende seiner Geschäfte bedeutete, war er erleichtert, bald wieder frei atmen zu können. Leute wie wir, die alt genug sind, sich erinnern zu können, wissen, dass der Krieg, falls dies überhaupt möglich war, am Ende noch unbarmherziger wurde. Es war wie beim Blitzschach, wo eine Figur nach der anderen verschwindet, immer schneller und schneller, bis zur Entscheidung.«

Culman zündete sich eine neue Zigarette an und studierte die Rauchwolken, während er von einem Fuß auf den anderen trat.

»Eines Tages fährt Leon mit der Straßenbahn, er will nach Hause nach Vanløse. Es ist im Frühjahr 1945. Was genau geschehen war, ist gleichgültig, jedenfalls begreift Leon plötzlich, dass er sich im Niemandsland zwischen den Rauchern und Nichtrauchern befindet. Die Welt unter dem jungen Pikkolo ist in Brand geraten. Sein Kontaktmann, der servile Herr Lübeck, der so viele Dänen auf dem Gewissen hat, hat Leon in der Linie 1 mit einem Stoß illegaler Flugblätter unter der Jacke erwischt. Lübeck weiß ganz genau, dass die Blätter nicht Leon gehören, das Problem ist nur, dass Lübecks Foto und Name auf dem Blatt abgedruckt sind. Für den geschickten Mann ist es schwierig geworden, sich unauffällig durch das königliche Kopenhagen zu bewegen. Also sucht er einen Freund in der Not. Allerdings hat ein Denunziant nicht sehr viele Freunde, seine Kontaktleute bei der Gestapo haben zu diesem Zeitpunkt ihre eigenen Probleme, doch es gab da ja einen Pikkolo, der ihm noch eine Gefälligkeit schuldete. Eine Hand wäscht bekanntlich die andere. Er sucht also seinen Freund im Hotel in Vesterbro auf, wo sie sich in den kleinen Raum hinter dem Empfang zurückziehen und Lübeck auf sein Guthaben zu sprechen kommt: »Ich sollte mir eine neue Wohnung suchen, und wir haben uns doch immer so gut verstanden, nicht wahr, Herr Pikkolo? Nicht wahr, Leon?« Doch Leon sieht das anders, verlässt überstürzt die Stadt und hastet zu seiner Dachgeschosswohnung nach Holbæk. Zu Else, seiner Verlobten. Nur wenige Wochen vor der Kapitulation. Doch jetzt geht der Endkampf in seine entscheidende Phase. Es kursieren nämlich Gerüchte, Leon habe mit den Deutschen Geschäfte gemacht und habe Kontakt zu einem Denunzianten gepflegt. Leons Name erscheint auf Listen von Leuten, mit denen sich der dänische Widerstand gern unterhalten möchte. Schon allein, um an Lübeck ranzukommen.«

Culman stützte sich auf die Fensterbank und schaute auf die nächtlich leere Falkoner Allé hinaus.

»Leons Tätigkeit als Mittelsmann klebt an ihm. Er sitzt auf dem Zimmer mit der Aussicht über den Fjord und auf die halbe Krone einer Eiche und hört das Krachen von Schüssen in der Stadt. Leute werden auf offener Straße hingerichtet, Häuser in Brand gesteckt, Gebäude bombardiert und junge Saboteure liquidiert. Man stellt sich auf Deutschlands Zusammenbruch ein. Leon liegt wach, horcht nach Schritten auf der Küchentreppe und fragt sich, wer wohl kommen werde, Raucher oder Nichtraucher. Es wird Mai, die Nachricht von der Freiheit breitet sich aus, Dänemark singt, jubelt und weint, die Glocken der Methodistenkirche läuten, Gerüchte machen die Runde, Landesverräter werden hingerichtet, die Gerichte sind außer Kraft gesetzt. In den Straßen wird geschossen, die Jagd auf die letzten Kollaborateure ist eröffnet, und man geht systematisch ans Werk. Es ist nur eine Frage der Zeit, wann sie das Dachgeschosszimmer am Fjord erreichen. Da klopft es an der Küchentür. Leon schiebt den Schuhkarton mit seinen gesamten Ersparnissen unter das Bett, zieht seine Hose hoch, legt die Hosenträger an und öffnet. Er kennt die beiden Mitglieder des Widerstands nicht, die ihn ausfindig gemacht haben, doch den einen hatte er schon einmal im Hotel in Vesterbro gesehen. Sie mustern ihn auf eine Art und Weise, die ihm unangenehm ist: als seien sie keine Landsleute und als versuchten sie herauszubekommen, was er für einer sei. Es zeigt sich, dass sie hinter diesem Lübeck her sind, der im Hotel Prinz verkehrte. Zuverlässigen Quellen zufolge soll dieser Lübeck ein gutes Verhältnis zu dem jungen Pikkolo mit den vielen Talenten gehabt haben. Es entwickelt sich ein unangenehmes Verhör, in dem der Verdacht geäußert wird, Leon sei möglicherweise der einzige, der Lübecks Aufenthaltsort kenne. Die beiden Männer gehen wortlos und versichern, dass sie wiederkommen werden. In dieser Nacht nehmen Leons Reisepläne Gestalt an. Seine Ersparnisse sind zwar illegal erworben, doch sie reichen aus, ihn und seine Verlobte wegzubringen, weit weg, bis in die Staaten, wo ein neues, gemeinsames Leben wartete.«

Culman machte eine kleine Pause und betrachtete die Glut seiner Zigarette, die er zwischen den Fingern drehte, als spräche er zu ihr: »Also packt er seine Koffer, rollt den handgewebten Teppich zusammen und bricht seine Zelte ab. Es konnte sich nur noch um wenige Tage handeln, dann waren sie außer Landes. So hatte er es mit Else verabredet. Doch am Abend, bevor sie den Zug nach Kopenhagen nehmen wollen, kommt Else zu ihm. Sie hat kein Gepäck dabei und macht einen verlorenen Eindruck. Nicht einmal ihr Kopftuch legt sie ab, sondern blickt auf die Armbanduhr, die Leon ihr als Pfand und anstelle eines Verlobungsrings überlassen hatte. Seit vier langen Jahren haben sie über nichts anderes mehr als ihre Reise und die geplante Heirat in New York gesprochen; darum waren ihre Briefe gekreist, das war es, was Leon aufrecht gehalten hatte. Er geht auf sie zu, doch sie weicht zurück, als wolle sie den physischen Abstand zwischen ihnen bewahren. Es gibt etwas, das Leon nicht weiß. Etwas, das sie ihm nicht hatte erzählen können. Nicht vor diesem Moment. Nicht vor dieser letzten Gelegenheit. Sie schaut ihm in die Augen und die Worte klingen wie ein einstudiertes Geständnis. Else hat ein neun Monate altes Kind. Leon erinnert sich plötzlich an die zehn langen Monate, in denen sie als Hausangestellte in Mors gearbeitet hatte. An ihre Briefe, die immer unpersönlicher geworden waren, als wolle sie mit ihnen das Ende ihrer Beziehung einleiten. Es hatte zwischen den Zeilen gestanden, all das, was sich nicht aussprechen ließ, wie Morsesignale war es vorhanden gewesen, doch er hatte sie nicht empfangen können.«

Culman drückte seine Zigarette im Blumentopf aus. »Else geht zum Waschbecken, wendet ihm die Seite zu und blickt über den Fjord, der hell und blau ist. Es ist Sommer in Dänemark und die Segel auf dem Wasser sind weiß wie Träume. Sie spricht nicht zu Leon, sondern zum ganzen Land, das vor ihr liegt, zu Dänemark:

›Ich habe es von einem deutschen Soldaten, der schon lange fort ist. Ein kleines Mädchen. Sie wurde in einer Stadt namens Ørding am Salling Sund geboren und später zum Hof meiner Eltern in Tuse Næs gebracht. Ich weiß, es ist ein Bastard, aber es ist mein Kind, und ich liebe es.‹

Leon hat sich aufs Bett gesetzt. Obwohl er die Hände gegen die Ohren presst, hört er ihre Absätze auf den Holzdielen, als sie vom Fenster zur Tür geht. ›Man redet davon‹, sagt sie, ›aber nur hinter vorgehaltener Hand. Mit der Schande und der Einsamkeit muss ich allein leben.‹

Sie nimmt Leons Uhr ab und legt sie auf die alte Kommode.

Er schaut erst zu ihr auf, als sie die Tür öffnet. Er ist sich nicht sicher, glaubt aber sie sagen zu hören: ›Verzeih mir, Leon‹, bevor sie die Treppe hinuntergeht. Aus irgendeinem Grund beschäftigt er sich minutenlang nur mit diesen Worten. Hatte sie das wirklich gesagt? Waren das ihre Worte gewesen?«

Culman fasste sich ums Handgelenk und blieb in Gedanken versunken, als versuche er ein Geräusch zu lokalisieren, mit dem er vertraut war. Dann spricht er in gedämpftem, nachdenklichem Ton weiter, als sei das Ende der Geschichte ihm vorbehalten: »Die Nächte im Mai sind sehr kurz. Leon liegt auf dem Bett und starrt an die Decke, wo die Schatten verschwinden und ihn bald die Sonne blenden wird. Er grübelt und grübelt, jetzt war es wichtig, kühlen Kopf zu bewahren, doch dazu scheint er nicht mehr in der Lage zu sein. Leon kann schwarz und weiß, oben und unten, rechts und links nicht mehr unterscheiden, ein eigenartiger Schwindel hat ihn erfasst. Wie ein Heimatloser streift er durch Holbæk, wie ein Verrückter, und eine Woche später bekommt er wieder Besuch von den beiden Männern, die ihn der Kollaboration bezichtigen. Sie verlassen ihn, um in der Dämmerung zurückzukehren und die Daumenschrauben anzulegen. Leon beteuert, stets auf der richtigen Seite gestanden zu haben, spürt aber selbst, dass die Worte keine Überzeugungskraft haben. Ihr Krieg samt dessen Nachspiel, ihr Hass und ihre Rachegelüste interessieren ihn nicht. Er findet nachts keinen Schlaf und keine Ruhe mehr, wälzt sich hin und her, hört Schritte auf der Treppe, fasst einen endgültigen Entschluss, um ihn wieder zu verwerfen, bohrt sein Gesicht in die Matratze, dreht sich herum und sieht die Schatten der Widerstandskämpfer an der Wand, schließt die Augen, hält sich die Ohren zu und hört es unablässig flüstern: ›Verzeih mir, Leon.‹

Fürchtet er etwas, dann ist es dieser Satz. Fühlt er sich von den Widerstandskämpfern bedrängt, so fühlt er sich von dieser Bitte um Vergebung gemartert. Sie befinden sich nicht mehr auf der Treppe, sondern in seinem Kopf. Es ist ihre

Schuld, dass er keinen klaren Gedanken mehr fassen kann, sondern schlaflos auf seinem Bett liegt, wie ein gehetzter Irrer, der sich selbst eingeschlossen hat. Eines Abends gegen Ende Mai verlässt er die Wohnung und geht zur Kirche hinüber, wo er sich mit den beiden jungen Widerstandskämpfern trifft. Es ist Leon, der das Wort führt, und er spricht mit erregter Stimme. Er weiß, dass einer von ihnen einen Lastwagen und der andere einen Benzinkanister besitzt, aber es ist Leon, der ihnen den Weg zeigt, als sie nach Tuse Næs hinausfahren, wo sie sofort den dreiflügeligen Hof erblicken, vor dessen Giebel sie den Wagen parken. Ungeduldig und zielbewusst gehen sie durch das Tor auf den Vorplatz, wo die beiden Männer sofort zu rufen anfangen, doch außer dem Kläffen eines Hundes bleibt es ruhig. Der Hof ist schön gelegen, auf dem Plateau eines Hügels, so idyllisch wie ein Vaterlandslied. Es ist eine helle Mittsommernacht, der Fjord liegt still, die Felder duften, das Vieh schläft unter dem leuchtenden Himmel, der so herzzerreißend blau ist, dass man glauben könnte, es sei der letzte Tag des Sommers. Sie rufen nach dem Soldatenflittchen, und als eine Reaktion ausbleibt, treten sie die Tür ein und zertrümmern eine Fensterscheibe. Dann kommt sie, im Nachthemd mit einem Tuch um die Schultern. Barfuß. Sie wirft Leon einen kurzen Blick zu, der frei von jeder Anklage ist, als hätte sie ihn erwartet, wie ein Mensch, der das Unumgängliche hinter sich bringen will. Sie schließt hinter sich die Tür, doch Leon erblickt für einen kurzen Moment ihre Eltern, die vom Fenster aus sehen, wie sie ihr das Nachthemd ausziehen. Leon und seine Freunde fühlen sich im Recht und wissen das ganze Land hinter sich. Leon greift zu Messer und Schere und schert ihr in all seiner Eifersucht den Kopf. Else leistet keinen Widerstand, spricht kein Wort, auch nicht, als sie ihr hinterher ein Hakenkreuz auf den nackten Leib schmieren und sie nackt auf dem Hofplatz zurückbleibt. Im Lastwagen ist Bier, und auf dem Heimweg lassen sie sich volllaufen. Leon muss raus zum Kotzen und beschließt, die letzten Kilometer nach Hause zu Fuß zu gehen. Als der Morgen graut, liegt er auf dem Bett, starrt an die Decke und spürt einen umgekehrten Schrei, der sich in seine Kehle bohrt und sich festsetzt. Nach dieser Nacht bekam er keinen Besuch mehr von den Widerstandsleuten. Der junge Pikkolo ist durch das reinigende Feuer der Eifersucht gegangen, das, dessen Rauchzeichen vom Isefjord bis nach New York zu sehen sind.«

Culman zündete sich eine neue Zigarette an und spürte, wie sein Gesicht von der Glut erhellt wurde.

»Leon will reisen, so schnell wie möglich. Geld hat er genug. Doch bevor es so weit ist, kommt die große Währungsreform, und sie kommt wie ein Schock. Jetzt wird nicht nur sein Herz, sondern auch sein gesamtes Vermögen vom Feuer verzehrt. Im wahrsten Sinn des Wortes. Binnen einer Stunde ist alles verschwunden, er hat keine Krone zurückbehalten, fährt aber nach Kopenhagen, um auf einem Schiff anzuheuern. Ihm ist alles egal, er will nur weg, und wenn er schwimmen müsste. Wie ein Gespenst treibt er durch die freie Stadt. Im hellen Licht, unter glücklichen Menschen. Die Bäume sind grün, vom Tivoli erklingt Musik, ziellos geht er weiter, bis er die Stadt schließlich hinter sich gelassen und den Friedhof in Nørrebro erreicht hat. Ein Zittern geht durch seinen Körper und er muss sich an der gelben Mauer abstützen, als ihm klar wird, dass er ohne sie nicht reisen kann. Ohne Else. Die Eifersucht tut der Liebe eines Mannes keinen Abbruch, sie verstärkt sie nur, und irgendwann kommt man ja schließlich auf der anderen Seite wieder heraus. Also ruft er die Eltern in Tuse Næs an, die ihm tonlos, doch ohne jeden Vorwurf erzählen, dass Else nicht mehr am Leben ist. Sie habe sich im Fjord ertränkt, einen Tag, nachdem Leon und seine Freunde dort gewesen seien. Später kam heraus, dass ihr Kind die Folge einer Vergewaltigung war, und der Fall Else Vang Pedersen endete als Notiz im Landesarchiv, als Eintrag im Polizeiarchiv von Holbæk und wurde später von Frode Jakobsens Ministerium für abgeschlossen erklärt. In dieser Nacht mietete sich Leon in einem der besten Hotels der Stadt ein und bezahlte ein Vermögen, um in der asiatischen Suite wohnen zu können. Bis zum Morgengrauen verharrte er am Fenster und spürte, wie die Dunkelheit in ihm langsam eine feste Form annahm. Eine Woche später ließ er sich im Hafen von Kopenhagen auf einem Schiff anheuern, das Kurs auf Island, Halifax und New York nehmen sollte, wo er sechs Wochen später mit einem Koffer, seiner Heuer und einem handgewebten Teppich ankam. Wie er so oft gesagt hatte: ›Ich kam 1946 in New York zur Welt, mit dem Koffer eines fremden Mannes in der Hand.‹ Und im St. James Park Hotel begann er, das Unglück anderer Menschen zu fotografieren, in der Hoffnung, dies könne sein eigenes verwischen. Und das gelang auch. Die Zeit heilt alle Wunden, abgesehen von denen, die zu Tätowierungen wurden.«

Culman drehte sich auf dem Bürostuhl herum, so dass er Johansen und Tinberg den Rücken zukehrte. Sein Kinn fiel auf die Brust und er spürte warme Tränen auf seinen kalten Wangen. Er hielt sich die Hände vor das Gesicht und krümmte sich zusammen, holte tief Luft, richtete sich auf und betrachtete das knochentrockene Orangenbäumchen auf der Fensterbank. »Vielleicht«, flüsterte er, »sollte man nicht jeden Stein herumdrehen. Ich weiß es nicht. Ich weiß überhaupt nichts mehr.« Er schüttelte den Kopf und lächelte vor sich hin. »Vor vielen Jahren stand ich unter dem schwarzen Himmel von Schonen und zählte drei Sterne, einen für mich, einen für meine Tochter und einen für meine Frau, doch eigentlich waren in dieser Nacht vier Sterne am Himmel zu sehen. Der letzte glimmte nur schwach, als läge er unter Wasser.«

Culman drehte sich mit dem Stuhl herum. Die Tür zum Flur stand offen. Er war allein. Mühevoll stand er auf und trat in die Türöffnung, um nach Johansen und Tinberg zu schauen. Aber sie waren gegangen. Das Licht im Wohnzimmer war gedämpft, also entschied er sich dafür, den Flur hinunter und in die Küche zu gehen, wo eine einzelne Glühbirne über dem

Herd brannte. Wie still diese Nacht ist, dachte er, so still, dass es beinahe unheimlich ist. Er ging zum Kühlschrank und wollte ihn gerade öffnen, um sich ein kaltes Bier herauszunehmen, als sein Blick auf einen Zettel fiel, der an der Tür klebte. *Habe den SAAB genommen, um Susse nach Hause zu bringen. Viele Grüße und gute Besserung von allen. Anna.*

Er knüllte den Zettel zusammen und warf ihn in den Müllbeutel, stampfte ins schummrige Wohnzimmer und setzte sich ans Telefon, schloss die Augen, nickte vor sich hin und wählte Tinbergs Nummer.

Es verging nur ein Augenblick, dann war er in der dritten Etage durchgekommen, wusste aber auf einmal nicht mehr, was er sagen sollte und warum er angerufen hatte.

»Leon, bist du's?«

Culman seufzte. »Ja, Edwin, ich bin's. Entschuldige den Zeitpunkt, du warst hoffentlich noch nicht im Bett.«

»Doch, aber das macht nichts.«

Für eine Weile sagte keiner von beiden ein Wort, doch Culman dachte, dass Tinberg das sicher nichts ausmachte.

»Ich hoffe, du bist nicht böse oder enttäuscht von mir.«

»Warum sollte ich enttäuscht sein, Leon?«

»Du weißt genau, warum«, flüsterte Leon.

Tinberg räusperte sich. »Erling und ich, wir dachten, es wäre das Beste, nach Hause zu gehen und dich allein zu lassen. Der gute, alte Erling war so erschüttert, als wir uns trennten. Du weißt ja, wie sehr ihn dieses Thema immer mitnimmt. Ich glaube, er fand deine Handlungsweise«, Tinberg räusperte sich und suchte nach dem richtigen Wort, »bemerkenswert.«

Culman betrachtete den Hörer. »Und du, Eddy, was ist deine Meinung?«

»Ist es nicht ziemlich gleichgültig, was ich denke? Nach all den Jahren.«

»Nicht für mich.«

Tinberg seufzte. Culman konnte beinahe sehen, wie er ratlos den Kopf schüttelte.

»Ich glaube, ich möchte eine Nacht darüber schlafen, Leon.«

Culmans Hand krampfte sich um den Hörer. »Ist es wirklich so schlimm?«, fragte er, bekam jedoch keine Antwort.

Er wartete noch einen Augenblick, wünschte dann eine gute Nacht und legte auf. Starrte noch eine Weile in die Dunkelheit und sah Tinberg vor sich, wie er in einer aus dem Segel des Mondes gefertigten Wiege lag und im großen, leeren Raum schaukelte, mit karierter Hose und Hüttenschuhen.

Culman löschte die Lampe im Wohnzimmer, streckte die Beine und spürte den wohlbekannten Stich im Rücken, der kein chronischer Schmerz, sondern ein treuer Begleiter war.

Im Schlafzimmer zog er die Kleider aus und den Bademantel an.

Es war kurz vor Mitternacht, und Culman ging in sein Zimmer zurück, um die letzte Zigarette des Tages zu rauchen, während er auf seine Frau wartete und dachte, dass sie sich ja den Rest des Rotweins teilen konnten, wenn sie im Bett lagen und über Susses Garderobe diskutierten.

Er öffnete die Tür, blieb jedoch auf der Schwelle stehen. Es klopfte an der Haustür, insgesamt vier besonnene Schläge, ein Morsezeichen: unauffällig, gedämpft und vertraut.

Culman drehte sich langsam herum, während er sich am Türrahmen festhielt. Einen Augenblick fühlte er sich von der verdrehten Perspektive des Flurs angesaugt. Das schwache Licht ließ die ursprünglichen Farben der Wände hervortreten, und das geheime Klopfzeichen der vier einzelnen Schläge versetzte ihn in eine vergangene Zeit. Widerwillig trottete er den Flur entlang und blieb kurz vor dem Spiegel stehen, wo ein junger Bursche ihn abwartend und missbilligend anschaute. Culman behagte der Blick des Concierge gar nicht, doch er konnte nicht entscheiden, ob die Missbilligung von dem lebenden oder dem toten Auge ausging. Vielleicht war es eine Kombination.

Es klopfte erneut. Weiche, bedächtige Knöchel schlugen

mit bildhaftem Rhythmus und eindringlichem Appell an die Tür.

Culman kratzte sich den Handrücken und starrte auf seine eiskalten, nackten Füße, bevor er sich der Sicherheitskette zuwandte, die nicht vorgespannt war, sondern neben dem Türrahmen herunterhing. Er schob den Kopf der Kette in die Schiene, hielt den Atem an und spähte durch den Spion. Obwohl das Treppenhaus im Dunkeln lag, konnte er doch einen weißen Blumenstrauß identifizieren, den sich der Fremde vor das Gesicht hielt, so dass er Culmans gesamtes Blickfeld ausfüllte. Culman befeuchtete seine Lippen und warf einen Blick auf das solide Sicherheitsschloss, dessen massiver Eisenriegel automatisch einschnappte. Die Wohnungstür war, mit anderen Worten, nach allen Regeln der Kunst verriegelt. Hier kam niemand herein, dem kein Zugang gewährt wurde.

Er schlurfte rückwärts den Flur hinunter, als das Klopfzeichen erneut zu hören war, jetzt noch gedämpfter, noch vertrauter und drängender. Es zog ihn zu sich, bis er den Duft des weißen Buketts roch. Der Name der Blumen ging ihm durch den Kopf, als eine Stimme sagte: »Da sind Sie ja, Herr Culman. Ich kann hören, dass Sie da sind.«

Der Mann vor der Tür brauchte seine Stimme nicht zu heben. Er sprach durch die kleine Ritze zwischen Rahmen und Tür. Culman erkannte die Stimme des Nachbarn, der unter ihm wohnte. Des Mannes, der seine Hand zu einem Revolver geformt und auf Culman gezielt hatte, der mit einem Mal spürte, dass sein Mund trocken und sein Körper schweißnass war.

»Was wollen Sie?«, flüsterte Culman.

Kurze Pause. Dann öffnete sich der Briefkastenschlitz.

»Ihnen nur einen kleinen Blumenstrauß geben, als Dank.«

Hansens Fingerspitzen waren zu sehen. Er hatte hübsche, polierte Nägel.

»Wir haben Gäste«, flüsterte Culman.

»Ihre Gäste sind schon gegangen, Herr Culman, und Ihre

Frau hat das Auto genommen.« Die Stimme klang bedauernd, ein wenig zurechtweisend.

»Beobachten Sie mich etwa?«, flüsterte Culman.

»Wir wohnen so dicht beieinander, dass man gar nicht umhinkommt, das Leben des anderen zu verfolgen. Ich hoffe, Sie sind mir nicht böse, wenn ich Sie vorhin erschreckt habe. Doch jetzt bin ich froh, dass unser gemeinsames Problem gelöst ist.«

Culman starrte den Türrahmen an. »Welches Problem?«

»Das Problem mit dem Abfluss. Jetzt ist er wieder frei, und dafür wollte ich Ihnen danken. Leider würde ich den Blumenstrauß kaputtmachen, wenn ich ihn durch den Briefschlitz pressen würde. Wenn Sie nicht öffnen wollen, lege ich ihn einfach auf die Fußmatte. Gute Nacht, Herr Culman.«

Die Finger verschwanden aus dem Briefschlitz und kurz darauf hörte Culman den Nachbarn die Treppe hinuntergehen und seine Wohnungstür aufschließen.

Im Treppenhaus wurde es still.

Culman lehnte für einige Minuten an der Tür, bevor er die Sicherheitskette wieder entfernte, damit Anna hereinkommen konnte.

Auf dem Weg in sein Zimmer fühlte er sich völlig leer im Kopf und steckte sich automatisch eine Zigarette in den Mundwinkel, bevor er einen Blick auf seinen Schreibtisch warf, auf dem die alte Remington unter der Designerlampe stand, die den Teppich mit der handgewebten Aussicht und der halben Eiche beleuchtete. Er fand eine Packung Streichhölzer und zündete seine Zigarette an, nahm einen tiefen Zug, betrachtete kurz die schwarzen Fenster auf der gegenüberliegenden Straßenseite und dachte an ein bestimmtes Kindergesicht auf dem Eis vor über siebzig Jahren. Ein Junge in Leons Alter, ein bleiches Gesicht, eine rote Nase, ein erschöpfter Ausdruck. Zwischen zwei Eislöchern. Das Eis erstreckt sich blau und grausam den Isefjord hinauf, an dessen Horizont der Februarhimmel festgefroren scheint. Es ist ungefähr zu Mariä Lichtmess und die Kälte kriecht bis ins Mark und legt sich wie Eisen auf das Zwerchfell.

Culman drückte die Handfläche auf den empfindlichen Punkt unter dem Nabel. Ich habe einen jungen Mann in mir, dachte er, ich gehe mit seinen Schritten, in seinen Straßen, über seine Brücken, und ich betrachte seine Finger, wenn sie unsere Zigaretten rollen, und ich lausche den Möwen über seinem Kopf, wenn sie vom Fischmarkt kommen und über dem Hudson schweben, und ich sehe ihn mit allen anderen auf den Stufen zur Jons Kapel stehen, von der schwarzen Tiefe bis zum obersten Absatz.

Er lächelte ein Lächeln der Erleichterung, schüttelte schwach den Kopf und ließ in aller Eile den Tag Revue passieren, streckte sich und dachte an den nächsten Donnerstag wie an einen Meilenstein, der es wert war, dass man ihn ins Auge fasste, und den er im Kreis guter Freunde begehen wollte, friedlich und heiter und vor allem unter Wahrung der Tradition. Culman drückte die Zigarette aus, drehte die Schreibtischlampe, sodass sie den Großteil des Teppichs erhellte, und schnappte nach Luft. Er fühlte sich einen Augenblick gewichtslos und doch an die Erde genagelt und musste sich abstützen, um nicht zu stürzen. Die beiden Teppiche waren in der Mitte aneinandergelegt worden, so dass auch der Fjord und der Baum nicht mehr halbiert, sondern wieder vollständig waren. Die linke Seite des Teppichs war ausgebleicht, verschlissen, verfärbt und roch nach jungem Parfüm, verbranntem Gummi und süßen Waffeln. Die andere Hälfte hingegen war wie neu, mit frischen Farben und völlig geruchsfrei. Culman sank auf die Knie und verfolgte, wie seine alten Finger über den gewebten Stoff strichen, bis sein Blick auf ein schwaches Licht und einen blauen Schatten fiel, der eine Ecke des Zimmers ausfüllte. Erst jetzt bemerkte er, dass noch ein weiterer Mensch im Zimmer war. Ein Paar Schuhe und eine Hose, das war alles, der Rest lag im Dunkeln.

Er richtete sich auf und verbrannte sich die Finger an der

Lampe, doch er achtete nicht darauf, sondern drehte den Schirm, damit das Licht auf den Fremden fiel.

Er zuckte zusammen, als er den geschorenen Kopf wiedererkannte, die ernsten Augen, den vollen Mund und das markante Nasenbein.

Die Frau trat aus dem Schatten und streckte die Hand aus, als wolle sie ihn berühren. Culman öffnete den Mund und fiel über den Schreibtisch, auf dem er liegen blieb wie ein Schiffbrüchiger und sich an die Tischplatte klammerte: Ein aufgewühltes Meer von Bildern zog an seinen Augen vorbei: Landschaften hinter einem Zugfenster, goldene Radierungen, die wie Modeschmuck am Nachthimmel Manhattans glänzten, eine Postkarte des Guggenheim-Museums, eine Rückfahrkarte der Ellis-Island-Fähre, eine Rechnung aus einer Bar in TriBeCa und eine Papierblume aus einem Schützenzelt, die Silhouette einer Frau und die Schneide eines Messers. An ihrer Haut.

Er spürte kaum noch, wie sie ihm auf den Boden half, wo sie ihn auf den Rücken drehte und sich über ihn beugte.

Culman befeuchtete sich die Lippen. »Bleib bei mir«, flüsterte er. »Lass mich nicht allein, lösch das Licht und bleib ein wenig bei mir sitzen.«

Er hörte, wie sie aufstand und das Licht löschte, sodass sie nur noch die Straßenlaterne von der Dunkelheit abhob.

Sie nahm seine Hand in ihre Hände und schaute ihn ernst an.

»Du hast einen Duft«, flüsterte Culman, »denselben Duft wie der Brief.«

»Er hängt in den Kleidern«, sagte sie.

Culman schloss die Augen. »Ich dachte«, sagte er, »du seist ein Wiedergänger. Wie sehr du ihr doch ähnelst. Das muss am Licht und an den Haaren liegen, vor allem an den Haaren. Gibt es … ja, natürlich gibt es einen Anlass.«

Sie legte ihren Mund an sein Ohr: »Ich feiere heute meinen Geburtstag«, flüsterte sie und legte eine Hand unter seinen Nacken. »Ich hatte es eigentlich schon aufgegeben, dich zu finden, bis mir vor knapp einem Jahr eine Kundin erzählte, ihr Vater besitze genau so einen Teppich, wie den, der auch in meinem Salon hängt. Nach Feierabend zündete ich vor dem Bild meiner Mutter eine Kerze an, denn jetzt wusste ich, dass ich den Absender all ihrer alten Liebesbriefe gefunden hatte, die bloß mit einem großen L unterschrieben und mit liebevollen Grüßen an das Mädchen abgeschickt worden waren, von dem ich den halben Teppich geerbt hatte, die halbe Eiche und einen Teil des Fjords, an dem sie geboren, aufgewachsen und gestorben war, knapp vierundzwanzig Jahre alt.«

Culman spürte ihre Hand durch sein lichtes Haar streichen, die sanften, wohlbekannten Finger, die seine warmen Tränen aus den Augen wischten. Die Vertrautheit zwischen ihnen war vollkommen. Ihre Nähe so, wie er sie in Erinnerung hatte. Er holte tief Luft, bevor sie mit leiser Stimme weitersprach: »Es war kein Problem, sich mit der Tochter des Briefschreibers anzufreunden, als Verbündete, die wir waren, als Stern im selben Sternbild. Auf diese Weise bekam ich Zugang zu deiner Wohnung, in der ich dir Donnerstag auf Donnerstag die Haare stutzte, während ich deine Seligkeit beobachtete. Es war dir gegönnt; ich hatte mich längst entschieden, dass an meinem Geburtstag, dem 19. Oktober, Schluss sein sollte. An diesem Tag solltest du meinen Brief erhalten, verfasst auf derselben Maschine, auf der einst von Glaube, Liebe und Hoffnung geschrieben wurde. Hörst du, was ich sage, Leon?«

Culman antwortete nicht. Er glaubte zu antworten. Tatsächlich glaubte er, ungeheuer viel zu sagen, doch kein Laut kam über seine Lippen. Der Schmerz in der Brust, der einen Pfahl durch sein Fleisch getrieben hatte, war verschwunden.

Über ihm hatte sich das Universum als frisch gestrichener asiatischer Raum offenbart, auf dessen graugelber Farbe sich poröser Goldstaub ablagerte.

Der Raum ist dunkel und dazu geschaffen, die Schatten zu

verschlucken. Alles ist still, keine Bewegung, kein Lufthauch, nur dieses erstarrte Bild einer angeschlagenen Tasse.

Kamma setzte sich neben ihn und ließ ihre Finger über die Tätowierung auf seiner Schulter gleiten, bevor sie seine Augen schloss.

Hinterher nahm sie den Teppich ihrer Mutter und den langen, schwarzen Mantel, ging den Flur hinunter und verließ die Wohnung, während die Zeiger der Uhr Mitternacht hinter sich ließen.

Vor dem Aufzug knöpfte sie ihren Mantel zu und setzte die Perücke auf, verharrte einen Moment vor dem Strauß weißer Freesien, der auf Culmans Türmatte lag, trocknete sich dann die Augen, trat in den Fahrstuhl und drückte auf den Knopf mit der 0.